Zauberklang
Magie zwischen den Worten

ELVIRA ZEISSLER

ZAUBER KLANG

MAGIE ZWISCHEN DEN
WORTEN

Deutsche Erstausgabe erschien 2017 unter dem Titel
„Der Fluch der Loreley"

1. Auflage
Copyright © 2019 Elvira Zeißler
Lektorat: M. Grundmann
Korrektorat: Claudia Heinen, www.sks-heinen.de

Herstellung und Verlag:
BoD – Books on Demand
In de Tarpen 42
22848 Norderstedt

ISBN: 978-3-7494-9544-3

© Cover- und Umschlaggestaltung: jaqueline-kropmanns.de
Verwendete Stockgrafiken:
Jungensilhoutten: © feedough / Depositphotos.com
Mädchensilhoutte: © faestock / Depositphotos.com
Nebelschwaden: © AntonMatyukha / Depositphotos.com
Ranken: © EgorovaJulia7 / Depositphotos.com

Bibliografische Information der Deutschen Nationalbibliothek: Die
Deutsche Nationalbibliothek verzeichnet diese Publikation in der
Deutschen Nationalbibliografie; detaillierte bibliografische Daten
sind im Internet über http://dnb.dnb.de abrufbar.

Kapitel 1

Ein Rascheln im Gebüsch jagte mir eine Gänsehaut über den Körper. Alarmiert schaute ich mich um. Der Teil des Parks, in dem ich mich befand, schien wie ausgestorben zu sein. Sogar das ältere Pärchen mit dem Hund, das ich erst vor einer Minute passiert hatte, war nicht mehr zu sehen.

Es war bestimmt nur ein Vogel oder ein kleines Tier, beruhigte ich mich selbst. Trotz des fortgeschrittenen Abends war es noch sommerlich hell und bisher hatte ich mich in dem Park immer sicher gefühlt. Es raschelte erneut und ich beschleunigte meinen Schritt. Was auch immer es war, ich sollte lieber zusehen, dass ich schnell nach Hause kam.

Plötzlich löste sich eine Gestalt aus den Büschen und sprang mir in den Weg.

Ich keuchte erschrocken auf und blieb wie angewurzelt stehen. Mein Herz vollführte einen wilden Purzelbaum in meiner Brust.

Der Kerl war nur etwa einen Meter von mir entfernt. Er war schlaksig, aber größer als ich, wenn auch vermutlich nicht viel älter. Seine Kleidung war dreckig und zerrissen und er stank. Seine Augen waren unnatürlich geweitet – ein Junkie. Normalerweise krochen sie erst nach Einbruch der Dunkelheit aus ihren Löchern.

»Haste ein paar Euro?«, nuschelte er undeutlich.

Ich zog die Schultern hoch, schüttelte hastig den Kopf und

drückte meine Umhängetasche enger an den Körper. Einfach nicht beachten, zügig vorbeigehen und den Park verlassen. Es war nicht mehr weit. Hinter der nächsten Kurve würde ich schon die Straße sehen können.

Ich wich auf den Rasen aus, um einen möglichst großen Bogen um den Typen zu machen. Doch viel schneller, als ich es ihm in seinem Zustand zugetraut hätte, schoss er auf mich zu. Seine Hand schloss sich schmerzhaft um mein Handgelenk.

»Ah!« Ich schrie auf und versuchte, mich loszureißen.

Von irgendwoher zog der Typ plötzlich ein Messer. »Gib mir deine Kohle, du Schlampe!«

Ich sprang zurück, soweit es mir sein Griff um meinen Arm erlaubte. Das Messer verfing sich in meiner Tasche und ich nutzte den Moment, um mich zu entwinden.

Das Messer glitt durch den festen Stoff, ich presste die Tasche eng an mich, stolperte zurück und stürzte durch meinen eigenen Schwung zu Boden. Ich merkte, wie die Haut an meinen Handflächen aufschürfte, doch die Panik ließ mich keinen Schmerz fühlen. Drohend trat der Typ auf mich zu.

»Hilfe!« Mein Schrei klang eher krächzend als laut. Ich rappelte mich auf und versuchte, vor ihm wegzulaufen, doch er war schneller, packte mich an der Schulter und wirbelte mich herum. Ich sah die Klinge auf mich zukommen und schrie erneut. Todesangst verlieh meiner Stimme Kraft. Irgendjemand musste mich doch hören!

Verzweifelt streckte ich meine Hände aus, als könnte ich damit den unausweichlichen Hieb seiner Klinge abwenden.

Der Typ erstarrte. Keine Ahnung, ob es mein Schrei gewesen war, der ihn zur Besinnung brachte, oder ob es doch noch irgendwo einen Funken Verstand in seinem umnebelten Hirn gab. Mir war es herzlich egal. Ich riss mich los und rannte blindlings den schmalen Weg entlang.

»Hey, Vorsicht!«

Ich merkte erst, dass da jemand war, als er mich an den

Schultern festhielt, damit ich ihn nicht umrannte. Erschrocken schaute ich hoch. Noch eine Auseinandersetzung würde ich nicht überstehen. Mein Magen krampfte sich schmerzhaft zusammen, meine Knie zitterten und ich fühlte mich einem hysterischen Zusammenbruch nahe.

»Alles in Ordnung?« Zwei dunkelbraune Augen musterten mich besorgt. »Ich habe einen Schrei gehört ...«

»Ja.« Fahrig kämmte ich mir eine Strähne aus dem Gesicht. Mir war furchtbar übel. Vermutlich eine Nachwirkung des Schocks. »Der Junkie da hat mich angefallen.« Ich drehte mich um und deutete auf den Kerl, der mich seinerseits verstört musterte. Dann drehte er sich abrupt um und rannte davon.

»Den werden wir wohl nicht mehr einholen«, sagte mein Retter bedauernd.

Ich zuckte mit den Schultern. So zugedröhnt, wie der war, hätte das ohnehin nichts gebracht.

»Kannst du gehen?«, fragte der junge Mann freundlich.

Ich nickte und nutzte die Gelegenheit, mir mein Gegenüber genauer anzusehen. Er musste einige Jahre älter sein als ich – Anfang zwanzig vielleicht. Und er sah fast schon unverschämt gut aus – groß, sportlich, mit dichten, dunklen Haaren, braunen Augen, einer geraden Nase und einem markanten Kinn, dem ein kleines Grübchen etwas von seiner Strenge nahm. Trotz seiner imposanten, fast schon einschüchternden Erscheinung machte das Lächeln auf seinen vollen Lippen ihn durch und durch sympathisch.

»Ich bin Erik.« Er streckte mir mit einem betretenen Grinsen seine Hand entgegen, als hätte er sich gerade erst auf seine Manieren besonnen.

»Cara.« Ich drückte kurz seine Finger. »Danke, dass du auf meinen Hilferuf reagiert hast.« Allmählich klang das Zittern in meinem Körper ab. Der Magen fühlte sich zwar noch immer flau an, aber wenigstens hatte ich nicht mehr das Gefühl, Erik jeden Moment auf die Schuhe kotzen zu müssen.

»Ist doch selbstverständlich. Was machst du überhaupt um diese Uhrzeit so ganz alleine im Park?«

Sein Ton erinnerte mich schlagartig an meinen Vater und vertrieb die letzte Benommenheit.

Na klasse! Da rannte ich einen voll heißen Typen beinahe über den Haufen und er sah in mir bloß ein kleines Mädchen.

»Es ist noch hell genug!«, gab ich pampig zurück, was ihm ein Schmunzeln entlockte.

»Umso schlimmer. Dann kann jeder Widerling sofort sehen, wie hübsch du bist.«

Woah. Das hatte ich nicht erwartet und spürte, wie mir sofort die Hitze ins Gesicht stieg. »Ich muss jetzt los«, nuschelte ich verlegen, weil ich nicht wusste, was ich darauf erwidern sollte.

»Ich begleite dich, nur für den Fall.« Wie selbstverständlich stellte er sich neben mich. »Bist du sicher, dass alles in Ordnung ist?«, fügte er hinzu, als ich zögerte.

»Natürlich.« Ich setzte mich steifbeinig in Bewegung. Seine Gegenwart beunruhigte mich. Allerdings auf eine äußerst angenehme Weise, eine Weise, die ich absolut nicht gewöhnt war.

Natürlich war ich schon mit Jungs ausgegangen, hatte ein paarmal auf Partys rumgeknutscht und mit Jan war ich sogar drei Monate lang zusammen gewesen. Immerhin war ich schon fast siebzehn. Aber das waren alles *Jungs* gewesen, alle aus meiner Stufe oder eine Klasse darüber. Erik hingegen spielte in einer ganz anderen Liga.

»Wo wohnst du denn?«, fragte er, als wir den Parkausgang erreichten.

Autos fuhren ratternd an uns vorbei und auf dem Bürgersteig sah ich sogar noch einige Fußgänger. Ich spürte, wie der letzte Rest der Anspannung von mir abfiel. Hier fühlte ich mich sicher. »Du musst wirklich nicht mitkommen. Jetzt schaffe ich es auch alleine.«

»Das Risiko kann ich nicht eingehen.« Er grinste. »Es ist immer noch viel zu hell.«

Ich schnaufte geschmeichelt und setzte mich erneut in Bewegung.

»Bist du öfter hier im Park?«, fragte er. »Wenn ja, sollte ich vielleicht eine regelmäßige Patrouille einrichten.«

Ich lachte. »Um armen Jungfern in Not beizustehen? Keine Angst, heutzutage wissen wir uns selbst zu helfen.«

Er musterte mich ernst. »Das glaube ich dir gern.« Dann entspannte sich seine Miene und er schlug wieder einen lockeren Ton an. »Du machst es mir aber auch wirklich nicht leicht.«

»Was denn?«

»Mehr über dich in Erfahrung zu bringen. Bisher weiß ich nur, dass du Cara heißt. Aber nicht, womit – oder was noch viel wichtiger ist – mit *wem* du die letzten Tage deiner Sommerferien verbringst. Du gehst doch noch zur Schule, oder?«

»Ja. Ein Jahr muss ich noch.« Ich schaute ihn kokett von der Seite an. Hatte er gerade durch die Blume gefragt, ob ich einen festen Freund habe? In meinem Bauch begann es, aufgeregt zu kribbeln. »Und ich war bei meiner besten Freundin Jessie.«

»Das höre ich gern. Was ist los?«, fügte er hinzu, als ich unsicher stehen blieb.

Wir hatten unser ruhiges Wohnviertel abseits der Kölner Innenstadt erreicht. Das Gefährlichste, was mir hier zustoßen konnte, war, dass mich der kleine Köter von Frau Burmann durch den Zaun hindurch ankläffte. Und irgendwie widerstrebte es mir, mich von Erik bis an die Haustür begleiten zu lassen. Immerhin kannte ich ihn gar nicht und die ständigen Ermahnungen meiner Eltern saßen zu tief. Außerdem wollte ich bestimmt nicht riskieren, dass sie – oder gar meine vorlaute, kleine Schwester Zoe – ihn durchs Fenster erblickten. Dann würde ich mir endlose Fragen anhören müssen. Und wenn die Eltern erfuhren, was im Park geschehen war, würde ich mich vermutlich gar nicht mehr frei bewegen dürfen. Sie waren manchmal echt überfürsorglich.

»Es ist jetzt wirklich nicht mehr weit«, erklärte ich mit Nachdruck.

»Ist das deine charmante Art, mir mitzuteilen, dass unsere Wege sich hier trennen?«

»So ungefähr.«

Er musterte mich grinsend. »Bekomme ich wenigstens deine Nummer?«

»Wozu?«

»Um mich zu vergewissern, dass du es wirklich gut nach Hause geschafft hast. Sonst kriege ich heute Nacht kein Auge zu, sondern klebe ohne Unterlass am Newsticker oder versuche, mich in den Polizeifunk zu hacken.«

Er trug ziemlich dick auf, aber ich musste zugeben, dass mir das irgendwie gefiel. Die Jungs, die ich kannte, waren weder so hartnäckig noch so schlagfertig wie er. Ich seufzte übertrieben. »Das kann ich natürlich auf keinen Fall zulassen.«

»Puh!« Erleichtert drückte er die Hand auf sein Herz, bevor er sein Smartphone hervorholte.

Rasch gab ich ihm die Nummer durch.

Er steckte das Handy weg und musterte mich abwartend. Einen Moment lang herrschte angespannte Stille. Offensichtlich wollte er sich noch nicht verabschieden und ich wusste nicht genau, wie.

»Danke für den Begleitschutz«, sagte ich schließlich.

»Immer wieder gern«, erwiderte er.

»Bis dann.« Ich nickte ihm noch einmal kurz zu und wandte mich ab. Ich spürte seinen Blick auf meinem Rücken ruhen, doch ich drehte mich nicht um. Ich wollte auf keinen Fall zu interessiert an ihm erscheinen.

»Ich bin wieder da!«, rief ich laut in den Flur, als ich unser Haus betrat.

»Hast du Hunger?« Mama kam aus der Küche, um mir einen Kuss zu geben. Über ihrer Schulter hing ein feuchtes Geschirrtuch. Offensichtlich räumte sie gerade die Spülmaschine aus.

»Nein, Jessie und ich haben uns eine Pizza bestellt.«

Mama lächelte. »Dann hast du deinen letzten Ferientag also richtig genossen.«

»Ja. Aber die Ferien sind nicht vorbei, wir haben noch das ganze Wochenende vor uns!«, betonte ich. Ich wollte wirklich nicht daran erinnert werden, dass am Montag die Schule wieder losging.

Uns war so oft gepredigt worden, wie wichtig ein guter Schulabschluss für unsere Zukunft war, dass mir das letzte Abijahr ziemlichen Respekt einflößte. Ganz abgesehen davon, dass es immer ätzend war, die große Freiheit und tagelanges Faulenzen gegen frühes Aufstehen und Hausaufgaben eintauschen zu müssen.

Mein Handy vibrierte, als eine neue WhatsApp einging. Ich zog es aus der Tasche und warf einen flüchtigen Blick darauf. Sofort breitete sich ein Grinsen auf meinem Gesicht aus – Erik.

»Was Wichtiges?«, fragte Mama, der mein Mienenspiel natürlich nicht entgangen war.

»Nur Jessie«, flunkerte ich schnell und lief an ihr vorbei in mein Zimmer hinauf. Dort ließ ich mich auf das Bett fallen, um die Nachricht zu lesen.

Ich hoffe, die wehrhafte, holde Jungfer hat es unversehrt zu ihrer Burg geschafft.

Ich kicherte und tippte schnell eine Antwort. *So wehrhaft musste sie gar nicht mehr sein, nachdem der tapfere Ritter das Land befriedet hat.*

Dann rollte ich mich rücklings auf das Bett und schloss die Augen. Ich hatte keine Ahnung, wohin dieser Flirt mit Erik – denn ein Flirt war es wohl definitiv – noch führen würde. Aber der Gedanke an ihn brachte meinen Bauch zum Kribbeln und sorgte dafür, dass der letzte Tag der Sommerferien doch nicht mein schlechtester war.

Am nächsten Morgen widersetzte ich mich standhaft allen Versuchen meiner Eltern, mich aus dem Bett zu holen. Ich hatte einfach das Gefühl, noch einmal richtig auf Vorrat schlafen zu müssen, bevor die Schule begann. Als ich dann endlich nach unten ins Esszimmer schwankte, waren meine Eltern natürlich schon längst mit dem Frühstück fertig, aber Zoe war dabei, sich einen üppigen Brunch zusammenzustellen.

Äußerlich sahen meine kleine Schwester und ich uns überhaupt nicht ähnlich, aber meist verstanden wir uns ziemlich gut. Wenn sie nicht gerade dabei war, ihre Nase in meine Angelegenheiten zu stecken, oder sich quer durch meine Kosmetikschublade durchprobierte.

Na ja, vermutlich war das mit dreizehn völlig normal. Ich konnte das nicht beurteilen, denn ich hatte keine ältere Schwester und die Sachen meiner Mutter hatten mich nie gereizt.

Auf jeden Fall beschloss ich, mich Zoe beim Brunch anzuschließen, und haute ein paar Eier in die Pfanne, während sie uns einen ziemlich experimentellen und sehr grünen Smoothie mixte.

Derart gerüstet setzten wir uns schließlich an den Esstisch. Ich hatte gerade mein Rührei vertilgt, als mein Handy vibrierte. Ich griff in die Hosentasche, was mir sofort einen mahnenden Blick von Zoe einbrachte.

»Am Esstisch sind Handys verboten.«

»Mama und Papa sind aber nicht da«, hielt ich dagegen und entsperrte den Bildschirm.

Mein Herz machte einen aufgeregten Hüpfer. Erik hatte mir schon wieder eine Nachricht geschickt. Er fragte, ob ich mit ihm ein Eis essen wollte.

Ich merkte, dass Zoe neugierig ihren Hals verrenkte, um besser sehen zu können, und drehte das Display von ihr weg. Ein schwerwiegender Fehler, wie mir bewusst wurde, als sie laut nach Luft schnappte. Normalerweise machte es mir nicht viel aus, wenn sie die eine oder andere Nachricht mitlas.

»Wer ist das?«, fragte sie mit dem untrüglischen Gespür einer Dreizehnjährigen.

»Niemand«, murmelte ich.

»Und warum wirst du dann rot?«

»Werde ich gar nicht!« Ich legte das Handy weg und durchbohrte sie mit einem finsteren Blick. »Es war nur Jessie«, sagte ich so ruhig wie möglich. »Sie will sich auf ein Eis mit mir treffen.« Es fehlte noch, dass Zoe zu Mama und Papa lief und ihnen irgendetwas von einem heimlichen Freund erzählte.

»Und warum durfte ich das nicht sehen?«

»Weil wir dich nicht schon wieder am Hals haben wollen!« So, das sollte ihr den Wind aus den Segeln nehmen. In den letzten Wochen hatte Mama mich immer wieder gezwungen, Zoe überallhin mitzuschleppen, bloß, weil *ihre* beste Freundin Amal die Ferien bei ihrem Vater verbrachte.

Verstimmt setzte Zoe sich wieder hin und biss in ihr Brötchen. »Ich behalte dich im Auge!«, brummte sie mit vollem Mund. So ganz hatte sie mir meine Ausrede also nicht abgekauft.

Erst als wir unseren Brunch beendet und den Tisch abgeräumt hatten, traute ich mich – in der Sicherheit meines Zimmers –, mein Handy erneut hervorzuholen. Dann rief ich Jessie an, um sie auf den neusten Stand der Dinge zu bringen.

»Und der Typ hat echt ein Messer gehabt?«, krächzte sie mir schockiert ins Ohr.

»Ja. Der war wirklich zu.«

»Du hättest sterben können, ist dir das eigentlich klar?«

»Hätte ich nicht«, wehrte ich halbherzig ab. Jetzt, wo sie es sagte, wurde mir selbst erst richtig bewusst, wie viel Glück ich gehabt hatte. Hätte der Typ nicht plötzlich gezögert oder wäre Erik nicht aufgetaucht, wäre ich vermutlich nicht nur mit dem Schrecken davongekommen.

»Ich setze keinen Fuß mehr in diesen Park!«, beteuerte Jessie. »Und du solltest das auch nicht tun.«

»Es ist aber der kürzeste Weg zu dir.«

»Lieber laufe ich ein paar Meter mehr, als nie wieder zu laufen«, erwiderte sie pragmatisch. Dafür mochte ich sie so, sie brachte die Dinge immer sehr präzise auf den Punkt.

»Ich kann ja Erik fragen, ob er dich demnächst begleitet«, witzelte ich.

»Na, so wie du den beschrieben hast, ist er bereits vergeben.«

»Wie meinst du das?«, fragte ich ernüchtert. Er hatte mit keinem Wort eine Freundin erwähnt. Klar war es unwahrscheinlich, dass jemand wie er solo war, aber ganz unmöglich war es schließlich nicht.

»Ist doch offensichtlich.« Jessie zog ihre Worte bewusst in die Länge. »Der steht voll auf dich.«

»Meinst du wirklich?«, entfuhr es mir erleichtert. Dennoch wollte ich mich nicht zu früh in irgendwelche Fantasien hineinsteigern. »Ich meine, wir kennen uns so gut wie gar nicht.«

»Noch nie was von Liebe auf den ersten Blick gehört?«

Doch, natürlich. Aber wenn ich mir so die Schwachmaten in meiner Stufe betrachtete, fiel es mir schwer, daran zu glauben. Natürlich war Erik ganz anders. »Er hat mich heute zum Eisessen eingeladen«, platzte es aus mir heraus, weil ich einfach wissen musste, was Jessie davon hielt.

»Wie geil ist das denn! Den hat es echt erwischt. Zwei Nachrichten und eine Einladung in gerade mal zwölf Stunden. Was hast du gesagt?«

»Noch nichts. Zoe war da und hat mich die ganze Zeit so misstrauisch angestarrt. Meinst du, ich sollte hingehen?«

»Was möchtest du denn tun?« Jessie schlug den verständnisvollen *Beste-Freundin-Ton* an. Doch ich hörte heraus, wie schwer ihr das fiel. Sie konnte meine Bedenken offensichtlich nicht nachvollziehen. Und ich – wenn ich ehrlich war – auch nicht.

»Natürlich möchte ich hingehen. Du hättest ihn gestern sehen sollen – so groß, stark und besorgt.«

Jessie kicherte. »Dass ich das noch erleben darf, Cara ist verliebt.«

»So ein Blödsinn!«, wehrte ich entschieden ab.»Er gefällt mir. Ich kann mir nicht vorstellen, dass sein Anblick *irgendjemanden* kalt lassen könnte. Und mehr sage ich dazu nicht.« Jessie kicherte erneut.»Das ist so aufregend! Wieso passiert mir so etwas nie?«

»Wenn der Junkie mich nicht angefallen hätte, wären wir uns vermutlich auch nicht begegnet«, entgegnete ich und schüttelte mich bei der Erinnerung.»Und *das* wünsche ich dir definitiv nicht.«

»Ja, hast schon recht. Aber es ist ja noch mal alles gut gegangen. Und jetzt hast du ein Date.«

Ich schluckte. Allein dieses Wort machte mich nervös. Was, wenn ich mich total blöd anstellte? Was, wenn er es tat? Obwohl ich mir das bei ihm kaum vorstellen konnte.

»Kommst du bitte mit?« Die Worte purzelten aus meinem Mund heraus, bevor ich darüber nachdenken konnte. Aber eigentlich war das genau das, was ich mir wünschte. Es war mir egal, dass es albern wirkte, wenn ich plötzlich mit einer Freundin im Schlepptau bei einem Date aufkreuzte. Jessies Gegenwart würde mir Sicherheit geben. Und wenn es gut lief, könnte sie sich ja unauffällig entschuldigen.

»Also gut«, seufzte sie.»Aber wir machen ein Zeichen aus, damit ich weiß, wann ich mich wieder verziehen und euch allein lassen soll.« Ihre Stimme verklang bedeutungsvoll.

Am liebsten wäre ich ihr um den Hals gefallen. Manchmal verstanden wir uns wirklich blind.

»Danke! Dann werde ich ihm antworten. Und nachher rufe ich dich an, um dir die Details durchzugeben.«

»Bis dann, Süße.« Sie legte auf.

Ich suchte Eriks Nummer heraus und starrte mit trommelndem Herzen auf das Display. Sollte ich ihn anrufen? Oder einfach nur eine Nachricht schicken? Nach kurzem Zögern entschied ich mich für die Nachricht. Schon allein darum, weil ich keine Ahnung hatte, was ich sonst noch sagen sollte. Ich war nie besonders gut in Small Talk gewesen. Ich textete ihm meine Zusage und fragte nach Ort und Zeit.

Prompt kam eine Nachricht zurück. Hatte er schon darauf gewartet? Oder war ich ihm so wichtig, dass er alles stehen und liegen ließ, um mir unverzüglich zu antworten? Ich fühlte mich ein wenig wie Aschenputtel, das plötzlich die ungeteilte Aufmerksamkeit eines Prinzen bekam, und kicherte über den albernen Vergleich.

Wenn du mir deine Adresse gibst, hole ich dich in einer Stunde ab, hatte Erik geschrieben.

Ich schüttelte den Kopf, auch wenn er das natürlich nicht sehen konnte. Das wäre keine gute Idee. Meine Eltern würden im Dreieck springen, wenn sie sahen, wie alt er war. Und Zoe war es zuzutrauen, dass sie sich mit dem Fahrrad an unsere Fersen heftete. Sie war gerade in ihrer Lois-Lane-Phase und ließ sich keine Gelegenheit auf eine gute Story entgehen.

Ein Grund mehr, warum ich Jessie hatte mitnehmen wollen. So würden alle glauben, dass ich einfach mit meiner besten Freundin Eis essen ging, um uns das Ferienende zu versüßen.

Wir treffen uns dort, wo wir uns gestern verabschiedet haben, textete ich schnell zurück.

Dieses Mal dauerte es etwas länger, bis die Antwort zurückkam, und ich fragte mich schon, ob ich ihn irgendwie verärgert hatte. Aber dann kamen doch noch ein Smiley und die Worte: *Ich freue mich drauf, bis gleich.*

Rasch rief ich Jessie an und bat sie, sofort zu mir zu kommen. Ich hatte eine Stunde, um mich fertig zu machen, und keine Ahnung, was ich anziehen sollte.

Ich steckte mir gerade die Haare zu einem lässigen Knoten hoch, als Zoe ihre Nase durch die Tür hereinsteckte. »Uiii«, entfuhr es ihr anerkennend. »Was hast du denn vor?«

»Nichts.« Ich zuckte möglichst unschuldig mit den Schultern. »Jessie kommt gleich vorbei und wir wollen bummeln gehen.«

»Und dafür machst du dich so schick?« Sie rümpfte zweifelnd ihre Nase.

»Ich will eben nicht wie eine ungekämmte Vogelscheuche aussehen, wenn ich vor die Tür gehe.« Ich deutete vielsagend auf ihren unordentlichen Pferdeschwanz, den sie sich mit Sicherheit ohne Zuhilfenahme einer Bürste gebunden hatte.

Zoe schnaufte eingeschnappt. »Trotzdem ist hier etwas faul.« In diesem Moment läutete glücklicherweise die Türklingel und ich rannte nach unten, um Jessie reinzulassen. Triumphierend schaute ich meine kleine Schwester an.

»Darf ich mitkommen?«, fragte sie hoffnungsvoll.

»Dieses Mal nicht. Hattest du Mama nicht versprochen, ihr beim Sortieren der Urlaubsfotos zu helfen?«

Zoe verzog sich schmollend ins Wohnzimmer und ich huschte mit Jessie nach oben.

Nachdem ich die Tür hinter uns zugezogen hatte, unterzog Jessie mich einer eingehenden Musterung. »Das sieht toll aus«, sagte sie schließlich anerkennend zu meinen Haaren. »Soll ich dir meinen Lippenstift leihen?«

Ich hatte wie immer nur ein rosa schimmerndes Lipgloss aufgelegt. Jessie benutzte meist deutlich knalligere Farben.

»Nee, danke.« Ich fühlte mich einfach nicht wohl in meiner Haut, wenn das Make-up zu auffällig war. Ich fand, das passte nicht zu mir.

»Wie du meinst.« Jessie zuckte mit den Schultern. Diese Diskussion hatten wir schon öfter geführt.

Wir stellten uns vor meinen offenen Kleiderschrank und begutachteten meine Garderobe. Nach einigem Hin und Her entschieden wir uns für einen kurzen, schwarz-weiß gemusterten Sommerrock und ein weißes weich fallendes Top mit Spitzenbesatz, das einen tollen Kontrast zu meiner leicht gebräunten Haut bildete.

»Wow!«, verkündete Jessie im Brustton der Überzeugung, nachdem ich mich umgezogen hatte.

»Ist das nicht too much?« Unsicher zupfte ich an meinen Haaren.

»Nein!« Sie schlug mir spielerisch auf die Finger. »Du willst doch nicht wie ein graues Entlein neben ihm aussehen, oder?« Natürlich nicht. Ich schaute auf die Uhr. »Wir müssen los. Erik wird schon bald da sein.« Gewohnheitsmäßig schnappte ich mir meine Lieblingstasche aus bunt gewebtem Stoff, als mir einfiel, dass sie ein ziemlich hässlicher Riss von dem gestrigen Angriff zierte. Hoffentlich würde ich sie flicken können.

»Krass!« Jessie war der Riss offensichtlich auch nicht entgangen. Sie kam auf mich zu und zog mich wortlos in ihre Arme. »Wie gut, dass es bloß die Tasche war.«

Da konnte ich ihr nur recht geben. Ich befreite mich sanft aus ihrem Griff und räumte mein Zeug in eine andere Handtasche.

»Toi, toi, toi«, raunte Jessie und ich nickte aufgeregt.

Auf dem Weg nach draußen schaute ich im Wohnzimmer vorbei. »Mama, Jessie und ich gehen raus.«

»Und wohin?« Ihre Augen weiteten sich überrascht, als sie ihren Kopf hob und mich betrachtete.

»Nur in die Fußgängerzone, bummeln, ein Eis essen ...«

»Aber zum Abendessen bist du wieder da.«

»Sicher.«

»Dann viel Spaß euch beiden und passt auf euch auf.«

Ich mochte mich irren, aber als ich zur Haustür ging, meinte ich, Mama leise mit Zoe flüstern zu hören.

Ich hätte wissen müssen, dass die beiden sich nicht so leicht täuschen ließen. Andererseits hielt mich keiner auf, als ich mit Jessie zusammen nach draußen trat. Also konnte ich den Nachmittag auch ruhig genießen. Und sollte es irgendwann einmal etwas über Erik und mich zu erzählen geben, würden sie es schon noch früh genug erfahren.

Als wir uns dem vereinbarten Treffpunkt näherten, wartete er bereits auf uns. Er trug ein eng anliegendes schwarzes T-Shirt und eine dunkle Jeans. Bei jedem anderen hätte diese Kombi leicht düster wirken können, doch er sah damit einfach nur heiß aus. Lächelnd wartete er, bis wir näher kamen.

»Ich habe mich gestern geirrt«, sagte er ohne eine Einleitung. Verwirrt schaute ich ihn an.

»Du bist nicht nur hübsch, du bist atemberaubend, Cara.«

»Danke«, piepste ich und hasste mich selbst dafür, dass mir keine bessere Erwiderung einfiel und ich mit Sicherheit knallrot anlief. Zumindest fühlte es sich so an, als würde mein Kopf gerade in Flammen stehen. Aber ich war es einfach nicht gewohnt, solche Komplimente zu kassieren. Den Jungs aus meiner Stufe wäre mit Sicherheit nur etwas wie *geiler Rock* eingefallen. Noch nie zuvor hatte mich jemand als *atemberaubend* bezeichnet.

Zum Glück gab Erik mir die Zeit, mich wieder zu fangen, und wandte sich Jessie zu. Aus dem Augenwinkel beobachtete ich, wie er auf sie reagieren würde. Mit ihren langen, dunklen Locken, den großen braunen Augen und dem kleinen Schmollmund zog Jessie meist mehr Blicke auf sich als ich, auch wenn sie mir nur bis zur Schulter reichte. Heute hatte sie sich zwar in ihrer Kleiderwahl etwas zurückgehalten, um mir nicht die Show zu stehlen, dennoch war sie noch immer ein echter Hingucker. Doch in Eriks Gesicht lag nichts als höfliche Freundlichkeit, als er ihr die Hand entgegenstreckte. »Ich bin Erik«, sagte er.

»Jessie«, erwiderte sie mit einem koketten Augenaufschlag. Manche Impulse ließen sich wohl nicht einmal mir zuliebe unterdrücken.

»Schön, dich zu treffen.« Erik lächelte und bot mir wie selbstverständlich seinen Arm.

Ich zögerte kurz, bevor ich mich langsam einhakte. Meine Haut prickelte an der Stelle, wo ich die seine berührte.

OMG! Wir waren wirklich Haut an Haut!

Ich warf Jessie einen schnellen Blick zu, doch sie verzog nur beeindruckt ihren Mund und reihte sich an meiner freien Seite ein.

»Und was machst du so?«, fragte sie, noch während ich mir das Hirn darüber zermarterte, was ich nun sagen konnte. Von mir hätte die Frage irgendwie blöd geklungen, aber als bester Freundin stand ihr das Recht zu, alles über meinen potenziellen Verehrer herauszufinden.

»Ich studiere hier an der Uni.«

»Was denn?«, warf ich ein, froh darüber, einen sinnvollen Satz einschieben zu können.

»Archäologie und Kunstgeschichte.«

»Wow!«, entfuhr es Jessie und mir beeindruckt. Ich hatte keine Ahnung, ob man damit später auch einen Job bekommen konnte, aber zumindest Archäologie hörte sich spannend an. Sofort stellte ich mir Erik als einen jungen Indiana Jones vor, der die Geheimnisse irgendwelcher Tempel erforschte.

Er lachte über unsere offensichtliche Begeisterung. »Es hört sich vermutlich aufregender an, als es ist. Die meiste Zeit sprechen wir nur über uralte Knochen und verstaubte Artefakte.«

Ich fand es gut, dass er nicht die Gelegenheit ergriff, um vor uns aufzuschneiden. Wahrscheinlich hatte er so etwas ohnehin nicht nötig.

Er unterhielt uns mit kleinen Anekdoten aus dem Studentenleben, bis wir das Café erreichten. Nachdem wir die Bestellung aufgegeben hatten, drehte er den Spieß um und fragte uns nach der Schule, unseren Lieblingsfächern und den Lehrern aus. Ich merkte gar nicht, wie die Zeit verging. Nachdem die erste, verkrampfte Aufregung durch Eriks ruhige, zuvorkommende Art von mir abgefallen war, entspannte ich mich zusehends und fühlte mich in seiner Gegenwart einfach nur wohl. Ich dachte nicht einmal daran, Jessie nach Hause zu schicken, weil wir alle zusammen so viel Spaß hatten.

Und obwohl die Art und Weise, wie er mich immer wieder ansah, die Schmetterlinge in meinem Bauch wild tanzen ließ, musste ich mich nicht bemühen, geistreich oder witzig zu sein oder gar irgendwie zu flirten. Ich war einfach ich. Und alle schienen damit zufrieden zu sein.

Irgendwann hörte ich die Kirchturmglocke läuten und schaute erschrocken auf die Uhr. Es war halb sechs. Und obwohl ich nach einem riesigen Fruchteisbecher und einem Milchkaffee keinerlei Hunger verspürte, hatte ich Mama versprochen, zum Abendessen da zu sein.

»Was ist los?«, erkundigte Erik sich sofort.

»Ich muss nach Hause.«

»Jetzt schon?« Er klang enttäuscht.

»Tut mir leid.« Ich zuckte entschuldigend mit den Achseln.

»Macht doch nichts.« Seine Hand legte sich sanft auf die meine und drückte kurz meine Finger. »Ich war schon froh, dass du überhaupt so spontan Zeit gehabt hast. Ich meine natürlich, ihr beide«, fügte er mit einem charmanten Lächeln in Jessies Richtung hinzu. Er nahm seine Hand wieder fort und winkte einem vorbeieilenden Kellner. »Die Rechnung, bitte«, sagte er, als der Mann an unseren Tisch trat.

Jessie und ich zückten unsere Geldbörsen.

»Ich mache das schon«, verkündete Erik entschieden.

Ich tauschte einen erstaunten Blick mit meiner Freundin. Nicht einmal als ich mit Jan gegangen war, hatte er für mich bezahlt. Weil sein Taschengeld auch so schon knapp bemessen war und er für die neue Playstation gespart hatte.

Bevor wir protestieren konnten, legte Erik einfach ein paar Geldscheine auf das Tablett und erhob sich. »Darf ich die holden Jungfern nun nach Hause geleiten?«

»Nicht nötig«, winkte ich ab, weil ich nicht zu anhänglich wirken wollte. Außerdem wusste ich noch immer nicht, wie genau ich zu ihm stand. Ich fühlte mich durch seine Aufmerksamkeit geschmeichelt und kam mir in seiner Gegenwart ziemlich erwachsen vor. Und meine Hormone spielten bei seinem Anblick definitiv verrückt. Aber …

»Papperlapapp!«, unterbrach Jessie meine Gedanken. »Natürlich kannst du uns begleiten.« Sie warf mir einen Blick zu, der wohl *Was ist bloß los mit dir? Dieser heiße Kerl steht voll auf dich und du spielst hier die schüchterne Maus* sagen sollte.

Erik musterte mich eindringlich. »Ist es dir wirklich recht, Cara? Ich möchte mich nicht aufdrängen.«

Meine Zweifel, die ich selbst kaum verstand, schmolzen bei diesen Worten dahin. Ich kannte keine Frau, die hier hätte widerstehen können.

»Sicher.« Ich lächelte. »Lasst uns gehen.«

»Muss ich wieder hier stehen bleiben?«, fragte Erik, als wir unseren Treffpunkt erreichten.

Ich nickte schmunzelnd. »Ich fürchte ja. Die Gefahr, dass dich eine neugierige rasende Reporterin – alias kleine Schwester – sieht, ist einfach zu groß.«

»Und was wäre so schlimm daran?« Er angelte nach meinen Fingern.

Ich schluckte und sah aus dem Augenwinkel, wie Jessie fast die Kinnlade herunterklappte.

»Nichts … Ähm, ich meine …« Ich atmete tief durch. »Meine Eltern sind ziemlich streng«, sagte ich schließlich. Das stimmte zwar nicht so ganz – meistens waren sie ziemlich cool –, aber in diesem Fall könnte es tatsächlich Ärger geben. Immerhin war Erik schon zweiundzwanzig, wie er selbst zugegeben hatte. Und damit eindeutig kein Teenager mehr.

»Ach so.« Er lächelte auf mich herab und strich mir eine Haarsträhne aus der Stirn. »Das verstehe ich. Ich möchte dich nicht in Schwierigkeiten bringen, Cara.« Dieses Mal klang mein Name aus seinem Mund wie das Kosewort, das es eigentlich war. »Dann treffen wir uns ab jetzt immer hier?«

Ich nickte überrumpelt. Das klang ja, als würde er mich noch viel öfter treffen wollen.

»Ich freue mich drauf«, raunte er. Und einen Moment lang

hatte ich das sichere Gefühl, dass er mich küssen wollte. Dann aber ließ er meine Hand los und trat einen Schritt zurück. »Es hat mich sehr gefreut, Jessie. Auf Wiedersehen, Cara.«

»Mach's gut«, sagte ich lahm.

»Und danke«, fügte Jessie hinzu.

Er verharrte noch einen Augenblick, dann wandte er sich ab und ging zielstrebig davon.

Wir warteten, bis er außer Hörweite war, dann nahm Jessie aufgeregt meine Hände. »Das war so krass, Cara. Er ist ein Gott! Ein absoluter Traumtyp!« Sie hüpfte vor Begeisterung. »Und er steht wirklich und total auf dich! Woah!«

Ich rang mir ein Lächeln ab.

Irritiert über meine mangelnde Euphorie blieb Jessie abrupt stehen. »Was ist los?«

»Findest du nicht, dass das alles irgendwie zu schnell geht?«, fragte ich langsam. Es fiel mir schwer, das, was in mir vorging, in Worte zu fassen, denn rational konnte ich keinen Grund erkennen, wieso ich mich nicht hoffnungslos und Hals über Kopf in Erik verlieben sollte.

»Nein, finde ich nicht.« Jessie musterte mich verständnislos.

»Ist er nicht etwas zu alt?«, machte ich noch einen Versuch.

»Hallo Frau Müller. Falls Sie gerade in dem Körper Ihrer Tochter stecken«, witzelte Jessie, »bitte ich Sie, ihn Cara wieder zurückzugeben.«

»Haha«, kommentierte ich trocken.

»Ich meine es ernst. Du bist jung, hübsch und ungebunden. Und Mr. Perfect will mit dir gehen. Genieß es doch einfach, anstatt nach Gründen zu suchen, es nicht zu tun.« Sie grinste. »Und wenn du ihn nicht willst, ich würde ihn mit Kusshand nehmen.«

Kapitel 2

Ich hörte Zoe unten im Flur rumoren und wusste, dass ich das Unvermeidliche nicht viel länger hinauszögern konnte. Die Schule fing in einer halben Stunde an und ich musste mich wohl oder übel auf den Weg machen. Es war ja nicht so, dass ich den Unterricht nicht mochte, es war nur die Tatsache, dass es der erste Tag vom letzten Jahr war, die mir zu schaffen machte. Die meisten meiner Mitschüler erfüllte diese Vorstellung mit großer Freude und natürlich fand auch ich die Aussicht darauf, dass ich nach diesem Jahr nie wieder zur Schule gehen musste, ziemlich cool. Das Problem war nur, dass ich noch immer nicht recht wusste, was ich danach mit mir anfangen sollte.

»Cara, kommst du?«, rief Zoe ungeduldig zu mir hinauf.

»Geh schon mal vor«, schrie ich zurück. Ich zupfte mein Top zurecht und straffte meine Schultern. Ich musste mich ja nicht sofort entscheiden. Vor mir lag zumindest ein halbes Jahr, bevor die heiße Phase für die Bewerbungsverfahren der Unis begann. Ich hatte also genug Zeit, mir den Kopf darüber zu zerbrechen.

Im Hinausgehen warf ich einen Blick auf mein Handy, doch es war keine weitere Nachricht von Erik gekommen. Seufzend steckte ich es weg. Ich war mir selbst nicht ganz sicher, wieso ich überhaupt so gespannt darauf wartete. Vielleicht war es bloß der Umstand, dass er sich seit Samstagabend überhaupt nicht mehr gemeldet hatte, der mich verwirrte. Hatte ihm unser Treffen doch nicht gefallen oder hatte die plötzliche Funkstille einen anderen Grund?

Gern hätte ich mich mit Jessie darüber ausgetauscht, doch ich wusste, dass sie mir nur wieder diesen bedeutungsvollen Blick zuwerfen und behaupten würde, ich wäre verliebt. Aber das war ich nicht. Dafür kannte ich ihn viel zu wenig. Ich war fasziniert, von seiner Aufmerksamkeit geschmeichelt und unser erstes Treffen wäre definitiv ein echt cooler Start für eine Romanze. Aber noch war ich nicht so weit.

Jessie wartete bereits vor dem Haupteingang der Schule auf mich. In ihrem kurzen, hellen Rock und der ärmellosen, ziemlich weit aufgeknöpften Bluse zog sie die Blicke fast aller vorbeieilenden Jungs auf sich. Und auch die Mädchen ließ ihre Erscheinung nicht kalt. Die Bandbreite der Gefühle reichte dabei von bewundernd bis mörderisch. Aber Jessie machte das alles wie immer nichts aus. Sie war es gewohnt, im Zentrum der Aufmerksamkeit zu stehen.

Ich erreichte sie, gerade als die Schulglocke klingelte. Gut gelaunt hakte sie sich bei mir unter und zog mich in Richtung der Aula, wo wir unsere Stundenpläne bekommen sollten.

»Und?«, fragte sie mich neugierig, während wir uns durch die Schülermenge drängelten.

»Immer noch nichts.« Ich zuckte betont gleichgültig mit den Schultern.

Sie runzelte verwundert ihre Stirn. »Das ergibt doch keinen Sinn. Seine Signale waren eindeutig.« Sie schnaufte frustriert. »Und wie geht es dir jetzt?«, fügte sie mitfühlend hinzu.

»Gut.« Ich gab mich ungerührt.

»Vielleicht hat er viel zu tun«, mutmaßte sie.

Wir hatten die Aula erreicht und statt einer Antwort zog ich sie einfach hinein. Wir waren spät dran, die Sitzreihen waren schon gut gefüllt. Suchend schauten wir uns um.

»Da ist Albert!«, rief Jessie plötzlich und winkte mit der Hand. Ich folgte ihrem Blick und sah Albert, wie er auf zwei leere Plätze neben sich deutete. Ich grinste. Auf ihn war wie immer Verlass. Ich kannte den schüchternen, etwas nerdigen Jungen schon seit der siebten Klasse. Aber erst im letzten Jahr war eine echt coole Lerngemeinschaft-Schrägstrich-Freundschaft daraus entstanden, als uns auffiel, wie viele Fächer wir gemeinsam hatten. Und auf seiner Seite hatte vermutlich auch die Tatsache nicht geschadet, dass ich ständig mit Jessie herumhing, denn er himmelte meine Freundin unverhohlen an.

»Hallo Mädels«, begrüßte er uns, als wir uns zu ihm durchgedrängelt hatten. »Wie waren die Ferien?« Albert wurde jedes Jahr für die vollen sechs Wochen zu seinen Großeltern auf einen Bauernhof in der Eifel geschickt. Auch wenn er sich oft darüber beschwerte, glaubte ich nicht, dass es ihm wirklich viel ausmachte, solange das Internet nicht ausfiel.

»Erholsam.« Jessie grinste und ihre weißen Zähne blitzten in ihrem braun gebrannten Gesicht.

In diesem Moment betrat Herr Feil – der Stufenleiter – die Bühne und brachte alle Gespräche zum Verstummen. Nach einer kleinen Ansage seinerseits durften wir uns in Gruppen, gemäß dem Anfangsbuchstaben unseres Nachnamens, nach unten begeben, um unsere Stundenpläne entgegenzunehmen.

»Oh nein.« Ich seufzte, als ich einen Blick auf den meinen warf. Die Woche würde für mich in dem nächsten halben Jahr mit einer Doppelstunde Mathe beginnen. Ich mochte Mathe recht gern, aber doch nicht um acht Uhr früh am Montagmorgen.

Jessie zeigte sich von ihrem Stundenplan auch nur mäßig angetan, aber im Grunde ging es uns beiden schon seit der fünften Klasse so. Es existierte einfach kein Stundenplan, der uns in Begeisterung versetzen könnte.

Die Schulglocke läutete erneut und ich machte mich mit Albert auf den Weg zum Matheraum, während Jessie in entgegengesetzter Richtung zum SoWi-Unterricht davonlief.

In der Pause öffnete ich gerade mein Schließfach, um das neue Mathebuch darin zu verstauen, als Jessie neben mir auftauchte. Ihre Augen glänzten aufgeregt.

»Hast du ihn schon gesehen?«

»Wen denn?« Mein Herz machte einen kleinen Hüpfer und automatisch schaute ich mich um, in der Hoffnung, Erik irgendwo in der Menge hinter mir zu entdecken. Ich konnte mir nicht vorstellen, was Jessie sonst so in Begeisterung versetzt haben könnte.

Selbstverständlich war er nicht da. Was hätte er hier auch verloren? Noch bevor ich meine Gefühle zu diesem Thema sortieren konnte – war ich traurig? War ich enttäuscht? – fuhr Jessie hastig fort.

»Natürlich nicht. Er war ja gerade mit mir in SoWi und du hast Mathe gehabt«, murmelte sie mehr zu sich selbst.

»Wer denn?« Allmählich bereitete mir ihr sonderbares Verhalten Sorgen.

»Na, *er*«, hauchte sie und ihr Blick saugte sich förmlich an dem Jungen fest, der gerade durch den Mittelgang schritt.

Er war groß, durchtrainiert und braun gebrannt, hatte strahlend blaue Augen, markante Wangenknochen, volle Lippen und schulterlange, blonde Haare, die im Nacken mit einem dünnen Band zusammengehalten wurden.

Er war einfach schön. Nicht bloß attraktiv, süß, sexy oder heiß, sondern wunderschön. Ein anderes Wort fiel mir nicht ein, um diese Erscheinung zu beschreiben, die sich einen Weg durch die Menge bahnte. Wie das Rote Meer vor Moses wichen die Schüler vor ihm zurück, damit er ungehindert passieren konnte. Wenn ich mir jemals einen Engel ausgemalt hätte, hätte er so aussehen müssen. Zumindest theoretisch.

Denn was so überhaupt nicht zu seinem phänomenalen Äußeren passte, war der Ausdruck in seinem Gesicht. Seine Lippen waren fest zusammengepresst, der Kiefer angespannt, die Nasenflügel gebläht und er schaute starr geradeaus. Als wäre keiner der hier Anwesenden auch nur eines Augenblicks seiner Aufmerksamkeit wert.

»Was für ein arroganter Schnösel«, murmelte ich leise.

»Was?« Jessie schreckte aus ihrer Versunkenheit.

Ich starrte sie entgeistert an. »Sag bloß nicht, du stehst auf den!«

»Hallo?« Sie deutete vielsagend auf seinen Rücken. »Hast du ihn gesehen?«

»Ja, und er macht nicht gerade den freundlichsten Eindruck auf mich.«

Jessie grinste. »Wen juckt's? Er ist so eine Sahneschnitte.«

»Mich juckt's. Und dich sollte es auch.« Ich schüttelte missbilligend meinen Kopf.

Jessie musterte mich triumphierend. »Dass er dich kalt lässt, kann nur eins bedeuten.«

Ich hob erwartungsvoll meine Augenbrauen.

»Du bist voll in Erik verliebt.«

»Oder mein Hirn ist noch nicht völlig von Hormonen geflutet«, kommentierte ich schnippisch.

»Wie auch immer. Er sieht aber nicht nur verdammt gut aus, er hat auch ein Geheimnis«, offenbarte sie mir nun.

»Wie kommst du drauf?«

»Er spricht nicht.«

»Du meinst, er ist stumm?«

»Ich glaube nicht. Er will bloß nicht sprechen. Das ist soo cool.«

Ich runzelte irritiert die Stirn. Wenn da nicht gerade ein Trauma hintersteckte, fand ich das Verhalten eher idiotisch. Aber der hingerissene Ausdruck auf Jessies Gesicht zeigte mir, dass ich hier auf verlorenem Posten kämpfte. Und sie war nicht die Einzige, die durch den Wind war.

Der ganze Flur summte aufgeregt. Mädchen kicherten und seufzten, Jungs richteten sich gerade auf und warfen der so unerwartet aufgetauchten Konkurrenz böse Blicke hinterher.

Der Typ bedeutete Ärger. Das spürte ich ganz genau. Und ich hoffte sehr, dass ich von seiner Anwesenheit in meinen Kursen verschont bleiben würde.

Natürlich hätte ich wissen müssen, dass dieser Wunsch nicht in Erfüllung gehen konnte. Murphys Gesetz war schließlich gerade in der Schule allgegenwärtig – was auch immer schiefgehen konnte, ging auch schief.

Ich hatte gerade meinen Collegeblock aufgeschlagen und war bereit, Herrn Hamans Ausführungen über die Deutsche Literatur zu lauschen, als die Klassenzimmertür noch einmal aufging und *er* hereinkam.

Es war, als würde eine Windbö durch den Raum fegen, denn alle Gespräche verstummten abrupt und alle Augen hefteten sich auf ihn.

»Ah. Herr ...«, der Lehrer schaute auf seine Liste, »Herr Lorell, beehren Sie uns also auch mit Ihrer Anwesenheit?«

Ich atmete erleichtert aus. Zumindest Herr Haman zeigte sich von diesem Typen völlig unbeeindruckt. Ich fürchtete schon, ich wäre die einzig Normale in diesem Raum, so gespannt, wie alle den Neuankömmling anstarrten.

Dieser zuckte nur gleichgültig mit den Schultern und fixierte irgendeinen fernen Punkt an der Wand.

»Wollen Sie sich vielleicht kurz vorstellen?«

Er schüttelte stumm seinen Kopf, ging zu einem freien Platz in der hintersten Reihe, warf seinen schwarzen Rucksack neben den Tisch und ließ sich auf einen Stuhl fallen.

Tapfer widerstand ich dem Impuls, mir den Hals nach ihm zu verdrehen, wie es alle anderen taten. Der Kerl machte das bestimmt nur, um Aufmerksamkeit zu erregen. Vermutlich hatte er irgendeinen Minderwertigkeitskomplex, den er ausgerechnet in der Schule kompensieren musste.

Herr Haman runzelte missbilligend seine Stirn. »Hier spielt die Musik«, ermahnte er die Klasse.

Widerwillig murrend drehten sich die meisten wieder nach vorn.

Doch nicht einmal ich konnte mich voll auf die Worte des Lehrers konzentrieren, immer wieder drängte sich der Typ in meine Gedanken. Und die Tatsache, dass mehr als die Hälfte der Anwesenden aufgeregt tuschelte und dass Clara, meine Tischnachbarin, jede Gelegenheit nutzte, um sich nach hinten zu drehen, war auch nicht gerade förderlich.

Herr Haman stellte eine Frage und ich meldete mich. Irgendwie tat er mir heute sogar leid. Immerhin versuchte er ernsthaft, Unterricht zu machen, vor einer Klasse, die sich nicht die Bohne dafür interessierte.

»Christian, wollen Sie vielleicht etwas dazu sagen?«

Ich brauchte einen Moment, um zu begreifen, dass er damit den Neuen meinen musste. Wir hatten sonst niemanden mit diesem Namen in unserem Kurs.

Stille folgte den Worten des Lehrers. Ich fragte mich gerade, ob der Typ die Frage einfach ignorieren würde, als Lucas in der ersten Reihe gehässig auflachte. Weitere Jungs stimmten ein und ich konnte einfach nicht mehr so tun, als ob alles wie immer wäre. Neugierig drehte ich mich um. Christian hielt ein Schreibtablet in die Höhe, auf das er seine Antwort gekritzelt hatte.

Wow! Der Typ wollte *wirklich* nicht sprechen. Oder konnte er es nicht?

Was mich jedoch fast noch mehr überraschte, war die Tatsache, dass seine Antwort korrekt war. Ich hatte erwartet, dass er sich in all der Aufmerksamkeit sonnte, die er auf sich zog. Aber irgendwie hatte er es dabei geschafft, auch dem Unterricht zu folgen.

»Ruhe bitte!«, donnerte Herr Haman in die allgemeine Heiterkeit. »Ihre Antwort ist korrekt, auch wenn Sie sie auf eher ungewöhnliche Weise präsentieren.«

Christian nahm das Tablet herunter und kritzelte erneut etwas darauf.

»Ja, die Schulleitung hat mich über ihre spezielle Situation informiert.«

Ich spitzte die Ohren. Das hörte sich jetzt doch nach etwas mehr als einer bloßen Laune seinerseits an.

»Was für eine *Situation*?«, warf Lucas ein. »Ist der etwa stumm oder was?«

»Das hat Sie nicht zu bekümmern«, wies Herr Haman ihn ruhig zurecht. »Und jetzt bitte ich wieder um Ihre Aufmerksamkeit.«

»Ich meine es ernst. Wieso kriegt der eine Sonderbehandlung?«, ließ Lucas nicht locker. »Ist er krank oder was? Wenn er nicht antworten muss, mache ich es auch nicht!« Seine Kumpels grölten zustimmend.

»Wenn Ihre Antworten dann genauso treffend wären wie seine, würde ich Ihnen eigenhändig eine Schreibtafel besorgen«, kommentierte Herr Haman trocken, doch keiner achtete mehr auf ihn.

Christian hatte erneut etwas auf sein Tablet gekritzelt und hielt es nun Lucas hin. Sein Kiefer mahlte und seine Augen schienen den anderen Jungen durchbohren zu wollen.

»Haha, sehr witzig«, kommentierte Lucas, doch er wirkte plötzlich auffallend blass. Seine Freunde wechselten verunsicherte Blicke, das Getuschel schwoll noch mehr an.

Ich rückte weiter herum, um besser erkennen zu können, was Christian geschrieben hatte.

Kehlkopf-OP, habe zu früh und zu viel gequalmt.

Ich unterdrückte ein Grinsen. Kein Wunder, dass diese Antwort Lucas den Wind aus den Segeln genommen hat. Er war in der Pause selten ohne Kippe anzutreffen und ich konnte den ihm anhaftenden Tabakduft von meinem Platz aus riechen. Christian vermutlich auch.

»Meinst du, das stimmt?« Claras Stimme war erfüllt von einer morbiden Faszination.

»Keine Ahnung.« Ich zuckte mit den Schultern. Vorstellen

konte ich es mir allerdings nicht. Dafür sah er zu sehr nach blühender Gesundheit aus und der Ausdruck in seinem Gesicht enthielt zu viel Herausforderung und kaum verhüllten Spott.

»Kann ich wieder um Ihre Aufmerksamkeit bitten?«, sagte Herr Haman mit Nachdruck.

Das Gemurmel wurde leiser, hörte aber nicht auf.

Auch ich gab nun vollends den Versuch auf, dem Unterricht zu folgen. Genau wie alle anderen. Stattdessen versuchte ich, mit halbem Ohr die wilden Theorien über Christians Zustand mitzukriegen, die in der Klasse die Runde machten.

Resigniert beschränkte sich Herr Haman darauf, eine Art Zwiegespräch mit dem Neuen über die deutsche Klassik zu führen. Wobei er natürlich der Einzige war, der redete. Und ich glaube, er war ebenso erleichtert wie wir, als die Glocke schließlich das Ende dieser Stunde verkündete.

Ich packte rasch meine Sachen ein und stürmte aus dem Raum. Mir dröhnte der Kopf. Ein Blick auf meinen Stundenplan verriet mir, dass als Nächstes Erdkunde auf dem Programm stand. Gott sei Dank. Nichts war besser, um ein wenig zur Ruhe zu kommen, als das monotone Dahinplätschern von Frau Vonhofs endlosen Vorträgen.

Zielsicher suchte ich meinen Weg durch die verwinkelten Flure der Schule. Erst kurz bevor ich den richtigen Raum erreichte, fiel mir auf, dass mich alle ganz merkwürdig anstarrten. Als ein paar kleinere Mädchen haltlos zu kichern begannen, erkannte ich, dass es nicht an mir liegen konnte. Mit einem unguten Gefühl im Bauch drehte ich mich um und begegnete Christians eisblauem Blick. Er ging nur wenige Schritte hinter mir.

Unverzüglich wandte er sein Gesicht ab, als wäre ihm selbst dieser flüchtige Augenkontakt unangenehm.

Was für ein Problem hatte dieser Kerl eigentlich? Zum Glück konnte ich das nicht persönlich nehmen, weil er den Rest der Schüler ebenso behandelte. Außerdem war es mir natürlich völlig egal, wie er auf mich reagierte.

Ich zog eine Grimasse. Er sollte bloß nicht glauben, dass ich mich von seiner Arroganz irgendwie einschüchtern ließ oder ihn genauso anhimmelte wie alle anderen Mädchen, die ihr Hirn heute scheinbar am Schuleingang abgegeben hatten.

Schnell schlüpfte ich durch die Tür in das Klassenzimmer und hörte zu meinem grenzenlosen Bedauern, wie Christian mir folgte.

Warum musste er ausgerechnet in meinem Kurs sein? Noch einmal so ein Theater wie vorhin würde ich nicht aushalten. Ich suchte mir einen freien Platz – die Auswahl war noch riesig. Frau Vonhof hatte es nicht so mit der Pünktlichkeit und die meisten von uns wussten das gut zu nutzen.

Ich ärgerte mich, dass ich mich dieses Mal so beeilt hatte. Christian und ich waren bislang die Einzigen.

Einen grauenhaften Moment lang dachte ich schon, er würde sich neben mich setzen, doch er ging wortlos – wie denn sonst – an mir vorbei in die hinterste Reihe.

Ich biss mir auf die Lippen, um mir einen genervten Kommentar zu verkneifen. Wäre er direkt vorne geblieben, hätten sich zumindest nicht alle zu ihm umdrehen müssen. Doch da er mich vollkommen ignorierte, ließ ich ihn auch in Ruhe und reihte stattdessen meinen Block und meine Stifte ganz ordentlich vor mir auf.

Ich hörte, wie er tief Luft holte, und wandte mich nun doch zu ihm um.

Er hatte seine Ellbogen auf dem Tisch abgestützt und sein Gesicht in seinen Händen vergraben. Er wirkte müde und irgendwie betrübt.

Ich drehte mich noch weiter herum und wollte schon fragen, ob alles in Ordnung sei. Doch er musste meine Bewegung gespürt haben, denn er senkte die Hände und hob seinen Kopf.

Grimmig, fast schon wütend starrte er mich an und die Worte erstarben in meiner Kehle. Ich schluckte und wandte mich wieder nach vorn.

Der Typ hatte sie doch nicht alle! Was auch immer sein Problem war, ich hoffte sehr, dass er es bald in den Griff bekam. Und bis dahin würde ich mich, soweit es ging, einfach von ihm fernhalten.

Nach und nach füllte sich die Klasse mit Schülern und Albert ließ sich auf den Platz neben mir fallen. Ich konnte einfach nicht fassen, dass selbst er Christian unverhohlen anstarrte.

Dieser schien sich der Aufmerksamkeit entweder nicht bewusst zu sein oder sie war ihm gar nicht so recht, denn er fixierte stur irgendeinen Punkt oberhalb der Tafel, während sein Gesicht immer grimmiger wurde.

Ich schubste Albert unsanft mit dem Ellbogen an. »Nicht du auch noch«, zischte ich.

Fast schon ertappt drehte er sich zu mir um. »Ich bin nur neugierig, was alle an ihm finden«, rechtfertigte er sich.

»Das kann ich dir auch nicht sagen. Sein charmantes Wesen ist es jedenfalls nicht.«

»Er sieht schon irgendwie gut aus. Für einen Kerl.«

Ich warf Albert einen skeptischen Blick zu und er verstummte abrupt.

Zum Glück erschien nun endlich Frau Vonhof. Noch nie war ich so froh gewesen wie jetzt, die behäbige Erdkundelehrerin zu sehen. Sie war langweilig und lahm, aber irgendwie schaffte sie es immer, tadellose Disziplin in ihren Stunden zu wahren. Vielleicht lag es daran, dass sie kaum Beteiligung am Unterricht erwartete, sondern – abgesehen von zwei Referaten – die Fähigkeit ihrer Schüler bewertete, schweigend zuhören zu können. Oder zumindest so zu tun.

»Oh, wir haben einen neuen Schüler«, bemerkte sie. »Herr …?« Sie blätterte durch den Papierstapel in ihrer Hand, aber irgendwie schien sie die Kursliste nicht zu finden. »Sagen Sie mir noch einmal Ihren Namen?«

Schweigend hob Christian seine Tafel hoch. Ein paar Schüler kicherten oder schnappten erstaunt nach Luft, doch für die meisten war sein Verhalten keine Neuigkeit mehr. Offensichtlich hatte sich seine Eigenart bereits herumgesprochen. Ich atmete auf. Vielleicht würde sich die ganze Aufregung um ihn doch schneller legen, als ich befürchtet hatte.

Frau Vonhof runzelte unzufrieden ihre Stirn.»Ach ja, Sie sind das. Der Schulleiter hat mich informiert, dass Sie gewisse Probleme mit ihrer Stimme haben ...« Sie sah ihn fragend an.

Wie gebannt hefteten sich alle Blicke nun auf Christian. Der Muskel in seinem Kiefer zuckte, so fest biss er seine Zähne zusammen, doch er wahrte eisernes Schweigen.

»Nun, Ihren Namen werden Sie mir doch verraten können, junger Mann. Meine Augen sind nicht mehr so gut.«

In Christians Gesicht arbeitete es sichtlich. Klar hätte jeder von uns ihm aus der Patsche helfen können. Und vielleicht hätte ich das auch getan, wenn er seinen Stolz heruntergeschluckt und mich wie auch immer darum gebeten hätte. Aber offensichtlich zog er es vor, sein Ding allein durchzuziehen, also wartete ich gespannt, wer diesen stummen Machtkampf gewinnen würde.

Plötzlich schob Christian seinen Stuhl zurück und stand auf. Ich zuckte vor Schreck zusammen, als die Stuhlbeine über den Boden kratzten. Was hatte er vor?

Mit drei großen Schritten durchmaß er den Raum und beugte sich zu Frau Vonhof herunter. Entsetzt wich sie vor ihm zurück.

»Setzen Sie sich auf der Stelle hin!« Ihre Stimme überschlug sich.

Seelenruhig beugte er sich noch ein wenig näher zu ihr und flüsterte ihr etwas ins Ohr. Ich saß nah genug dran, um zu hören, dass er tatsächlich etwas *sagte,* auch wenn ich nicht verstehen konnte, was es war.

Aber eins stand damit definitiv fest: Er war weder stumm noch sonst irgendwie unfähig zu reden.

Ich rechnete fest damit, dass Frau Vonhof ihn nun zur Ordnung rufen und ihm mindestens eine Fünf für diese Ruhestörung reindrücken würde, doch stattdessen lächelte sie ganz entzückt.

»Aber sicher, Christian. Es war mein Fehler«, säuselte sie. Vor Überraschung klappte mir die Kinnlade herunter. Und ich war nicht die Einzige, der es so erging. Wie hatte er es bloß geschafft, unseren schlafenden Drachen, der nichts so sehr schätzte wie Ruhe und Ordnung, mit einem einzigen Satz zu zähmen?

Zum Glück glaubte ich nicht an Vampire oder andere übersinnliche Wesen, sonst hätte mir Frau Vonhofs seltsames Verhalten einen ziemlichen Schrecken eingejagt.

Lässig kehrte Christian an seinen Platz zurück.

»Leise!«, rief Frau Vonhof die tuschelnde Klasse energisch zur Ordnung. Was auch immer Christian zu ihr gesagt haben mochte, die besänftigende Wirkung erstreckte sich offensichtlich nicht auf den Rest von uns.

Sobald Stille eingekehrt war, fing sie zufrieden mit ihrem Vortrag an. Ich glaube, es ging um die landwirtschaftliche Nutzung irgendwelcher Flächen in Zentralafrika, aber ganz sicher war ich mir nicht.

Ich setzte den aufmerksamen Gesichtsausdruck auf, den ich im letzten Jahr in ihrem Unterricht perfektioniert hatte, und dachte über die vergangenen Tage nach.

Es war schon irgendwie verrückt. Sechs Wochen lang war praktisch nichts Aufregendes passiert und plötzlich tauchten zwei Kerle in meiner unmittelbaren Nähe auf, die alles andere als gewöhnlich waren.

Kapitel 3

»Mit dem stimmt etwas nicht«, raunte ich in der Mittagspause Jessie zu, die ihre Augen kaum von ihm nehmen konnte. Ihr Risotto stand völlig vergessen vor ihr auf dem Tisch. Zumindest besaß sie noch so viel Selbstwertgefühl, sich nicht in die Schar von Mädchen einzureihen, die sich wimpernklimpernd um ihn drängte.

Merkten die nicht, dass er überhaupt kein Interesse an ihnen hatte?

Schweigend und grimmig starrte Christian auf seinen Teller. Kein Wunder, dass er wenig erfreut war. Die Gerüchteküche brodelte auf Hochtouren, wobei eine Theorie hirnrissiger war als die nächste. Zumindest, soweit ich es mitbekommen hatte. Und erstaunlicherweise stammten die meisten von ihnen von eifersüchtigen oder gekränkten Jungs, denn die Mädchen schien sein eigenartiges Verhalten nicht im Geringsten zu stören.

Vermutlich könnte er das Ganze mit wenigen Worten aufklären, aber aus irgendeinem Grund zog er es vor, es nicht zu tun.

»Das ist doch nicht normal!« Die angesagtesten Mädchen der Schule überschlugen sich gerade bei dem Versuch, seine Aufmerksamkeit auf sich zu lenken.

»Hmm?« Jessie war so sehr in die Betrachtung von Christian vertieft, dass sie mir gar nicht richtig zuhörte.

»Hey!« Ich nahm ihren Arm und drehte sie energisch zu mir herum. »Ich rede mit dir.«

»'Tschuldige«, nuschelte sie und riss sich zusammen.
»Er ist mir irgendwie unheimlich«, fuhr ich fort. »Sieh *mich* an!«, fügte ich hastig hinzu, als sie sich automatisch nach ihm umdrehte.

Sie blinzelte ein paarmal. Es wirkte fast, als versuchte sie, ihren Geist zu klären. »Er ist einfach so süß.«

»Süß?« Ich starrte sie an, als hätte sie ihren Verstand verloren. »Du meinst eher grimmig, eigenartig und gruselig.« Arroganz hatte ich inzwischen von meiner mentalen Liste seiner Charaktereigenschaften gestrichen. Er schien wirklich nicht froh über die ganze Aufmerksamkeit zu sein, die er erregte.

»Du willst mir doch nicht erzählen, dass sein Anblick dich völlig kalt lässt?«

»Er sieht gut aus. Aber das war's auch schon.«

»Du meinst wohl eher göttlich.«

»Wie auch immer.« Ich hatte keine Lust, mich mit ihr darüber zu streiten. Ich senkte meine Stimme. »Hast du schon gehört, was er mit der Vonhof gemacht hat?«

»Was denn?«

Ich schob meinen Salat zur Seite und beugte mich näher zu ihr heran. »Sie wollte, dass er mit ihr spricht, wurde richtig ätzend, du kennst sie ja. Und dann ist er einfach aufgestanden und hat ihr irgendetwas ins Ohr geflüstert und danach war sie wie ausgewechselt, zumindest ihm gegenüber. Hat nur noch gesäuselt und gelächelt.«

»Weißt du auch, was er gesagt hat?«

»Nein. Es war zu leise.«

»Eigenartig.« Bevor ich es verhindern konnte, schaute Jessie sich noch einmal zu ihm um. Fast schon erleichtert bemerkte ich, dass die nachdenkliche Falte auf ihrer Stirn erhalten blieb. Hoffentlich hatte endlich wieder ihr Verstand die Führung über den Körper übernommen. »Vielleicht hat er ja einflussreiche Eltern«, mutmaßte sie. »Irgendwelche Politiker oder reiche Sponsoren, mit denen es sich niemand verscherzen möchte.«

Ein entschlossener Ausdruck trat auf ihr Gesicht.»Was auch immer es ist, ich werde es herausfinden.«

»Und wie?« Allein schon der Gedanke, sie könnte sich in seine Nähe begeben, bereitete mir Unbehagen. Keine Ahnung, wieso. Denn eigentlich hatte der Typ bisher nichts getan, außer ein wenig aufzufallen. Jessie grinste.»Die Roske hat mir gesagt, dass ich meinen Aushilfsjob bei ihr im Sekretariat dieses Jahr wieder haben kann. Wenn es also irgendein Geheimnis um Christian Lorell gibt, werde ich es lüften!«

Das laute Schaben eines Stuhls über den Boden ließ uns – trotz der nicht gerade ruhigen Geräuschkulisse – erschrocken zusammenzucken.

Ich blickte auf und sah gerade noch, wie Christian ein Mädchen energisch beiseiteschob und sich erhob. Er sagte keinen Ton, doch seine Wut war deutlich spürbar. Ich glaubte fast, seine Schultern vor Anspannung beben zu sehen, als er sich abwandte und mit großen Schritten die Mensa verließ. Sein Essen blieb kaum berührt auf dem Tisch.

Das Letzte, was ich von ihm sah, war sein breiter Rücken und die goldenen, zusammengebundenen Haare, die jetzt deutlich länger zu sein schienen als am Morgen. Ich blinzelte und sah noch einmal hin. Doch er war schon hinter der Tür verschwunden. Und blieb es für den restlichen Tag.

Ich hatte nach der letzten Stunde gerade das Schulgebäude verlassen, als sich plötzlich eine Gestalt aus dem Schatten einer Kastanie löste. Sofort fing mein Herz aufgeregt zu trommeln an.

»Erik! Was machst du denn hier?« Überrascht lief ich auf ihn zu. War er nur meinetwegen gekommen? Hatte er hier auf mich gewartet?

»Hallo Cara.« Er lächelte mich voller Wärme an und angelte mit seinen Fingerspitzen zaghaft nach meiner Hand.»Ich habe dich vermisst.«

»Und wieso hast du dich dann nicht gemeldet?« Die Worte waren heraus, bevor ich sie zurückhalten konnte. Ich wollte ihm weder Vorwürfe machen noch den Eindruck vermitteln, ich hätte gestern den ganzen Tag nur auf eine Nachricht von ihm gewartet. Doch dafür war es nun zu spät.

Forschend sah er mich an und ich hatte das Gefühl, dass er nach den richtigen Worten suchte. Ich wappnete mich für das, was nun kommen würde.

»Ich wollte dich nicht bedrängen. Ich weiß, dass man normalerweise vierundzwanzig Stunden wartet, bevor man ein Mädchen anruft, das man gerade erst kennengelernt hat.« Sein schiefes Grinsen hatte etwas Entwaffnendes. »Aber was soll ich sagen, ich habe es nicht ausgehalten. Du gingst mir einfach nicht aus dem Kopf.«

Sein Geständnis raubte mir den Atem. Ich konnte kaum fassen, dass dieser traumhafte Mann sich derart für mich interessierte.

»Doch dann hatte ich den Eindruck, als würde es dir zu schnell gehen.« Er ließ seinen Satz wie eine Frage klingen und ich wusste nicht genau, was ich darauf erwidern sollte.

»Vielleicht ein wenig«, murmelte ich. Und fragte mich zugleich, was mit mir los war.

Er nickte reumütig. »Hatte ich also recht. Deshalb hatte ich mir fest vorgenommen, es etwas langsamer angehen zu lassen, und sieh mich jetzt an.« Er lächelte. »Einen Tag habe ich das gerade mal ausgehalten und treibe mich schon auf gut Glück vor deiner Schule herum.«

»Wieso hast du mir nicht einfach getextet?«

»Habe ich. Aber dein Handy muss wohl aus sein.«

»Ach ja«, fiel es mir schlagartig ein. In der Schule herrschte striktes Handyverbot. Wer damit erwischt wurde, durfte sich für eine Woche davon verabschieden, und das wollte ich auf keinen Fall riskieren. »Und dann bist du einfach so hergekommen?« Ein bisschen verrückt war das ja schon. »Hast doch bestimmt genug zu tun.«

»Nichts Besseres«, widersprach er mir sanft. »Das ist einer der Vorteile, wenn man studiert«, fügte er lockerer hinzu. »Man darf sich seine Zeit weitgehend frei einteilen. Und da ich eh in der Nähe war, dachte ich, ich schaue mal vorbei. Hast du jetzt Schluss?«

»Ja.«

»Was dagegen, wenn ich dich nach Hause begleite? Selbstverständlich nur bis zur vereinbarten Stelle.«

Ich kicherte. Diese Aktion von ihm war einfach nur süß. Und eigentlich hätte er mich heute problemlos bis vor die Haustür bringen können, weil meine Eltern beide arbeiten waren und Zoe den Nachmittag bei ihrer Freundin verbrachte. Aber dann würde die Frage im Raum stehen, ob er noch mit reinkommen sollte oder nicht. Außerdem machte es mir irgendwie Spaß, mich mit einem – zumindest winzig kleinen – Geheimnis zu umgeben.

»Sehr gerne.«

Er reichte mir seinen Arm und ich hakte mich bei ihm unter. Es fühlte sich gut an. *Er* fühlte sich gut an. So stark, so beschützend.

Eine Weile gingen wir schweigend nebeneinander her.

»Nein, ich kann das nicht«, sagte er plötzlich.

Überrascht schaute ich ihn an. Mein Arm in seiner Armbeuge zuckte zurück, doch er hielt ihn nachdrücklich fest.

»Ich kann es einfach nicht ruhiger angehen lassen«, erklärte er. »Würdest du morgen mit mir ausgehen?«

»Ähm.« Ich biss mir auf die Unterlippe, während mir tausend Gedanken durch den Kopf schossen. Angefangen von *Oh ja, sicher!* bis zu *Meine Eltern würden mich umbringen.*

»Oh.« Er blieb stehen und sah mich enttäuscht an. »Das war jetzt nicht ganz die Reaktion, auf die ich gehofft hatte.«

»Tut mir leid«, stammelte ich. Es war ja nicht so, dass ich nicht wollte. Also prinzipiell. »Meine Eltern sind ziemlich streng. Unter der Woche darf ich abends nicht weggehen.« Oh

Mann! Jetzt würde er mich bestimmt für ein Kleinkind halten. Doch sein Gesicht entspannte sich.

»Natürlich, daran habe ich gar nicht gedacht. Dann am Freitag?«

»Sicher.« Ich lächelte nervös. Bis Freitag hatte ich noch fast eine Woche. Mir würde schon irgendetwas einfallen, wie ich meine Eltern überzeugen könnte.

»Klasse. Ich habe auch schon eine Idee. Und bis dahin verspreche ich dir hoch und heilig, dich nicht mehr in der Schule zu überfallen.«

Ich nickte dankbar. Ich hätte nie damit gerechnet, dass er so sensibel und verständnisvoll reagieren würde. Er schien schlichtweg perfekt zu sein.

»Oh, ich bin ja so neidisch!«, flötete Jessie ins Telefon, als ich ihr am Abend von meiner Begegnung mit Erik erzählte. »Das ist total romantisch.«

Das fand ich natürlich auch. Trotzdem wollte sich bei mir das verliebte Herzflattern nicht einstellen, wenn ich an Erik dachte. Ich fühlte mich durch seine Aufmerksamkeit geschmeichelt und ich müsste schon blind sein, um ihn nicht heiß zu finden. Aber …

»Vielleicht kannst du ja wieder mitkommen«, schlug ich spontan vor.

Stille folgte meinen Worten.

»Was ist los?«, fragte Jessie schließlich.

»Wieso?«

»Solltest du nicht ganz wild darauf sein, mit Erik auszugehen? Und zwar *ohne* mich.«

»Vielleicht hat er ja noch einen Freund. Dann können wir ein Viererdate draus machen«, versuchte ich, die Situation zu retten. Aber Jessie hatte recht. Ihre Worte führten mir vor Augen, dass mich die Aussicht darauf, einen ganzen Abend nur mit Erik zu verbringen, eher mit Nervosität denn mit Vorfreude erfüllte.

»Cara …« Jessie schlug einen mahnenden Tonfall an.

»Hast du eigentlich was über Christian herausgefunden?«, wechselte ich abrupt das Thema.

»Nicht viel«, entgegnete sie bedauernd. Doch wie erhofft hatte der Name die gewünschte Wirkung und sie ließ die Sache mit Erik auf sich beruhen. »Soweit ich feststellen konnte, gibt es an seiner Familie nichts Außergewöhnliches. Sein Vater ist wohl schon vor Jahren gestorben. Und bis vor Kurzem hat er mit seiner Mutter in der Nähe von Freiburg gewohnt.«

»Hast du eine Ahnung, warum sie hergezogen sind?«

»Nö. Aber ich konnte nicht alles in seiner Akte einsehen.« Sie klang regelrecht geheimnisvoll.

»Wie meinst du das?«

»Ich habe nur einen Vermerk gefunden, dass er sich zu sprechen weigert, mit dem Stempel *Verschlusssache*. Ich schätze, dass die Unterlagen dazu im Büro des Direktors liegen.«

Das hörte sich ja wirklich spannend an. »Glaubst du, sie sind wegen dieser Geheimsache hergezogen? Und dass er deshalb nicht sprechen mag?«

»Na logo! Welchen anderen Grund könnte es dafür geben? Ich glaube nämlich nicht, dass er krank ist. Du?«

Eine Weile rätselten wir noch herum, was hinter Christians Schweigen stecken könnte und in welchem Zusammenhang es dazu stand, dass er mit einem einzigen Wort Frau Vonhof dazu bringen konnte, ihm aus der Hand zu fressen. Wirklich weiter kamen wir dabei jedoch nicht. Als wir uns zum vierten Mal gedanklich im Kreis gedreht hatten, steckte Zoe ihren Kopf durch die Tür und fragte, ob ich mit ihr eine Runde Wii spielen wollte.

»Wir sehen uns morgen«, sagte ich zum Abschied zu Jessie und ging mit meiner Schwester nach unten.

»Ich habe ihn gegoogelt«, berichtete Jessie mir am nächsten Morgen aufgeregt vor der Schule.

»Wen denn?«

»Na, Christian«, erklärte sie kopfschüttelnd. Er schien ihr wirklich keine Ruhe zu geben.

»Und?«

Sie schaute sich schnell um und zog mich ein wenig zur Seite, damit niemand uns zufällig belauschen konnte. »Es hat in Freiburg einen Unfall gegeben.«

»Was ist passiert?«, raunte ich alarmiert. Aus irgendeinem Grund spürte ich, dass es seine Schuld gewesen sein musste.

»In dem Zeitungsartikel stand, dass ein Mädchen plötzlich auf die Fahrbahn gelaufen ist und von einem vorbeifahrenden Auto erfasst wurde. Sie kam schwer verletzt ins Krankenhaus und liegt seitdem im Koma.«

»Und weiter?« Das hatte ja nicht gerade viel mit Christian zu tun. Wenn nicht ausgerechnet er am Steuer gesessen hatte.

»In diesem Bericht stand nicht mehr dazu, doch in einem Klatschblatt wurde geschrieben, dass das Mädchen wenige Sekunden zuvor Streit mit ihrem Freund gehabt hätte. Und dass das überhaupt erst der Grund dafür gewesen wäre, dass sie, ohne zu schauen, auf die Straße lief.« Jessie machte eine theatralische Pause. »Und jetzt rate mal, wer dieser Freund war.«

»Christian?«, raunte ich atemlos.

Sie nickte ernst. »Natürlich stand da nicht sein voller Name. Aber ich kann mir nicht vorstellen, dass jemand anders mit *Christian L.* gemeint sein könnte.«

»Was haben die über ihn geschrieben?«, fragte ich wider Willen fasziniert.

Jessie verzog ihren Mund. »Eigentlich gar nichts, nur dass er die Aussage verweigerte.«

»Wann ist das passiert?«

»Ende letzten Schuljahres. Und ich denke, das erklärt ziemlich gut, wieso sie von dort weggezogen sind.«

Das ergab Sinn. Es war bestimmt schon schlimm genug für ihn, dass seine Freundin nach einem Streit im Koma lag. Wie

44

furchtbar musste es dann noch sein, wenn der Fall durch die Klatschpresse ging und alle mit dem Finger auf einen zeigten. Auf einmal tat er mir richtig leid.

»Er hat sie aber nicht geschubst, oder?«, vergewisserte ich mich dennoch.

»Zumindest stand da nichts davon drin. Es gab mehrere Zeugen, deshalb wurde auch von dem Streit berichtet. Ich denke, wenn er sie wirklich geschubst hätte, hätte er eine Strafanzeige gekriegt.«

»Das erklärt noch immer nicht die Sache mit seiner Stimme.«

»Ich denke trotzdem, dass wir der Lösung des Rätsels schon um einiges näher sind.« Sie zögerte. »Meinst du, wir sollten ihn darauf ansprechen?«

»Auf keinen Fall!« Die Heftigkeit meiner Reaktion überraschte mich selbst. Ich konnte es nicht erklären, doch irgendetwas tief in mir drin sagte mir, dass er gefährlich war. »Versprich mir, dass du dich von ihm fernhältst«, sagte ich, ohne mich um Jessies irritierten Blick zu kümmern.

»Okay«, erwiderte sie gedehnt. »Wenn du mir den Grund dafür nennst.«

Das konnte ich nicht, denn ich kannte ihn ja selber nicht. Ich hatte eigentlich nie ein besonders ausgeprägtes Bauchgefühl oder irgendeine Art von Intuition gehabt, aber in diesem Fall schlugen die eindeutig Alarm. »Ich möchte bloß nicht, dass du verletzt wirst«, sagte ich und es war nicht einmal gelogen. »Der Typ hat eine echt krasse Wirkung auf Frauen. Und seine Exfreundin ist beinahe gestorben, weil er sie so aufgebracht hat. Ich würde sagen, es ist deutlich gesünder, ihn aus der Ferne zu beobachten.«

Jessie seufzte schwer, widersprach mir jedoch nicht.

Der Vormittag verlief weitgehend genauso wie der gestrige Tag. Zu meinem Leidwesen musste ich feststellen, dass ich mir noch zwei weitere Kurse mit Christian teilte. Und obwohl ihn inzwischen schon alle kannten, zog er nach wie vor viel zu viel Aufmerksamkeit auf sich. Sogar ich ertappte mich dabei, wie ich seine Gesichtszüge studierte, anstatt mich auf den Unterrichtsstoff zu konzentrieren.

Was mochte ihm wohl durch den Kopf gehen, während ihn ein Großteil seiner Mitschüler so unverhohlen anstarrte? Machte er sich Sorgen um seine Freundin, die irgendwo in einem Krankenhaus lag? Fühlte er sich schuldig?

Ich sah einen gewissen Trotz in seinen Augen aufblitzen, jedes Mal, wenn er sein Tablet hob, um eine Antwort zu geben. Und sobald die Glocke klingelte, war er der Erste, der den Raum fast schon fluchtartig verließ.

Als er hinausstürmte, fiel mein Blick auf den schlichten Pferdeschwanz, zu dem er seine vollen, glänzenden Haare zusammengebunden hatte, und ich schmunzelte über mich selbst. Sein Haar hatte genau die gleiche Länge wie gestern Morgen. Ich musste mich in der Mensa getäuscht haben.

»Nimmt das denn nie ein Ende?«, brummte Albert neben mir. »Jetzt starrst du ihn auch schon so an.«

Ich schnaufte. »Keine Bange, bei mir ist es reine Neugier, kein romantisches Interesse.«

»Der Typ ist schon irgendwie schräg, findest du nicht?«

»Meinst du wirklich?«, entfuhr es mir ironisch.

»Ja.« Albert ließ sich davon nicht irritieren. »Hast du gesehen, wie die Mädchen ihn umschwirren? Und er zuckt nicht einmal mit der Wimper.«

»Eifersüchtig?« Ich musterte Albert grinsend. Bisher war mir nicht aufgefallen, dass er sich für jemand anderen als Jessie interessiert hätte. Aber vielleicht hatte er inzwischen sein Auge doch auf eine Neue geworfen. Da wäre es natürlich bitter, wenn sie sich auch Christians Fanklub angeschlossen hätte.

»Nein. Ich frage mich nur, was mit ihm nicht stimmt. Ist er schwul oder was?«

Erstaunt sah ich meinen Freund an. Ich hatte ihn noch nie so abfällig über jemanden sprechen hören. Es musste ihn ziemlich erwischt haben.

»Nein, schwul ist er nicht.« Ich zuckte mit den Achseln. »Vielleicht trauert er noch immer seiner letzten Freundin nach. Sie liegt im …« Gerade rechtzeitig fasste ich mich noch, bevor ich *Koma* sagen konnte. Ich wollte ganz bestimmt keinen Tratsch verbreiten. Erst recht, wenn Christian genau deshalb seine alte Schule, sogar die Stadt verlassen hatte. »Ich habe gehört, dass sie im Krankenhaus liegt.«

»Oh.« Albert senkte den Kopf und musterte seine Schuhspitzen. »Woher weißt du das?«, fragte er dann. Er wirkte betroffen.

»Jessie hat es herausgefunden. Verrate es bitte nicht weiter, ja?«

»Ist doch Ehrensache.« Er schulterte seinen Rucksack. »Wir sehen uns heute Mittag.«

»Bis dann.« Ich nahm ebenfalls meine Tasche und machte mich auf den Weg zu Bio.

Obwohl er mir in der nächsten Doppelstunde nicht mehr über den Weg lief, kreisten meine Gedanken viel zu oft um den geheimnisvollen, schönen Jungen mit dem bitteren, provokanten Zug um den Mund, vor dem mich mein Bauchgefühl so ausdrücklich warnte.

Ich seufzte und gab mir alle Mühe, den Worten von Herrn Doban zu lauschen, der uns irgendetwas über die Zellfunktionen erzählte.

In der Mittagspause hatten wir uns in die Schlange vor dem Ausgabetresen eingereiht. Jessie hob gerade das Tablett mit ihrem Essen hoch und schaute sich suchend nach einem geeigneten Sitzplatz um. Ich stand als Nächste in der Schlange und schob das meine weiter vor, um meine Portion Kartoffelgratin in Empfang zu nehmen. Plötzlich rempelte irgendein Idiot Jessie im Vorbeigehen von hinten an. Sie schrie auf, ihr Teller geriet ins Rutschen und ich reagierte instinktiv. Ich streckte meine Arme aus, um ihr Tablett aufzufangen, und war erstaunt, wie mühelos mir das gelang.

Erst dann fiel mir die unnatürliche Stille auf, die sich über die Mensa gesenkt hatte. Ich richtete mich vorsichtig auf und schaute mich entgeistert um.

Ach du heilige Scheiße! Um mich herum war alles wie erstarrt. Jessie hatte noch immer den erschrockenen Ausdruck auf ihrem Gesicht, ihr Tablett war noch immer geneigt, doch der Teller rutschte nicht mehr, vielmehr hing er einfach in der Luft.

Ich taumelte zurück. Das konnte nicht wahr sein. Es widersprach jeglichen Gesetzen der Physik. Panik machte sich in mir breit. Ich packte Jessie an der Schulter und rüttelte sie leicht, doch von ihr kam keine Reaktion.

»Hilfe!« Meine Stimme klang dünn und piepsig in der vollkommenen Stille.

Meine Augen huschten hektisch durch den Raum. Mein Atem verfing sich keuchend in meiner Brust.

Jessie, Albert, all die anderen, die ganzen Lehrer an ihrem Tisch – sie waren alle noch da. Aber keiner von ihnen konnte mich hören.

»Hilfe!«, rief ich erneut. War ich die Einzige, die sich noch rühren konnte? War etwa die ganze Schule erstarrt?

Nein. Draußen auf dem Schulhof konnte ich die kleineren Kinder spielen sehen. Irgendwo dort gab es bestimmt noch einen Lehrer. Ich musste Hilfe holen!

So schnell ich konnte, rannte ich aus der Mensa und schlitterte an Zoe vorbei in den Flur. Oh nein, meine kleine Schwester hatte es auch erwischt!

Ihr Fuß hing vor ihr in der Luft, der Mund zu einem Satz geöffnet, den sie nicht mehr hatte beenden können.

Ich stolperte weiter und krümmte mich schmerzerfüllt zusammen, als mein Magen sich plötzlich verkrampfte. Ich würgte und schmeckte bittere Galle auf meiner Zunge. Tränen schossen mir in die Augen. Irgendwo hinter mir schepperte es laut, jemand schrie erschrocken. Es kam aus Richtung der Mensa.

Was ging hier nur vor? Was geschah bloß mit mir?

Blindlings schwankte ich zur Toilettentür und riss sie auf. Ich schaffte es gerade noch, mich über das Waschbecken zu beugen, als mein Magen seinen ganzen kärglichen Inhalt entleerte. Ich hustete und schnappte nach Luft.

Zitternd drehte ich den Hahn auf und spritzte mir kaltes Wasser ins Gesicht. Dann richtete ich mich langsam auf, strich die Haare zurück, die wie durch ein Wunder nichts abbekommen hatten, und nahm zum ersten Mal meine Umgebung wahr.

So ein Mist! Ich war im Jungenklo gelandet. Doch das war bei Weitem nicht das Schlimmste. Denn als ich meine Augen hob, begegnete ich direkt Christians eisigem, blauem Blick.

»Ich brauche Hilfe!«, raunte ich heiser. Noch immer schmeckte ich die Säure in meiner Kehle.

Er rührte sich nicht, starrte mich bloß weiter unverwandt an.

Hitze schoss mir ins Gesicht, als mir bewusst wurde, wo wir uns befanden. Zumindest stand seine Hose nicht auf. Es war schon der Oberbegriff an Peinlichkeit, dass ich meinen Mageninhalt vor ihm ausgebreitet hatte, wenn ich ihn dabei auch noch beim Pinkeln erwischt hätte, könnte ich ihm niemals wieder unter die Augen kommen.

»'Tschuldigung.« Stotternd trat ich den Rückzug an. Er machte nicht den Eindruck, als würde er mir helfen wollen. Mir ging es immer noch total dreckig. Mein Magen rebellierte und der Schreck darüber, was gerade in der Mensa geschehen war, saß mir tief in den Knochen, auch wenn der rationale Teil meines Gehirns sich bereits eingeschaltet hatte und mir versicherte, dass das Scheppern ein sicheres Zeichen dafür war, dass sich die seltsame Starre bereits aufgelöst hatte.

Falls es sie tatsächlich gegeben hatte und ich nicht an irgendwelchen Wahnvorstellungen litt.

Ein Blick in Christians Gesicht verriet mir, dass mein Geisteszustand gerade mein geringstes Problem war. Er machte mir Angst. Seine Augen waren zu kleinen Schlitzen verengt, seine Hände zu Fäusten geballt und er wirkte mehr als nur wütend. »Verschwinde!«, zischte er. Seine Stimme vibrierte durch meinen Körper. Ganz deutlich spürte ich ihre Kraft – befehlend und keinen Widerspruch duldend. Gleichzeitig regte sich mein Ärger, denn seine Verachtung war nicht zu überhören. Was stimmte bloß nicht mit dem Kerl? Ich hatte mir gerade vor seinen Augen die Seele aus dem Leib gekotzt und anstatt zu fragen, ob alles in Ordnung war, machte er mich so an. »Geht's noch?«, maulte ich zurück. »Schon klar, hier ist das Jungenklo, aber das ist noch lange kein Grund, so unfreundlich zu sein!«

Ein Ausdruck aufrichtiger Verblüffung huschte über seine Züge. Dann presste er grimmig die Zähne zusammen. »Ich sagte, du sollst *verschwinden*!«, wiederholte er lauter und deutlicher dieses Mal. Seine Faust zuckte nach oben und ich wich vorsichtshalber zurück.

Der hatte echt einen an der Klatsche! Dann war ich eben im Jungenklo gelandet, na und?

Plötzlich fiel mir auf, dass er eine Schere in seiner Faust umklammert hielt. Irritiert hielt ich inne. Vermutlich hätte mich der Anblick eines spitzen Gegenstands in seiner Hand endgültig in die Flucht schlagen sollen, doch stattdessen weckte er meine Neugier. Zumal ich jetzt die blonden Strähnen auf den dunklen Kacheln des Bads entdeckte.

Hatte er sich hier etwa die Haare geschnitten?

Also hatte ich mich gestern doch nicht verguckt!

Mein Verstand ratterte, doch das alles ergab einfach keinen Sinn.

Christian machte einen Schritt auf mich zu. Er musterte mich so intensiv, als hätte er mich noch nie zuvor gesehen. Endlich gewann mein Selbsterhaltungstrieb die Oberhand. Ich drehte mich um, riss die Tür auf und stolperte hinaus.

»Cara!«, hallte mein Name mir hinterher, doch ich achtete nicht darauf.

Ich rannte und rempelte die Mitschüler an, die sich nun gemächlich auf den Weg zur nächsten Stunde machten, und atmete erst wieder erleichtert auf, als ich mich im Klassenzimmer auf meinen Platz sinken ließ.

Mein Kopf schmerzte. Zu viele Gedanken tobten darin herum. Die Begegnung mit Christian hatte kurzzeitig den Schock über den Vorfall in der Mensa überlagert, aber nun kam er mit voller Wucht zurück. Sollte ich zurückgehen und nachschauen, ob wirklich alles in Ordnung war?

Allein der Gedanke an den Essensgeruch bereitete mir Übelkeit. Mir war noch immer sehr flau im Magen.

Vielleicht war es ja genau das? Vielleicht hatte ich mir irgendeinen seltenen Magen-Darm-Infekt eingefangen, der mit Halluzinationen einherging, und es war überhaupt nichts passiert. Weder waren alle in der Mensa urplötzlich erstarrt, noch hatte ich Christian dabei erwischt, wie er sich heimlich die Haare abschnitt. Beides war dermaßen verstörend und verrückt, dass es einfach nicht wahr sein *konnte*.

Vielleicht sollte ich mich krankmelden, mich im Bett verkriechen und das alles schnellstmöglich vergessen.

Ich legte mir gerade die Worte zurecht, wie ich die Schulsekretärin davon überzeugen konnte, mich nach Hause zu lassen, als Jessie auf mich zustürmte.

»Mensch, Cara. Da bist du ja endlich!« Sie ließ sich neben mich sinken und starrte mich vorwurfsvoll an. »Geht es dir gut? Du bist einfach von einer Sekunde auf die nächste verschwunden!«

Mein Herz sank. Also doch keine Halluzination.

»Ja … ähm … Mir geht es gut. Ich habe nur … Saft auf mein

Top bekommen und wollte den Fleck schnell rauswaschen, bevor er sich festsetzt«, improvisierte ich hastig.

»Welcher Fleck?« Stirnrunzelnd sah Jessie auf mein absolut sauberes Oberteil.

»Ich habe ihn rausgekriegt!« Ich setzte ein Lächeln auf. »Und die Stelle am Handgebläse trocken geföhnt. Ich konnte doch nicht mit nassem Top herumlaufen.« Erwartungsvoll sah ich sie an und hoffte, dass sie die Ausrede schlucken würde.

Sie schien nicht wirklich überzeugt, also wechselte ich rasch das Thema. »Du glaubst gar nicht, wer mir auf dem Klo begegnet ist«, raunte ich. »Christian.«

»Christian war auf der Mädchentoilette?«, fragte sie entgeistert.

»Nein, natürlich nicht.« Wenn man einmal mit dem Lügen anfing. »Ich habe ihn beim Hinausgehen gesehen. Er hatte eine Schere in der Hand. Ich glaube, er hat sich die Haare geschnitten.«

»Wieso sollte er das tun?«

»Keine Ahnung. Vielleicht ist er ja besonders eitel.« Natürlich war mir klar, dass das nicht der Grund sein konnte. Er mochte vieles sein, aber eitel mit Sicherheit nicht. Doch auf einmal hatte ich Bedenken, Jessie von meinem Verdacht zu erzählen, seine Haare würden unnatürlich schnell wachsen. Immerhin waren wir hier nicht bei Rapunzel, sondern in der realen Welt.

»Eigenartig«, kommentierte Jessie. Sie musterte mich prüfend, als wäre sie sich nicht sicher, ob sie das, was ihr im Kopf herumging, wirklich aussprechen sollte. »Versprichst du mir, nicht zu lachen, wenn ich dir etwas sage?«, fragte sie zögernd.

Ich nickte feierlich. Was auch immer es war, es konnte nicht irrsinniger sein als das, was ich gerade erlebt hatte.

Jessie beugte sich näher an mich heran und senkte ihre Stimme. »Ich habe mir gestern schon gedacht, dass seine Haare mittags länger waren als am Morgen. Verrückt, oder?«

Ich schluckte. Ihr war es also auch aufgefallen.

»Ich habe dir doch gleich gesagt, dass mit ihm irgendetwas nicht stimmt.«

»Ja, aber was?«

»Keine Ahnung.« Ich zuckte mit den Schultern. Das wüsste ich auch gern. Was mich aber noch mehr beschäftigte, war die Frage, was zum Teufel in der Mensa geschehen war. War *er* irgendwie dafür verantwortlich ... Oder war *ich* es? Ich schauderte, als ich diese letzte Möglichkeit in Betracht zog. Das war absurd. Völlig ausgeschlossen. Unmöglich. Und doch ...

Mir war schon einmal aus heiterem Himmel übel geworden. Damals war es nicht ganz so heftig gewesen, aber es hatte sich vergleichbar angefühlt. So plötzlich, wie die Krämpfe gekommen waren, waren sie wieder verschwunden. Und auch jetzt spürte ich nur noch ein leichtes Ziehen in der Magengegend, das sich bestimmt bald legen würde.

Beim letzten Mal hatte ich es auf den Schock durch den Junkie-Angriff geschoben. Aber was, wenn es an mir lag?

Oh Mann!

Ich widerstand nur knapp der Versuchung, mein Gesicht hilflos in den Händen zu vergraben. Zum Glück betrat der Lehrer nun das Klassenzimmer und lenkte Jessies Aufmerksamkeit von mir ab.

Ich bekam kaum etwas davon mit, was er da vorne erzählte. Fassungslos starrte ich meine Hände an. Sollte ich tatsächlich in der Lage sein, Dinge oder Menschen erstarren zu lassen? Aber wie? Und wieso?

Ich war mir ziemlich sicher, von keiner radioaktiven Spinne gebissen worden zu sein. Mich hatten auch keine Aliens entführt, ich hatte nicht einmal etwas Ungewöhnliches gegessen! Also, was sollte das Ganze auf einmal? Steckte da vielleicht doch Christian dahinter?

Immer schneller drehten sich die Fragen in meinem Kopf herum, bis ich es kaum noch aushielt.

So ging das nicht weiter. Ich brauchte dringend ein paar Antworten. Also beschloss ich, mit denen anzufangen, die ich mir selbst verschaffen konnte.

Ich gab meinem Stift einen kleinen Schubs, sodass er über meinen aufgeschlagenen Block rollte, und versuchte, ihn Kraft meiner Gedanken aufzuhalten.

Natürlich funktionierte es nicht.

Also nahm ich so unauffällig wie möglich meine Hände dazu, spreizte die Finger, sodass es aussah, als wollte ich den Stift nass spritzen. Doch das verdammte Ding zeigte sich davon völlig unbeeindruckt.

»Wollen Sie dazu vielleicht etwas sagen, Cara?«

Überrascht schreckte ich hoch. Herr Veits stand direkt vor mir und runzelte missbilligend seine Stirn.

»Ähm.« Hastig bedeckte ich den Stift mit meinen Händen, bevor er noch zu Boden kullerte. Ich hatte keine Ahnung, was der Lehrer gefragt hatte, nicht einmal, was das Thema der heutigen Stunde war.

Jessie neigte sich zu mir und raunte mir schnell die richtige Antwort zu, die ich stotternd wiederholte.

»Vielen Dank, Jessica«, kommentierte Herr Veits trocken. »Es freut mich zu sehen, dass auf Freunde heutzutage noch immer Verlass ist. Beim nächsten Mal möchte ich die Antwort aber von Cara selbst hören.«

»Selbstverständlich.« Ertappt senkten wir beide den Kopf. Und ich beschloss, meine Experimente so lange ruhen zu lassen, bis ich ganz allein war.

Mein Handy vibrierte, als ich es auf dem Nachhauseweg gedankenverloren wieder einschaltete. Erik fragte, ob ich ihn am Freitag auf eine Party begleiten wollte. Ohne zu antworten, klickte ich die Nachricht weg. Ich wusste nicht, was ich wollte. Ich fühlte mich wie ein Freak. Ich hatte keine Ahnung, ob ich tatsächlich irgendwelche geheimnisvollen Kräfte entwickelte, und oder was mein Körper als Nächstes anstellen würde. Solange ich nicht verstand, was mit mir gerade geschah, sollte ich größere Menschenmengen vermutlich meiden.

Der Vorfall in der Mensa schien an Jessie und den anderen spurlos vorbeigegangen zu sein, zumindest hatte ich auf den ersten Blick keine Folgeschäden entdecken können. Aber was, wenn es beim nächsten Mal nicht so glatt lief? Wenn sich die Starre nicht von allein löste? Was sollte ich dann bloß tun? So leid es mir tat – und so unfassbar es sich anhörte –, ein Date mit einem superheißen und total netten Typen war gerade das Allerletzte, was ich gebrauchen konnte.

Zu Hause angekommen, lief ich direkt hinauf in mein Zimmer, machte die Tür hinter mir zu und warf die Schultasche in eine Ecke. Dann schaute ich mich nach einem geeigneten Versuchsobjekt um. Schließlich fiel mir der alberne, batteriebetriebene Hase ins Auge, den mir Jan zum einmonatigen Jubiläum geschenkt hatte. Ich hatte ihn aufbewahrt, weil es das einzige Geschenk war, das ich bislang von einem Jungen bekommen hatte.

Ich schaltete ihn ein und versuchte, das nervige Liedchen zu ignorieren, das er fröhlich schaukelnd in seiner piepsigen Stimme von sich gab. Wenn *der* irgendeinen Schaden davontragen sollte, wäre es zumindest kein besonders großer Verlust.

Ich fixierte ihn mit meinem Blick und machte eine Bewegung mit den Händen, als ob ich ihn erschrecken wollte. Ohne Erfolg. Ich horchte in mich hinein und suchte nach … irgendetwas. Etwas, das vorher nicht da gewesen war. Etwas, das sich anders oder komisch anfühlte.

Aber da war nichts. Ich war noch immer die alte Cara. Ein sechzehnjähriges Mädchen, das auf seinem Bett saß und einen Spielzeughasen zu erschrecken versuchte.

Drei Runden später konnte ich die Zwecklosigkeit meiner Bemühungen nicht länger ignorieren. Vermutlich hatte ich mir heute Mittag alles nur eingebildet und steigerte mich nun in eine hirnrissige Wahnvorstellung hinein. Ich wollte den Hasen gerade ausschalten, als meine Zimmertür langsam aufging und Zoe ihren Kopf hereinsteckte.

»Was machst du da?« Meine kleine Schwester erfasste die Absurdität der Situation mit einem Blick. »Ist das etwa der Hase von Jan?«

»Ja«, gab ich total cool zurück und schaltete ihn aus. Gnädige Stille senkte sich über uns.

»Und was willst du damit?« Sie trat vorsichtig näher und ließ mich dabei keine Sekunde aus den Augen.

»Ich schwelge in Erinnerungen.«

»An Jan?« Sie legte all die Skepsis, die sie nur aufbringen konnte, in ihre Stimme. Und ich musste einsehen, dass das eben eine extrem dämliche Ausrede gewesen war, auch wenn ich es ihr gegenüber natürlich nicht zugeben durfte.

»Er war nun mal mein fester Freund«, gab ich schulterzuckend zurück.

Zoe setzte sich zu mir aufs Bett, wobei sie ungewöhnlich viel Abstand zu mir wahrte.

»Was geht hier vor?«, fragte sie mit einer Mischung aus Ernst und Neugier in der Stimme.

Ich zog den Hasen an meine Brust. »Darf ich mir nicht mal mehr die Geschenke meines Exfreundes anschauen?« Ich kraulte das Kuscheltier hinter den Ohren und brachte meinen Kopf näher an seine pelzige Schnauze heran, damit Zoe nicht den ertappten Ausdruck auf meinem Gesicht sehen konnte. Sie war zwar jünger als ich, dennoch hatte ich ihr bisher selten etwas vormachen können.

»Ich meinte nicht das.« Sanft, aber bestimmt entwendete sie den Hasen meinem Griff und legte ihn zur Seite. »Sondern die Sache in der Mensa heute.«

Mein Blut gefror. »Welche Sache?«

Sie setzte sich etwas aufrechter hin. »Ich habe es genau gesehen. Ich kam gerade mit Tabea herein. Du standest an der Essensausgabe, Jessie direkt neben dir im Gang. Irgendein Blödmann hat sie angerempelt und im nächsten Augenblick warst du einfach nicht mehr da, Cara!« Schockiert und aufgeregt zugleich starrte sie mich an. »Du hast dich wie in Luft aufgelöst.«

»Hat es denn auch *Puff!* gemacht?«, witzelte ich, um ein wenig Zeit zu gewinnen.

»Das ist nicht lustig!«, unterbrach sie mich aufgebracht. »Ich habe mir echt Sorgen um dich gemacht! Ich bin sofort in den Flur gerannt und habe dann gesehen, wie du in eine Jungentoilette gestolpert bist. *Dahin* wollte ich dir nun nicht folgen. Zumal ich ja gesehen habe, dass du nicht wirklich verschwunden bist«, fügte sie etwas ruhiger hinzu. »Also, was ist passiert?«

»Nichts.« Ich zuckte mit den Schultern. »Ich habe einen Fleck auf mein Top bekommen und bin rausgerannt, um es zu waschen. Blöderweise habe ich mich in der Tür vertan und bin auf dem Jungenklo gelandet«, präsentierte ich ihr die gleiche Geschichte wie Jessie.

Wie schon meine beste Freundin vor ihr kaufte auch meine Schwester mir das nicht so ganz ab. Und leider gab es hier keinen Lehrer, der ihren Wissensdurst unterbinden konnte.

»Dann hättest du ja an mir vorbei gemusst«, führte Zoe mir siegessicher vor Augen. »Abgesehen davon, dass du nicht so schnell rennen kannst, hätte ich dich dann sehen müssen.«

»So war es aber«, beharrte ich.

»Ja, sicher.« Sie glaubte mir kein Wort. »Bist du von Außerirdischen entführt worden? Ist es dir verboten, darüber zu sprechen?«

Ich lachte schallend. »Da geht mal wieder deine Fantasie mit dir durch, Schwesterchen. Ich habe wirklich nur einen Fleck auf meinem Oberteil gehabt.«

»Und was ist mit dem Hasen?« So schnell wollte sie nicht aufgeben.

»Nichts. Ich habe bloß versucht, mich ein wenig vor den

Hausaufgaben zu drücken. Aber jetzt gibt es keine Ausreden mehr. Ich muss wirklich was tun.« Ich stand auf und öffnete demonstrativ meine Zimmertür.

Zoe erhob sich murrend. »Das Thema ist noch nicht durch. Ich behalt dich im Auge«, brummte sie, als sie mein Zimmer verließ.

Ich warf mich auf das Bett und schloss für einen Moment die Lider. Das konnte ja heiter werden.

Ich hörte meine Mutter unten im Flur mit den Schlüsseln klappern und rappelte mich wieder auf. Es half nichts, ich hatte tatsächlich eine ganze Menge Hausaufgaben zu tun.

***

»Cara«, raunte er zufrieden in die Dunkelheit seines Zimmers hinein. Er konnte noch immer nicht fassen, welches Glück er hatte, dass sie ihm so nichts ahnend vor die Füße gestolpert war. So lange hatte er nach einer Möglichkeit gesucht, endlich Erlösung zu finden. Und jetzt war sie da, als hätte das Schicksal sie ihm auf einem Silbertablett serviert – so süß, unwissend und naiv.

Er verschränkte seine Arme hinter dem Kopf und ließ sich schwungvoll auf sein Bett fallen.

Noch war sie nicht so weit, ihre Kräfte nicht voll entfaltet. Doch er würde dafür sorgen, dass sich das zügig änderte.

Er musste mit Bedacht vorgehen, sie im Auge behalten, ihr Vertrauen gewinnen. Obwohl er sich da keine großen Sorgen machte. Es hatte noch nie ein Mädchen gegeben, das ihm hatte widerstehen können. Sie hatte keine Chance.

Sehr bald würde ihr Blut die Fesseln sprengen, die ihn schon viel zu lange umschlossen.

Kapitel 4

»Guten Morgen!«, flötete Zoe gut gelaunt, als sie am nächsten Morgen zum Frühstück kam.

Ich wollte gerade nach dem Brotkorb greifen, als sie sich plötzlich vorbeugte und mir mit irgendetwas Spitzem schmerzhaft in den Handrücken stach. »Aua!«, beschwerte ich mich laut und zog meine Hand zurück. »Mama, Zoe hat mich gepiekst!« Ein roter Tropfen quoll aus der Einstichstelle. Ungläubig starrte ich darauf. »Hey!«

»Kinder«, erklang mahnend Mamas Stimme, ohne dass sie von der Tageszeitung aufsah. »Ihr seid nun wirklich alt genug, euch nicht ständig zu kabbeln.«

»Aber …«, setzte ich an und verstummte wieder, als Zoe ein kleines Glasplättchen herausholte und es mit einer triumphierenden Miene schnell auf meine Wunde drückte. »Was soll das?« Verärgert riss ich meine Hand zurück. Es tat nicht wirklich weh, ich fand ihr Verhalten bloß sehr irritierend. »Nichts.« Sie grinste unschuldig und deckte den verschmierten Blutstropfen, der auf dem dünnen Glas hing, mit einem weiteren Plättchen ab.

Jetzt erkannte ich die Probenträger aus ihrem Biologie-Experimentierkasten. Ich schnaufte. Hatte sie etwa ernsthaft vor, meine Blutprobe zu überprüfen? Manchmal überschätzte sie ihre wissenschaftlichen Fähigkeiten wirklich maßlos. »Nicht dein Ernst, oder?«, kommentierte ich prustend.

»Wer weiß?« Seelenruhig verstaute sie die Probe in ihrer Tasche, setzte sich hin und nahm sich ein Stück Brot.

Mir selbst war der Appetit jedoch schlagartig vergangen. Was, wenn sie in der Blutprobe etwas fand? Etwas, was dort nicht hingehörte, das mich tatsächlich als Freak auswies? Niedergeschlagen packte ich mir eine Banane ein, ohne mich um Zoes verwunderten Blick zu kümmern.

»Alles in Ordnung, Schatz?« *Jetzt* sah Mama von ihrer Zeitung auf.

»Bestens, ich habe bloß keinen Hunger.« Ich stand auf und schnappte mir meine Tasche.

»Wartest du nicht auf Zoe?«

»Das dauert mir zu lange«, brummte ich. Wenn sie mich hinterrücks stechen konnte, konnte sie auch allein zur Schule gehen.

Der Morgen setzte sich ebenso bescheiden fort, wie er angefangen hatte. Schon von Weitem sah ich Christian an den Schließfächern stehen und wünschte mir, ich könnte mich unsichtbar machen. Jetzt, mit dem Abstand von fast einem Tag, erschien es mir noch peinlicher als gestern, dass ich nicht nur versehentlich auf dem Jungenklo gelandet war, sondern mich auch noch direkt vor seiner Nase heftig übergeben hatte.

Ich kämmte mir die Haare seitlich ins Gesicht und hoffte, dass er mich nicht bemerken würde. Nicht, dass da viel Gefahr bestand. Er hatte schließlich noch nie mich oder ein anderes Mädchen wirklich angesehen. Ich war schon überrascht, dass er überhaupt meinen Namen kannte. Außerdem scharwenzelte gerade Melissa in einem Minirock um ihn herum, der locker als Gürtel hätte durchgehen können.

Ich verkniff mir ein Lächeln, als ich die Brummlaute hörte, mit denen er auf ihre Flirtversuche reagierte, was sie allerdings nicht zu entmutigen schien. Ich verstand die Welt echt nicht mehr.

Christian hatte nichts getan, um diese Art von Aufmerksamkeit zu verdienen, vielmehr tat er sogar alles, um seine Fangirls vor den Kopf zu stoßen, und trotzdem hingen sie an ihm wie die Kletten.

»Da ist ja unser Schnuckelchen«, erklang es neben mir hingerissen und Jessie machte sich an ihrem eigenen Schließfach zu schaffen.

»Ich dachte, wir waren uns einig, dass Christian tabu ist«, entgegnete ich schroff.

»Ja, ja, waren wir«, winkte sie ab. »Aber ansehen wird ja wohl noch erlaubt sein.« Unvermittelt schnappte sie laut nach Luft. »Apropos ansehen.«

»Ja?«

»Er schaut zu uns her.« Ihre Stimme klang unnatürlich hoch und aus dem Augenwinkel bemerkte ich, wie sie sich mit ihren Händen durch die Haare fuhr. Das tat sie immer, wenn sie flirtete.

Oh Mann, sie konnte doch nicht wirklich so aus dem Häuschen geraten, bloß weil Christian zu ihr herübersah.

Stirnrunzelnd hob ich meine Augen. Ach du heiliger Bimbam! Er schaute nicht sie an, sondern *mich*. Unsere Blicke trafen sich und in dem seinen lagen eine solch eigenartige Intensität und Neugier, dass ich verstört mein Gesicht wieder abwandte.

Was war das denn?

»Ich fasse es nicht!«, fiepte Jessie aufgeregt neben mir. »Ich glaube, er kommt gleich rüber.«

Heftiger als nötig schlug ich mein Schließfach zu, schnappte mir Jessies Arm und zog sie mit mir fort.

Keine Ahnung, ob Christian wirklich zu mir kommen wollte, aber auf diese Begegnung konnte ich gut und gerne verzichten.

Den ganzen Vormittag über hatte ich das Gefühl, dass sein Blick mich verfolgte. Und allmählich fragte ich mich, ob ich an

Wahnvorstellungen litt oder ob unser unfreiwilliges Zusammentreffen auf der Toilette mir das zweifelhafte Vergnügen seiner ungeteilten Aufmerksamkeit eingebracht hatte. Hatte er etwa Angst, ich würde herumerzählen, dass er sich auf dem Klo die Haare schnitt? Bei dem Gedanken daran musste ich kichern, auch wenn mir eigentlich nicht zum Lachen war. Aber es würde seinem Ruf als geheimnisvoller, grimmiger Herzensbrecher bestimmt nicht guttun, wenn alle darüber Bescheid wüssten, dass er eitler als jedes Mädchen war und es kaum einen Vormittag ohne Schere und Kamm aushielt.

»Er starrt dich schon wieder an«, flüsterte Jessie in der Mittagspause neben mir. Albert hatte sich ebenfalls dazugesellt und die beiden ließen Christian nicht aus den Augen. Zumindest hatte Jessie sich so weit wieder gefangen, dass sie nicht dämlich grinsen musste, sobald sein Blick sie auch nur flüchtig streifte.

»Mir egal«, brummte ich und schaute konzentriert auf meinen Teller.

»Was schätzt du, wie lang seine Haare sind?«, wandte Jessie sich an Albert.

»Was?«

Ich konnte sehr gut nachvollziehen, dass diese Frage aus heiterem Himmel ihn ein wenig verwirrte.

»Ab der Schulterlinie gemessen. Wie lang würdest du sie schätzen? Acht Zentimeter oder eher zehn?«

Ich sah, wie sie ein kleines Notizheft rausholte und einen Stift zur Hand nahm. Fein säuberlich waren da bereits ein paar Einträge mit dem heutigen Datum, Uhrzeit und Zentimeterangaben aufgereiht. In der letzten Spalte standen kryptische Kürzel.

Albert schien noch immer nicht verstanden zu haben, worum es überhaupt ging. »Was ist das?« Skeptisch deutete er auf Jessies Aufzeichnungen.

»Cara und ich haben den Verdacht, dass Christians Haare außergewöhnlich schnell wachsen. Und ich habe beschlossen, dem Geheimnis auf die Spur zu kommen.«

»Indem du seine Haarlänge notierst?« Jetzt bereute ich es, mit ihr darüber gesprochen zu haben.

»Irgendwo müssen wir schließlich anfangen«, rechtfertigte sie sich. »Und hier«, sie zeigte auf die letzte Spalte, die für mich keinen Sinn ergab, »schreibe ich auf, ob er sie sich in der Pause geschnitten hat.«

»Du folgst ihm aufs Klo?«, entfuhr es mir entgeistert.

»Natürlich nicht!«, zischte sie leise. »Geht ja nicht«, fügte sie bedauernd hinzu. »Ich halte nur fest, ob ich ihn aufs Klo gehen *sah*. Und wie lange er drin blieb.«

Hilfesuchend schaute ich zu Albert. Ich fand, dass Jessie maßlos übertrieb, und hoffte, von seiner Seite Verstärkung zu bekommen. Doch er nickte nur eifrig, als würde das, was sie von sich gab, vollkommen Sinn ergeben. »Schreib jetzt zehn Zentimeter auf«, empfahl er ihr. »Und wenn du magst, folge ich ihm nachher.«

»Wirklich? Danke!« Jessie lächelte ihn begeistert an und ich seufzte resigniert. Wenigstens verstand ich nun, wieso Albert sich auf diese Sache einließ.

Jessie machte pflichtschuldig ihren Eintrag und ich widmete mich wieder meinen Spaghetti.

»Oh, hallo Christian!«, sagte sie plötzlich ungewöhnlich hoch und schlug ihr Heft eilig zu.

»Was dagegen, wenn ich mich zu euch setze?«, fragte er mit einer samtigen, melodischen Stimme.

Es war das erste Mal, dass ich ihn in normaler Lautstärke einen ganzen Satz sprechen hörte. Und der Effekt war einfach ... wow!

Natürlich hatte ich nicht vor, mich davon auch nur ansatzweise beeinflussen zu lassen, und öffnete schon meinen Mund, um ihm eine Abfuhr zu erteilen. Doch bevor ich nur ein Wort sagen konnte, hatte er mir gegenüber Platz genommen.

Jessie und Albert klappte vor Überraschung die Kinnlade herunter und ich bezweifelte, dass mein Gesichtsausdruck deutlich intelligenter wirkte als der ihre. Selbst die übrigen Gespräche in der Mensa waren verstummt. Das würde garantiert neuen Zündstoff für die Gerüchteküche liefern.

Er tat, als würde er nichts davon bemerken, als er sich ruhig und mit ausgesuchter Höflichkeit an meine Freunde wandte.

»Würdet ihr uns bitte allein lassen? Ich möchte gern mit Cara sprechen.«

Seine Dreistigkeit verschlug mir den Atem und ich freute mich schon auf die gepfefferte Antwort, die Jessie ihm gleich geben würde. Um nichts in der Welt würde sie sich so herumscheuchen lassen. Und erst recht würde sie niemals auf die Möglichkeit verzichten, ihn sich endlich aus der Nähe ansehen zu können.

»Aber sicher!« Jessie sprang so hastig auf, dass sie beinahe ihren Stuhl umkippte. Albert nickte beflissen und half ihr, ihre Sachen einzusammeln.

Fassungslos schaute ich den beiden zu. Ich kannte Jessie seit der Grundschule und nie – wirklich NIE – hatte sie sich derartig verhalten.

»Was fällt dir eigentlich ein!«, schnauzte ich Christian erbost an. »Was glaubst du, wer du bist? Du kannst sie doch nicht einfach so verjagen!«

Er musterte mich aufmerksam. Sein Blick gefiel mir nicht. Neben der offensichtlichen Neugier, die darin lag, war da noch etwas anderes, Lauerndes, das mir eine Gänsehaut über den Rücken trieb.

»Ich habe sie nicht verjagt«, entgegnete er leise. Und wieder ging mir seine Stimme durch Mark und Bein. Sie klang nach lauen Sommerabenden am Strand und romantischen Liedern am Lagerfeuer. Doch ich war viel zu sauer, um mich davon einwickeln zu lassen.

»Ich habe sie lediglich gebeten, uns etwas Freiraum zu geben«, fuhr er fort, als hätte er nichts von meinem inneren Aufruhr bemerkt.

»Freiraum?«, wiederholte ich. »Wofür?«

Er lächelte gewinnend. »Ich möchte mich mit dir ungestört unterhalten.«

»So ein Pech, ich mich aber nicht mit dir!«, entgegnete ich pampig und stand entschieden auf. Ohne noch einmal zu ihm hinzusehen, schnappte ich mir mein Tablett und marschierte zu Jessie und Albert hinüber, die sich einige Tische weiter wieder hingesetzt hatten.

»So ein Blödmann!«, schimpfte ich vor mich hin.

»Du hast ihn wirklich einfach so stehen lassen?«, raunte Jessie, zwischen Unglauben und Bewunderung hin- und hergerissen.

»Was denkst du denn? Der kann euch doch nicht einfach verscheuchen und dann auch noch erwarten, dass ich brav sitzen bleibe.«

Sie musterte mich fasziniert, als würde sie mich plötzlich mit ganz neuen Augen sehen. »Dir ist schon klar, dass sich an deiner Stelle niemand sonst so verhalten hätte.«

»Häh? Jeder, der nur einen Funken Selbstwertgefühl besitzt, hätte nichts anderes gemacht.«

»Ich wäre bei ihm geblieben«, gab Jessie unumwunden zu.

»Ich auch«, sagte Albert schnell.

Klar, er musste das jetzt sagen, immerhin saß Jessie direkt daneben. Ich schoss ihm einen bedeutungsvollen Blick zu und er verstummte.

»Wieso seid ihr überhaupt weggegangen?«

»Keine Ahnung.« Jessie zuckte mit den Achseln. »Er hat so nett gefragt. Außerdem hättest du bestimmt das Gleiche für mich getan, wenn er mit mir hätte allein sein wollen.«

Ich schlug mir die Hand vor die Stirn. Es war hoffnungslos. Irgendetwas hatte dieser Typ an sich, das ihm alle aus der Hand fressen ließ. Was für ein Glück, dass ich davon verschont blieb.

Noch während ich darüber grübelte, wieso sein Charme bei mir als einziger keine Wirkung zeigte – war ich letztendlich doch ein Freak? –, läutete die Schulglocke das Ende der Mittagspause ein.

Ich schob mein Tablett mit dem halb vollen Teller in einen bereitstehenden Küchenwagen und sah mich nach Albert um, weil wir gleich zusammen Erdkunde hatten.

»Geh du schon mal vor«, winkte er ab. »Ich muss noch mal kurz wohin.«

Er würde doch nicht ernsthaft Christian aufs Klo folgen? Wo steckte der überhaupt? Von ihm war nämlich keine Spur mehr zu sehen.

Ich zuckte mit den Schultern und machte mich lustlos auf den Weg zum Erdkunderaum. Hoffentlich schnitt Christian sich tatsächlich gerade irgendwo seine Haare und kam zu spät zum Unterricht. Ich würde ihm von Herzen eine von Frau Vonhofs gefürchteten Moralpredigten gönnen, aber vermutlich würde er sich auch da ungeschoren aus der Affäre ziehen.

Ich war schon wieder die Erste, die den Raum erreichte. Ich musste mir wirklich abgewöhnen, beim Klingeln direkt in die Klasse zu eilen.

Ich hatte gerade das dicke Lehrbuch auf den Tisch gelegt, als ein Schatten auf mich fiel.

Christian. Natürlich. Wie konnte es anders sein?

Er sah nachdenklich und zerknirscht auf mich herab und schon wieder lag da diese unglaubliche Intensität in seinem strahlend blauen Blick, als versuchte er, irgendein Rätsel zu lösen oder etwas zu sehen, was nicht sichtbar war.

»Es tut mir leid«, sagte er leise.

Diese Worte aus seinem Mund kamen so überraschend, dass ich ein paar Wimpernschläge brauchte, um sie zu verstehen. »Was tut dir leid?«

»Wir beide hatten wohl einen schlechten Start.« Er zögerte. »Ich bin es einfach nicht gewohnt, dass …«

»Dass nicht alle nach deiner Pfeife tanzen?«, unterbrach ich ihn scharf.

Seine Lippen kräuselten sich leicht. »Ja, so ungefähr könnte man es ausdrücken.« Er ließ sich auf den freien Platz neben mir sinken.

»Hier sitzt schon jemand«, informierte ich ihn eisig. Nämlich Albert. Der verdammt noch mal endlich auftauchen sollte!

»Dieser Junge, der mit dir in der Mensa war, nicht wahr?«

»Albert. Sein Name ist Albert!«

Christian lehnte sich in seinem Stuhl zurück und streckte seine langen Beine nach vorn. »Ich werde ihn einfach fragen, ob er den Platz mit mir tauschen möchte«, erwiderte er leichthin.

»Und wenn er Nein sagt?«

»Das wird er nicht«, entgegnete Christian mit einem Ausdruck, den ich nicht ganz zu deuten wusste – voller Gewissheit, ernst und doch mit einer Spur von Belustigung. Als wüsste er etwas über meinen Freund, was mir verborgen blieb.

»Woher kommst du eigentlich?«, wechselte er abrupt das Thema und beugte sich interessiert nach vorn.

Irritiert starrte ich ihn an. »Was soll das hier werden? Hast du nicht genug Mädchen, die dich anhimmeln, musst du unbedingt mich belästigen?«

Er atmete hörbar aus. »Puh, das ist wirklich nicht leicht«, murmelte er leise. »Nein, ich will dich nicht belästigen. Ich möchte lediglich mit dir reden. Das macht man doch, wenn man irgendwo neu ist und so gut wie keinen kennt.«

»Und wieso muss es ausgerechnet ich sein?«

»Weil du anders bist.«

Was war das denn für eine Antwort? Anders wie – ich spüre, dass du kein gewöhnlicher Mensch bist? Oder anders im Sinne von nicht so leicht zu haben und deshalb besonders begehrenswert?

Glücklicherweise tauchte jetzt endlich Albert auf und unterbrach dieses eigenartige Gespräch.

»Oh.« Er blieb wie angewurzelt vor seinem Platz stehen. »Christian.«

»Ja.« Der Angesprochene blickte auf. »Albert, richtig?«

Täuschte ich mich oder lief mein Freund gerade leicht rosa an? Machte Christians unwiderstehliche Ausstrahlung denn nicht einmal vor Kerlen Halt?

»Ich würde gern die Plätze mit dir tauschen«, fuhr Christian im Plauderton fort. »Wäre das okay?«

»Sicher«, sagte Albert im selben Moment, wie ich »Nein!« rief.

Überrascht schauten beide Jungs mich an.

»Das ist echt kein Problem, Cara«, versicherte Albert mir.

»Doch. Ich möchte selbst entscheiden, neben wem ich sitze.« Ich fixierte Christian wütend. »Und das bist *nicht* du.«

Er wirkte aufrichtig verdattert, doch er erhob sich ohne weitere Widerrede. »Es tut mir leid«, entschuldigte er sich schon zum zweiten Mal an diesem Tag, schnappte sich seinen Rucksack und wechselte in die hintere Reihe.

»Was läuft da eigentlich zwischen euch?« Albert ließ sich auf den Stuhl neben mir sinken.

»Nichts! Absolut und überhaupt gar nichts!« Es fehlte mir noch, dass die Gerüchte sich in diese Richtung verselbstständigten. Doch als ich mich in der inzwischen gut gefüllten Klasse umsah, wurde mir klar, dass der Schaden bereits angerichtet war. Alle starrten mich mit großen Augen an. Manche Jungs grinsten schadenfroh in Christians Richtung. Damit war ich wohl offiziell nicht nur das Mädchen, für das er sein merkwürdiges Schweigen brach, sondern auch dasjenige, das ihn zappeln ließ.

Wenn ich nur wüsste, womit ich diese zweifelhafte Ehre verdient hatte.

»Schau mal, wer da ist.« Wir hatten gerade das Schulgebäude verlassen und Jessie stieß mich grinsend in die Seite. Ich folgte ihrem Blick und erkannte Erik, der mit zwei Pappbechern in der Hand auf uns zukam. »Ich lasse euch dann mal allein«, flötete sie.

»Nicht so schnell.« Ich krallte meine Finger in den Ärmel ihrer Strickjacke. »Du wusstest, dass er kommt?«

Ihr Lächeln wurde breiter. »Ja. Er hat mir vorhin getextet und mich gefragt, wann du heute Schluss hast, er wollte dich überraschen. Ich fand das so romantisch.«

Das war es in der Tat. Und nachdem ich den ganzen Tag Christians verstörende Blicke auf mir gespürt hatte, war es gut, Eriks offenes, freundliches Gesicht zu sehen.

»Na, du.« Er hatte uns erreicht und lächelte mich voller Wärme an. »Hallo Jessie. Danke für deine Hilfe.« Er zwinkerte ihr verschwörerisch zu.

»Keine Ursache. Ich muss dann wieder.«

»Wohin denn? Du hast doch jetzt auch Schluss.«

»Nicht ganz. Ich habe noch ein paar Sachen im Sekretariat zu tun. Bis morgen!« Sie hauchte mir einen Kuss auf die Wange, winkte Erik zum Abschied zu, drehte sich um und verschwand erneut im Gebäude.

Eriks Blick suchte den meinen. »Schön, dich zu sehen«, sagte er und es fiel mir schwer, nicht in seinen dunklen, braunen Augen zu versinken. Ich fühlte mich wohl in seiner Nähe. Er war so anders als Christian – zuvorkommend, unaufdringlich und nett.

»Hier, für dich.« Er streckte mir einen der beiden Kaffeebecher entgegen. »Milchkaffee. Den magst du doch, oder?«

»Ja, danke!« Überrascht nahm ich den Becher entgegen. »Woher weißt du das?«

»Den hattest du dir im Café zum Schluss noch bestellt.«

Ich nahm den Deckel ab und schlürfte genüsslich den cremigen Schaum. »Und das weißt du noch?«

»Selbstverständlich.«

Er sagte nur dieses eine Wort, aber die Art und Weise, wie er es aussprach, ließ mich irgendwie sehr besonders und kostbar fühlen.

Langsam setzten wir uns in Bewegung.

»Du hast mir noch gar nicht wegen Freitag geantwortet«, sagte Erik leise. Ich hörte die Enttäuschung in seiner Stimme und fühlte mich furchtbar mies. »Hör zu, Cara«, er fuhr sich aufgewühlt durch die Haare, »ich will dich zu nichts drängen. Also, wenn du keine Lust hast, dann sag es einfach.«

»Mit meinen Eltern ist es schwierig«, setzte ich zu meiner üblichen Ausrede an.

»Ist das wirklich alles?«, vergewisserte er sich.

»Ja.« Ich nickte. Und in dem Moment, in dem ich die Worte aussprach, wusste ich, dass ich wirklich mit ihm ausgehen wollte. Etwas tun, das Mädchen in meinem Alter nun mal taten, ohne mir den Kopf darüber zu zerbrechen, was mit mir womöglich nicht stimmte, oder welches Geheimnis sich hinter Christians perfektem Äußeren verbarg.

»Wie kann ich sie überzeugen?«

»Was meinst du?«

»Deine Eltern kennen mich nicht, natürlich wollen sie dich nicht mit mir weglassen. Aber zum Glück lässt sich das ja ganz leicht beheben.«

»Du willst meine Eltern kennenlernen?« Damit hatte ich wirklich nicht gerechnet.

»Sehr gern sogar. Ich möchte dich schließlich nicht nur heimlich treffen«, sagte er mit einer entwaffnenden Ehrlichkeit.

Trotzdem zögerte ich. Wenn ich ihn meinen Eltern vorstellte, würde ich das, was auch immer zwischen uns lief, auf eine neue Ebene heben. Es würde aussehen, als wäre er mein fester Freund. Aber das war er nicht, oder doch?

»Ach, komm schon.« Erik setzte einen übertriebenen Hundeblick auf. »Ich verspreche auch, mich zu benehmen.« Er trat auf die Fahrbahn, um eine Straße zu überqueren. Sein Gesicht war noch immer mir zugewandt, seine ganze Aufmerksamkeit auf mich gerichtet, sodass er das Auto nicht bemerkte, das viel zu schnell auf ihn zuraste.

Ich schrie erschrocken auf und reagierte instinktiv. Um mich herum erstarrte alles, kein Windhauch regte sich, kein Geräusch war zu hören. Doch dieses Mal jagte mir das keine Angst ein. Hastig packte ich Erik am Arm und zog ihn mit aller Kraft zu mir. Einen winzigen Augenblick lang befürchtete ich, er wäre zu starr, um ihn zu bewegen, doch dann folgte sein Körper meinem Zug. Die Zeit setzte wieder ein. Erik strauchelte, wir stürzten beide auf den Bürgersteig, hupend und mit quietschenden Reifen schoss das Auto ganz knapp an uns vorbei.

Benommen starrte Erik mich an. Tränen der Erleichterung schossen mir in die Augen. Doch bevor einer von uns etwas sagen konnte, verkrampfte sich mein Magen und ich keuchte schmerzerfüllt.

»Cara, alles in Ordnung? Hast du dich verletzt?«

»Ja … Nein«, japste ich und schluckte mühsam die bittere Galle herunter, die mir in den Mund gestiegen war. »Mir geht es gut.«

»Bist du ganz sicher?«

»Ja.« Die Übelkeit und Magenschmerzen waren mir egal, sie würden vergehen, Hauptsache, Erik war unversehrt. »Ich dachte, das Auto würde dich erwischen!«, schluchzte ich.

»Du hast mir das Leben gerettet!« Überwältigt schaute er mich an, bevor er mich fest an sich drückte. »Danke«, raunte er in mein Haar.

»Keine Ursache«, murmelte ich.

»Ist bei euch alles in Ordnung?« Der Fahrer des Wagens war ausgestiegen und rannte auf uns zu.

»Ja«, gab Erik zurück.

»Ganz sicher, auch die Kleine?«

Da mir noch immer äußerst übel war und sich Eriks Umarmung außerdem zu schön anfühlte, um mich daraus zu lösen, streckte ich dem Mann einfach meinen Daumen nach oben, um zu signalisieren, dass es mir gut ging. Halbwegs zumindest.

»Ihr müsst auch schauen, wohin ihr geht!« Nun, da er sich überzeugt hatte, dass kein ernsthafter Schaden entstanden war, ließ der Mann seinem Ärger freien Lauf. »Ihr könnt doch nicht einfach so auf die Straße rennen!«

»Ja, ja, schon gut«, winkte Erik besänftigend ab. »Wir passen auf, versprochen.«

Der Mann brummte noch etwas vor sich hin, dann entfernten sich seine Schritte.

»Kannst du aufstehen?«, fragte Erik besorgt und löste sich langsam von mir.

Ich nickte. Die Übelkeit klang bereits ab. Ich spürte nur noch ein unangenehmes Ziehen im Magen.

Er reichte mir seinen Arm, um mir beim Aufrichten zu helfen, und runzelte die Stirn, als sein Blick auf meine Hand fiel, die ich mir noch immer auf den Bauch presste. »Hab ich dir wehgetan? Tut mir leid, ich bin einfach auf dich drauf gefallen …«

Ich lächelte. »Schon gut. Ich habe mich nur erschreckt. Mein Magen reagiert da manchmal etwas empfindlich. Ich möchte jetzt wirklich gern nach Hause.«

»Sicher.« Er schulterte meine Tasche und bot mir seinen Ellbogen an, damit ich mich daran festhalten konnte.

»Das musst du wirklich nicht tun«, setzte ich verlegen an, doch er ließ mich nicht ausreden.

»Du hast mich gerettet, Cara. Das Wenigste, was ich da tun kann, ist, deine Tasche zu tragen.«

»Dann sind wir jetzt wohl quitt«, murmelte ich.

»Wieso das?«

»Du hast mir im Park doch auch geholfen.«

»Das ist nicht vergleichbar.« Er schüttelte ernst seinen Kopf. »Du wärst auch ohne mich klargekommen. Ich aber wäre jetzt bestenfalls auf dem Weg ins Krankenhaus, wenn du mich nicht zurückgezogen hättest. Wie hast du das überhaupt gemacht? Ich habe das Auto nicht kommen sehen. Im einen Moment war ich noch direkt davor und im nächsten falle ich schon auf dich drauf.« Er musterte mich aufmerksam. »Wie hast du das geschafft?«

»Schnelle Reflexe«, murmelte ich. Um nichts in der Welt würde ich ihm verraten, dass ich die Zeit anhalten oder zumindest alles um mich herum irgendwie einfrieren konnte. Immerhin begann ich allmählich, zu begreifen, wie das funktionierte. Wenn ich mich erschreckte, kam diese *Kraft* zum Einsatz. Und die Magenschmerzen waren wohl der Preis dafür. Ziemlich uncool, wenn man das so betrachtete. Supergirl musste sich mit so etwas nie herumplagen.

Was ich aber nach wie vor nicht verstand, war, wieso mir das jetzt auf einmal geschah.

»Woran denkst du?«, fragte Erik leise.

Ich zuckte mit den Schultern. »Über das Leben und wie es manchmal so spielt.«

Er drückte meine Hand, die in seiner Armbeuge ruhte. »Ich bin jedenfalls sehr froh darüber, dass es uns zusammengebracht hat.«

Ich lächelte. Das war ich auch.

Den restlichen Rückweg legten wir beide weitgehend schweigend zurück. Vermutlich musste auch er sich erst noch von seinem Schock erholen. Schließlich wurde man nicht alle Tage beinahe von einem Auto überfahren. Als wir die Stelle erreichten, an der wir uns bisher stets verabschiedet hatten, zögerte Erik kurz. »Ich würde dich heute wirklich gern ausnahmsweise bis vor die Haustür bringen«, sagte er. »Du siehst noch immer etwas blass um deine Nase aus.«

»Geht klar.«

»Wirklich?« Er wirkte erfreut und besorgt zugleich. »Geht es dir doch schlechter, als ich dachte?«

»Nein!« Ich schnaufte belustigt. Bis auf ein leichtes Zittern in meinen Beinen, das wohl wirklich auf den Schreck zurückzuführen war, ging es mir inzwischen richtig gut. »Aber ich denke, du willst ohnehin mal meine Eltern kennenlernen.«

»Du meinst jetzt sofort?« Die plötzliche Nervosität in seiner Stimme war richtig süß.

»Kriegst du etwa kalte Füße?«

»Ich doch nicht!« Er straffte seine Schultern und grinste mich an. »Lass uns gehen.«

Mit jedem Schritt, den wir uns unserem Haus näherten, stieg meine Anspannung und ich wünschte mir, dass Mama heute länger arbeiten musste oder noch einkaufen war. Um Papa brauchte ich mir keine Sorgen zu machen, er kam selten vor achtzehn Uhr von der Arbeit nach Hause. Andererseits wäre es vielleicht ganz gut, meine Mutter allein zu erwischen, dann könnte sie Papa schon mal vorsichtig darauf vorbereiten. Denn er sah in mir nach wie vor bloß sein – sehr kleines – Mädchen.

Ich atmete tief durch und steckte den Schlüssel ins Schloss. Noch immer hatte ich keine Ahnung, wie ich Erik vorstellen sollte – als einen oder als *meinen* Freund. Nein, das wäre zu viel. Immerhin haben wir uns nicht einmal geküsst.

Es klickte leise und die Tür sprang auf. Es war nicht abgeschlossen gewesen, also war Mama wirklich zu Hause. Ich zögerte, dann winkte ich Erik hinein. Mein Herz hämmerte bis zum Hals und diese ganze Situation kam mir irgendwie unwirklich vor. Vielleicht sollte er sich einfach umdrehen, wieder verschwinden und ich könnte mich am Freitag unter irgendeinem Vorwand aus dem Haus schleichen.

Nein, das würde ich nicht tun. Bevor ich ihn getroffen habe, hatte ich meine Eltern nie angelogen. Und ein Eis am Nachmittag war etwas ganz anderes als eine Studentenparty.

»Cara, da bist du ja.« Mama trat in den Flur und erstarrte. »Guten Tag«, sagte sie vorsichtig zu meinem Begleiter.

»Ähm, ja.« Ich grinste ertappt. »Mama, das ist Erik.«

Sie musterte ihn aufmerksam. »Und was möchten Sie …?«, wandte sie sich misstrauisch an ihn.

Mein Herz sank. Allein die Tatsache, dass sie ihn siezte, zeigte mir, dass sie ihn deutlich als zu alt für mich ansah. Keinen meiner Mitschüler hätte sie jemals so angesprochen. »Hallo Frau Müller.« Er setzte sein charmantestes Lächeln auf und streckte ihr seine Hand entgegen. »Mein Name ist Erik Boldt und ich bin ein Freund Ihrer Tochter.«

»Soso«, murmelte Mama und ergriff die ausgestreckte Hand.

»Vielleicht können wir reingehen?«, schlug ich in die angespannte Stille hinein vor.

»Wenn du das möchtest«, entgegnete Mama.

Ich nickte hastig, streifte meine Schuhe ab und sah, wie Erik die seinen ganz ordentlich neben meine stellte. Offensichtlich hatte Mamas kühle Begrüßung ihn nicht von seinem Vorhaben abgeschreckt.

»Möchten Sie etwas trinken?«, fragte sie steif.

»Nein, danke.« Erik lächelte noch immer. Insgeheim musste ich anerkennen, dass er mit der Situation deutlich besser fertig wurde als Mama oder ich. Vermutlich hatte er darin aber auch mehr Übung. Für uns war es schließlich das erste Mal, dass ich einen Wildfremden mit nach Hause brachte. »Und Sie können ruhig Erik zu mir sagen. Schließlich bin ich nur ein paar Jahre älter als Cara.«

»Wie viele genau?«

»Etwas über fünf.«

Ich hielt die Luft an und wartete gespannt auf Mamas Reaktion, doch sie wahrte ein undurchdringliches Pokerface.

»Und was möchten … möchtest du von meiner Tochter?«

Erik warf mir einen schnellen Blick zu, war aber so weise, nicht nach meiner Hand zu greifen. »Ich würde gern mit ihr ausgehen. Am Freitagabend.«

»Wohin?«

»Ein Freund von mir gibt eine Party.«

»Was für ein Freund?«

»Ein Kommilitone.«

»Du studierst also?« Ich kam mir vor wie bei einem Kreuzverhör.

»Ja. Archäologie und Kunstgeschichte an der Uni Köln.«

»Und woher kennst du Cara?«

»Wir sind uns vor ein paar Tagen im Park begegnet.«

»Davon hast du mir gar nichts erzählt«, sagte Mama mit leichtem Vorwurf in der Stimme.

»Wir haben uns ja gerade erst kennengelernt«, rechtfertigte ich mich.

Mama seufzte. »Ich muss in Ruhe darüber nachdenken.«

Erik erhob sich. »Das verstehe ich sehr wohl. Deshalb wollte ich auch, dass Sie mich persönlich sehen. Damit Sie wissen, dass Ihre Tochter bei mir in guten Händen ist.«

»Hhm.« Mama lächelte fahrig. Dann stand sie ebenfalls auf und streckte ihm ihre Hand entgegen. »Ich weiß deine Offenheit zu schätzen. Ich bringe dich dann zur Tür.«

Ich winkte Erik zum Abschied zu und schloss die Augen, während ich auf Mamas Rückkehr wartete. Auf das Gespräch, das gleich folgen würde, könnte ich gut und gerne verzichten.

Schweigend setzte sie sich zu mir. Ich sah, wie es hinter ihrer Stirn arbeitete, während sie nach den richtigen Worten suchte.

»Er scheint ein netter junger Mann zu sein«, sagte sie schließlich.

Ich stimmte ihr vorsichtig zu.

»Was läuft da jetzt genau zwischen euch?«, fragte sie unvermittelt. Offenbar hatte sie die Suche nach einer passenden Umschreibung aufgegeben.

»Ich mag ihn«, gab ich offen zu.

»Seid ihr … zusammen?«

»Nein. Wir kennen uns doch kaum. Deswegen will er ja mit mir ausgehen.«

»Er ist erwachsen, Cara.«

»Er ist nur fünf Jahre älter als ich. Das ist weniger Unterschied als bei Papa und dir.«

Ich sah, wie sie ihren Mund zu einer Erwiderung öffnete und ihn auch wieder schloss. Sie konnte mir nicht weismachen, dass es bei ihnen etwas anderes war. Sie war gerade mal zwanzig gewesen, als sie meinen acht Jahre älteren Vater kennenlernte. Sie seufzte. »Ich will bloß nicht, dass du verletzt wirst, Cara.«

»Das weiß ich doch. Aber ich kann schon auf mich aufpassen. Ihr müsst mir auch mal vertrauen.«

»Das tun wir, Schatz.« Sie drückte liebevoll meine Hand.

»Dann darf ich mit ihm weg?« Das lief ja deutlich einfacher als befürchtet.

»Ich werde noch mit Papa darüber reden. Aber ich lege ein gutes Wort für dich ein.« Sie zwinkerte mir verschwörerisch zu.

»Wow, danke, Ma!« Ich fiel ihr erleichtert um den Hals.

Sie streichelte meinen Rücken. »Ich finde es gut, dass du ihn mir vorgestellt hast.«

»Es war Eriks Idee«, gab ich leise zu.

»Ich würde sagen, das spricht durchaus für ihn.«

Oben in meinem Zimmer tippte ich schnell eine Nachricht an Jessie, wie überaus cool meine Mutter auf Eriks Erscheinen reagiert hatte. Sie schrieb, dass sie sich sehr für mich freue. Doch irgendwie hörte ich den Neid zwischen den Zeilen heraus. Bei ihr herrschte auf der Jungs-Front schon seit Wochen eine ungewöhnliche Flaute. Im Stillen hatte ich ja gehofft, dass Albert die Gelegenheit ergreifen würde, doch irgendwie kam er nicht aus den Puschen.

Vielleicht konnte ich Erik fragen, ob Jessie mit uns kommen könnte. Das würde ihre Laune hundertprozentig verbessern.

Danach holte ich lustlos meine Hausaufgaben hervor und

setzte mich an meinen Schreibtisch. Ich schlug das Heft auf, doch ich konnte mich einfach nicht auf die vor mir liegende Fragestellung konzentrieren. Immer wieder schweiften meine Gedanken zu Eriks Beinahe-Unfall ab.

Er hätte jetzt schwer verletzt sein können.

Ich hatte ihn davor bewahrt.

Ich hatte tatsächlich übernatürliche Kräfte.

Vielleicht sollte ich mit meinen Eltern darüber sprechen. Von irgendwoher musste ich das schließlich haben. Und was wäre naheliegender als Veranlagung – von Meteoritengestein und radioaktiven Stoffen mal abgesehen?

Gleichzeitig konnte ich mir nicht vorstellen, dass meine Eltern mir da helfen würden. Sie waren echt fürsorglich und nett und für Eltern im Großen und Ganzen ziemlich in Ordnung, aber sie waren stets so … rational. Sie haben nicht einmal die Harry-Potter-Filme geschaut, weil das alles für sie reiner Humbug war. Sie haben sogar versucht, mich daran zu hindern, es aber zum Glück sehr schnell wieder aufgegeben. Nein, wenn ich ihnen erzählen würde, ich könnte Dinge erstarren lassen, würden sie sich nur Sorgen machen und mich womöglich noch zu einem Psychiater oder irgendeinem Facharzt schleppen. Außerdem hatte ich ihnen für einen Tag mit Erik genug zum Verdauen gegeben.

Diesem Rätsel würde ich wohl selbst auf die Spur kommen müssen.

Ich klappte mein Heft wieder zu. Mir fiel im Moment ohnehin kein brauchbares Thema für meinen Deutschaufsatz über die Ferien ein. Stattdessen ließ ich meinen Stift über die Tischplatte kullern und versuchte, ihn zum Erstarren zu bringen.

Ein oder zweimal glaubte ich, sein Rollen verlangsamt zu haben, aber es könnte auch pures Wunschdenken gewesen sein.

»Ist das wahr?!«

Ich zuckte erschrocken zusammen, als Zoe in mein Zimmer stürmte. »Hast du noch nie was von Anklopfen gehört?«, maulte ich. Ich sollte mir wohl angewöhnen, meine Tür abzuschließen.

»'Tschuldigung«, sagte sie nicht im Mindesten bekümmert.

»Stimmt das, dass du einen neuen Freund hast? Einen von der Uni?«

»Wie kommst du darauf?« Neuigkeiten verbreiteten sich hier erstaunlich schnell.

»Ich habe Mama mit Papa telefonieren gehört, als ich nach Hause kam. Also, was ist?« Sie setzte sich erwartungsvoll auf mein Bett.

»Ja, ich gehe vermutlich mit Erik aus. Und nein, er ist nicht mein Freund.«

»Was nicht ist, kann ja noch werden«, verkündete Zoe altklug. »Sieht er gut aus?«

»Sehr gut sogar.«

»Und wie küsst er?«

Mir fiel die Kinnlade herunter. »Ich wüsste nicht, was dich das angeht.«

»Ach, komm schon, mir kannst du es sagen«, bettelte sie. »Ich wurde schließlich noch nie geküsst. Und ich muss doch wissen, wo die Messlatte hängt, wenn es mir mal passiert.«

»Mit wem?«, entfuhr es mir deutlich strenger, als es mir derzeit vermutlich zustand. Doch irgendwie fand ich die Vorstellung, dass meine kleine Schwester ernsthaft in Betracht zog, mit einem Jungen zu knutschen, ziemlich verstörend.

»Das war rein hypothetisch gesprochen«, erklärte sie schnell. »Also, was ist jetzt?«

Ich gab mir einen Ruck. »Ich nehme an, er kann hervorragend küssen. Ich habe es aber noch nicht ausprobiert. Man knutscht doch nicht mit jedem herum«, konnte ich mir einen kleinen erzieherischen Hinweis nicht verkneifen.

»Ach so.« Sie schien enttäuscht. »Aber sag mir Bescheid, wenn du es doch getan hast, ja?«

»Zisch ab, Zoe«, sagte ich schmunzelnd.

»Erst muss ich dir noch das Ergebnis meiner Analyse mitteilen«, verkündete sie ernst.

»Welcher Analyse?«

»Na, deiner Blutprobe natürlich.« Sie seufzte und verdrehte die Augen. »Leidest du etwa unter Gedächtnisschwund?«

Nein, mir waren seitdem bloß wieder eine Menge anderer verrückter Dinge passiert, hätte ich ihr am liebsten geantwortet, aber das hätte ihre Neugier bloß noch weiter angestachelt. Außerdem war ich plötzlich wirklich gespannt, was sie herausgefunden hatte. »Also, was hat deine morgendliche Attacke auf mich ergeben?«, fragte ich schroff, um sie nicht merken zu lassen, wie neugierig ich war.

»Nicht viel. Oder doch, wie man's nimmt.« Sie betrachtete mich aufmerksam, als würde sie auf irgendeine Reaktion von mir lauern, doch den Gefallen tat ich ihr nicht.

»Sag es oder lass es bleiben. Ich habe noch andere Dinge zu tun.«

»Also gut. Du bist ein Mensch!«

»Wow. Danke für die Info«, kommentierte ich sarkastisch.

Mir war klar, dass sie keine detaillierte DNA-Analyse oder Ähnliches vornehmen konnte. Schließlich war unser Bioraum nicht gerade das CSI-Labor. Ganz abgesehen davon, dass Zoe einige Doktorgrade fehlten, um diese Untersuchung richtig durchzuführen. Dennoch war ich irgendwie erleichtert. Zumindest schien meine kleine Schwester keine Angst mehr vor mir zu haben.

Zoe stand auf und verließ das Zimmer. Ich wandte mich wieder meinem Deutschheft zu und versuchte, irgendeinen intelligenten Gedanken aus meinem Gehirn zu kramen.

»Cara?«

Sie stand schon wieder in der Tür.

Ich drehte mich zu ihr und konnte gerade noch rechtzeitig meine Arme hochreißen, als etwas Großes, Dunkles auf mich zuflog.

Auf halben Weg zwischen ihr und mir blieb das Ding einfach in der Luft hängen.

Oh nein, ich hatte es schon wieder getan! Und auch meine Schwester war zum zweiten Mal eingefroren. Ich hoffte wirklich, dass bei ihr kein bleibender Schaden entstand, auch wenn sie es für diese Aktion durchaus verdient hätte! Irritiert musterte ich Mr. Brums, ihren heiß geliebten Teddybären, den sie ohne ersichtlichen Grund auf mich geworfen hatte. Vielleicht war *sie* ja von Aliens entführt worden, so verrückt, wie sie sich benahm. Mein Magen rebellierte und ich krümmte mich stöhnend zusammen. Ohne diese Nebenwirkung wäre das ein echt cooler Trick, aber so konnte ich darauf sehr gut verzichten. Ich massierte sanft meinen Bauch, während ich darauf wartete, dass die Starre sich endlich löste.

Unten hörte ich Mama in der Küche werkeln, also war zumindest sie nicht betroffen. Hoffentlich kam sie nicht auf die Idee, gerade jetzt nach oben zu kommen, Ich glaubte nicht, dass ich ihr erklären könnte, wieso ihre jüngste Tochter sich nicht rührte, während der Teddybär von ganz allein mitten im Zimmer hing. Vielleicht sollte ich ihn lieber runterpflücken, nicht, dass er noch auf meinen Schreibtisch fiel und alles beiseitefegte.

Ich stand auf, legte meine freie Hand auf sein Bein und zog. Wie schon vorhin bei Erik gelang es mir nicht sofort, als würde ihn etwas an Ort und Stelle festhalten, das ich erst überwinden musste. Doch sobald er sich von seiner Position gelöst hatte, fiel die Erstarrung auch von Zoe ab.

Aha, so funktionierte das also!

Erst als meine Schwester erschrocken nach Luft schnappte, erkannte ich meinen Fehler. Vorhin hatte ich am Schreibtisch gesessen. Jetzt stand ich mit Mr. Brums in der Hand vor meinem Bett.

»Ha!«, rief Zoe triumphierend auf, als wäre damit irgendetwas bewiesen. Dann bemerkte sie mein schmerzverzerrtes Gesicht und die Hand, die ich mir noch immer auf den Bauch presste. »Cara, was ist los?«

»Nichts«, erwiderte ich verstimmt.

»Das sieht mir aber anders aus.« Vorsichtig trat sie näher.

»Unterleibskrämpfe«, erklärte ich und hoffte, dass sie jetzt Ruhe geben würde. Immerhin konnten wir beide einmal im Monat ein Lied davon singen.

Sie runzelte ihre Stirn. »Eben ging es dir aber noch gut.«

Ich zuckte mit den Schultern. Was sollte ich dazu auch sagen?

Ein entschlossener Ausdruck trat auf Zoes Gesicht. »Also, erzählst du mir jetzt endlich, was hier los ist, oder soll ich es mir selber anschauen?«

»Was meinst du …?« Mein Blick fiel auf ihre Hand, meine Stimme verklang. Eine Kamera! Das kleine Biest hatte tatsächlich ihre Minikamera in der Hand, die sie sonst für ihre YouTube-Videos nutzte. Ich wurde bleich. »Das stellst du aber nicht rein!«

Sie grinste. »Wer weiß.«

Ich versuchte, ihr das Ding zu entwenden, doch sie riss sich von mir los.

»Zoe!«, sagte ich warnend.

»Schon gut«, maulte sie. »Das hier«, sie deutete auf das Gerät in ihrer Hand, »bleibt unter uns. Aber nur, wenn du mir alles erzählst.«

»Das ist Erpressung.«

»Hm.« Sie schien nicht im Mindesten bekümmert. »Also, was ist jetzt?«

»Lass uns erst mal sehen, was darauf ist.« Plötzlich war ich wirklich neugierig, was die Kamera aufgezeichnet hatte. War sie weitergelaufen, während alles andere erstarrt gewesen war?

Außerdem konnte ich etwas Zeit zum Nachdenken gut gebrauchen.

»Okay.« Das war wohl nicht die Antwort, mit der Zoe gerechnet hatte, doch sie widersprach nicht. »Komm mit.« Sie lief in ihr Zimmer und setzte sich an den Computer. Ich folgte ihr schmunzelnd. Sie traute mir wohl nicht genug, um es an meinem Laptop zu machen.

Gespannt hielten wir die Luft an, als sie das Video startete. Ich sah, wie sie mein Zimmer betrat, wie ich mich umwandte, als sie mich rief, und wie der große Teddybär auf mich zusauste. In einem Moment saß ich noch an meinem Schreibtisch, die Hände erschrocken hochgerissen, und im nächsten war ich neben meinem Bett, den Teddy fest an meine Brust gedrückt. Da war kein Stocken im Film, kein Bildriss oder Rauschen, das Video lief einfach weiter, doch ich hatte meine Position von einem Wimpernschlag auf den nächsten verändert. Wenn ich nicht live dabei gewesen wäre, hätte ich es für einen ziemlich schlechten Schnitt gehalten, doch Zoe und ich wussten beide, dass niemand an der Aufnahme herumgespielt hatte.

Immerhin wusste ich jetzt, dass ich mit meiner Fähigkeit auch digitale Geräte beeinflussen konnte.

»Und?« Zoe verschränkte ihre Arme vor der Brust und sah mich erwartungsvoll an.

Ich biss mir auf die Lippe. »Es ist kompliziert«, murmelte ich.

»Mir kannst du es erzählen«, entgegnete meine kleine Schwester schlicht.

Während ich nach den richtigen Worten suchte, fiel mir auf, dass es überhaupt nicht kompliziert war, weil ich selbst keinen Schimmer hatte, was gerade mit mir geschah.

»Also gut.« Ich atmete tief durch und schloss ihre Zimmertür. »Ich kann Dinge erstarren lassen.«

»Wie?« Zoes Augen wurden kugelrund.

»Keine Ahnung.« Ich schüttelte unglücklich meinen Kopf. »Es geschieht einfach, wenn ich mich erschrecke …« Ich brach ab und schaute meine Schwester misstrauisch an. »Aber das wusstest du schon, nicht wahr?« Wieso sonst hätte sie ihren Bären nach mir schmeißen sollen?

»Es war nur eine Vermutung«, rechtfertigte Zoe sich. Sie seufzte, als sie meinen verständnislosen Gesichtsausdruck bemerkte. »Ich habe nachgedacht«, setzte sie zu einer Erklärung an. »Die Sache in der Cafeteria ließ mir einfach keine Ruhe. Also habe ich – ganz nach dem Motto von Sherlock Holmes – angefangen, Möglichkeiten auszuschließen. Das, was am Ende übrig bleibt, ist, wie unwahrscheinlich es auch anmuten mag, die Lösung. Wenn du an mir vorbeigelaufen wärst, egal, wie schnell, hätte ich zumindest einen Luftzug gespürt. Also wurdest du entweder gebeamt – von mir aus auch teleportiert«, fügte sie hinzu, als ich meine Nase rümpfte. Ich konnte ihre Begeisterung für Star Trek und ähnliche Geschichten absolut nicht nachvollziehen. »Oder du kannst die Zeit anhalten«, fuhr Zoe völlig unbeeindruckt fort. »Nach deinem Bluttest war dieser Versuch nur der nächste logische Schritt.«

So wie sie das sagte, klang das ja schon fast wissenschaftlich fundiert. Ich wusste zwar, dass Zoe ihre Nase ständig in irgendwelche Bücher steckte – von Fantasy über Krimi bis zu Science Fiction –, doch ich hatte nicht geahnt, dass sie daraus auch wirklich etwas lernte. »Das erklärt aber noch immer nicht, wieso du mich beworfen hast.«

»Gerade Anfänger setzen ihre Fähigkeiten meist sehr intuitiv ein, ohne darüber nachzudenken. Wenn ihnen eine Gefahr droht oder sie sich erschrecken zum Beispiel. Ich bin einfach davon ausgegangen, dass du das noch nicht besonders lange machst. Sonst wäre es mir ja schon früher aufgefallen.«

Das klang nachvollziehbar. »Woher weißt du das alles?«

Sie verdrehte die Augen. »Es steht in fast jedem Buch, in dem Magie vorkommt.«

Ihre Worte holten mich abrupt auf den Boden der Tatsachen zurück. Mehr als jemals zuvor fühlte ich mich plötzlich wie eine Laune der Natur. Als etwas, das es nur in fiktiven Geschichten über Zauberer und Hexen gab. Ja, ich mochte diese Bücher auch, aber ich wäre nie auf die Idee gekommen, eine Parallele zwischen *ihnen* und *mir* zu ziehen. Ganz im Gegensatz zu meiner Schwester. »Ich kann doch nicht zaubern!« Sie musterte mich vielsagend. »Bist du von Aliens entführt worden?«

»Nein!«

»Bist du selbst ein Alien?«

»Natürlich nicht. Du kennst mich doch!«

»Aber du *kannst* die Zeit anhalten – wenn auch noch nicht besonders gut. Von irgendwoher muss diese Fähigkeit ja kommen.« Sie schaute auf ihre eigenen Hände herunter. »Ob ich es wohl auch kann? Immerhin sind wir Schwestern.«

Daran hatte ich noch gar nicht gedacht. Schlagartig besserte sich meine Laune. »Versuch's doch mal.« Ich warf Mr. Brums hoch in die Luft.

Wir kicherten beide, als er zu Boden plumpste.

Die nächste Stunde verbrachten Zoe und ich – meist ziemlich erfolglos – damit, Dinge zum Erstarren zu bringen. Mir gelang es tatsächlich drei oder vier Mal. Auch wenn mein Magen sich anschließend anfühlte, als hätte mir jemand ganz fest reingeboxt und ich das Abendessen, zu dem Mama uns irgendwann rief, wegen Übelkeit ausfallen lassen musste, ging es mir besser als jemals zuvor, seit ich von meiner Fähigkeit erfahren hatte. Es tat gut, mit Zoe sprechen zu können und sie voll und ganz auf meiner Seite zu wissen.

Ihre positive Einstellung gegenüber dieser ganzen Sache hatte sogar ein wenig auf mich abgefärbt. Sie fand es total cool, dass ich das konnte, und war recht betrübt, dass es ihr selbst nicht gelang. Doch sie tröstete sich damit, dass ich drei Jahre älter war und ihre Zeit vermutlich auch noch kommen würde.

Als sie schließlich nach unten zum Essen ging, schleppte ich mich in mein Zimmer und ließ mich auf das Bett fallen. Was für ein Tag!

Ich hatte Erik das Leben gerettet. Er hatte Mama kennengelernt und sie schien ihn zu mögen. Und ich stand mit meinem Geheimnis nicht mehr ganz alleine da.

Sanft massierte ich meinen Bauch und wartete darauf, dass die Krämpfe endgültig verschwanden. Irgendwie hatte Zoe schon recht. Es war eine ziemlich coole Kraft, die ich da auf einmal entwickelt hatte.

Kapitel 5

»Ich glaube, er kommt wieder rüber«, krächzte Jessie aufgeregt und ich zog sie energisch mit mir. Christian hatte noch immer nicht den Versuch aufgegeben, sich mir zu nähern, und ich wusste nach wie vor nicht, was ich davon halten sollte. Also machte ich mir einfach einen Spaß daraus, ihm aus dem Weg zu gehen.

Obwohl ich es gar nicht wollte, begann mir, seine plötzliche Aufmerksamkeit zu schmeicheln. Ich meine, er war immerhin der schönste Junge, den ich jemals gesehen hatte, und der Hauch von Geheimnis, der ihn umgab, war überaus faszinierend. Hinzu kam, dass er für niemanden außer mir einen Blick übrig zu haben schien.

»Wieso sprichst du nicht endlich mit ihm?«, fragte Jessie. »So übel scheint er nicht zu sein. Ich meine, er hätte inzwischen jede haben können – hast du gesehen, wie Dana und Melissa sich an ihn rangeschmissen haben? Aber er wirkt, als würde er das gar nicht wahrnehmen. Vielleicht haben wir ihn ja falsch eingeschätzt?«

»Ich weiß nicht«, gab ich unsicher zurück. Christian blieb für mich ein einziges Rätsel. Auch weiterhin verspürte ich in seiner Nähe ein gewisses Unbehagen, ohne sagen zu können, worauf es zurückzuführen war. Auf jeden Fall benahm er sich äußerst merkwürdig. Noch immer weigerte er sich, zu sprechen. Soweit ich es beurteilen konnte, hatte er bisher nur mir gegenüber freiwillig sein Schweigen gebrochen, ganz egal, wie viel Häme und Spott es ihm seitens der Mitschüler auch einbrachte. Mit allen anderen sprach er nur, wenn es sich nicht vermeiden ließ. Aber wenn er mal den Mund aufmachte, hörten alle sofort auf sein Kommando.

Nein, das stimmte nicht ganz. Die Wirkung erstreckte sich größtenteils auf den weiblichen Part der Bevölkerung, was wiederum mehr an seinem Aussehen als an irgendeiner Besonderheit seiner Stimme liegen mochte.

Zumindest hatte er nach seinem unverschämten Auftritt vor zwei Tagen es wohl aufgegeben, mir seine Gegenwart aufzudrängen. Vielleicht hatte er gemerkt, dass er so nicht bei mir weiterkam.

»Er folgt uns«, raunte Jessie mir aufgeregt zu.

Ich beschleunigte meinen Schritt und versuchte, in der Schülermenge im Flur unterzutauchen. Ich wollte jetzt ganz gewiss nicht über ihn nachdenken, ich hatte weiß Gott andere Sorgen. Immerhin ging ich heute mit Erik auf diese Party und ich wusste absolut nicht, was ich anziehen sollte.

Ich konnte es noch immer kaum fassen, dass meine Eltern tatsächlich eingewilligt hatten. Aber vermutlich sahen sie ein, dass sie es mir ohnehin nicht verbieten konnten. Ich war immerhin schon fast erwachsen. Natürlich hatte Papa es sich nicht nehmen lassen, sich Eriks Personalien zu notieren – Name, Geburtsdatum, Handynummer und Adresse. Ich würde wohl von Glück sprechen können, falls er sich nicht auch noch eine Kopie von Eriks Ausweis zog, wenn der mich nachher abholte.

Erik hatte mir alle Infos, die Papa verlangt hatte, ohne Murren und Knurren geschickt. *Das* war ein Typ wie aus dem Bilderbuch, der Stoff, aus dem feste Freunde gemacht waren – verständnisvoll, fürsorglich, aufmerksam. Und auf ihn würde ich nun meine ganze Aufmerksamkeit konzentrieren, anstatt mir um Christian und sein merkwürdiges Verhalten Gedanken zu machen. Vielleicht hatte er als Kind einfach zu wenig Beachtung gekriegt und versuchte, das jetzt zu kompensieren. »Kommst du gegen sechs zu mir? Dann können wir uns zusammen fertig machen«, wandte ich mich an Jessie. Erik hatte nichts dagegen gehabt, dass sie uns begleitete, und hatte sogar versprochen, ihr ein paar seiner Freunde vorzustellen. »Hä?« Jessie hatte mir offensichtlich nicht zugehört. Ich folgte ihrem Blick und sah, wie Christian neben Frau Vonhof stand, die gerade die Pausenaufsicht innehatte, und auf sie einredete. Was konnte er nur von ihr wollen? Da hätte ich wirklich gerne Mäuschen gespielt. Versuchte er gerade, seine Note aufzubessern, oder ging es um etwas völlig anderes?

In diesem Moment drehte er seinen Kopf und unsere Blicke trafen sich. Die strahlend blaue Intensität seiner Augen ging mir durch und durch. Hastig wandte er sich wieder ab.

War da Schuldgefühl in seiner Miene? Oder ertrug er es einfach nicht, mir ins Gesicht zu sehen?

»Ach, du meinst wegen der Party?« Anscheinend war meine Frage von vorhin endlich in Jessies Geist gesickert. »Sicher, ich komme gern etwas früher. Und danke, dass ich überhaupt mit darf!« Sie drückte mich voll Überschwang und zwang mich damit, meine Aufmerksamkeit endgültig von Christian zu nehmen.

Der Schultag verflog wie im Nu und fast schon früher, als es mir lieb war, fanden Jessie und ich uns vor meinem Kleiderschrank wieder. Sie sah natürlich bereits atemberaubend aus – eine helle, eng anliegende und mit glitzernden Pailletten bestickte Tunika, deren asymmetrischer Schnitt eine Schulter freiließ, umschmeichelte ihre kurvenreiche Figur. Dazu trug sie eine hautenge schwarze Hose, die leicht ledrig schimmerte. Ihre langen, dunklen Haare ergossen sich in sanften Locken auf ihren Rücken und ihr Make-up war wie immer perfekt. Nicht zum ersten Mal fragte ich mich, wie sie das schaffte. Ich selbst fand mich auch durchaus hübsch und mit meinen ein Meter fünfundsiebzig war ich fast einen ganzen Kopf größer als sie, dennoch war ich mir sicher, dass heute alle Augen auf ihr ruhen würden.

Na ja, so lange Eriks Aufmerksamkeit mir galt, gönnte ich ihr die aller anderen von Herzen.

»Das hier!«, verkündete Jessie und zog ein nachtblaues Minikleid hervor, das wie eine Kombi aus einem weichfallenden, ärmellosen Top und einem engen Rock wirkte. »Du wirst darin einfach umwerfend aussehen!«

Wir wussten beide, dass sie recht hatte. Immerhin hatten wir es gemeinsam bei unserer Shoppingtour zu Beginn der Sommerferien gekauft. Und seitdem hing es nutzlos in meinem Schrank, weil ich mich doch nie getraut hatte, es anzuziehen.

»Ist es nicht ein bisschen zu kurz?«, fragte ich unsicher.

»Bist du sechzehn oder sechsundsechzig?«, konterte Jessie. »In unserem Alter gibt es keinen Rock, der zu kurz sein könnte. Hast du dir deine Wahnsinnsbeine mal angesehen? Wird Zeit, dass sie richtig zur Geltung kommen!«

»Also gut.« Ich schnappte mir das Kleid. Sie hatte recht. Wenn ich es jetzt nicht anzog, wann dann?

Wir kicherten aufgeregt, als es an der Tür klingelte. Ich hörte, wie mein Vater aufmachte, und hastete nach unten. Um nichts in der Welt wollte ich Erik allein seinem Verhör aussetzen.

»Wir sind schon fertig!«, flötete ich, während ich die Treppe herunterrannte.

Mein Vater hob den Kopf und seine Miene drohte ihm für einen Moment zu entgleiten.

Ich hatte doch gewusst, dass mein Aufzug zu sexy war!

Besänftigend legte Mama ihm die Hand auf den Arm und seine Schultern sackten resigniert nach vorn.

»Hi.« Ich lächelte Erik zaghaft an. Und die Bewunderung in seinem Blick ließ mich unverzüglich den Anflug von schlechtem Gewissen vergessen, den Papas Reaktion mir eingejagt hatte.

Erik strahlte mich regelrecht an und ich fühlte mich wie eine Prinzessin, die von ihrem Prinzen zum Ball abgeholt wurde.

»Bis später!« Ich hauchte meinen Eltern jeweils einen Kuss auf die Wange und wollte mich schon an ihnen vorbei zur Tür quetschen, als mein Vater mich mit strenger Stimme zurückhielt.

»Nicht so schnell.«

Verdammt! Ich blieb stehen und drehte mich mit einem möglichst freundlichen Lächeln zu ihm um.

»Wir wollen diesen Moment doch unbedingt im Bild festhalten.« Er zückte sein Handy. »Stell du dich auch noch dazu, Jessie«, kommandierte er.

Ich schoss ihm einen bösen Blick zu. Von wegen Erinnerungsfoto. Er wollte vermutlich nur vorbereitet sein, falls er später am Abend noch eine Fahndung rausgeben musste.

Pflichtschuldigst schauten wir in die Kamera.

»Noch nicht fertig.« Er hantierte noch ein wenig herum und machte einige weitere Bilder. Wahrscheinlich machte er ein paar Großaufnahmen von Eriks Gesicht. Endlich senkte er sein Handy und sah uns eindringlich an. »Um zwölf seid ihr wieder zurück, ist das klar?«

»Was?«, maulte ich. Das war ja wirklich wie bei Aschenputtel. Normalerweise durfte ich bis eins wegbleiben. Das war jetzt reine Schikane, weil ich mit Erik wegging. Hilfesuchend schaute ich zu Mama, doch sie schüttelte leicht ihren Kopf. Hier würde ich heute auf verlorenem Posten kämpfen.

»Machen Sie sich keine Sorgen, Herr Müller«, sagte Erik. »Ich bringe die beiden pünktlich zurück.«

Mein Vater brummte etwas, das sich wie »Das will ich dir auch geraten haben« anhörte, während Mama uns viel Spaß wünschte. Als ich mich zur Tür drehte, sah ich Zoe auf der obersten Treppenstufe sitzen und Erik bewundernd anstarren. Ich winkte ihr zum Abschied zu und trat endlich ins Freie.

»Puh«, machte Jessie neben mir. »Das wäre also geschafft.«

»Wollen wir?« Erik reichte mir seinen Arm und schaute mich auf seine ganz besondere Art lächelnd an.

»Oh ja!« Ich hakte mich bei ihm ein und er drückte auf den Knopf der Autofernbedienung. Sofort erwachte ein silberfarbener BMW zum Leben.

Jessie stieß einen anerkennenden Pfiff aus.

»Ist das deiner?« Ich schaute ihn erstaunt an.

»Wie man's nimmt. Ich teile mir den mit ein paar Freunden.«

»Wow.«

»Er fährt gut.« Erik zuckte mit den Schultern. Es schien ihm überhaupt nicht bewusst zu sein, dass das Auto mächtig Eindruck bei Jessie und mir hinterließ. Vermutlich weil er es nicht nötig hatte, Mädchen mit seiner Karre zu beeindrucken.

Er hielt uns die hintere Tür auf und wir krabbelten freudig hinein. Dann setzte er sich hinter das Steuer. »Genießen Sie die Fahrt, Ladies«, sagte er und fuhr grinsend los.

Die Feier fand im Kellerraum irgendeines Studentenwohnheims statt. Schon beim Betreten des Gebäudes dröhnten uns laute Bässe entgegen. Jessie und ich wechselten einen aufgeregten Blick. Wir würden gleich tatsächlich auf eine Studentenparty gehen!

Ohne Eriks stützenden Arm hätte ich womöglich weiche Knie bekommen, doch seine Gegenwart gab mir Sicherheit. Mit ihm an meiner Seite war ich mehr als bereit, mich ins Getümmel zu stürzen.

Die Party war der absolute Hammer. Erik stellte uns tatsächlich einigen Kommilitonen vor, die sich sofort um Jessie gruppierten. Ich bemerkte durchaus, dass der eine oder andere Blick auch mir gegolten hatte, doch Erik schlang mir seinen Arm besitzergreifend um die Taille und zog mich mit sich fort. Es fühlte sich ein wenig ungewohnt, aber gut an.

Er reichte mir ein Glas, an dem ich vorsichtig roch, bevor ich es kopfschüttelnd ablehnte. »Gibt es hier auch etwas ohne Alkohol?« Ich wollte bestimmt nicht wie ein kleines Mädchen wirken, aber ich trank prinzipiell nicht viel und hatte ausgerechnet heute nicht vor, damit anzufangen. Abgesehen davon, dass mein Vater mich nie wieder mit Erik weglassen würde, falls ich angeheitert nach Hause kam, wollte ich in Gegenwart so vieler Menschen es lieber nicht riskieren, meine Selbstbeherrschung zu verlieren. Trotz meiner abendlichen Übungseinheiten mit Zoe hatte ich meine Kräfte noch immer nicht im Griff und konnte nicht ermessen, was geschehen würde, wenn meine Sicherungen durchbrannten oder ich meine Hemmungen fallen ließ.

»Sicher.« Er goss mir Cola in einen Plastikbecher ein und nahm sich selber ebenfalls einen. Erleichtert nahm ich zur Kenntnis, dass er auch auf Alkohol verzichtete. Immerhin musste er noch fahren. Morgen früh würde ich das unbedingt meinen Eltern erzählen, damit sie merkten, wie verantwortungsbewusst und zuverlässig er war.

»Hallo Erik.« Zwei junge Frauen in knappen Outfits gesellten sich lächelnd zu uns. Ich spürte die abschätzigen Blicke, mit denen sie mich taxierten, und reckte trotzig mein Kinn. Dennoch kam ich mir plötzlich etwas fehlplatziert vor. Die beiden waren deutlich älter als ich und definitiv viel eher Eriks Kragenweite.

»Oh, wer ist denn das? Deine kleine Schwester?«, säuselte eine, obwohl er seine Schwester wohl kaum so eng an sich drücken würde wie mich.

»Das ist Cara«, sagte er ohne weitere Erklärungen und schaute mich auf seine ganz besondere Weise an, die mich innerlich gleich ein paar Zentimeter wachsen ließ.

»Und was studierst du?«, fragte die andere spitz.

Ich schwieg. Um nichts in der Welt würde ich ihnen verraten, dass ich noch nicht einmal mein Abi fertig hatte.

»Cara hat sich noch nicht entschieden«, entgegnete er knapp. »Möchtest du tanzen?«, fügte er an mich gewandt hinzu.

Die beiden Mädels tauschten einen irritierten Blick, doch mir war das egal. »Sehr gerne«, sagte ich und ließ mich von Erik zu der Tanzfläche ziehen.

»Vergiss die beiden«, raunte er mir zu. »Die *studieren* schon seit zwei Jahren und haben bereits dreimal ihr Fach gewechselt. Für sie ist die Uni nichts weiter als eine riesige Kontaktbörse, wo sie sich einen möglichst vielversprechenden Gatten zu angeln versuchen.«

Ich kicherte. »Und du stehst ganz oben auf ihrer Liste?«

Er schmunzelte. »Ganz oben wohl kaum. Immerhin werde ich weder Arzt noch Jurist, aber hin und wieder versuchen sie es auch bei mir.« Wir hatten die Tanzfläche erreicht. Und wie auf Kommando wechselte der DJ zu einem langsamen Lied. Erik zog mich in seine Arme und begann, sich mit mir zu den Rhythmen einer Rumba zu bewegen.

Er tanzte wirklich gut. Unter seiner Führung schaffte ich es sogar, mir die wenigen Schritte, die ich noch aus meiner Tanzschulzeit kannte, wieder in Erinnerung zu rufen.

Ich ließ meinen Blick über die Menge schweifen, um mich zu vergewissern, dass es Jessie gut ging. Sie stand noch immer an der Bar, von einem kleinen Grüppchen Verehrer umringt. Einer fragte etwas und sie nickte grinsend. Daraufhin nahm er ihre Hand und zog sie ebenfalls auf die Tanzfläche. Jessies leicht geröteten Wangen und glänzenden Augen nach zu urteilen, hatte sie ihren Spaß.

Derart beruhigt, wandte ich meine Aufmerksamkeit wieder Erik zu, der mich verführerisch anlächelte. Er legte seine beiden Arme um meine Taille und gab jeden Versuch auf, einen Standardtanz mit mir hinzulegen. Stattdessen wiegte er sich mit mir einfach im Takt der Musik.

Ich wusste, wenn ich ihm jetzt in die Augen sah, würde er mich küssen.

Ich schluckte und schmiegte stattdessen meine Wange an seine Schulter.

Sollte ich? Oder sollte ich nicht?

Aus dem Augenwinkel sah ich Jessie hemmungslos mit ihrem Tanzpartner knutschen. Dabei kannte sie ihn gerade mal fünf Minuten. Es würde mit Sicherheit keine Liebe fürs Leben zwischen den beiden werden, vermutlich würden sie sich nach dem heutigen Abend nicht einmal wiedersehen, dennoch wirkten beide überaus zufrieden.

Erik war toll. Und ich mochte ihn sehr. Vielleicht entstand zwischen uns gerade etwas ganz Besonderes, vielleicht auch nicht. Doch ich war fest entschlossen, es herauszufinden.

Ich atmete tief durch, warf all meine Bedenken über Bord und hob mein Gesicht zu ihm empor.

Lächelnd schaute Erik auf mich herab. Seine Augen weiteten sich erfreut, als ich seinem Blick begegnete und in den dunklen Tiefen seiner Iriden versank.

Eine Zeit lang tanzten wir eng umschlungen so weiter, meine Lippen prickelten vor Aufregung und Erwartung. Dann, ganz langsam, fast schon zögerlich neigte er seinen Kopf. Ich spürte seine unausgesprochene Frage, die Bereitschaft, sich unverzüglich wieder zurückzuziehen, falls ich diesen Kuss nicht wollen sollte. Doch ich wollte ihn. Ich reckte ihm mein Gesicht entgegen und senkte meine Lider.

Schon spürte ich seinen warmen Atem auf meinem Mund und dann streiften seine Lippen endlich die meinen. Sanft und fragend zuerst, dann immer fester, bis sie die meinen völlig in Beschlag nahmen.

Ich schlang ihm meine Arme um den Hals und erwiderte seinen Kuss, gab mich ihm gänzlich hin, um das zu verdrängen, was ich dabei empfand. Oder auch nicht. Denn ich fühlte … nichts.

Was nicht heißen sollte, dass Erik nicht küssen konnte. Er konnte es. Und wie. Es war alles perfekt, nur nicht für mich.

Ich spürte es einfach nicht, dieses überwältigende Glücksgefühl, dieses süße Kribbeln in meinem Bauch, den Wunsch nach mehr.

Was stimmte bloß nicht mit mir? Erik war alles, was ich mir jemals erträumt hatte, und allein unser Kennenlernen war so romantisch gewesen. Das war der Stoff, aus dem die ganz großen Liebesgeschichten gemacht waren. Was also war mein Problem?

Ohne Vorwarnung schob sich Christians Gesicht in mein Bewusstsein. Ob ich bei seinem Kuss ebenso reagiert hätte? Frustriert kniff ich die Augen zusammen. Nein! Ich wollte ganz sicher *nicht* über Christian und seine Küsse nachdenken! Niemals und erst recht nicht *jetzt*.

Erik musste irgendetwas gespürt haben, denn er löste seine Lippen verunsichert von den meinen. Entschlossen zog ich seinen Kopf zu mir zurück und vertiefte unseren Kuss. Doch der Moment war unwiderruflich dahin. Ich fühlte es und er fühlte es auch.

»Es ist schon gut, Cara«, sagte er betrübt. Ich merkte, wie viel Kraft es ihn kostete, seine Enttäuschung nicht zu deutlich zu zeigen. »Du musst nichts tun, was du nicht möchtest.« Er lächelte sanft. »Ich kann warten.«

Ich senkte meinen Kopf, ich konnte seinen aufrichtigen, zärtlichen Blick einfach nicht ertragen. Ich glaubte nicht daran, dass Zeit etwas an meinen Gefühlen für ihn ändern würde – ich war hingerissen, geschmeichelt, aber nicht verliebt –, und ich wusste nicht, wie ich ihm das sagen sollte.

Also nickte ich bloß. »Ich könnte was zu trinken vertragen.«

»Natürlich.« Auch er schien nicht gerade scharf darauf zu sein, noch länger auf der Tanzfläche zu verweilen. Verlegen gingen wir gemeinsam an die Bar zurück.

Während wir an unseren Getränken nippten, schielte ich verstohlen auf meine Armbanduhr. Es war erst kurz nach zehn. Wenn ich Erik jetzt schon bat, mich nach Hause zu bringen, würde mein Vater unglaublich stolz auf mich sein.

»Hör zu, Cara.« Er fuhr sich nervös durch die Haare. »Es tut mir leid. Ich habe es überstürzt. Können wir das von eben vielleicht einfach vergessen? So tun, als wäre es nie passiert?« Ich nickte erleichtert. Vergessen hörte sich sehr gut an. Und vielleicht könnte ich dann auch so tun, als wäre nicht das Bild von Christian in dem denkbar unpassendsten Moment vor meinem inneren Auge aufgetaucht. Was hatte das überhaupt zu bedeuten? Ich mochte ihn ja nicht einmal. Und ganz bestimmt hatte ich nicht vor, mich *jemals* von ihm küssen zu lassen. Vermutlich hatte mein Verstand bloß nach irgendeiner Erklärung für meine mangelnde Reaktion auf Erik gesucht. Und was wäre naheliegender, als ihn mit Christian zu vergleichen? Immerhin beschäftigten die beiden mich seit Tagen – wenn auch auf ganz unterschiedliche Weise.

»Kann ich dich kurz allein lassen?«, fragte Erik plötzlich. Er wartete meine Bestätigung ab, dann drängte er sich nach vorn zu dem DJ. Kurz darauf erklang ein flotteres Lied. »Magst du tanzen?«, fragte er grinsend, sobald er wieder bei mir war.

Ich lachte. »Sehr gern.«

Nun, da die Gefahr einer weiteren, romantischen Situation gebannt war, hatten Erik und ich richtig Spaß. Ich genoss es, mich zu den schnellen Rhythmen gehörig auszupowern, und tanzte mir alle Anspannung und Unsicherheit von der Seele.

Nur hin und wieder streifte mich Eriks nachdenklicher, enttäuschter Blick, doch er lächelte mich jedes Mal entschuldigend an, wenn ich ihn besorgt oder fragend erwiderte.

Er war wirklich ein ganz toller Kerl.

Viel zu früh deutete er mahnend auf seine Uhr. Ich verzog unwillig das Gesicht. Die Party war noch im vollen Gange und ich amüsierte mich prächtig. Aber Erik blieb hart.

»Ich habe es deinem Vater versprochen«, raunte er mir ins Ohr. »Und abgesehen davon, dass es hier um die Ehre geht«, fügte er schmunzelnd hinzu, »möchte ich es mir mit ihm lieber nicht verscherzen. Er sieht ziemlich stark aus.«

Ich kicherte. Mein Vater würde keiner Fliege was zuleide tun. Allerdings würde ihn das nicht davon abhalten, mir bis zum Ende des Jahres Hausarrest aufzubrummen, falls ich zu spät kam.

»Schon gut, ich kann doch nicht zulassen, dass du dich meinetwegen in Gefahr begibst«, witzelte ich und stellte mich auf die Zehenspitzen, um Ausschau nach Jessie zu halten.

Mir rutschte das Herz in die Hose. Sie war nicht länger auf der Tanzfläche.

»Da hinten ist sie«, beruhigte Erik mich und wies auf eins der Sofas, die an der Wand standen. Jessie und ihr Verehrer hatten es sich dort inzwischen bequem gemacht und knutschten leidenschaftlich herum.

Ich rollte belustigt mit den Augen. Zumindest sie war heute Abend voll auf ihre Kosten gekommen.

Ich trat zu ihr und räusperte mich. Als das keine Wirkung zeigte, klopfte ich ihr auf die Schulter.

Sie zuckte erschrocken zusammen und wandte sich um. »Ach, Cara, du bist es!« Sie lächelte und wischte sich die spärlichen Reste ihres Lippenstifts aus den Mundwinkeln.

»Wir müssen los«, beschied ich ihr.

»Was? Jetzt schon?«

Ich seufzte und zuckte entschuldigend mit den Schultern.

Jessie zog nachdenklich ihre Unterlippe zwischen die Zähne. »Fahrt ihr doch schon vor. Ich bin sicher, Marc bringt mich nachher auch gern nach Hause.«

Es tat mir echt leid, die Spielverderberin zu sein, aber ich wollte sie auch nicht in der Obhut eines völlig Fremden zurücklassen.

»Marc hat erstens gar kein Auto«, mischte sich Erik entschieden in das Gespräch ein. »Zweitens hat er, wie es aussieht, schon einige Becher Bowle probiert. Und drittens habe ich versprochen, euch *beide* wohlbehalten wieder nach Hause zu bringen.«

»Also gut.« Jessie erhob sich schwankend. Anscheinend war Marc nicht der Einzige, der etwas getrunken hatte. »Hey!«, beschwerte sich dieser, seiner Abendbeschäftigung so plötzlich beraubt. Doch ein Blick von Erik brachte ihn unverzüglich zum Verstummen. »Ich ruf dich an, ja?«, nuschelte er zu Jessie gewandt.

»Tu das«, flötete sie und warf ihm eine Kusshand zu.

»Das war die geilste Party ever!«, plapperte sie begeistert, während wir Erik zum Ausgang folgten. Ich stimmte ihr etwas verhaltener zu. Sie hatte recht. Die Party war wirklich toll gewesen und doch blieb bei mir ein schales Gefühl zurück.

Ich würde Erik bald die Wahrheit sagen müssen – ich war nicht in ihn verliebt. Doch seine Freundschaft bedeutete mir viel und ich hatte Angst, genau diese zu verlieren.

Außerdem beunruhigte es mich zutiefst, dass Christian, nachdem er sich bei meinem Kuss mit Erik so unverschämt in meinen Kopf gedrängt hatte, immer mehr darin herumgeisterte. Das sah ihm ähnlich, diesem rücksichtslosen, arroganten Kerl. Ob in der Realität oder nur in meinem Unterbewusstsein, er scherte sich nicht darum, was *ich* wollte, sondern ließ mich einfach nicht in Ruhe.

Meine Eltern hatten natürlich auf uns gewartet. Ich hatte ihnen schon so oft gesagt, dass das nicht nötig war, doch sie ließen es sich nicht nehmen. Vermutlich war das irgend so ein Elternding – das Gefühl, zur sicheren Heimkehr der Kinder beizutragen, indem man sich selbst des Schlafs beraubte. Vielleicht steckte aber auch nur ein Kontrollzwang dahinter. Ich vermutete, dass das besonders heute die treibende Kraft gewesen war.

Mein Vater war in dem Sessel vor dem Fernseher eingedöst, doch er war auf der Stelle hellwach, als wir das Haus betraten. Unverzüglich schielte er auf die Uhr und schien fast schon enttäuscht, dass wir auf die Minute pünktlich waren.

»Und, war's schön?«, fragte Mama.

»Ja, sehr! Wir wären gern noch länger geblieben, aber Erik wollte nichts davon hören.«

»Sehr vernünftig«, brummte mein Vater und erhob sich.

»Dann können wir ja jetzt alle schlafen gehen.«

»Gute Nacht.« Beflissen streckte Erik meinen Eltern zum Abschied die Hand entgegen und ich gluckste belustigt. Er legte sich wirklich mächtig ins Zeug. Im nächsten Moment blieb mir das Lachen jedoch im Halse stecken. Er machte das nur, weil er dachte, dass wir zusammen waren oder es zumindest bald sein würden.

»Was ist los?« Er schaute mich aufmerksam an. Ihm entging aber auch gar nichts.

»Nichts, ich bin bloß müde.«

Erik stellte sich vor mich und zog mich in seine Arme. Ich spürte, wie Jessie hinter mir hastig nach oben in mein Zimmer huschte. Eriks Augen suchten die meinen. Ich wusste, dass er mich küssen wollte, und biss mir unsicher auf die Lippe. Er neigte seinen Kopf und streifte meine Wange sanft mit seinem Mund. »Schlaf schön, Cara.«

»Danke, du auch.«

Dann löste er sich von mir, öffnete die Tür und verschwand in der Nacht.

»Und, hast du dich ordentlich von ihm verabschiedet?«, fragte Jessie anzüglich, als ich mein Zimmer betrat. Sie saß im Schneidersitz auf der Luftmatratze, die mein Vater inzwischen für sie aufgepumpt hatte, und musterte mich aufgeregt.

»Ich habe ihm bloß gute Nacht gesagt.«

»Und ihm hoffentlich noch ein paar schmutzige Dinge ins Ohr geflüstert, damit er ganz bestimmt süß träumt?«

»Jessie!« Empört stemmte ich meine Hände in die Hüften.

»Was ist?«, gab sie mit einer Unschuldsmiene zurück. Dann beugte sie sich interessiert vor. »Ich habe doch gesehen, wie ihr auf der Party rumgeknutscht habt! Also tu jetzt nicht so.« Sie sprang auf und schloss mich in ihre Arme. »Ich freue mich ja so für dich.«

»Ja. Ähm. Danke.« Meine Reaktion entsprach wohl nicht ganz dem, was sie erwartet hatte, denn sie ließ mich los und schaute mich prüfend an.

»Oh, oh«, sagte sie dann.

»Was oh, oh?«

»Sag du es mir. Hatte er Mundgeruch? Hat er dich vollgesabbert?«

»Natürlich nicht!«, wehrte ich ab. »Der Kuss war eine glatte Zehn.«

»Und was ist es dann?«

Ich seufzte tief und ließ mich auf mein Bett fallen. »Keine Ahnung«, gab ich leise zu. »Es liegt nicht an ihm ... Es liegt an mir.«

»Du stehst nicht auf ihn?«, fasste Jessie düster zusammen.

»Schon, aber nicht *so*. Er wäre ein echt cooler bester Freund.«

»Autsch.«

Ihre Reaktion half mir auch nicht weiter.

»Hast du es ihm gesagt?«

Ich schüttelte unglücklich meinen Kopf. »Ich weiß nicht, wie. Ich mag ihn wirklich total gern.«

Jessie setzte sich neben mich und runzelte konzentriert ihre Stirn. »Dann lass es vorerst«, empfahl sie mir schließlich.

»Ich soll es ihm nicht sagen?«

»Erst mal nicht. Vielleicht änderst du ja noch deine Meinung«, erklärte sie pragmatisch. »Und wenn nicht, kannst du ihm in ein paar Tagen genauso gut das Herz brechen.«

Ich funkelte sie böse an.

Sie grinste. »Vielleicht kommt es auch gar nicht dazu«, bemerkte sie lässig. »Immerhin scheint er dir ziemlich viel zu bedeuten. Vielleicht musst du dich einfach nur darauf einlassen.«

Während Jessie auf dem Boden schon leise schnaufte, dachte ich noch immer über ihre Worte nach. Hatte ich wirklich bloß Angst, die Kontrolle zu verlieren? Redete ich mir deshalb ein, Erik nicht genügend zu mögen? Oder hörte ich gerade auf mein Herz, das mir sagte, dass er nicht der Richtige für mich war?

Noch einmal blitzte Christians Bild vor meinem inneren Auge auf und ich schüttelte energisch den Kopf. Es war fast schon unheimlich, wie oft er sich in meine Gedanken drängte.

Kapitel 6

»In diesem Halbjahr wird es eine kleine Änderung geben«, verkündete Frau Vonhof am Montag in der Erdkundestunde.

Ein überraschtes Raunen ging durch die Klasse, manche setzten sich sogar etwas aufrechter hin. Frau Vonhof hatte ihren Unterricht seit Jahren nicht mehr variiert.

»Die Referate werden in diesem Jahr in Zweierteams erarbeitet und gehalten«, fuhr sie fort, als hätte sie die allgemeine Unruhe gar nicht bemerkt.

Erfreut stieß ich Albert mit dem Ellbogen an. Zu zweit würde das lästige Referat sicherlich mehr Spaß machen.

»Ich werde jetzt die Gruppen vorlesen. Bitte setzen Sie sich im Anschluss mit Ihrem Partner zusammen, um ein Thema auszusuchen.«

Was? Ich hatte mich wohl verhört! Sie schrieb uns vor, mit wem wir das Referat zu machen hatten?

Das entrüstete Gemurmel und die fassungslosen Blicke um mich herum verrieten mir, dass ich mich nicht getäuscht hatte. Und dass der Rest der Klasse von dieser Aussicht ebenso wenig angetan war wie ich.

»Ruhe!«, rief Frau Vonhof und begann damit, die ersten Namen vorzulesen.

»Oh nein, nicht Rita«, stöhnte Albert neben mir, doch ich hörte nicht auf ihn, denn jetzt fiel auch mein Name.

»Cara Müller und Christian Lorell.«

Na klar, wie konnte es auch anders sein? Wutentbrannt drehte ich mich um und begegnete Christians ruhigem, strahlend blauem Blick. Er wirkte weder überrascht noch verärgert.

Natürlich!, fiel es mir wie Schuppen von den Augen. Er hatte das eingefädelt. Ich hatte selbst gesehen, wie er mit der Vonhof gesprochen hatte. Und dass sie ihm nichts abschlagen konnte, hatte ich ja bereits erlebt.

»Kommst du rüber?«, schrieb er auf seine Tafel und deutete auf den freien Platz neben sich. Ihm war wohl jedes Mittel recht.

Mir blieb keine Wahl. Nachher würde ich mich bei Frau Vonhof beschweren, auch wenn mir klar war, dass es nichts bringen würde. Doch vor allen Leuten wollte ich jetzt keine Szene machen. Auch so schon war ich mir der neidischen Blicke der Mädchen mehr als bewusst. Welch Ironie, dass ich liebend gern mit jeder von ihnen tauschen würde, selbst mit Sonja, die mit Alex, dem Chaoten der Klasse, zusammenarbeiten musste.

Ich schnappte mir meine Sachen und ließ mich lustlos neben Christian sinken.

»Was hast du eigentlich gegen mich?«, fragte er so leise, dass ihn niemand sonst hören konnte. Er hatte nach wie vor Hemmungen, sich normal zu unterhalten. Nur bei mir schien er leider keine Bedenken zu haben.

»Was ist mit deiner Stimme?«, konterte ich.

»Kehlkopfentzündung«, raunte er.

Ja, sicher. »Ich mag einfach keine Kerle, die lügen«, beantwortete ich seine Frage von vorhin.

Ein amüsiertes Funkeln stahl sich in seine Augen, seine Lippen zuckten – überaus sinnliche Lippen, wie ich widerstrebend zugeben musste. »Du mochtest mich schon nicht, bevor ich dich angelogen habe. Weshalb?«

Aha. Er leugnete es also nicht. »Weil ich keinen Grund gesehen habe, es zu tun«, erwiderte ich und wartete gespannt auf seine Reaktion. Immerhin hatte ich ihn gerade mehr oder weniger unterschwellig beleidigt.

Er nickte nachdenklich. »Das sollten wir ändern«, sagte er schließlich schlicht. Noch bevor ich mich von meiner Überraschung erholen konnte, kritzelte er schon wieder etwas auf seine Tafel, schnipste einmal mit den Fingern, um die Aufmerksamkeit der Lehrerin zu erregen, und zeigte sie ihr.

Ich verdrehte meinen Hals, um die Nachricht lesen zu können. *Können wir die Gruppenarbeit draußen fortführen?*

Frau Vonhof schüttelte streng ihren Kopf.

Dann wäre es hier drin deutlich leiser, schrieb er. Offensichtlich hatte er sie schon nach wenigen Tagen in ihrem Unterricht voll durchschaut. Der gegenwärtige Lärmpegel überstieg bei Weitem das, was sie normalerweise duldete.

»Also gut«, seufzte sie. »Aber Sie arbeiten alle weiter. Zur nächsten Stunde bringt jede Gruppe eine schriftliche Vorstellung ihres Themas in vier bis fünf Sätzen mit. Und geben Sie sich Mühe, wenn Ihr Vorschlag mich nicht überzeugt, müssen Sie es eben noch einmal tun.« Mit diesen Worten entließ sie uns in die Freiheit.

»Komm mit«, raunte Christian, nachdem er seine Sachen eingepackt hatte, und fasste nach meiner Hand.

Irritiert entriss ich ihm meine Finger. »Ich kann alleine gehen!«

Er zuckte mit den Schultern und hastete voran.

Ich folgte ihm zu einem abgelegenen Teil des Schulhofs, wo, hinter einer kleinen Hecke verborgen, eine Gartenbank stand. Ich ging schon das achte Jahr auf diese Schule, doch diese Ecke hatte ich noch nie entdeckt.

»Ich mag diesen Ort«, sagte Christian, als hätte er erraten, in welche Richtung meine Gedanken gingen. »Hier habe ich meist meine Ruhe.« Mir fiel auf, dass er endlich in normaler Lautstärke sprach. Und seine Stimme war wirklich schön – so wie der Rest von ihm. Zu schön vielleicht.

Ich spürte, wie sich die feinen Härchen auf meinen Unterarmen aufrichteten. Zwischen leiser Beunruhigung und Faszination hin- und hergerissen, wusste ich, dass ich mich jetzt nicht mit Erdkunde beschäftigen konnte. Ich wollte Antworten auf die vielen Fragen haben, die sich in meinem Kopf tummelten. So wie es aussah, hatte er ebenfalls etwas ganz anderes als unser Referat im Sinn. Er ließ sich am Rand der Bank nieder, sodass für mich auch noch genügend Platz übrig blieb, und schaute mich einladend an.

Ich zuckte mit den Schultern und setzte mich hin. »Verrätst du mir jetzt endlich, was das hier soll?«

»Ich wollte mich in Ruhe mit dir unterhalten. Das ständige Flüstern und Schreiben ist echt ätzend.«

»Dann lass es doch sein.«

Er seufzte. »Das ist leider nicht so einfach.«

Ich verschränkte meine Arme vor der Brust und sah ihn herausfordernd an. »Und wieso nicht?«

Er wandte seinen Blick ab und musterte konzentriert seine ineinanderverschränkten Hände. »Es hat vor ein paar Monaten einen Vorfall gegeben«, sagte er stockend. »Jemand, der mir viel bedeutet hat, wurde dabei schwer verletzt … weil ich mit ihr geredet habe.«

Ich schnappte nach Luft. »Du meinst den Unfall deiner Exfreundin?«, fragte ich langsam. Ich hätte nie erwartet, dass er jetzt und ausgerechnet mit mir darüber sprach. Irgendwie erleichterte es mich, dass ihr Schicksal ihn nicht ungerührt ließ.

Erstaunt sah er mich an. »Du weißt davon?«

»Ja, zumindest das, was in der Zeitung stand«, gab ich zu. »Als du in unserer Schule auftauchtest, haben Jessie und ich ein wenig recherchiert.«

Er schnaufte bitter. »Vermutlich kann ich von Glück reden, dass sich nicht schon die ganze Schule das Maul darüber zerreißt.«

»Hey!«, entfuhr es mir empört. »Wir haben es keinem verraten. Wir tratschen nicht rum.«

Er lächelte dankbar. »So war das nicht gemeint. Aber die Infos sind ja allen frei zugänglich.«

»Seid ihr deswegen umgezogen?«

»Unter anderem.«

»Und deshalb möchtest du nicht mehr sprechen? Nur weil ihr euch gestritten habt, bevor es geschah?« Das ergab doch gar keinen Sinn. Erst recht nicht, wenn man in Betracht zog, wie seelenruhig er sich gerade mit mir unterhielt.

»Es ist kompliziert.«

»Aber der Unfall war doch nicht deine Schuld.«

»Doch, war er«, entgegnete er fest. Dann räusperte er sich und zwang sich zu einem Lächeln. »Aber eigentlich wollte ich nicht über mich sprechen.«

»Und worüber dann? Das Referat?«

»Nein. Über dich.«

Seine Worte erinnerten mich daran, dass er diese ganze Sache höchstwahrscheinlich selbst eingefädelt hatte. »Wieso hast du das getan?«

»Was denn?«

»Die Vonhof bequatscht, dass wir diese Gruppenarbeit machen sollen.«

Er schmunzelte. »Wie kommst du darauf, dass ich das war?«

»Ich bin weder blind noch blöd. Ich habe doch gesehen, wie du letzte Woche mit ihr gesprochen hast.«

»Du traust mir aber viel Überzeugungskraft zu.«

Ich musterte ihn abschätzend. Spielte er gerade mit mir? Verarschte er mich? »Nicht mehr, als du bereits bewiesen hast. Glaubst du etwa, es wäre jemandem entgangen, wie die Vonhof dir nach einem geflüsterten Satz in der ersten Stunde aus der Hand gefressen hat?«

Er verzog ertappt das Gesicht.

»Also, was bezweckst du mit dieser Zusammenarbeit?«

»Vielleicht wollte ich nur mal mit dir allein sein.«

»Und du glaubst, mit einem so billigen Trick gewinnst du

meine … Anerkennung?« Mir war noch immer nicht ganz klar, was er von mir wollte.

»Na, immerhin sprichst du jetzt mit mir.«

»Ich kann auch wieder gehen!« Entrüstet sprang ich auf.

»Nein, Cara, warte! Bitte«, fügte er eindringlich hinzu.

Ich zögerte, während Neugier, Stolz und gesunder Menschenverstand in meinem Inneren kämpften. »Was willst du?« Ich würde ihm noch genau diese eine Chance geben, sich mir zu erklären.

Er schien meine Entschlossenheit zu spüren, in seinem Gesicht mahlte es. »Also gut«, sagte er schließlich. »Ich mache dir einen Vorschlag. Eine Antwort gegen eine Antwort. Ich habe dir bereits gesagt, warum ich nicht mehr in der Öffentlichkeit sprechen mag. Also habe ich jetzt eine Antwort von dir frei.«

Ich runzelte skeptisch meine Stirn. Er hatte mir gar nichts verraten, zumindest nichts, das irgendeinen Sinn ergab, andererseits würde ich ihm im Anschluss noch eine Frage stellen dürfen. »Also gut«, willigte ich ein. »Aber beim nächsten Mal erwarte ich eine richtige Antwort, keine *Es-ist-kompliziert-Ausflüchte*.«

»Abgemacht.« Er atmete erleichtert auf. »Wie lautet der Mädchenname deiner Mutter?«

»Was?« Verdattert starrte ich ihn an. Was war das denn für eine Frage? Wen interessierte so etwas? Offensichtlich ihn, denn er schaute mich erwartungsvoll an.

»Wieso willst du das wissen?«

»Ist das deine Gegenfrage?«

»Natürlich nicht.« Obwohl es mich auch interessieren würde.

»Dann beantworte bitte meine.«

Mein Verstand raste auf Hochtouren, aber mir fiel nichts ein, wie er diese Info gegen mich – oder überhaupt irgendwie – verwenden könnte. »Pfennig«, sagte ich leise. »Der Mädchenname meiner Mutter ist Pfennig.«

Er kaute auf seiner Lippe. Die Antwort schien ihm nicht zu gefallen.»In deinem Stammbaum gibt es nicht zufällig irgendwo den Namen Adeleidt?«

Was ging ihn mein Stammbaum an? Und selbst wenn ich die Antwort wüsste, würde ich sie ihm jetzt nicht geben, denn nun war ich dran. Ich lächelte ihn zuckersüß an.»Du hast selbst gesagt, immer nur eine Frage für jeden.«

»Was willst du wissen?«

Ich überlegte. Es gab so vieles an ihm, was mir Rätsel aufgab, doch ich bezweifelte, dass er mir ehrlich antworten würde.»Warum ich?«, stellte ich schließlich die Frage, auf die ich schon einmal keine richtige Antwort bekommen hatte.

Er nickte nachdenklich.»Das ist nur fair«, murmelte er. Dann hob er den Kopf und sah mich an.»Dir ist vielleicht schon aufgefallen, dass ich ziemlich viel Aufmerksamkeit errege, besonders bei den Mädchen.« Er rümpfte die Nase, als wäre ihm diese Tatsache nicht gerade angenehm.»Wohin ich auch gehe, sie belagern mich und manchmal muss ich schon sehr deutliche Worte sprechen, um meine Ruhe zu haben.«

Wie oft hatte er das wohl inzwischen getan? Mir war durchaus aufgefallen, dass er nicht mehr so sehr von seinen Fangirls umringt war. Bis auf ein paar äußerst hartnäckige, wie Melissa oder Isabel, beschränkten die meisten sich nur noch auf stummes Anschmachten.

»Daher komme ich auch, so oft es geht, hierher«, fuhr er leise fort.»Einfach, um meine Ruhe zu haben. Kaum jemand verirrt sich in diese Ecke des Hofs. Aber du, du bist anders. Mit dir kann ich einfach ich selbst sein, mich normal unterhalten. Du glaubst nicht, wie entspannend das ist.« Er lächelte mich entschuldigend an.

Ich glaubte ihm. Aber ich spürte auch, dass er mir nicht die ganze Geschichte erzählte. Da musste noch mehr sein. Etwas, das er mir verschwieg und das doch der Schlüssel zu allem war.

»Ich bin bestimmt nicht das einzige Mädchen, das dir nicht gleich beim ersten Blick verfallen ist.«

»Da bin ich anderer Ansicht.« Er sagte es völlig ohne Stolz oder Arroganz, fast als würde er über das Wetter sprechen.

Ich schnaufte überrascht, doch er gab mir keine Gelegenheit, irgendwas zu erwidern. »Jetzt bin ich wieder dran. Also, hast du irgendwo eine Urgroßmutter namens Adeleidt?«

Ich rollte mit den Augen. »Nicht, dass ich wüsste. Warum interessiert dich das überhaupt?«, schoss ich meine eigene Frage auf ihn ab.

Die schien ihm nun absolut nicht recht zu sein. Er presste seinen Kiefer zusammen und schluckte. »Nur so«, sagte er schließlich. »Ahnenforschung ist ein Steckenpferd von mir.«

»Und genau deshalb fliege ich nicht auf dich.«

»Weil ich mich für Geschichte interessiere?«

»Nein, weil du lügst.«

Ich schnappte mir meine Tasche und wandte mich zum Gehen.

»Und was wird aus dem Referat?«, hielt er mich zurück.

»Keine Bange, das schreibe ich auch allein. Du darfst dann gern deinen Namen daruntersetzen.«

»Keine Chance.« Er lachte. Und jetzt schwang tatsächlich eine Spur von Überheblichkeit in seiner Stimme mit. »Es geht hier schließlich auch um *meine* Note. Ich will nicht riskieren, dass mir etwas meinen Einserschnitt versaut.«

Oh. Ein Streber war er also auch noch. Es lag mir schon auf der Zunge, dass er das Ding auch gerne selber schreiben konnte, doch ich schluckte meine Wut herunter. Eine solche Gelegenheit, hinter sein Geheimnis zu kommen, würde sich mir so bald nicht wieder bieten, wenn ich sie jetzt ausschlug. Und das würde Jessie mir ewig vorhalten.

Ich seufzte. »Also gut, wir treffen uns nach der Schule in der Bibliothek, dann können wir ein bisschen brainstormen. Aber nur unter einer Bedingung.«

»Und die wäre?«

»Keine Frage-Antwort-Spielchen mehr und keine Lügen.«
Er sah mir ernst in die Augen. »Einverstanden. Mit einer klitzekleinen Änderung. Ich halte mich nicht wirklich gerne in der Schule auf. Hast du morgen Nachmittag gegen fünf Uhr Zeit? Dann könnte ich bei dir vorbeikommen.«
Ich war nicht sicher, ob das eine wirklich so gute Idee wäre. Andererseits war ich neugierig, welche Wirkung er auf Zoe und meine Eltern haben würde. »Geht klar«, sagte ich schließlich und diktierte ihm meine Adresse.

In diesem Moment verkündete die Glocke das Ende dieser Stunde. Ich winkte ihm noch einmal zum Abschied zu und eilte in das Schulgebäude, um Jessie von der neusten Entwicklung im Fall Christian zu unterrichten.

***

Nachdenklich lehnte er sich in seinem Stuhl zurück und starrte zu der hellen Decke empor. Er konnte sich gerade ohnehin nicht auf das vor ihm liegende Buch konzentrieren. Seine Gedanken drehten sich unaufhörlich um Cara und darum, wie nah er seinem Ziel bereits war. Er konnte seinen Triumph schon förmlich spüren.

Sein Netz war ausgespannt, die ersten Schritte getan. Und auch wenn sie es selbst noch gar nicht wusste, zappelte Cara bereits wie ein gefangener kleiner Fisch darin. Sie hatte noch nicht einmal begonnen, das Ausmaß der Kraft zu begreifen, die allmählich in ihr erwachte. Sie war ein junges, unwissendes Mädchen, das sich von schönen Augen und freundlicher Stimme täuschen ließ.

Noch mochte sie sich sträuben, sich nicht eingestehen, dass sie nicht anders konnte, als ihm am Ende mit Haut und Haar zu verfallen. Aber schon bald würde die kleine Hexe ihm gehören und dann wäre er endlich frei.

***

Ich las gerade zum zweiten Mal Eriks Nachricht, als es an der Tür klingelte. Das musste Christian sein – pünktlich auf die Minute.

»Erwartest du Besuch?«, rief Zoe aus ihrem Zimmer.

»Ja, bleib ruhig sitzen.«

»Aber ich dachte, wir üben gleich noch ein bisschen mit deiner Fähigkeit.« Sie trat auf meine Türschwelle.

»Heute nicht.«

»Dann aber morgen – und keine Ausreden!«

Ich grinste. Sie nahm die Sache wirklich ernst und entwickelte sich zu einer regelrechten Drillmeisterin.

Es klingelte erneut. Ich sprang auf und legte mein Handy weg. Ich wusste ohnehin noch nicht genau, was ich Erik texten sollte. Er schrieb, dass ich ihm fehlte, dass es Freitagabend wirklich schön gewesen war, und fragte, ob er mich auch unter der Woche nach der Schule besuchen durfte. Er war so toll. Zeigte aufrichtiges Interesse, ohne mich zu bedrängen, und ließ mich mit jedem Wort spüren, wie viel ich ihm inzwischen bedeutete. Doch die Wahrheit war, dass ich nach dem missglückten Kuss nicht länger mit Vorfreude, sondern eher mit Unbehagen und einem gewissen Schuldbewusstsein an ihn dachte. Wie sollte ich nur aus dieser Sache wieder rauskommen, ohne seine Gefühle zu verletzen?

Ich hastete herunter und riss schwungvoll die Tür auf.

»Hallo Cara«, begrüßte Christian mich mit seiner samtweichen Stimme. Inzwischen hätte ich mich eigentlich daran gewöhnen müssen, doch ihn unvorbereitet und nach längerer Pause sprechen zu hören, berührte mich noch immer bis tief in mein Innerstes.

»Christian.« Ich räusperte mich und trat beiseite, um ihn einzulassen.

Aufmerksam schaute er sich um. »Nettes Haus«, bemerkte er

freundlich, wirkte dabei jedoch so, als würde er nach etwas ganz Bestimmtem Ausschau halten. Eigenartig.

»Hier entlang.« Ich führte ihn die Treppe hinauf nach oben in mein Zimmer. Im Vorbeigehen sah ich Zoe neugierig aus ihrer eigenen Tür lugen. Als sie Christian bemerkte, klappte ihre Kinnlade herunter und ich scheuchte sie mit einer schnellen Handbewegung fort.

Es fühlte sich komisch an, einen praktisch Wildfremden, den ich streng genommen nicht einmal mochte und dem ich ganz bestimmt nicht vertraute, in mein Reich zu lassen. Doch Christian schien damit überhaupt kein Problem zu haben. Vollkommen lässig und ungezwungen trat er in mein Zimmer, als würde er tagtäglich so etwas tun.

Andererseits, vielleicht tat er es auch. Ich hatte schließlich oft genug gesehen, wie die Mädchen ihn umschwirrten. In der Schule schien er nicht darauf anzuspringen, aber wer wusste schon, was er in seiner Freizeit so trieb.

Ich ließ meinen Blick schnell durch den Raum schweifen. Ich hatte zwar vorsorglich aufgeräumt, mir aber keine Gedanken darüber gemacht, wo wir sitzen sollten. Am Schreibtisch wäre es vermutlich etwas zu eng. Auf dem Bett zu privat – ich wollte schließlich keine falschen Signale aussenden.

Verdammt! Wir hätten doch im Esszimmer bleiben sollen, aber bald würde Mama nach Hause kommen und sie mochte es nicht, wenn wir den Raum belagerten.

Christian trat an mein Regal heran und betrachtete es konzentriert.

Okay, er wollte sich also noch gar nicht setzen. Auch gut. Ich stellte mich zu ihm, um zu sehen, welches Buch seine Aufmerksamkeit erregt hatte. Ich hatte nicht gewusst, dass er sich für Bücher interessierte.

Tat er wohl auch nicht.

»Bist du das?« Neugierig deutete er auf ein gerahmtes Foto, das Zoe und mich am Strand vor etwa fünf Jahren zeigte. Ich trug einen pinkfarbenen Bikini und schleckte hingebungsvoll an einem Eis.

»Ähm, ja«, sagte ich schnell. Wieso hatte ich die Fotos bloß nicht weggeräumt?

Jetzt schweifte sein Blick weiter zum nächsten, wo ich als pummelige Vierjährige zu sehen war.

Ich war mir ziemlich sicher, dass sich seine Mundwinkel leicht kräuselten.

»Wir sollten anfangen!«, sagte ich schroff.

Jetzt grinste er mit Sicherheit. »Gleich«, hielt er mich hin. Dann drehte er sich um und schaute mich forschend an. »Hast du noch mehr Bilder?«

»Was?« Natürlich hatte ich welche, aber was ging ihn das bitte schön an? War das eine Anmache? Oder nur ein missglückter Small-Talk-Versuch?

Er zuckte mit den Schultern. Offensichtlich hatte er nun selbst etwas entdeckt, denn er zwängte sich an mir vorbei und betrachtete neugierig das Familienfoto, das diesen Sommer bei einem Grillfest aufgenommen worden war.

»Sind das deine Eltern?«

»Ja«, entgegnete ich vorsichtig.

»Und deine Schwester?«

Verdattert starrte ich ihn an. Was sollte das Ganze? Er betrachtete das Bild so konzentriert, als suchte er nach irgendwelchen versteckten Hinweisen.

»Ich habe nicht den ganzen Abend Zeit«, maulte ich. »Und du bist nicht zum Spaß hier. Du hast uns diese Gruppenarbeit eingebrockt, schon vergessen?«

»Wenn du willst, schreibe ich das Referat auch allein. Du kannst gern deinen Namen druntersetzen«, wiederholte er geistesabwesend meine eigenen Worte. Irgendwie schien ihm dieses Foto verdammt wichtig zu sein. Ganz zufrieden wirkte er allerdings nicht.

»Kommt nicht infrage«, entgegnete ich süffisant, in Erinnerung an seine Antwort auf dem Schulhof.»Hier steht immerhin auch *meine* Note auf dem Spiel.«

Er schnaufte belustigt und wandte sich mir zu. Entweder hatte meine schlagfertige Erwiderung ihm wirklich gefallen oder er war mit dem Foto ohnehin fertig.

»Ich habe mir bereits ein paar Gedanken zum Thema gemacht«, wechselte er abrupt zur Tagesordnung über und ich brauchte ein paar Sekunden, um zu begreifen, dass er jetzt tatsächlich von Erdkunde sprach.

Christian holte ein beschriebenes Blatt Papier aus seinem Rucksack und reichte es mir.

»Wow. Du bist ja wirklich ein Streber.« Die Worte verließen meinen Mund, noch bevor ich mir darüber klar war, wie beleidigend sie klingen konnten.

Ein bitterer Zug legte sich um seinen Mund.

»Tut mir leid, so war das nicht gemeint …«, setzte ich betreten an, doch er winkte ab.

»Du hast ja recht … irgendwie.« Er atmete tief durch und wirkte auf einmal deutlich weniger unnahbar und einschüchternd, sondern mehr wie der Teenager, der er eigentlich war. »Ich verkrieche mich oft in meine Bücher. Ich mag die Schule recht gern … Nein, eigentlich weniger die Schule«, korrigierte er sich,»sondern das Lernen.«

»Du bist der Star der Stufe und willst mir weismachen, es würde dir nicht gefallen?« Natürlich hatte ich das auch schon bemerkt, aber ich war auf seine Erklärung gespannt.

»Es ist kompliziert.« Er ließ sich auf mein Bett sinken.

Ich konnte dieses Wort nicht mehr hören.»Ist es das nicht immer?«

Dieses Mal würde ich ihn nicht von der Leine lassen. Ich hatte das Gefühl, dass seine geheimnisvolle Muschel sich gerade ein wenig zu öffnen begann, und ich war fest entschlossen, diesen Umstand zu nutzen.»Alle bewundern dich«, setzte ich nach, als er weiterhin schwieg.»Was ist daran kompliziert?«

Er lächelte leicht, aber es lag keine Freude darin. »Nicht alle«, murmelte er. Ich fragte mich gerade, ob er das womöglich auf mich bezog, als er auch schon weitersprach. »Kannst du dir vorstellen, wie anstrengend es ist, wenn man alles versucht, um die Mädchen auf Abstand zu halten, und dann von ihren Freunden oder Verehrern auch noch blöd angemacht wird?« Er seufzte frustriert.

Mir waren die bösen Blicke, mit denen die Jungs Christian hin und wieder bedachten, durchaus nicht entgangen, aber ich hatte nicht geglaubt, dass es so schlimm war.

»Willst du etwa behaupten, Männer wären gegen deinen Zauber immun?«, witzelte ich.

»Was meinst du damit?« Christian musterte mich so scharf, dass ich unwillkürlich zurückwich. Das spöttische Lächeln verschwand aus meinem Gesicht.

»Nichts … Nur so …«, stotterte ich. Wo genau lag jetzt sein Problem?

Seine Züge entspannten sich. »Du nennst es Zauber. Ich würde eher von einem Fluch sprechen«, sagte er düster.

Ich verzog skeptisch meinen Mund. Übertrieb er gerade nicht ein wenig? Meine Güte, dann sah er eben überdurchschnittlich gut aus, na und? »So schlimm kann das doch gar nicht sein. Die meisten Kerle würden manches dafür geben, deine Wirkung auf Frauen zu haben.«

Er schmunzelte und ich spürte, wie ich rosa anlief. Hatte ich gerade ernsthaft zugegeben, dass er besonders anziehend auf Frauen wirkte? Und damit auch auf mich? »Das heißt jetzt natürlich nicht, dass ich …«

»Schon gut«, unterbrach er mich lächelnd. »Ich weiß, dass du mich nicht ausstehen kannst.«

Es fiel mir schwer, mein eigenes Grinsen zu verbergen.

Doch seine Fröhlichkeit hielt nicht lange an. »Alles, was man nicht kontrollieren kann, ist ein Fluch«, sagte er ernst. »Selbst Dinge, die zunächst positiv scheinen.«

Seine Worte berührten mich auf eine ganz besondere Weise. Ich verstand sehr gut, was er damit meinte. Ging es mir mit meinen so plötzlich aufgetauchten Kräften doch nicht anders. Christian straffte die Schultern und strich seinen langen Pferdeschwanz zurück.

»Was ist eigentlich mit deinen Haaren los?«, platzte es aus mir heraus. Ich brauchte nicht Jessies penibel geführte Aufzeichnungen, um zu sehen, dass sie ihre Länge viel zu häufig und viel zu schnell änderten.

»Was soll damit sein?«, fragte er beherrscht.

»Echt jetzt?« Ich fixierte ihn stirnrunzelnd. »Willst du wirklich so tun, als wäre daran nichts Ungewöhnliches? Glaubst du, wir wären alle blind?«

»Okay, klär mich auf.«

»Sie wachsen viel zu schnell. Und zwar so schnell, dass du sie dir immer wieder in der Schule schneiden musst, um eine halbwegs gleiche Länge zu halten.« Meine Stimme wurde immer höher und ich konnte den Vorwurf darin nicht verbergen.

»Interessante Geschichte.«

Ich schnaufte. Er versuchte noch immer, es zu leugnen. »Ich habe dich selbst dabei erwischt, schon vergessen?« So ungern ich an den Vorfall zurückdachte, als ich blind vor Panik aufs Jungenklo gestolpert war und mich vor seinen Augen übergeben hatte, ich würde mich nicht so hinstellen lassen, als hätte ich mir das Ganze bloß eingebildet.

Er verzog ertappt das Gesicht. »Und was genau meinst du, gesehen zu haben?«

»Dich mit einer Schere in der Hand und blonden Haarschnipseln auf dem Boden.«

»Du warst da aber nicht gerade auf der Höhe.«

Ich zog bedeutungsvoll meine Augenbrauen hoch. »Ich weiß, was ich gesehen habe. Außerdem haben wir alles genau dokumentiert.«

»Ihr habt was?« Er starrte mich überrascht an und hatte sichtlich Mühe, sein Grinsen, das irgendwo zwischen Schock, Unglauben und Belustigung schwankte, zurückzuhalten.

»Wenn schon, denn schon«, entgegnete ich so würdevoll wie möglich.

Sein Lächeln vertiefte sich, seine blauen Augen funkelten warm. »Du hast mich also die ganze Zeit über heimlich beobachtet?«

»Aus rein wissenschaftlichem Interesse«, betonte ich, konnte mich seiner Ausstrahlung aber nicht mehr entziehen. Er schien viel netter zu sein, als ich angenommen hatte. Die Unterhaltung mit ihm machte mir tatsächlich Spaß. Doch ich wollte mich davon nicht einlullen lassen. Es gab noch immer zu viele Geheimnisse um ihn herum. »Also, was ist jetzt mit deinen Haaren?«

Er biss sich nachdenklich auf die Lippe. »Du hast recht, sie wachsen schneller als im Durchschnitt üblich. Und weil ich auch so schon genug angestarrt werde und außerdem nicht gerade wie Rapunzel herumlaufen mag, versuche ich, das Problem möglichst unauffällig zu vertuschen.« Er gluckste leise. »Wie man sieht, ist mir das echt gut gelungen.«

Ich nickte ihm auffordernd zu. Das war nichts Neues für mich. Der Rest der Geschichte war es, der mich interessierte.

Er atmete tief durch und studierte einige Herzschläge lang aufmerksam mein Gesicht. »Ich könnte jetzt sagen, dass es an einer seltenen hormonellen Störung liegt«, begann er schließlich langsam. »In der Tat habe ich diese Ausrede bisher dreimal benutzt. Denn so oft bin ich bereits aufgeflogen.«

»Nur?«, entfuhr es mir überrascht.

Er grinste. »Offensichtlich haben mich nur wenige so genau beobachtet wie du.«

Erneut schoss mir das Blut ins Gesicht. Was den falschen Eindruck, ich wäre an ihm interessiert, vermutlich noch mehr verstärkte. Doch ich durchschaute seinen Versuch, das Thema zu wechseln. »Und was erzählst du mir stattdessen?«

»Gar nichts«, erwiderte er leise.

Verwirrt sah ich ihn an.

»Ich habe dir versprochen, dich nicht mehr anzulügen. Und daran werde ich mich halten.«

Wow! Er sagte das so aufrichtig, so ernst, dass mir einen Moment lang die Worte fehlten. »Du gibst mir lieber gar keine Erklärung, als mich anzulügen?«, fragte ich, als ich mich endlich gefangen hatte.

»Ja.«

»Und warum versuchst du es nicht mit der Wahrheit?«

»Weil sie zu kompliziert ist.«

Klar, was sonst.

»Du würdest mir entweder ohnehin nicht glauben oder mich für einen Freak halten.«

»Bist du denn einer?«

Die Frage war eher scherzhaft gemeint, doch er blieb völlig ernst. »Das ist wohl Ansichtssache.«

Die Antwort versetzte mir einen kleinen Stich. Er hatte recht. Im Grunde war ich ebenfalls eine Abnormität, auch wenn ich es nicht nach außen dringen ließ. Erst bei seinen Worten dämmerte mir allmählich, dass die Welt viel mehr enthielt, als ich bisher angenommen hatte. Ich hatte mir keine Gedanken darüber gemacht, was die Entdeckung meiner Fähigkeit für mein Weltbild bedeutete. Doch jetzt wurde mir bewusst, wie unwahrscheinlich es war, dass ich die Einzige war, die etwas Besonderes bewirken konnte. Es musste noch viel mehr solche Menschen geben, die völlig unerkannt und unbemerkt neben den anderen lebten. Was, wenn Christian auch einer davon war? Was, wenn wir mehr gemein hatten, als ich je für möglich gehalten hätte? Sollte ich ihn darauf ansprechen? Den ersten Schritt tun und ihm von meiner *Superkraft* erzählen?

Aber was, wenn er doch nur ein ganz normaler Junge war, der sich ein wenig wichtig machen wollte? Was, wenn er mir nicht glaubte oder Angst vor mir bekam?

Ich schluckte. Innerhalb weniger Minuten war die Welt *wirklich* kompliziert geworden.

»Was sagst du denn zu meinen Vorschlägen?« Christian deutete auf das Blatt, das ich noch immer in meiner Hand hielt.

Dieses Mal hatte ich keine Einwände gegen den Themenwechsel.

Gehorsam schaute ich darauf. Las seine Stichpunkte einmal, zweimal durch, doch die Worte wollten einfach nicht in mein Gehirn dringen, das gerade mit anderen – für mich deutlich wichtigeren Dingen – beschäftigt war. »Keine Ahnung«, antwortete ich schließlich wahrheitsgemäß. »Such du dir einfach ein Thema aus, für mich macht das keinen Unterschied.«

»Gut, dann nehmen wir gleich das erste.«

Ich nickte, ohne zu wissen, wie es überhaupt lautete. Nachher würde ich mir seine Ideen in Ruhe durchlesen und mir meine eigenen Gedanken dazu machen. Doch jetzt war ich ziemlich dankbar, dass er die Entscheidung übernahm.

Unten ging die Haustür. Meine Mama war nach Hause gekommen. Unschlüssig schaute ich Christian an. Der eigentliche Sinn dieses Treffens war es, einen Themenvorschlag für das Referat zu erarbeiten. Dankenswerterweise hatte er das bereits erledigt und ich hatte keinen Zweifel daran, dass die Vonhof ihn absegnen würde. Allein schon deshalb, weil er von Christian kam. Also gab es streng genommen keinen Grund mehr, wieso er noch länger hierbleiben sollte. Abgesehen davon, dass mir seine Gesellschaft überraschenderweise doch ganz gut gefiel.

Ich hörte, wie Mama die Treppe hochging und sachte gegen meine angelehnte Tür klopfte. »Cara?«

»Komm rein, Ma.«

Sie trat ins Zimmer und ich beobachtete gespannt ihre Reaktion.

»Oh.« Sie blieb überrascht stehen, sobald sie Christian bemerkte. Sie schluckte und leckte sich nervös über die Lippen.

Es fiel mir schwer, mein Lachen zu unterdrücken. Meine stets ruhige, souveräne und sehr erwachsene Mutter benahm sich auch nicht besser als die ganzen Mädchen in meiner Stufe. War ich wirklich die Einzige, bei der sein Charme nicht zog – zumindest nicht *so* offensichtlich?

»Frau Müller.« Christian sprang auf und streckte ihr die Hand entgegen.

Mama riss sich sichtlich zusammen. »Du musst Christian sein«, krächzte sie.

Ich hatte ihr natürlich erzählt, dass er heute zum Lernen kommen würde.

»Ja.« Er drückte leicht ihre Finger. »Ich freue mich sehr, Sie kennenzulernen«, sagte er mit seiner samtigen Stimme und einem tiefen Blick in ihre Augen.

Die Art, wie er mit ihr sprach, jagte mir gleich einen doppelten Stachel durchs Herz. *Mich* hatte er noch nie so angesehen. Außerdem war sie meine Mutter und nicht irgendeine Desperate Housewife!

Sie kicherte wie ein alberner Teenager. »Ich freue mich auch. Kann ich euch etwas bringen? Wasser oder ein paar Kekse?«

»Danke, das ist nicht nötig«, schnurrte Christian. »Wir kommen sehr gut allein zurecht.«

»Natürlich. Dann lasse ich euch jetzt in Ruhe lernen«, säuselte sie, verließ das Zimmer und schloss sogar die Tür hinter sich.

Was zur Hölle war hier gerade passiert?

Fassungslos setzte ich mich auf das Bett. Sicher, ich hatte sehen wollen, wie sie auf Christian reagieren würde. Aber *das* hätte ich niemals erwartet.

»Deine Mutter ist nett«, bemerkte er, als hätte sie sich nicht gerade wie ein albernes Schulmädchen vor ihm aufgeführt. Das war ja oberpeinlich. Oder unheimlich – je nachdem, von welcher Warte man es betrachtete. Aber ich spürte, dass es keinen Sinn hätte, ihn darauf anzusprechen. Nein, dieses Geheimnis würde ich ganz allein ergründen müssen. Und ich war fest entschlossen, es zu tun.

»Was ist los?«, fragte er lächelnd. Er wirkte auf einmal viel gelöster als zuvor.

»Nichts.« Ich schüttelte meinen Kopf. »Wie soll es jetzt weitergehen? Mit dem Referat, meine ich«, fügte ich hastig hinzu, als ich die Doppeldeutigkeit meiner Worte erkannte.

»In der nächsten Stunde stellen wir das Thema kurz vor und …« Er überlegte. »Vielleicht können wir uns am Freitag noch einmal treffen?«

»Gerne, aber nicht bei mir.« Ich würde ein weiteres Treffen zwischen meiner Mutter und ihm gern vermeiden. Und erst recht nicht das Risiko eingehen, dass mein Vater ihn sah. Der würde es sonst fertig bringen und mir die Zusammenarbeit mit Christian verbieten.

»Kein Problem. Ich gebe dir meine Adresse, dann treffen wir uns eben dort.«

»Und bis dahin noch etwa zehn Mal in der Schule«, schmunzelte ich.

»Genau.« Er zögerte und schaute mich fast schon schüchtern an. »Darf ich mich denn zukünftig zu euch an den Mittagstisch setzen?«

Es schien, als würde ihm wirklich etwas an meiner Gesellschaft liegen. Auch wenn ich das nach wie vor nicht verstand, musste ich zugeben, dass es mich nicht länger störte. »Aber nur, wenn du meine Freunde nicht wieder verjagst«, sagte ich mahnend, um ihn nicht merken zu lassen, wie süß ich seine Frage im Grunde fand.

Christian atmete tief durch, in seinem Gesicht arbeitete es. Mein Hinweis war mehr als Scherz gemeint gewesen, doch offensichtlich machte er ihm wirklich zu schaffen. »Also gut«, sagte er schließlich. »Das macht es zwar um einiges schwieriger, wird aber irgendwie gehen.«

Bei ihm konnte man wirklich nie sicher sein, was als Nächstes kam. Was sollte dieser halb gemurmelte Zusatz schon wieder bedeuten? Versuchte er, sich lediglich vor mir aufzuspielen, oder ließ er mich damit ein Stückchen hinter seine Fassade blicken?

»Dir ist schon klar, dass mir all die Andeutungen, die du heute von dir gegeben hast, keine Ruhe lassen werden, bis ich dein Geheimnis gelüftet habe?« Ich verschränkte provozierend meine Arme vor der Brust.

Er lachte. »Glaubst du wirklich, dass es da ein Geheimnis gibt?«

»Oh ja.«

Sein Lächeln schwand, dafür kehrte wieder diese Wärme in seinen Blick zurück, die ich vorhin schon einmal bemerkt hatte und die etwas ganz tief in mir zum Kribbeln brachte. »Vielleicht verrate ich es dir eines Tages«, sagte er leise. »Und vielleicht hilfst du mir dann, das deine zu lösen.«

Noch immer wie benebelt drückte ich die Tür hinter Christian zu. Was hatten seine letzten Worte bloß zu bedeuten? Gab ich *ihm* Rätsel auf oder war er dahintergekommen, dass ich *tatsächlich* etwas vor dem Rest der Welt verbarg?

»Wow«, erklang es bewundernd von der oberen Treppenstufe herunter. Ich schaute hoch und sah Zoe auf ihrem Lieblingsplatz an der Treppe sitzen. »Du kennst *Christian*?«

Ich verdrehte die Augen. Zumindest wusste ich jetzt, dass seine Ausstrahlung keine Altersbeschränkung besaß. Sowohl meine Mutter als auch meine kleine Schwester waren ihm hoffnungslos verfallen. »Klar kenne ich ihn, wir haben einige Kurse zusammen. Die Frage ist eher, woher *du* ihn kennst.«

»Hallo?« Sie schüttelte missbilligend ihren Kopf. »*Jeder* kennt ihn. Er ist das Gesprächsthema in der Mittelstufe.«

Ich stieg zu ihr hoch und setzte mich neben sie.

»Für mich ist er eigentlich zu alt«, setzte Zoe hinzu und hörte sich jetzt wieder mehr nach meiner vorlauten kleinen Schwester an. »Aber es ist gerade echt in, für ihn zu schwärmen. Und wenn ich erzähle, dass er mit meiner großen Schwester geht, bin ich der Star.«

»Hey.« Ich rempelte sie sanft mit der Schulter an. »Untersteh dich, solche Gerüchte in die Welt zu setzen.«

»Menno«, maulte sie. »Darf ich wenigstens berichten, dass er bei uns zu Hause war?«

»Ist das so wichtig?«

»Und ob! Für mein missglücktes Live-Video letzte Woche habe ich echt ein paar Lacher geerntet. So eine Neuigkeit würde mein Image total aufbessern. Und vielleicht kann ich ihn auch mal auf meinem Kanal interviewen?« Sie klimperte übertrieben mit den Wimpern und schob ihre Unterlippe vor.

Ich lachte laut auf. »Spar dir das für Papa, bei mir zieht das nicht.«

Sie klimperte noch mehr.

»Also gut«, gab ich doch nach. »Das Interview kannst du vergessen, darauf wird er sich nie im Leben einlassen. Aber wenn es dir hilft, kannst du gerne erzählen, dass er bei uns zu Hause war, weil ich mit ihm zusammen an einem Referat arbeite.«

»Einem Referat?« Sie zog bedeutungsvoll die Augenbrauen hoch. »Ich kann mich nicht erinnern, dass du jemals einen Referatpartner zu uns nach Hause eingeladen hast.«

Mist! Das stimmte natürlich. »Nun ja … Es ist kompliziert«, wiederholte ich Christians Worte und biss mir im nächsten Moment auf die Zunge.

Zoes Augen wurden kugelrund. »Da läuft also doch etwas zwischen euch!«

»Tut es nicht!«, beharrte ich, musste unter ihrem durchdringenden Blick aber grinsen, was sie nicht gerade vom Wahrheitsgehalt meiner Worte überzeugte.

»Boah, hast du ein Glück! Erst Erik und dann auch noch Christian! Apropos«, sie brach ab und musterte mich streng, »weiß Erik schon davon?«

»Nein«, erklärte ich mit Nachdruck. »Da gibt es auch nichts zu wissen. Und selbst wenn es anders wäre, bin ich nicht mit Erik zusammen und ihm somit auch keine Rechenschaft schuldig.«

Ich erhob mich würdevoll und verzog mich auf mein Zimmer. Dabei spürte ich Zoes wissenden Blick in meinem Rücken und ärgerte mich selbst darüber, dass mein Bauch ihr mehr recht gab als mir.

Ich *hatte* allen Erwartungen zum Trotz Christians Nähe heute als sehr angenehm empfunden und es *fühlte* sich an, als würde ich Erik damit hintergehen.

Oh Mann! Ich hatte keine Ahnung, wo das noch enden sollte.

Kapitel 7

»Und, wie ist es gelaufen?«, begrüßte Jessie mich neugierig am nächsten Morgen im Schulflur.

»Anders«, erwiderte ich knapp. Ich hatte die halbe Nacht wach gelegen und versucht, meine Gedanken zum Thema Christian zu sortieren – leider nur mit mäßigem Erfolg. Schließlich war ich sogar aufgestanden und hatte eine Liste mit all den Dingen angelegt, die mir im Kopf herumschwirrten, fein säuberlich getrennt nach positiv, negativ und geheimnisvoll. Und dann hatte ich so lange fassungslos auf die leere Negativ-Spalte gestarrt, bis mir die Augen zufielen.

Da half kein Leugnen. Christian war deutlich netter, als ich zu Anfang vermutet hatte. Ich hatte zwar noch immer ein seltsames Gefühl in meiner Magengrube, wenn ich an all die Geheimnisse dachte, mit denen er sich umgab, doch konnte ich nicht länger so tun, als würde ich ihn für einen absoluten Kotzbrocken halten.

»Wie meinst du das?« Jessie musste den feinen Unterton in meiner Aussage herausgehört haben, denn sie packte mich aufgeregt am Arm und musterte mich scharf.

»Es war … schön«, gab ich unwillig zu. »Wir haben uns ein wenig unterhalten.«

»Und worüber?«

Gute Frage. Ich hatte versucht, etwas über ihn herauszufinden, seine Absicht war mir weniger klar. Im Endeffekt hatte es sich wie ein kleiner Flirt angefühlt, obwohl das ganz bestimmt nicht meine Absicht gewesen war. »Ich habe ihn nach seinen Haaren gefragt«, berichtete ich schließlich, um irgendetwas Konkretes zu sagen.

»Du hast was?« Jessie riss ungläubig die Augen auf. »Wie hat er reagiert? Hat er es geleugnet? Ist er ausgeflippt? Oh Mann, ich hätte mich das ja nie getraut!«

»Er war ganz cool, hat es überhaupt nicht abgestritten. Es ist wohl eine seltene hormonelle Störung, die sein Haarwachstum beschleunigt.« Ich wusste selbst nicht genau, wieso ich für ihn log. Es fühlte sich irgendwie richtig an. Vielleicht lag es daran, dass Christian es mir im Vertrauen erzählt hatte, dass er jedem anderen seine Standardausrede aufgetischt hätte. Vielleicht war es auch reiner Selbstschutz, weil ich nicht sehen wollte, wie Jessie auf die Möglichkeit des Übersinnlichen reagierte. Immerhin hatte ich nun auch ein Geheimnis.

»Echt? Das ist ja abgefahren. Ich wusste gar nicht, dass es so etwas gibt.«

»Tja, die Medizin entdeckt immer wieder was Neues.«

»Und was habt ihr sonst noch gemacht?«

»Nicht viel, ein bisschen gequatscht.« Ich schnaufte. »Er ist ja ein richtiger Streber, hatte schon drei Themenvorschläge fertig ausgearbeitet, als er bei mir ankam. Ich musste nur noch einen abnicken.«

»Geil!«, entfuhr es Jessie neidisch. »So einen Arbeitspartner hätte ich auch mal gern.«

Ich lächelte, was ihre Aufmerksamkeit sofort wieder auf mich lenkte. »Oh mein Gott, du magst ihn!«

»Tu ich gar nicht«, wehrte ich halbherzig ab.

»Tust du wohl!« Sie grinste übers ganze Gesicht.

»Na ja, vielleicht ein wenig. Er scheint wirklich nicht so übel zu sein. Aber ...«

»Aber was?«

»Aber das heißt nicht, dass ich ihm vertraue. Er verbirgt irgendetwas. Ich meine, du siehst selbst, wie alle auf ihn reagieren. Selbst meine Mutter hat fast gekichert. *Gekichert*!«, wiederholte ich, weil ich es noch immer nicht fassen konnte. »Sie ist ein Vierteljahrhundert älter als er und ist voll auf ihn abgefahren.«

»Krass!«

»Gruselig trifft es wohl eher.«

Mein Handy vibrierte in meiner Gesäßtasche und erinnerte mich daran, dass ich es noch ausschalten musste.

»Wer ist es?«, fragte Jessie, als ich einen Blick auf das Display warf.

»Erik.« Ich seufzte. Nach dem Treffen mit Christian hatte ich ganz vergessen, mich bei ihm zu melden. »Er möchte heute mit mir ins Kino gehen.«

»Und, sagst du zu?«

Ich überlegte. Unser Kuss lag schon fast eine Woche zurück. Ich konnte ihm nicht ewig aus dem Weg gehen. »Wieso eigentlich nicht«, entschied ich spontan. »Magst du mitkommen?«

»Bist du sicher? Ich denke, ihm schwebt da eher ein romantisches Date vor.«

»Ich weiß, mir aber nicht.« Ich sah sie hilfesuchend an. »Bitte.«

»Also gut.« Grinsend hakte sie sich bei mir unter und zog mich in Richtung des Klassenraums. »Bedeutet das, dass du auf Christian stehst und ich mir Erik schnappen darf?«

»Ich stehe *nicht* auf Christian und du darfst dir jeden schnappen, der dir in die Finger kommt.«

»Na, das nenne ich mal ein Wort!«

»Er kommt her!«, raunte Albert aufgeregt. Jessie und ich blickten beide von unserem Essen hoch. Da stand Christian mit dem Tablett in der Hand und einem entschuldigenden Lächeln auf den Lippen. Ich rückte ein wenig zur Seite, um ihm Platz zu machen.

»Echt jetzt?« Jessie bekam runde Augen.

»Wieso nicht?«, zischte ich leise zurück. »Hallo Christian.«
Er setzte sich zu uns und nickte freundlich in die Runde.
Jessie und Albert grinsten nervös.

Ich spießte eine Nudel auf meine Gabel. Irgendwie war die Stimmung schlagartig gekippt. Mir kam es vor, als wären alle Gespräche in der Mensa plötzlich verstummt, alle Augen auf uns gerichtet.

Ich räusperte mich und schaute zu Christian hoch. »Steht unser Treffen morgen nach der Schule?« Es war eine ganz idiotische Frage, aber ich hatte das Bedürfnis, das angespannte Schweigen, das plötzlich eingekehrt war, irgendwie zu brechen. Jessie und Albert gaben jedenfalls keinen Ton von sich, starrten Christian bloß voller Ehrfurcht an.

»Sicher«, raunte er kaum hörbar. »Ich freue mich drauf.«

Jessie schnappte beim Klang seiner Stimme hingerissen nach Luft.

Das hatte er also gemeint, als er sagte, meine Freunde würden alles schwieriger machen. Sie drehten fast durch, wenn er den Mund aufmachte, und er wollte in ihrer Anwesenheit nicht richtig sprechen.

Er lächelte Jessie freundlich an, woraufhin sich ihre Atmung ein wenig normalisierte. Wenn er wirklich öfter in der Mittagspause zu uns kommen wollte, mussten wir dringend eine Lösung für das Problem finden.

»Hallo Christian.« Melissa trat an unseren Tisch und stützte sich lasziv daran ab, sodass wir fast bis zum Bauchnabel in ihr großzügiges Dekolleté blicken konnten.

Jessie gab ein leises Würggeräusch von sich und ich hatte Mühe, mir ein Lachen zu verkneifen.

Der Ausdruck, mit dem Christian sich ihr zuwandte, hätte ein brennendes Haus zum Gefrieren bringen können, doch bei ihr verfehlte er völlig seine Wirkung.

»Wie sieht's aus? Möchtest du heute mit mir für den Mathetest nächste Woche üben?«

Er schüttelte stumm seinen Kopf.

»Wir können gern auch etwas anderes machen«, raunte sie und legte ihre Hand auf seine Schulter.

Das war nicht mal mehr lustig, sondern nur noch abartig und bemitleidenswert.

Christian atmete tief durch, in seinem Gesicht arbeitete es. Dann sackten seine Schultern resigniert nach vorn und er wandte sich ihr zu. »Ich möchte, dass du mich in Ruhe lässt«, sagte er klar und deutlich.

Ich hielt den Atem an, spürte den widersinnigen Impuls, ihm auf der Stelle den Rücken zuzukehren, und sah, dass Jessie und Albert beide schon halb aufgesprungen waren, um genau das zu tun. Ich streckte meine Arme aus und zog meine Freunde entschieden auf ihren Platz zurück.

Mit Melissa tat ich das nicht. Ein Ruck ging durch ihren Körper, sie richtete sich auf, drehte sich um und stakste wie ferngesteuert davon.

Fassungslos starrte ich Christian an, sah die Traurigkeit in seinem himmelblauen Blick. Einen Moment lang musterte er mich mit einer Mischung aus Sorge und Trotz, wartete auf meine Reaktion. Doch mein Verstand war wie leer gefegt.

»Es war ein Fehler«, murmelte er bitter, schnappte sich sein Tablett und rauschte davon.

»Was war denn das?«, murmelte ich verdattert.

»Was meinst du?«, fragte Jessie verwirrt.

»Na, das eben.« Ich deutete auf Melissa, die wieder bei ihrer schnatternden Freundinnenschar saß.

»Er hat sie gebeten, ihn in Ruhe zu lassen. Und sie hat es getan.«

»Und dir kam das nicht merkwürdig vor?« Wie konnte es sein, dass Jessie nicht bemerkt hatte, wie er ihr praktisch seinen Willen aufgezwungen hatte? Oder bildete ich mir das nur ein?

Ich sah verwirrt meine Freunde an, die sich seelenruhig wieder ihrem Essen zuwandten.

»War schon cool, dass Christian sich zu uns gesetzt hat«, sagte Albert.

»Und wie!«, stimmte Jessie ihm begeistert zu. Hämisch schaute sie zu Melissa und deren Freundinnen hinüber. »Davon können die nur träumen.«

Ich schüttelte meinen Kopf. Irgendetwas ging hier absolut nicht mit rechten Dingen zu. Wie hatte Christian das bloß getan? Kurz entschlossen sprang ich auf und nahm mein noch volles Tablett.

»Wohin gehst du?«, fragte Jessie überrascht.

»Raus. Ich brauche frische Luft.«

»Geht's dir nicht gut? Soll ich mitkommen?«

»Nein, nein«, winkte ich hastig ab. Bei dem, was ich vorhatte, würde ihre Anwesenheit bloß stören. »Iss ruhig weiter. Wir sehen uns gleich im Unterricht.«

Ich winkte Albert und ihr zum Abschied fahrig zu und eilte davon. Ich musste dringend mit Christian sprechen und ich hatte so eine Ahnung, wo ich ihn finden würde.

So schnell ich konnte, rannte ich über den Schulhof auf die abgelegene Bank zu, die als sein Zufluchtsort im Getümmel der Schule diente. Doch als ich die Hecke umrundete, die sie verbarg, war die Bank leer. Unschlüssig blieb ich stehen und schaute mich um. Von Christian war weit und breit keine Spur zu sehen. Schnaufend ließ ich mich auf die Bank sinken und wartete darauf, dass sich mein Atem und mein Herzschlag normalisierten.

Ich konnte nicht länger so tun, als wäre Christian ein gewöhnlicher Mensch. Aber was war er dann?

Ich öffnete meine Tasche und wühlte so lange darin herum, bis ich die zusammengefaltete Liste entdeckte, die ich in der Nacht erstellt hatte. Ich strich sie mit meinen Händen glatt und starrte sie angestrengt an.

Ich wusste drei Dinge definitiv: Sein Haar war lang, blond

und wuchs unnatürlich schnell. Er sah überirdisch gut aus. Seine Stimme brachte andere Menschen dazu, ihm aufs Wort zu gehorchen.

Aufgeregt schaltete ich mein Smartphone ein und gab die Begriffe in die Suchmaschine ein. Das Ergebnis war alles andere als ermutigend. Ein Haufen Links zu Beauty-Websites oder pseudowissenschaftlichen Artikeln darüber, was unsere Wirkung auf andere Menschen bestimmte.

Frustriert machte ich das Browserfenster wieder zu. Was hatte ich denn erwartet? Einen Wikipedia-Eintrag mit einem Bild von Christian und der dazugehörenden Erklärung des Phänomens?

Es gab nur einen, der mir die Antwort geben konnte – er selbst.

Ich schaffte es gerade so, die restlichen Schulstunden abzusitzen, und verabschiedete mich hastig von Jessie, die glücklicherweise noch zur Arbeit ins Sekretariat musste. Ich wollte sie nicht anlügen, wollte aber auch nicht meine Gedanken über Christian vor ihr offenlegen, bevor ich selber wusste, was Sache war.

Ich schickte meiner Mutter eine Nachricht, dass ich mich noch zum Lernen mit ihm traf, und fügte seine Adresse hinzu. Sie konnte wirklich ungemütlich werden, wenn sie nicht wusste, wo ich mich gerade herumtrieb. Außerdem fühlte ich mich irgendwie sicherer, wenn jemand darüber Bescheid wusste, was ich vorhatte. Ich glaubte nicht, dass Christian gefährlich war – zumindest nicht für mich –, aber er hatte eindeutig übermenschliche Fähigkeiten und sicher war sicher.

Ich schielte noch einmal auf die Navigations-App meines Handys, um mich zu vergewissern, dass ich in die richtige Straße einbog. Christian wohnte laut Karte gar nicht so weit von unserem Haus entfernt, gerade mal fünfzehn Gehminuten, doch normalerweise achtete ich nicht auf die Straßennamen, weshalb ich seine Anschrift auch nicht gleich hatte einordnen können.

Ich bog um die Ecke. Das gelbe Haus da vorne, das musste es sein. Einige Schritte vor der Einfahrt des schmalen Reihenendhauses mit der Nummer zwölf blieb ich unsicher stehen. Ich hatte mir gar keine Gedanken darüber gemacht, wie ich vorgehen sollte. Sollte ich einfach klingeln und hoffen, dass er mir aufmachte?

Durch ein gekipptes Fenster drangen aufgebrachte Stimmen zu mir. Das hörte sich eindeutig nach Christian und einer Frau an, die sich lautstark stritten. Ich warf einen Blick zu dem Fenster. Durch die hellen Vorhänge und die spiegelnde Scheibe konnte ich rein gar nichts erkennen. Zumindest schien Christian nicht genau davor zu stehen.

Einem plötzlichen Impuls folgend, duckte ich mich und lief schnell zur Hauswand, wo ich mich eng an sie gelehnt zusammenkauerte. Ich konnte nicht fassen, dass ich das wirklich tat, aber meine Neugier war stärker als mein Anstand. Ich hoffte bloß, dass gerade keine Nachbarn von ihm mich beobachteten, und spitzte die Ohren.

»Ich will da nicht wieder hin!« Christian hörte sich regelrecht verzweifelt an.

»Es war *deine* Entscheidung, nach Köln zu ziehen.« Die Frau – vermutlich seine Mutter? – versuchte, besänftigend auf ihn einzuwirken, doch auch ihr war die Anspannung anzuhören.

»Als ob der Ort einen Unterschied macht! Es ist immer das Gleiche und es wird niemals enden.«

»Doch irgendwann schon«, widersprach sie ihm leise und er schnaufte aufgebracht.

»Nein! So einfach wie du werde ich es mir nicht machen, Mutter! Ich werde es zu Ende bringen, aber auf *meine* Art.«

»Es ist deine Entscheidung, Chris. Ich habe meine vor zwanzig Jahren gefällt.«

»Ja. Und Vater musste dafür mit seinem Leben bezahlen. Ich tue es immer noch.«

»Wage es ja nicht, mir die Schuld dafür zu geben«, zischte sie. Deutlich hörte ich den Schmerz und die Wut in ihrer Stimme. »Du hast keine Ahnung, was dein Vater mir bedeutet hat, was *du* mir bedeutest.«

»Vielleicht hättest du mich dann vorwarnen sollen, *bevor* Lena beinahe gestorben ist.«

»Es tut mir leid. Ich dachte, ich hätte noch Zeit. Ich wusste nicht, dass sie dir so viel bedeutete.«

Christian gab einen undefinierbaren Schrei von sich. »Ich hasse das. Ich hasse das alles!«

»Was ist denn mit diesem Mädchen?«, wechselte sie abrupt das Thema. »Könnte sie …«

»Denk nicht einmal im Traum daran, Mutter.« Die Drohung in seiner Stimme war unüberhörbar und meine Nackenhärchen stellten sich auf. Wieso hatte ich auf einmal das Gefühl, dass sie über mich sprachen?

»Natürlich nicht. Was denkst du denn von mir? Ich habe mich bloß gefragt, ob …«

»Nein. Cara ist es nicht.« Mein Name jagte einen Stromschlag durch meinen Körper. Sie redeten tatsächlich über mich! Wieso?

»Sie muss es sein«, beharrte seine Mutter. »Eine andere Erklärung gibt es nicht.«

»Ich habe sie überprüft«, erklärte er nun deutlich ruhiger und mir verschlug es die Sprache.

Was sollte das heißen?! Hatte er mir nachspioniert?

»Es gibt keinerlei Aufzeichnungen. Weder über die Familie ihres Vaters noch die ihrer Mutter.«

Ich presste mir gerade rechtzeitig die Hand vor den Mund, um ein lautes Keuchen zu ersticken. Er *hatte* mir nachspioniert.

»Außerdem haben sowohl ihre Mutter als auch ihre Schwester auf mich reagiert.«

Langsam ließ ich mich zu Boden sinken. Darum war es ihm also gegangen? Er war nur deshalb scharf darauf gewesen, zu mir nach Hause zu kommen, um zu sehen, ob der Rest meiner Familie genauso immun gegen ihn war wie ich? Deswegen hatte er so getan, als ob er mit mir befreundet sein wollte?

Ich ließ die Tage seit Schuljahresbeginn noch einmal vor meinem inneren Auge Revue passieren. Natürlich hatte ich bemerkt, dass er erst nach dem Toilettenzwischenfall ein plötzliches Interesse an mir entwickelt hatte, doch ich hatte den Grund dafür nicht verstanden. Ich hatte geglaubt, dass er mich da einfach zum ersten Mal bewusst gesehen hat. Jetzt dämmerte es mir, dass etwas ganz anderes dahintersteckte. Er hatte mit mir gesprochen, hatte gesagt, dass ich verschwinden solle. Und ich hatte es nicht getan. *Das* hatte seine Aufmerksamkeit geweckt, nicht ich.

Ich fühlte mich irgendwie leer und ausgebrannt und auf eine merkwürdige Weise benutzt. Dabei wusste ich nicht einmal, wofür. Und auch nicht, ob es nun gut oder schlecht war, dass ich *es* nicht war. Was auch immer dieses ominöse *Es* sein sollte.

»Du musst ganz sicher gehen!«, beharrte sie. »Hast du vergessen, was auf dem Spiel steht?«

»Glaub mir, ich weiß es genau.« Seine Stimme klang gepresst.

»Oh Mist, das Fenster ist auf!«, bemerkte seine Mutter plötzlich.

Ich zuckte erschrocken zusammen und machte mich noch kleiner, als sie es energisch zuschlug. Mit angehaltenem Atem wartete ich, ob sie mich entdeckt hatte. Doch nichts regte sich. Von drinnen hörte ich nur noch das leise Gemurmel ihrer Stimmen, ohne die Worte ausmachen zu können. Dennoch blieb ich weiterhin sitzen. Zum einen, um die Gefahr einer Entdeckung zu minimieren, zum anderen, weil ich keine Ahnung hatte, was ich tun sollte. Von meiner anfänglichen Entschlossenheit, die mich hierhergetrieben hatte, war nicht mehr viel übrig. Obwohl ich jetzt noch mehr Fragen hatte als jemals zuvor.

Schließlich stand ich zitternd auf. Ich musste einfach wissen, welches Spiel er mit mir trieb.

Ich stieg die beiden Stufen zur Eingangstür hoch und drückte auf den Klingelknopf. Es dauerte keine dreißig Sekunden, bis seine Mutter mir öffnete.

»Ja bitte?«, fragte sie freundlich und ihr Anblick verschlug mir den Atem. Jetzt wusste ich, von wem Christian sein Aussehen geerbt hatte – sie war die schönste Frau, die mir jemals abseits der retuschierten Hochglanzmagazine begegnet war, und die Ähnlichkeit mit Christian war unübersehbar. Sie hatte die gleichen langen, blonden Haare, die sie allerdings offen trug und genauso strahlend blaue Augen wie ihr Sohn.

Ich schluckte und leckte mir nervös über die Lippen. »Ist … Ist Christian da?«

Etwas wie Mitgefühl schlich sich in ihren Blick. »Es tut mir leid, aber Christian ist beschäftigt.«

Ich verzog das Gesicht. Sie hielt mich vermutlich für eins seiner Groupies. »Vielleicht nimmt er sich ja für mich etwas Zeit«, entgegnete ich zuckersüß. »Mein Name ist Cara.«

Erkenntnis spiegelte sich in ihrer Miene und sie musterte mich mit neu gewonnenem Interesse. »Cara, welche Überraschung. Christian hat mir schon viel über dich erzählt.« Sie hielt mir einladend die Tür auf. »Komm bitte rein.«

Mit zitternden Knien folgte ich ihrer Aufforderung. Vielleicht war das Ganze doch keine gute Idee, aber für einen Rückzieher war es nun zu spät.

»Christian, Besuch für dich!«, rief sie nach hinten in das Haus hinein.

»Cara?«, entfuhr es ihm überrascht, als er in den Flur trat. »Ich dachte, wir wären erst morgen verabredet. Ist alles in Ordnung?«, fügte er besorgt hinzu, ohne meine Antwort abzuwarten. »Du siehst blass aus.«

»Ähm, ja.« Ich räusperte mich und hoffte, dass ich nicht ganz so durch den Wind wirkte, wie ich mich fühlte. »Können wir reden?«

»Sicher.« Er strich sich nervös eine Strähne hinter das Ohr. »Hier entlang.« Er schoss seiner Mutter einen Blick zu, den ich nicht zu deuten wusste und den sie ihrerseits finster erwiderte. Da lag aber eine Menge Spannung in der Luft.

Christian führte mich in sein Zimmer und ich schaute mich neugierig um. Es gab nichts Ungewöhnliches darin – ein Bett, ein Schreibtisch, ein paar Regale und einige Poster. Es war sogar leidlich aufgeräumt. Nur die Dartscheibe an der Innenseite seiner Tür fiel etwas aus dem Rahmen. In der Mitte, wo man eigentlich die Zielringe sehen müsste, hing ein durchlöchertes Bild. Ich trat näher und erkannte, dass es sich um die Fotokopie eines Gemäldes handelte, das Porträt einer Frau mit wallenden, langen Haaren und einer Art Toga, die eine ihrer Schultern freiließ. Sie saß auf einem Berg und schaute ins Tal hinunter. Der Anblick brachte irgendetwas in mir zum Klingeln, auch wenn ich den Gedanken nicht zu fassen bekam. Auf jeden Fall fand ich es bemerkenswert, dass Christian Dartpfeile auf ein jahrhundertealtes Gemälde abschoss.

»Wer ist das? Eine Exfreundin?«, witzelte ich in der Hoffnung, ihn aus der Reserve zu locken.

»Haha«, brummte er jedoch nur, riss das Papier vom Brett und knüllte es zusammen. Dann wandte er sich mir zu und musterte mich forschend. »Was möchtest du hier, Cara?«

»Antworten«, gab ich unumwunden zu.

Er seufzte und ließ sich schwer auf sein Bett fallen. »Das habe ich mir schon fast gedacht.«

Ich setzte mich zu ihm, so nah, dass sich unsere Knie beinahe berührten, und schaute ihm forschend ins Gesicht. »Was war das heute Mittag in der Mensa?«

»Was glaubst du denn, was es war?«, antwortete er mit einer Gegenfrage.

Er wollte wissen, wie viel ich mitbekommen hatte, bevor er mir eine Erklärung präsentierte. Das konnte ich ihm nicht verübeln, so hatte ich es schließlich selbst mit Zoe gemacht. Aber genauso wie meine kleine Schwester würde ich mich hierbei nicht mit Ausflüchten zufriedengeben.

»Du hast Melissa einen Befehl erteilt und sie hat ihn befolgt. Mehr als das, alle, die sich in Hörweite befanden, waren auf der Stelle bereit, ebenfalls das Feld zu räumen.« Ich verschränkte meine Arme vor der Brust. »Wie hast du das gemacht?«

»Vielleicht habe ich nur lieb genug gebeten?«, sagte er zaghaft und ohne große Hoffnung in der Stimme, dass ich ihm das abkaufen würde.

»Nein.« Ich schüttelte entschieden den Kopf.

»Und wie lautet dann deine Theorie?«

Ich zögerte. Sollte ich das wirklich sagen, was ich insgeheim glaubte? Dass seine Stimme übersinnliche Kraft besaß? Ich wusste selbst, wie lächerlich, wie verrückt das klang. Gleichzeitig konnte es keine andere Erklärung für das geben, was ich selbst bereits mehrmals miterlebt hatte.

Außerdem, wenn es mir möglich war, die Zeit anzuhalten, wieso sollte er nicht Menschen beeinflussen können?

»Es liegt an deiner Stimme«, stellte ich fest.

»Ja, ich kann ganz schön überzeugend sein.«

Ich schnaufte. »Ich dachte, du wolltest mich nicht anlügen.«

Ein ertappter Ausdruck schlich sich in sein Gesicht. Auf einmal wirkte er sehr unsicher und verletzlich. »Ich weiß nicht, ob du die Wahrheit wirklich hören willst.«

»Versuch es einfach. Anders werde ich ohnehin keine Ruhe geben.«

Eine Zeit lang sah er mich abschätzend an. »Also gut.« Er sprang auf und durchmaß mit wenigen Schritten sein Zimmer. Dann blieb er stehen und drehte sich zu mir um. Er atmete ein paarmal tief durch, als müsste er erst seinen Mut sammeln. »Kennst du die Loreley?«, fragte er schließlich.

»Loreley?« Ich starrte ihn verständnislos an. »Wie in dem Gedicht? *Ich weiß nicht, was soll es bedeuten, dass ich so traurig bin …?«,* kramte ich mühsam die erste Zeile des Loreley-Lieds von Heinrich Heine, die ich irgendwann einmal im Deutschunterricht gelernt hatte, aus meinem Gedächtnis. Er nickte bitter. »So ungefähr.«

»Und was hat das mit dir … Oh mein Gott!« Die Stimme, die langen, goldenen Haare, das atemberaubende Gesicht. Ich spürte, wie mir die Kinnlade nach unten fiel. »Aber … das ist doch nicht möglich.« Ich keuchte und sah ihn mit großen Augen an.

»Leider doch.«

»Und wer … was … bist du genau?« Wenn er mir jetzt eröffnen würde, dass er zur Gattung der Sirenen gehörte, würde ich ihm sogar das abkaufen. Wenn man einmal akzeptierte, dass die Welt viel mehr bereithielt, als bisher angenommen, war das eine schließlich nicht unwahrscheinlicher als das andere.

Ein verletzter Ausdruck huschte über sein Gesicht. »Ich bin ein Mensch, kein Alien oder so«, sagte er bitter.

»Das habe ich auch nicht gemeint …« Seine Fähigkeit schien ihm wirklich zu schaffen zu machen, viel mehr sogar als mir die meine. »Das ist doch cool«, versuchte ich, ihn aufzumuntern.

Misstrauisch verengte er seine Augen. »Du scheinst das ja ganz problemlos aufzunehmen.«

Ups. Machte ich mich selbst verdächtig, weil ich nicht gleich ausflippte? »Ähm.« Ich verflocht meine Finger. »Ich habe mir ja schon irgendetwas in dieser Art gedacht«, erklärte ich stockend. »Im Grunde bin ich einfach erleichtert, dass du kein Vampir oder so bist.«

»Vampir?« Endlich lag wieder eine Andeutung von Humor in seiner Stimme.

»Ja. Spätestens seit Twilight wissen doch alle, dass Vampire die unterschiedlichsten Fähigkeiten haben können.«

»Na, wenigstens glitzere ich nicht in der Sonne.«

Ich grinste. »Und trachtest nicht nach meinem Leben.« Etwas in seiner Miene ließ mich irritiert innehalten. »Oder etwa doch?«, fragte ich ein wenig verunsichert.

»Natürlich nicht! Im Gegenteil, ich bin so froh, dass ich dich getroffen habe.«

»Und weshalb?« Die Aufrichtigkeit in seiner Stimme ließ meinen Bauch kribbeln, dennoch konnte ich nicht vergessen, wie plötzlich sein Interesse an mir gekommen war.

Er lächelte mich an und setzte sich wieder neben mich auf sein Bett. »Das letzte Jahr war die reine Hölle für mich.« Er schnaufte freudlos. »Du kannst es vermutlich nicht nachvollziehen, aber die Sache«, er deutete hilflos auf seine Kehle, »ist wirklich ein Fluch. Kannst du dir vorstellen, wie es ist, wenn du kein Mädchen wirklich kennenlernen kannst, weil dir alle einfach verfallen? Und das tun sie nicht einmal, weil sie *dich* so sehr mögen, sondern weil ihnen gar keine andere Wahl bleibt. Am Anfang, als es losging, fand ich es natürlich toll. Auf einmal konnte ich mit jedem Mädchen ausgehen, das mir gefiel. Irgendwann lernte ich Lena kennen und war ein paar Wochen lang wirklich glücklich mit ihr. Ich habe sie aufrichtig gemocht. Aber dann erfuhr ich …« Er brach abrupt ab und schaute mich erschrocken an.

»Was hast du erfahren?«

Er schüttelte seinen Kopf und es war, als würde er eine Maske über das stülpen, was ihn bewegte. »Nicht so wichtig«, winkte er fahrig ab.

Ich war da hundertprozentig anderer Ansicht, aber er machte nicht den Eindruck, als würde er sich von mir erweichen lassen. Er holte tief Luft.

»Auf jeden Fall habe ich Schluss mit ihr gemacht. Ich dachte, es wäre besser so. Für sie. Für mich. Zumindest habe ich es versucht. Aber sie wollte mich nicht so einfach gehen lassen. Wir haben uns gestritten. Ich sagte, sie solle weggehen.« Schaudernd vergrub er das Gesicht in seinen Händen. »Und genau das hat sie gemacht«, schloss er stockend. »Sie hat sich auf dem Absatz umgedreht und ist gegangen, ohne darauf zu achten, was um sie herum geschah. Sie ist dem Auto direkt vor die Räder gesprungen. Es ging so schnell. Ich konnte sie nicht mehr zurückhalten.« Seine Schultern zuckten.

Zwischen Grauen, Faszination und Mitgefühl hin- und hergerissen, legte ich zaghaft meine Hand auf seinen Rücken und streichelte beruhigend darüber. »Es war nicht deine Schuld«, sagte ich lahm.

»Doch, das war es«, widersprach er mir finster. »Sie hat genau das gemacht, was ich ihr gesagt habe. Deswegen hat das Auto sie erwischt.«

»Es war ein Unfall«, wiederholte ich, fester dieses Mal. Und plötzlich ergab alles einen Sinn. »Deshalb willst du nicht mehr sprechen«, dämmerte es mir.

Er nickte. »Ich habe gesehen, was ein falsches Wort von mir anrichten kann. Ich will das nicht noch einmal erleben.«

Deshalb nannte er seine Gabe also einen Fluch. »Das war ein Bild von der Loreley auf deiner Dartscheibe, oder?«, fügte sich das letzte Puzzlestück in meinem Kopf zusammen.

»Ja, meine tolle Ururur-was-weiß-ich-Großmutter, die uns diese ganze Sache eingebrockt hat.«

»Aber so schlimm ist es vielleicht gar nicht«, wagte ich noch einen Versuch, ihn aufzumuntern. »Bestimmt wirst du noch lernen, wie du deine Fähigkeit besser kontrollieren, sie irgendwie steuern kannst. Du sagtest selbst, dass es bei dir erst vor einem Jahr begann.«

Er sah mich nachdenklich an. »Du bist echt einmalig, weißt du das?«

»Wieso denn das?« Verlegen wischte ich mir eine Strähne aus der Stirn. Seine Worte brachten mein Herz zum Flattern.

»Jede andere wäre ausgeflippt, wenn ich ihr so etwas verraten hätte. Du nimmst es einfach als gegeben hin und suchst auch noch nach Lösungen.« Er lächelte ungläubig.

»Nun ja.« Ich knetete meine Finger. Das wäre der Zeitpunkt, ihm zu sagen, dass ich selbst eine nicht ganz alltägliche Fähigkeit besaß, doch ich wollte mich jetzt nicht in den Vordergrund drängen. »Du hast mir eine logische Erklärung für etwas geliefert, was ansonsten keinen Sinn ergab. Wie sagte Sherlock Holmes doch immer? Wenn man alle anderen Möglichkeiten ausgeschlossen hat, ist das, was übrig bleibt, so unwahrscheinlich es auch sein mag, zwangsläufig die Wahrheit.«

Er grinste schief. »Der gute alte Sherlock.«

Eine Frage hatte ich aber noch. »Hast du nur wegen dieser Sache mit deiner Stimme meine Nähe gesucht?« Natürlich wusste ich, wie die Antwort lautete, aber tief in mir drin hoffte ich, dass es noch einen anderen Grund gab, dass er sich für mich interessierte und nicht bloß für die Tatsache, dass ich – warum auch immer – unempfänglich für ihn war.

»Anfangs schon«, gab er leise zu und meine Schultern sackten nach vorn. »Du kannst dir nicht vorstellen, wie überrascht ich war, als du meine Aufforderung einfach ignoriertest. Das ist mir seit Monaten nicht mehr passiert, erst recht nicht, wenn ich es darauf angelegt habe. Natürlich war ich neugierig und fasziniert und wollte auf jeden Fall mehr über dich erfahren. Und glaube mir, ich bin echt dankbar dafür, dass du keine alberne, eingebildete Schnepfe bist.« Er lehnte sich vor und stupste mich leicht mit der Schulter an. »Ich mag dich, Cara. Ich mag dich wirklich.«

»Du hast ja auch nicht wirklich viel Auswahl«, spottete ich, um das warme Gefühl zu überspielen, das sich bei seinen Worten in meinem Inneren ausbreitete.

Ich würde mich *nicht* in ihn verlieben. Auf gar keinen Fall. Mein Leben war gerade auch so schon kompliziert genug.

Er lehnte sich wieder zurück, seine Züge entspannten sich. »Ganz so würde ich es nicht ausdrücken, immerhin kann ich jede haben«, entgegnete er provokativ. »Will ich aber nicht.«

Oh, oh, das war jetzt eindeutig ein Flirtversuch. Und die

Schmetterlinge, die wild in meinem Bauch herumzuflattern begannen, machten es mir nicht gerade einfacher, eine passende Antwort zu finden.

»Es kann doch nicht sein, dass ich als Einzige nicht auf dich stehe!«

»Autsch.« Er griff sich demonstrativ ans Herz.

»Ähm, ich meinte ...« Mein Versuch, das Gespräch wieder in eine sachliche Richtung zu lenken, war offenbar kläglich gescheitert. »Was ich damit sagen wollte – bin ich wirklich als Einzige immun?«

»Soweit ich weiß, schon. Du bist auf jeden Fall die Erste, die mir oder meiner Mutter begegnet ist.«

»Deine Mutter hat auch diese Kräfte?«

»Sie *hatte* sie. Bevor sie sie an mich vererbt hat.«

»Wie jetzt?«

»Tja, das ist das Besondere an meiner Familie«, er klang verbittert. »Man wird diese tolle Gabe erst los, wenn man sie an die nächste Generation weitergibt. Dann erst kann man beginnen, ein normales Leben zu führen. Deshalb werde ich auch nie ...«

»Nie was?«

»Kinder haben«, schloss er etwas peinlich berührt.

»Das verstehe ich«, sagte ich langsam. Es war total abgefahren, einen Jungen in seinem Alter über Kinder sprechen zu hören, allein die Tatsache, dass er sich schon Gedanken darüber machte, war verrückt. Doch in seinem Fall konnte ich das nachvollziehen. Auch wenn ich es irgendwie schade fand.

»Und du kannst wirklich jeden dazu bringen, das zu tun, was du willst?«, lenkte ich das Gespräch auf unverfänglicheres Terrain zurück.

»Nicht jeden. Dich offensichtlich nicht.«

Ich verdrehte die Augen. »Und davon abgesehen?«

»Wieso willst du das wissen?«

»Ich würde gern verstehen, warum ich ausgenommen bin.«

Seine Finger angelten sachte nach den meinen.»Vielleicht ist es Schicksal?« Er sah mir tief in die Augen.»Wusstest du, dass es uns völlig egal war, wohin wir umziehen? Ich habe Köln gewählt, deinen Stadtteil, deine Schule. Ohne jeden ersichtlichen Grund, außer, dass es sich für mich richtig anfühlte.«

Woah! Das war heftig. Und ein wenig unheimlich. *Falls* man das nicht für einen riesengroßen Zufall halten wollte, wie sie im Leben ständig vorkamen. Wie bei allen anderen Menschen auch, die sich irgendwann irgendwo einfach begegneten.

»Du hast meine Frage nicht beantwortet«, erinnerte ich ihn.

»Die Auswirkung ist besonders stark beim anderen Geschlecht«, nuschelte er verlegen.»Sie kann durch Alter abgeschwächt werden oder wenn jemand gerade unsterblich verliebt ist. Je größer die ... hm«, er räusperte sich,»die sexuelle Anziehung, desto stärker meine Kraft. Es könnte also wirklich daran liegen, dass du mich absolut und überhaupt nicht ausstehen kannst.« Seine Augen funkelten schalkhaft. Er wusste genau, dass das nicht stimmte. Nicht mehr zumindest. Ich fühlte mich zu ihm hingezogen, mehr, als ich jemals zugeben würde, und doch hatte seine Stimme keine Macht über mich. Irgendwie beruhigend.

»Warte mal, das mit dem Geschlecht kann so nicht ganz stimmen«, fiel mir plötzlich auf.»Albert reagiert fast genauso heftig wie Jessie. Und auch bei anderen Jungs habe ich das beobachtet.«

»Es ist nicht ganz einfach«, erklärte er ausweichend.»Manche sind einfach nur willensschwach, andere neidisch oder bewundernd – auch das reicht manchmal schon aus. Den Rest sollte Albert dir lieber selbst erzählen«, schloss er schnell.

»Wie meinst du das?« Mir blieb der Mund offen stehen.»Willst du andeuten, er wäre ... Er steht auf dich? Ausgeschlossen! Er ist seit Jahren in Jessie verknallt!«

Christian hob entschuldigend die Arme.»Ich habe nichts davon gesagt! Nur, dass es verschiedene Gründe geben kann. Du kennst deinen Freund besser als ich. Und wenn ich ehrlich bin, möchte ich jetzt wirklich nicht über Alberts Neigungen mit dir sprechen.«

Verunsichert schüttelte ich meinen Kopf. Die Überraschung saß einfach zu tief. Nicht, dass ich etwas dagegen gehabt hätte, aber wieso hatte ich nichts davon bemerkt?

»Lass gut sein, Cara«, mahnte Christian mich ernst. »*Falls* es so ist, wird er es euch schon sagen, wenn er so weit ist.«

Ich nickte. Er hatte natürlich recht.

»Mich würde viel mehr interessieren, wie es mit uns beiden weitergeht.«

Da war er schon wieder, dieser forschende Ausdruck in seinen strahlend blauen Augen.

»Was meinst du?«

»Sind wir Freunde? Ist es okay, wenn ich mich wieder an euren Tisch setze? Wäre es komisch für dich, wenn ich noch einmal meine Stimme benutzen muss, um Ruhe zu haben?«

»Wir sind Freunde«, entgegnete ich. »Ich kann dir zwar nicht versprechen, dass es mich völlig unberührt lässt, wenn du Leute fernsteuerst, aber ich werde es nicht gegen dich verwenden.«

»Danke.« Er drückte meine Hand und die Berührung sandte kribbelnde Impulse durch meinen Körper. Sein Gesicht neigte sich leicht dem meinen entgegen. Wollte er mich etwa küssen? Mein Herzschlag beschleunigte sich und mein Mund wurde plötzlich trocken. Seine Lippen wirkten so weich, so voll und unwillkürlich fragte ich mich, ob sie sich auch so anfühlen würden.

Ich wusste noch immer nicht, wie ich eigentlich zu ihm stand, aber ich würde es auf einen Versuch ankommen lassen.

Mein Handy summte ausgerechnet in diesem Moment. Christian zuckte zusammen, als wäre ihm gerade erst bewusst geworden, was er da tat. Abrupt richtete er sich auf und fuhr sich mit den Fingern über den Mund, während ich mit hochrotem Kopf nach dem Unruhestifter in meiner Hosentasche tastete.

»Oh Shit!«, fluchte ich, als ich den Absender der Nachricht sah. »Jessie!«

Ich hatte Jessie, Erik und unser Kinodate völlig vergessen. Und jetzt fragte sie sich, wo zum Geier ich steckte. Schnell textete ich ihr, dass ich schon unterwegs war, und sprang auf.

»Ist alles in Ordnung?«, fragte Christian besorgt.

»Ja. Ich bin mit Jessie verabredet und habe es total verpennt. Ich muss los!« Die Schultasche abstellen und weiter in die Stadt. Wenn ich mich sehr beeilte, konnte ich es gerade noch zum Vorstellungsbeginn schaffen.

»Ich begleite dich.«

»Das ist wirklich nicht nötig«, winkte ich ab, schon auf dem Weg nach draußen. Vielleicht wäre es höflicher gewesen, ihn zu fragen, ob er mitkommen wollte, aber ich wollte auf keinen Fall, dass er Erik begegnete.

»Ist doch kein Problem.« Er schnappte sich seinen Schlüssel vom Haken und öffnete die Tür.

Einerseits fand ich, dass er übertrieb – immerhin war es noch hell und ich kein kleines Mädchen. Andererseits war es total ritterlich von ihm.

Wir waren gerade um die Ecke gebogen, als ich eine vertraute Gestalt bemerkte, die sich uns zielstrebig näherte. Mein Herz rutschte in die Hose. Erik. Schlimmer konnte es ja gar nicht kommen.

Er hatte mich inzwischen wohl auch erkannt, denn er hielt direkt auf uns zu.

Unwillkürlich wurde ich langsamer.

»Was ist los?«, fragte Christian erstaunt und schaute mich forschend an.

Ich beeilte mich, meine Züge unter Kontrolle zu bringen, doch es war zu spät, um mein ertapptes Gesicht vor ihm zu verbergen.

»Cara?«, fragte er im selben Moment, als auch Erik meinen Namen rief.

Ich konnte förmlich sehen, wie die Blicke der beiden Jungs kollidierten. Sie strafften ihre Schultern und bissen entschlossen die Kiefer zusammen. Wie zwei Kontrahenten bei einem Kampf maßen sie einander mit ihren Augen. Oh Mann! Ich war echt froh, gerade nicht zwischen ihnen zu sein.

Ohne innezuhalten, ging Erik auf mich zu und ignorierte geflissentlich Christian, der sich ihm halb in den Weg stellte. Er nahm meine Hand und hauchte mir einen Kuss auf die Wange. »Ist alles in Ordnung? Ich habe mir Sorgen gemacht.«

Ich spürte, wie Christian sich neben mir versteifte. »Kennst du den Typ?«, fragte er überflüssigerweise.

»Ja.« Ich atmete tief durch. »Christian, das ist Erik. Erik – Christian.« Wieso konnte der Erdboden sich nicht gerade auftun und mich verschlucken? Und wieso fühlte ich mich überhaupt schlecht? Ich hatte nichts Unrechtes getan, war keinem von ihnen zu irgendetwas verpflichtet.

»Was machst du hier?« Ich beschloss, in die Offensive zu gehen.

»Ich wollte dich zu unserem Date«, er betonte nachdrücklich dieses Wort, »abholen, aber du warst nicht da. Deine Mutter hat mir die Adresse gegeben, sie meinte, du wärst dort, um zu lernen.« Er legte mir einen Arm um die Taille – eine Geste, die mir viel zu besitzergreifend war und die Christian mit einem düsteren Blick quittierte.

»Ist das dein Freund?«, fragte er rau. Sein Gesicht war angespannt, seine Hände zu Fäusten geballt, als müsste er an sich halten, um sich nicht auf Erik zu stürzen und ihn von mir wegzuzerren.

»*Ein* Freund«, korrigierte ich ihn rasch.

Erik presste die Lippen zusammen, widersprach jedoch nicht.

»Na dann.« Christians Mundwinkel kräuselten sich herausfordernd. Noch bevor ich irgendwie reagieren konnte, neigte er sich vor und streifte seinerseits meine Wange mit seinen Lippen. Sein Duft nach Wind und Meer stieg mir in die Nase, meine Haut prickelte an der Stelle, an der er mich berührt hatte, und ein wohliger Schauer rann mir über den Rücken.

Der Unterschied zu Eriks Kuss hätte nicht größer sein können.

Da hatte ich sie, meine Antwort. Wenn schon ein flüchtiger Wangenkuss einen solchen Aufruhr in mir auslöste, wie würde es dann erst sein, wenn … falls er mich richtig küssen sollte.

Christian war meine Reaktion ganz bestimmt nicht entgangen, denn er grinste zufrieden. »Wir sehen uns in der Schule, Cara«, sagte er und schaffte es irgendwie, diesen profanen Worten einen verheißungsvollen Klang zu verleihen. Damit wandte er sich ab und ging, ohne sich noch einmal umzublicken, davon.

Ich starrte ihm hinterher und wünschte mir, er wäre statt Erik an meiner Seite.

»Wie gut kennst du ihn?«, fragte Erik plötzlich. Er klang beunruhigt. Und zwar nicht im Sinne von eifersüchtig – zumindest nicht ausschließlich.

Überrascht blickte ich hoch. Seine Augen ruhten noch immer mit einer düsteren Intensität auf Christian, der gerade hinter der Straßenecke verschwand.

»Er ist neu in meiner Stufe«, erwiderte ich vorsichtig. »Wieso? Kennst *du* ihn?«

»Nein.« Nachdenklich schüttelte er seinen Kopf. »Aber er kommt mir merkwürdig vor. Irgendetwas stimmt nicht mit ihm, Cara.«

»Quatsch!«, rief ich mit all der Entschlossenheit, die ich aufbringen konnte, und fragte mich zugleich, wie Erik das so schnell hatte merken können. »Christian ist in Ordnung.«

Er musterte mich zweifelnd. »Es mag sich für dich jetzt eigenartig anhören, aber mir wäre es lieber, wenn du dich von ihm fernhältst.«

Ich befreite mich aus Eriks Arm, der noch immer um meine

Körpermitte geschlungen war. Diese Bevormundung ging mir jetzt doch zu weit. »Das dürfte schwierig werden, immerhin haben wir viele Kurse zusammen. Außerdem ist es doch wohl meine Entscheidung, mit wem ich befreundet bin.«

»Natürlich«, lenkte er sofort ein. »Versprich mir nur, dass du vorsichtig bist.«

Ich nickte besänftigt. Er klang, als machte er sich tatsächlich Sorgen um mich. Und so abwegig war diese Reaktion schließlich gar nicht. Auch ich hatte bei Christian ein ungutes Bauchgefühl gehabt, bevor ich ihn besser kennengelernt hatte.

»Ich bin so froh, dass es heute noch geklappt hat«, sagte Erik und zog mich mit sich fort. Anscheinend hatte er beschlossen, das Thema Christian fallen zu lassen, wofür ich ihm sehr dankbar war. »Ich habe dich vermisst.« Er drückte seine Schulter im Gehen leicht gegen die meine. »Außerdem ist es vorerst meine letzte Möglichkeit, dich zu sehen.«

»Wieso denn das?«, fragte ich und schämte mich zu Tode für die Erleichterung, die ich bei seinen Worten empfand.

»Ich muss für ein paar Wochen weg. Habe noch einen Praktikumsplatz ergattern können, archäologische Ausgrabungen, du weißt schon.« Er wirkte nicht gerade glücklich darüber. »Wenn ich es irgendwie ablehnen oder verlegen könnte, würde ich das tun, aber …« Er zuckte mit Schultern.

»Wieso denn? Freu dich doch, dass du einen Platz bekommen hast!« Ich hatte keine Ahnung, wie schwierig das war, aber wenn er die Stelle nicht einfach absagen konnte, waren sie wohl nicht so dicht gesät.

Er fuhr sich unwillig durch die Haare. »Das Timing passt mir nicht besonders. Aber ich habe wohl keine andere Wahl.«

»Wie lange wird es dauern?«

»Ich bin nicht sicher, zwei Wochen oder drei. Ich versuche, so schnell wie möglich wieder da zu sein.«

»Du weißt nicht, wie lange das Praktikum geht? Gibt es da keine Fristen oder so was?«

»Nicht so richtig«, entgegnete er hastig. »Es ist … erfolgsorientiert aufgebaut.«

»Wer als Erstes den Dinosaurier findet oder was?«, fragte ich lachend.

»So ähnlich.« Er grinste zurück. »Es gibt ein paar Aufgaben, die man bewältigen muss. Und wenn man fertig ist, darf man gehen.«

»Cool. Das nenne ich mal leistungsorientiert.« Ich hatte gar nicht gewusst, dass die Unis inzwischen so flexibel waren. Aber es gab ja ständig irgendwelche Reformen.

»Du sagst es.« Er nahm meine Hand. »Lass uns jetzt nicht länger darüber sprechen, sondern lieber unseren letzten gemeinsamen Abend genießen.«

In der Nacht lag ich noch lange wach und grübelte über alles nach, was ich erfahren hatte. Ich konnte es kaum fassen, dass Christian mir endlich die Wahrheit über sich erzählt hatte, und es erfüllte mich mit wohliger Zufriedenheit, dass er mir so sehr vertraute. Er hätte nicht jeder sein Geheimnis verraten. Es musste etwas bedeuten.

Zugleich spürte ich, dass das nicht alles war. In dem Gespräch mit seiner Mutter hatte er ominöse Andeutungen gemacht, die mir noch immer im Kopf herumschwirrten.

Was war mit seinem Vater passiert?

Welche Verbindung gab es zwischen Christian und mir? Was war oder war ich nicht für ihn? Was stand für ihn auf dem Spiel? Und hingen meine eigenen Kräfte irgendwie damit zusammen?

Fragen über Fragen, auf die ich keine Antworten hatte. Er hätte sie mir vermutlich liefern können, aber ich hatte Angst, ihm diese Fragen zu stellen. Weil ich ihm dann gestehen müsste, ihn und seine Mutter belauscht zu haben. Weil ich das aufkeimende Vertrauen zwischen uns nicht gefährden wollte. Und vielleicht auch, weil ich Angst vor den Antworten hatte, falls er sie mir überhaupt gab.

Ich seufzte und verdrängte all diese verstörenden, negativen Gedanken. Stattdessen rief ich mir einfach nur sein wunderschönes Lächeln in Erinnerung, den aufmerksamen, besonderen Blick, den er mir hin und wieder schenkte, und genoss die wohlige Wärme, die sich daraufhin in meinem Inneren ausbreitete.

Kapitel 8

Nach einer unruhigen und viel zu kurzen Nacht stand ich am nächsten Morgen völlig erschlagen auf. Zumindest hatte ich nun so etwas wie einen Plan. Ich brauchte Informationen – über mich selbst, meine Fähigkeit und die Legende der Loreley. Da würde ich ansetzen. Und bis dahin würde ich Christian … Ja, was denn? Aus dem Weg gehen?

Ich wusste selbst, wie utopisch diese Vorstellung war. Abgesehen davon, dass das kaum möglich wäre, *wollte* ich es überhaupt nicht.

Ich spürte zwar, dass es klüger wäre, mich von ihm fernzuhalten, bis ich genau wusste, was hier eigentlich vorging, dass ich ihm nicht blind vertrauen durfte, solange er einen Teil der Wahrheit vor mir verbarg. Doch ich brauchte nur an ihn zu denken, und alle meine Vorbehalte lösten sich in Luft auf. Ich konnte mir nicht vorstellen, dass er mir jemals schaden würde. Mein Verstand und mein Bauchgefühl lagen dieses Mal eindeutig im Clinch.

Also hatte ich mich mit mir selbst auf einen Mittelweg geeinigt. Ich würde Christians Nähe nicht meiden – schließlich war er der Einzige, der mir wirklich sagen konnte, was hier ablief –, aber ich würde auf der Hut sein, bis ich wusste, was er vor mir verheimlichte.

»Cara, wo bleibst du denn?«, schallte Zoes Stimme ekelhaft gut gelaunt durch das Haus.

Müde schleppte ich mich ins Badezimmer. Ich war schon wirklich spät dran, aber Schule stand gerade irgendwie nicht besonders weit oben auf meiner Prioritätenliste.

»Cara, du bist ja noch nicht fertig!«, kommentierte nun auch meine Mutter, der ich auf dem Flur begegnete. »Was ist los, fühlst du dich nicht wohl?«

Die Versuchung, einfach Ja zu sagen, war echt groß. Aber wenn ich mich jetzt krank stellte, würde ich am Nachmittag kaum zu Christian dürfen. Selbst, wenn ich das Erdkundereferat vorschob. Und das Treffen mit ihm wollte ich mir auf keinen Fall entgehen lassen. »Nein, hab bloß schlecht geschlafen«, brummte ich und verschwand im Bad.

Als ich fünfzehn Minuten später endlich halbwegs munter nach unten kam, war Zoe schon weg. Ich schnappte mir einen Apfel und eine Banane aus dem Obstkorb – das Frühstück würde heute wohl ausfallen müssen. Zum Glück war der Rock, den ich mir rausgesucht hatte, fahrradtauglich, zu Fuß würde ich es zum Schulbeginn nicht mehr rechtzeitig schaffen.

Ich holte mein Rad aus der Garage und fuhr los.

Ich hatte die Schule schon fast erreicht, als sich plötzlich eine Gestalt aus den Büschen löste, die den Weg säumten. Ich schrie erschrocken auf und bremste abrupt. Das Fahrrad schlingerte und ich hatte Mühe, das Gleichgewicht zu halten. Ich schaffte es nicht, das Rad rechtzeitig zum Stehen zu bringen, und schlitterte mit letztem Schwung in Christian hinein, der mitten in seiner Bewegung zu mir erstarrt war.

Ups! Ich hatte ich noch nie die Zeit angehalten, ohne meine Hände einzusetzen.

Der Aufprall riss ihn aus seiner Sekundenstarre.

»Ah!«, schrie Christian auf, sprang verspätet zur Seite und packte meinen Lenker mit einem Arm, während sich sein zweiter um meine Taille schlang, damit ich nicht zu Boden stürzen konnte.

Seine plötzliche Nähe verschlug mir den Atem. Entschieden riss ich meine Augen von ihm los. »Mach das ja nie wieder!«, schimpfte ich. Aber es hörte sich nicht halb so aufgebracht an, wie er es eigentlich verdient hätte.

Mein Magen verkrampfte sich und ich verzog leicht das Gesicht. Inzwischen konnte ich diese Nebenwirkung recht gut wegstecken, vermutlich gewöhnte ich mich allmählich daran.

»Es tut mir leid, ich wollte dich nicht erschrecken«, sagte er zerknirscht, machte aber keine Anstalten, das Fahrrad oder mich loszulassen.

»Hast du aber. Hast du dir wehgetan?«, fügte ich besorgt hinzu.

»Ist halb so wild.« Seine Augen blitzten. »Was ist schon ein blauer Fleck gegen das Vergnügen deiner Gesellschaft?«

Seine Umarmung fühlte sich wirklich gut an, aber es gab keinen Grund für ihn, mich noch länger festzuhalten, also begann ich, mich aus seinem Griff zu winden. Widerstrebend ließ er mich los und trat einen halben Schritt zurück.

»Was machst du überhaupt hier?« Ich kämmte mir die Haare zurück, die mir bei dem Zusammenprall ins Gesicht geflogen waren.

»Ich habe auf dich gewartet.« Er streckte seinen Arm aus und ordnete behutsam eine Strähne auf meinem Kopf.

Ungläubig fixierte ich seine feingliedrige Hand. Mir war noch nie aufgefallen, wie schön seine Hände waren. Aber das gab ihm natürlich nicht das Recht, mein Haar zu berühren. Es fühlte sich viel zu vertraut, viel zu zärtlich an, um gut für mich zu sein.

»Wieso? Und warum hier?«, fragte ich schroff, um meine Verlegenheit zu überspielen. Also wenn das kein Annäherungsversuch war, dann wusste ich es auch nicht.

Er schmunzelte. »Das erkläre ich dir unterwegs.«

Ich hörte das leise Läuten der ersten Schulglocke. Er hatte recht, wir mussten uns beeilen.

»Ich habe auf dich gewartet, weil du der einzige Mensch in dieser Schule bist, an dessen Gesellschaft mir etwas liegt«, sagte er unumwunden. Das klang so entwaffnend ehrlich, dass mein Herz einen wilden Trommelwirbel in meiner Brust schlug. »Und ich habe mich in die Büsche gestellt, weil ich wusste, dass du hier vorbeikommen wirst. Außerdem weißt du inzwischen ja, dass ich mich gerne bedeckt halte.«

Wir hatten die Fahrradständer erreicht und er half mir, mein Rad in die Hängevorrichtung reinzuwuchten. Ich schloss es ab. Es klingelte zum zweiten Mal. Ohne Vorwarnung nahm Christian meine Hand und rannte los.

Kichernd und ein wenig außer Atem erreichten wir die Tür des Klassenzimmers und traten ein.

Frau Vonhof war zum Glück noch nicht da, doch dafür richteten sich zwanzig Augenpaare staunend auf uns, als wir gemeinsam und Hand in Hand in den Raum stürmten. Hitze schoss mir ins Gesicht und ich versuchte, meine Finger unauffällig aus den seinen zu ziehen, doch er hielt sie felsenfest. Mit brennendem Gesicht ging ich den Mittelgang entlang – hier vor allen Leuten wollte ich weder eine Szene machen noch meine Hand gewaltsam aus der seinen reißen und war innerlich selbst zwischen Ärger und Freude gespalten. Er hatte kein Recht, über meinen Kopf hinweg so zu tun, als ob wir zusammen wären. Andererseits ließ seine Bereitschaft, öffentlich zuzugeben, dass es tatsächlich irgendetwas zwischen uns gab, die Schmetterlinge in meinem Bauch Loopings fliegen.

Er tat, als würde er die Blicke der anderen überhaupt nicht bemerken, und ließ meine Hand erst los, als wir meinen Platz erreichten – allerdings nicht, ohne meine Finger noch ein letztes Mal sanft zu drücken.

Albert saß bereits auf dem Stuhl neben dem meinen und sah mich ebenso überwältigt und fassungslos an wie der Rest der Klasse. Halb hoffte ich, dass Christian ihn bitten würde, den Platz mit ihm zu tauschen, doch er tat es nicht. Er schenkte mir noch einmal sein ganz besonders Lächeln und ging eine Reihe weiter zu seinem Tisch.

Erleichtert ließ ich mich auf meinen Stuhl fallen, meine Knie fühlten sich so weich an, dass ich eh nicht viel länger hätte stehen bleiben können. Wie machte Christian das bloß? Noch nie hatte mich ein Junge dermaßen aus der Fassung gebracht wie er.

»Du und Christian?«, raunte Albert entgeistert neben mir. Ich hörte, wie das aufgeregte Gemurmel und Getuschel erstarb, als würden alle auf meine Antwort warten. Ganz besonders spürte ich Christians gespannten Blick in meinem Rücken. Oder bildete ich mir das nur ein?

Verflucht! Wieso musste *ich* die Frage beantworten? *Er* hatte die Suppe doch eingebrockt. Egal, was ich sagte, ich konnte nur verlieren. Zumindest in seinen Augen. Ich wollte weder anhänglich oder leicht zu haben noch uninteressiert erscheinen. Also sagte ich einfach nichts, zuckte so lässig wie möglich mit meinen Schultern und begann, ganz konzentriert in meiner Schultasche zu kramen. Hinter mir meinte ich, ein amüsiertes Glucksen zu hören, doch ich wandte mich nicht um. Allmählich gewann nämlich mein Ärger die Oberhand über das zarte Glücksgefühl, das seine Aktion in mir ausgelöst hatte.

In diesem Moment kam endlich Frau Vonhof herein und wir begannen mit dem Unterricht. Ich überließ es Christian, ihr unseren Themenvorschlag zu überreichen. Um nichts in der Welt hätte ich mich jetzt vor die ganze Klasse gestellt. Er musste es nicht einmal vorlesen, Frau Vonhof übernahm das für ihn. Wie erwartet hatte sie nichts gegen unser Thema einzuwenden – genauso wenig wie gegen eins der anderen.

Anschließend konnte ich mich für den Rest der Stunde zurücklehnen und ihrem Monolog lauschen.

Nach der Stunde trödelte ich noch ein bisschen, in der Hoffnung, Christian allein zu erwischen. Ich hatte keine Ahnung, was seine Aktion zu bedeuten hatte, doch ich fand, dass er mir eine Erklärung schuldete.

»Oh, oh«, hauchte er mir im Vorbeigehen leise ins Ohr. Meine Entschlossenheit war ihm also nicht entgangen. Dennoch jagte mir sein Atem einen Schauer über den Rücken. Ich hasste es, dass mein verräterischer Körper so stark auf ihn reagierte, während ich lieber kühl, beherrscht und überlegen wirken wollte. »Wir müssen reden«, raunte ich.

»Aber nicht hier«, flüsterte er und deutete in Richtung einiger Mitschüler, die unseren Austausch neugierig verfolgten. »Komm mit.« Er nahm meinen Arm und zog mich mit.

»Nicht jetzt, ich habe Unterricht«, erwiderte ich entschieden. Er sollte bloß nicht glauben, dass ich ihm immer hinterherlaufen würde, wenn er nur mit den Fingern schnipste.

»Also gut, dann in der großen Pause auf unserer Bank.«

Unsere Bank. Er hatte tatsächlich unsere Bank gesagt! Ich nickte.

»Muss ich mir Sorgen machen?«, wisperte er, doch seine Augen blitzten schalkhaft.

»Das überlege ich mir noch«, brummte ich und versuchte verzweifelt, meine Mundwinkel am Kräuseln zu hindern.

Er schnaufte amüsiert. »Bis dann, Cara«, fügte er leise hinzu und seine Worte strichen wie eine Liebkosung über meine Seele.

»Es tut mir leid«, begrüßte er mich ernst, als ich den vereinbarten Treffpunkt erreichte.

»Was denn?« Ich verschränkte die Arme vor meiner Brust und wünschte mir, ich hätte irgendeinen Anhaltspunkt, in welche Richtung dieses Gespräch sich wenden würde.

»Dass ich dich verärgert habe. Glaube mir, das wollte ich nicht. Aber wenn wir uns losgelassen hätten, als hätten wir uns verbrannt, hätte es vermutlich nur noch mehr Gerede gegeben.«

»Ja, schon gut.« Mein Ärger war inzwischen verraucht und vermutlich hatte er recht. Viel mehr beschäftigte mich die Frage, wie es jetzt zwischen uns weiterging.

»Außerdem …«, setzte er an und brach wieder ab.

»Ja?«

Nachdenklich kaute er auf seiner Unterlippe und schaute mich unsicher an. »Ich … Hm«, er räusperte sich. »Ich bin nicht sicher, wie ich das sagen soll, damit du es nicht falsch verstehst.«

»Sag es einfach.« Der Anfang versprach schon mal nichts Gutes.

»Nun ja … Wenn ich ehrlich bin, hätte ich gar nichts dagegen, wenn die anderen denken, wir wären zusammen.«

Mein Herz vollführte einen Salto. Es ging mir zwar viel zu schnell, aber hieß das, dass er …

»Das würde zumindest einen Teil der Mädchen auf Abstand halten.«

Autsch. Noch nie zuvor hatte ich eine solche Bruchlandung erlitten und ich kämpfte darum, meine Gesichtszüge unter Kontrolle zu halten. Auf keinen Fall wollte ich ihn sehen lassen, wie sehr mich seine Worte trafen. Mehr war ich nicht für ihn? Nur Mittel zum Zweck? Damit er sich all die aufdringlichen Tussis vom Leib halten konnte? Wie überaus praktisch ich doch war. Mit mir konnte er als Kumpel reden, mich als Alibi-Freundin benutzen. War denn wirklich alles zwischen uns nur gespielt?

»Du *hast* es missverstanden«, seufzte er schwer. Offenbar war mein Pokerface nicht so gut, wie ich es mir gewünscht hätte.

»Nein, habe ich nicht«, wehrte ich verstimmt ab und zwang mich zu einem Lächeln. »Da gibt's ja nichts misszuverstehen.«

»Ich habe es aber nicht ganz so gemeint, wie es sich angehört hat.«

»Und wie hast du es gemeint?« Ich ließ jeden Vorwand fallen und starrte ihn herausfordernd an.

Vorsichtig trat er näher und streckte seinen Arm nach mir aus, ließ ihn dann aber wieder sinken, als er meinen finsteren

Blick bemerkte. Für einen Tag hatte er mich definitiv genug angefasst.

»Ich mag dich, Cara. Ich mag dich sehr.« Er schnaufte freudlos. »Du bist für mich beinahe der einzige Grund, Tag für Tag in diese Schule zu gehen.«

O-kay. Die Schmetterlinge begannen wieder, zaghaft zu flattern, doch ich rief sie entschieden zur Ruhe. Erst wollte ich hören, womit diese Ansprache endete. Ich verharrte abwartend, verriet mit keiner Regung, wie ich zu dem Gehörten stand.

»Aber ...«

Aha, da kam es schon.

»Aber ich möchte die Sache zwischen uns nicht überstürzen. Ich möchte mir die Zeit nehmen, dich wirklich und in Ruhe kennenzulernen. Und auch dir diese Möglichkeit geben.« Er zuckte entschuldigend mit den Achseln. »Du hast bestimmt schon mitbekommen, dass das Zusammensein mit mir nicht ganz unkompliziert wäre.«

Langsam ließ ich mich auf die Bank sinken. Damit hatte ich nicht gerechnet.

»Cara?«, fragte er zaghaft.

Ich nickte, sagte jedoch nichts. Ich musste meine Gedanken und Gefühle erst mal sortieren.

Auch ich mochte ihn, sehr sogar. Da half kein Leugnen. Allein meine Reaktion auf seine Gegenwart war schon Beweis genug. Gleichzeitig hatte er recht. Ich hatte noch zu viele Fragen und solange die nicht geklärt waren, würde ich mich nicht auf ihn einlassen können. »Und was schlägst du jetzt vor?«

Er setzte sich zu mir. So nah, dass ich die Wärme seines Körpers auf meiner Haut spüren konnte, obwohl wir uns nicht berührten. »Wir machen einfach weiter und sehen, was passiert. Ich würde gerne deine Hand halten, wenn uns danach ist«, er nahm sie und verflocht seine Finger mit den meinen, »und so viel Zeit wie möglich mit dir verbringen. Und wenn die anderen tratschen – lass sie doch.«

Er hatte gut reden, er hatte mit dem Rest unserer Stufe ohnehin nichts zu tun. »Und was sage ich Jessie und Albert und den anderen, die mich fragen?«

»Was auch immer du möchtest. Mir ist alles recht.«

Ich musterte ihn prüfend. »Auch, dass alles nur ein Missverständnis war und gar nichts zwischen uns läuft?«

»Auch das.« Er lächelte. »Die Frage ist nur, wie lange man dir das abkaufen würde, denn ich habe nicht vor, oft von deiner Seite zu weichen.« Schlagartig wurde er ernst. »Außer natürlich, du bittest mich darum.«

Das war so süß, dass mein Herz vor Zuneigung dahinschmolz, was ich ihn natürlich auf keinen Fall merken lassen wollte.

Ich räusperte mich. »Keine Angst, ich sage dir schon Bescheid, wenn es mir zu viel werden sollte.«

Die Enttäuschung in seinem Blick jagte mir ein schlechtes Gewissen ein, doch ich ließ mich davon nicht beirren. Es schadete nicht, wenn er sich nicht für allzu unwiderstehlich hielt.

»Dann nimmst du es mir nicht übel?«, vergewisserte er sich.

»Nein.« Ich boxte ihm spielerisch gegen den Oberarm. »Du sagtest doch selbst, wir sind Freunde.«

»Freunde«, wiederholte er. Zufrieden stellte ich fest, dass er sich dabei nicht ganz glücklich anhörte.

»Ich fasse es nicht!«, zischte Jessie mir vor unserer gemeinsamen Englischstunde zu. »Die ganze Schule spricht davon und ich als deine beste Freundin erfahre es als Letzte!«

»Was denn?«, fragte ich betont unschuldig, obwohl ich mir genau vorstellen konnte, wovon sie sprach.

»Du und Christian, klingelt da was bei dir?« Sie klang aufrichtig verletzt.

»Da läuft nichts. Zumindest noch nicht. Nicht wirklich.«

»Ja, sicher. Ich habe euch vorhin selbst aus dem Gebüsch kommen sehen. Was habt ihr hinter der Hecke getrieben?«

»Du hast uns gesehen? War jemand bei dir?« Ich fände es schade, wenn Christian sich ein neues Versteck suchen müsste. »Nein. Nur ich allein war so blöd, nach dir Ausschau zu halten, weil ich mir Sorgen um dich gemacht hab. Vor der Schule habe ich dich nicht gesehen und musste mir von Isabel anhören, dass du Hand in Hand mit Christian hier aufgekreuzt bist. Dann bist du in der großen Pause wie vom Erdboden verschluckt und tauchst schließlich – wieder mit ihm – aus den Büschen auf. Also?«

In diesem Moment betrat Herr Greuning die Klasse und wir senkten unsere Stimme. Mit etwas Glück würde er uns Ruhe lassen, weil wir uns oft genug am Unterricht beteiligten.

»Ich habe heute Morgen einfach verschlafen«, begann ich meine Erklärung. »Und dann bin ich mit dem Rad in Christian hineingerast.«

»Einfach so?«

»Nein, er hat auf mich gewartet.«

»Aha!«, rief Jessie triumphierend aus, was ihr sofort einen missbilligenden Blick des Lehrers einbrachte.

»Möchten Sie uns etwas mitteilen, Jessica?«

»Nein, schon gut«, murmelte sie kleinlaut. »Und jetzt lass dir nicht alles aus der Nase ziehen!«, wisperte sie mir aufgebracht zu.

»So viel gibt es da nicht zu erzählen. Ich mag ihn, er mag mich, aber wir wollen nichts überstürzen. Wir sind Freunde, okay?«

»Freunde, die händchenhaltend herumlaufen und zusammen im Gebüsch verschwinden?«

»Genau.« Ich öffnete demonstrativ mein Englischbuch. »Ich verspreche dir, sobald mehr als Händchenhalten passiert, erfährst du es sofort. Und bis dahin wäre es nett, wenn du nicht allen Gerüchten glaubst, die die Runde machen sollten.«

Jessie machte große Augen. »Es scheint dir ja wirklich ernst mit ihm zu sein.«

»Ich weiß nicht.« Ich zuckte mit den Achseln, doch sie konnte ich damit nicht täuschen.

»Du bist verliebt«, raunte sie fassungslos.

Ich biss mir auf die Lippe, um nicht allzu dämlich zu grinsen.

»Könnte sein«, nuschelte ich. »Aber behalte es bitte für dich, okay? Das Ganze ist etwas … kompliziert.«

»Wieso denn das?«

»Na, weil er eben Christian ist«, sagte ich und hoffte, dass sie sich damit zufriedengeben würde.

»Du meinst, weil ihn die Mädchen umschwirren wie die Motten das Licht?«

»So in etwa. Ich möchte sicher sein, dass er es ernst mit mir meint, bevor ich mich auf ihn einlasse, verstehst du?«

»Absolut.« Sie drückte meinen Arm. »Wir lassen auf keinen Fall zu, dass er dich verarscht.«

»Danke.« Es war schön, dass sie immer für mich da war.

»Und was wird jetzt mit Erik?« Leider vergaß sie auch nichts. Ich verzog gequält das Gesicht. »Ich werde es ihm wohl sagen müssen.« Ich zögerte. »Meinst du, ich sollte ihm eine Nachricht schreiben?« Sie hatte deutlich mehr Erfahrung als ich im Beenden von Beziehungen.

Missbilligend schüttelte Jessie ihren Kopf. »Einen Typen wie Erik serviert man doch nicht mit einer SMS ab! Er hat schon ein persönliches Gespräch verdient, wie ich finde. Außerdem kannst du ihn dir so viel eher warm halten, falls es mit Christian doch nichts wird«, fügte sie mit dem für sie typischen Pragmatismus hinzu.

Ich konnte mir nicht vorstellen, dass sich meine Gefühle für Erik ändern würden, aber ich widersprach ihr nicht. Insgeheim war ich erleichtert, mich noch etwas länger vor der Auseinandersetzung mit ihm drücken zu können. Die paar Wochen, die er vermutlich fort sein würde, klangen für mich gerade wie eine herrlich lange Zeit. Darüber, was danach kam, würde ich mir dann Gedanken machen, wenn es so weit war.

In der Mittagspause hatte Christian sich nicht bei uns blicken lassen. Ich war darüber erleichtert und enttäuscht zugleich. Irgendwie hatte ich fest damit gerechnet, dass er sich wieder an unseren Tisch setzen würde. Aber entweder hatte ihm der gestrige Vorfall doch die Lust verdorben oder er hatte beschlossen, aus Rücksicht auf mich nicht für weiteres Gerede zu sorgen. Als er am Nachmittag jedoch auch nicht im SoWi-Kurs auftauchte, begann ich, mir ein wenig Sorgen um ihn zu machen. Ich hätte ihn nicht als Schulschwänzer eingeschätzt und am Vormittag hatte er nicht gerade krank auf mich gewirkt.

Ich überlegte gerade, ob ich gegen das herrschende Handyverbot verstoßen sollte, solange die Stunde noch nicht angefangen hat, als Melissa aufgelöst in die Klasse stürmte. Ihre Augen waren gerötet und Mascara lief ihr in schwarzen Rinnsalen über die feuchten Wangen. Hatte sie etwa geweint?

Als sie mich sah, blieb sie einen Moment wie angewurzelt stehen und rauschte dann auf mich zu.

»Ist etwas?«, fragte ich irritiert. Sie und ich waren nie besonders eng gewesen, auch schon bevor sie sich Christian so unverschämt und hartnäckig an den Hals geworfen hat.

»Das will ich wohl meinen!« Sie zog geräuschvoll ihre Nase hoch und etwas wie Triumph blitzte in ihren Augen auf. Eine ziemlich überraschende Regung, wenn man ihr desolates Erscheinungsbild in Betracht zog. »Christian hat sich gerade mit Marcel geprügelt. Wegen mir!« Sie fächelte sich theatralisch Luft zu.

»Was?«, entfuhr es mir geschockt. Kalte Angst fuhr mir in die Knochen. Wobei es mir mehr um die Prügelei an sich ging als um ihren Auslöser.

»Ja, es war so furchtbar.« Ihr zufriedener Gesichtsausdruck stand im krassen Gegensatz zu ihren Worten. »Marcel kam gerade dazu, als Christian und ich uns küssten. Ich habe versucht, sie aufzuhalten, aber du weißt ja, wie Jungs sind, wenn die Gefühle mit ihnen durchgehen.«

Nein, das wusste ich nicht. Und es war mir auch ehrlich gesagt egal. Außerdem konnte ich nicht glauben, dass er sie wirklich geküsst haben sollte. Er hatte seine Abscheu schließlich oft genug zum Ausdruck gebracht. »Ist er verletzt?«

»Ein blaues Auge wird er wohl davongetragen haben«, erwiderte sie schnippisch. Sie klang enttäuscht.

Was hatte sie denn erwartet? Dass ich ihr vor allen Leuten eine Eifersuchtsszene machen würde?

»Wo ist er jetzt?«, fragte ich viel ruhiger, als ich mich fühlte. Der Impuls, einfach aufzuspringen und zu ihm zu eilen, war viel zu stark, als gut für mich war. Immerhin waren wir nicht zusammen.

»Das Letzte, was ich von ihm gesehen habe, war, wie Herr Suller ihn und Marcel ins Krankenzimmer gebracht hat.« Sie schluchzte erneut und wischte sich endlich die schwarzen Schlieren von den Wangen. »Ich mache mir solche Sorgen um ihn. Und alles nur meinetwegen.« Sie presste sich eine Hand vor die Brust und ich hätte sie für ihre miserable schauspielerische Leistung erwürgen können.

»Oh, es tut mir leid«, säuselte sie plötzlich. »Ich kann mir vorstellen, wie furchtbar das für dich sein muss.« Sie genoss es sichtlich, mir unter die Nase zu reiben, dass ein Junge, der Gerüchten zufolge mit *mir* zusammen war, erst mit ihr rumgeknutscht und sich dann ihretwegen geprügelt hatte.

»Wieso denn?« Ich zuckte betont gleichgültig mit den Achseln. »Ich habe doch nichts auf die Nase bekommen.« Ich senkte verschwörerisch meine Stimme. »Aber du solltest dich mal um deine Augen kümmern, du siehst nämlich wie ein Panda aus.«

Sie schrie empört auf und durchbohrte mich mit ihrem Blick. Doch ich würde ihr die Genugtuung nicht gönnen, zu zeigen, wie sehr mich ihre Worte beschäftigten.

Falls Christian sich wirklich geprügelt hatte, musste er einen guten Grund dafür gehabt haben – auch wenn ich mir den nicht vorstellen konnte. Und bestimmt hatte das nichts mit irgendeiner Zuneigung zu Melissa zu tun, die er urplötzlich in sich entdeckt haben könnte. Ganz egal, was sie sich auch einbilden mochte.

Ich schaffte es kaum, den Rest der Stunde abzusitzen. Ich konnte nicht verhindern, dass meine Gedanken immer wieder um Christian und sein Befinden kreisten. Jeden Augenblick rechnete ich damit, dass die Tür aufging und er frisch verarztet zum Unterricht erschien. Doch er kam nicht. Zum Ende der Stunde war ich so gespannt, dass ich wie eine Sprungfeder hochschoss, sobald die Schulglocke läutete. Ich schnappte meine Tasche und eilte nach draußen. Im Gehen holte ich mein Handy hervor und wählte seine Nummer.

»Cara?«, erklang es überrascht am anderen Ende der Leitung.

»Wo bist du? Geht es dir gut?« Mir war egal, wie übergeschnappt ich klang. Ich machte mir *wirklich* Sorgen.

»Du hast es also gehört?«, fragte er vorsichtig und eine Spur zerknirscht.

War an der Sache mit dem Kuss vielleicht doch etwas dran?

»Dass du dich mit Marcel geprügelt hast?«, fragte ich und traute mich plötzlich nicht, den Kuss zu erwähnen. »Melissa hat es mir vor SoWi brühwarm erzählt.«

»Diese Schlange!«, fluchte er.

So viel also zu seinen neu entdeckten Gefühlen. Ich grinste.

»Bist du zu Hause?«, wiederholte ich meine Frage. Er klang zumindest nicht sonderlich lädiert.

»Ja. Ich bin da. Kommst du auch gleich?«

»Bin schon unterwegs. Wir wollen das Referat doch nicht verhauen.«

»Auf keinen Fall«, entgegnete er erleichtert. »Dann bis gleich. Und damit du dich nicht wunderst, ich bin der mit den blauen Augen.« Er legte auf.

Sobald er mir die Tür öffnete, verstand ich, was er mit seinem letzten Hinweis gemeint hatte. Ein riesiges Veilchen prangte unter seinem linken Auge. Erschrocken schnappte ich nach Luft.

Er lächelte entschuldigend und verzog gleich darauf schmerzerfüllt das Gesicht. Seine Unterlippe war ebenfalls in Mitleidenschaft gezogen – aufgeplatzt und geschwollen.

»Wie ist das passiert?«

»Melissa hat mir in einer Freistunde aufgelauert.« Er hielt mir die Tür auf, damit ich eintreten konnte. »Ich hatte gedacht, meine Abfuhr gestern wäre eindeutig genug gewesen, aber ich habe mich geirrt.« Er schüttelte selbstironisch den Kopf. »Das kommt davon, wenn man andere schützen möchte.«

»Wie meinst du das?«

»Ich hätte meinen *Befehl* auch strenger formulieren können. Dass sie sich für immer von mir fernhalten sollte, zum Beispiel. Hätte ich das mal getan.« Seine Finger betasteten die Schwellung unter seinem Auge. »Aber ich hatte Angst vor möglichen Nebenwirkungen.«

»Was für Nebenwirkungen?«

Er führte mich in sein Zimmer und klopfte einladend auf das Bett. Mit hämmerndem Herzen ließ ich mich neben ihn sinken und hatte Mühe, meine Gedanken auf Melissa zu konzentrieren. Mir war es plötzlich gänzlich egal, was mit ihr passierte.

»Worte können gefährlich sein«, sagte Christian leise. »Vor allem meine.« Ich wusste, dass er an Lena dachte, die seinetwegen noch immer im Koma lag. »Das Blöde ist, dass ich die Konsequenzen selbst nicht abschätzen kann. Wenn ich Melissa gebeten hätte, mich für immer in Ruhe zu lassen, hätte sie vielleicht die Schule gewechselt oder irgendetwas noch Krasseres getan, wozu die Magie sie gezwungen hätte. Ich wollte nicht ihr Leben zerstören, bloß weil sie mir auf die Nerven geht.«

»Und was hat das mit dem Kuss auf sich?«, fragte ich und hoffte, dass meine Stimme lediglich leichte Neugier ausdrückte. Immerhin war er mir keine Rechenschaft schuldig.

»Ach, das.« Er strich nervös seinen Pferdeschwanz glatt.

»Sie hat mich praktisch angefallen und sich mir an den Hals geworfen. Bevor ich mich versah, hatte sie schon ihren Mund an dem meinen.«

»Dann hast du sie nicht wirklich geküsst?« Ich hasste es, es zuzugeben, aber ich war erleichtert.

»Nein.« Er sah mich lächelnd an und ich räusperte mich hastig.

»Nicht, dass es mich interessieren würde.«

Sein Lächeln vertiefte sich und seine himmelblauen Augen strahlten mich voller Wärme an. »Glaub mir, wenn ich die Wahl gehabt hätte, hätte ich ein ganz anderes Mädchen geküsst.«

Meine Kehle war mit einem Mal staubtrocken. »Wirklich?«, krächzte ich und schielte unwillkürlich auf seinen Mund, der dem meinen ziemlich nah war.

Abrupt richtete er sich auf, als hätte er gerade erst bemerkt, was er da sagte. »Na ja, auf jeden Fall kam da auch schon Marcel auf mich zugerauscht. Wie ich zwischen seinen Schlägen mitbekommen habe, ist er wohl Melissas Exfreund, und seiner Reaktion nach zu urteilen, noch immer sehr scharf auf sie. Was ihn leider zu keinem Fan von mir gemacht hat.« Er strich sich bedauernd über die kaputte Lippe.

»Hättest du ihm nicht befehlen können, dich in Frieden zu lassen?«

»Ich hätte es versuchen können, aber der Erfolg war mehr als zweifelhaft, er war wirklich aufgebracht. Da erschien mir der Einsatz meiner Fäuste deutlich zuverlässiger.« Er schien nicht im Mindesten über die Schlägerei betrübt.

Jungs. Ich verdrehte die Augen. »Sag bloß, es hat dir Spaß gemacht?«

»So weit würde ich jetzt nicht gehen. Aber es hatte schon was, sich mal abreagieren zu können. Es ist ja nicht so, als hätten Marcel und seine Kumpels mich bisher ungeschoren davonkommen lassen.«

»Wie meinst du das?«

»Ich mag auf die Häme, den Spott und die Anfeindungen, die meine Weigerung zu sprechen oder mein *Erfolg* bei den Mädchen auslösen, nicht reagiert haben, aber das heißt nicht, dass ich sie nicht bemerkt habe.«

»Das tut mir leid«, murmelte ich betroffen. Ich hatte mir gar keine Gedanken darüber gemacht, wie schwer das für ihn sein musste.

»Schon gut. Man kann eben nicht von allen gemocht werden. Um Marcel brauche ich mir aber, denke ich, keine Sorgen mehr zu machen. Der hat sein Fett weg.« Er grinste zufrieden. »Danke«, fügte er nach einer kurzen Pause plötzlich hinzu.

»Wofür?«

»Dass du mir die Sache mit Melissa nicht übel nimmst.«

Mein Bauch kribbelte. Er hatte Angst gehabt, wie ich auf den Kuss reagieren würde. Wir waren nicht zusammen, aber wir benahmen uns als ob.

»Wir sollten uns jetzt an die Arbeit machen«, sagte ich schnell, bevor ich mich in seinen wunderschönen Augen verlieren konnte, und holte meinen Erdkundeordner heraus.

»Das ist jetzt nicht dein Ernst.«

»Doch. Deshalb bin ich ja hier.« Und *nicht*, um ihn pausenlos anzuhimmeln, auch wenn diese Aussicht durchaus verlockend erschien.

»Ich sagte doch, ich kann das Referat übernehmen.«

»Ich werde dir ganz bestimmt nicht die ganze Arbeit aufhalsen.«

»Keine Sorge, ich schaffe das schon.«

»Das möchte ich aber nicht«, widersprach ich vehement. »Es ist nicht mein Stil, mich mit fremden Federn zu schmücken.«

»Du siehst müde aus«, wechselte er abrupt seine Taktik. »Eine Pause nach der Schule würde dir guttun.«

»Ich hatte nur eine schlechte Nacht«, winkte ich ab.

»Wegen deines Freundes?«, fragte er vorsichtig.

»Ich bin nicht mit ihm zusammen«, stellte ich klar.

»Weiß er das auch? Auf mich machte er einen ziemlich besitzergreifenden Eindruck.«

Ich seufzte. Du hast heute mit Melissa geknutscht, hätte ich ihm am liebsten an den Kopf geworfen, um von mir selbst abzulenken, aber ich wusste, dass es kindisch war. Trotzdem hatte ich keine Lust, mit ihm über Erik zu sprechen. »Kann sein, dass er mehr von mir will, aber das ist sein Problem, nicht meins.«

»Er wirkte auf mich nicht gerade wie jemand, der schnell aufgibt.«

»Wieso interessierst du dich so für Erik?«

»Oh, für *ihn* interessiere ich mich nicht so sehr.« Da war schon wieder dieser Unterton in seiner Stimme, der meine Knie weich werden ließ. »Ich will bloß nicht, dass du verletzt wirst«, fügte er dann überraschend ernst hinzu. »Bitte sei vorsichtig, ja? Irgendetwas an ihm gefällt mir nicht.«

Ich schnaufte. »Genau dasselbe hat er über dich auch gesagt.«

Christian ließ sich nicht beirren. »Ganz unrecht hat er damit ja nicht.«

»So ein Quatsch!« Ich lachte ungläubig auf. »Ihr beide seid doch nicht gemeingefährlich oder so.«

»Da wäre ich mir nicht sicher«, murmelte Christian leise und plötzlich fragte ich mich, ob er damit noch immer Erik oder eher sich selbst meinte.

»Sei bitte vorsichtig, okay?«, fügte er hinzu.

»Okay«, erwiderte ich gedehnt. Mir gefiel die Wendung nicht, die das Gespräch genommen hatte.

»Wenn meine Familie eins in den vergangenen Jahrhunderten gelernt hat, dann, dass es viel mehr Geschöpfe auf dieser Erde gibt, als die Menschen für gewöhnlich glauben. Und nicht alle von ihnen sind anderen besonders freundlich gesinnt.«

»Was für Geschöpfe?«, fragte ich fasziniert. Vielleicht lag ja darin die Erklärung für seine Kraft … und für meine.

»Es gibt Hexen, Magier, Schutzgeister und Dämonen, zumindest soweit ich es weiß. Nicht viele, aber es gibt sie.«

»Gute Hexen oder böse?«, raunte ich besorgt und spürte instinktiv, dass ich eine von ihnen war, eine von ihnen sein musste.

»Sowohl als auch«, brummte Christian unwillig, als bereute er es bereits, das Thema angeschnitten zu haben. »Komm, lass uns rausgehen«, sagte er unvermittelt.

Über den abrupten Themenwechsel verwirrt, blinzelte ich ihn ein paarmal an. Ich hätte gern noch mehr über die verschiedenen Wesen erfahren, außerdem war ich nicht zum Spazierengehen hier. »Das Referat ...«, erinnerte ich ihn.

»Das kann warten. Heute könnte der letzte wirklich schöne Tag des Jahres sein, wir sollten ihn nutzen.« Er grinste mich unternehmungslustig an. Jede Spur von Traurigkeit oder Düsternis war aus seinen Zügen verschwunden, sodass ich mich fragte, ob ich mir seine ernsten Töne nicht bloß eingebildet hatte. »Komm schon.« Er stand auf und streckte mir einladend seine Hand entgegen.

Ich gab mir einen Ruck. Ich würde seinem funkelnden Blick ohnehin nicht lange widerstehen können. Außerdem würde ich so vielleicht die Gelegenheit bekommen, etwas mehr über ihn zu erfahren.

Hand in Hand liefen wir die Viertelstunde zum Rheinufer herunter, wobei ich es mir nicht nehmen ließ, meine Schultasche mitzunehmen, was mir einen spöttischen Blick von Christian einbrachte.

»Na, wer ist jetzt hier der Streber?«, zog er mich auf und ich stupste ihn mit meinem Ellbogen in die Seite. Seine Nähe fühlte sich unglaublich schön an. Es war toll, dass ich mit ihm sowohl herumalbern als auch ernst sein konnte.

Er führte mich zu einer etwas abgelegenen Stelle, von der aus wir einen guten Blick auf das Wasser hatten, und ließ sich in das weiche Gras sinken.

Ich setzte mich neben ihn. »Und ruhig fließt der Rhein«, murmelte ich versonnen.

Erst als Christian neben mir scharf die Luft einsog, fiel mir auf, dass ich die »*Loreley*« zitiert habe. Mein erster Impuls war es, mich zu entschuldigen, doch dann schüttelte ich lachend den Kopf. »Entspann dich mal. Es ist nur ein Gedicht.«

»Es ist viel mehr als das. Für mich jedenfalls.« Er verstummte. Es störte mich, dass er mir offenbar nicht genügend vertraute, um mir alles zu sagen. Doch ich war die Letzte, die sich darüber beschweren durfte. Immerhin hatte ich ihm noch gar nichts über mich erzählt. Vielleicht sollte ich es einfach tun, vielleicht konnte er mir helfen, alles zu verstehen. Immerhin war er der Einzige, der auch nur den Hauch einer Ahnung vom Übersinnlichen hatte. Doch er schien nicht besonders gut auf Hexen zu sprechen zu sein. Wie würde er reagieren, wenn er erfuhr, dass ich selbst womöglich eine war?

»Bist du schon mal da gewesen? An dem Loreley-Felsen, meine ich?«, entschied ich mich daher für einen für mich unverfänglicheren Gesprächsverlauf.

»Nein.« Er schüttelte entschieden seinen Kopf. »Ich glaube nicht, dass das eine gute Idee wäre.«

»Wieso denn?« Ich kicherte. »Bekommst du dann etwa Lust, dich auf einen Felsen zu setzen und Frachter in den Untergang zu singen?«

Er maß mich mit einem finsteren Blick. Das war offensichtlich ein Thema, bei dem er keinen Spaß verstand.

»Warum bedrückt dich das so? Viele würden alles dafür tun, so eine Fähigkeit zu haben.«

»Aber auch nur so lange, bis jemand stirbt, der ihnen was bedeutet.«

»Du meinst Lena?«, fragte ich betreten. In meinem Übermut hatte ich gar nicht mehr an seine Exfreundin gedacht. Aufmerksam studierte ich sein Gesicht. Wie viel empfand er eigentlich noch für sie?

»Ja«, sagte er, doch ich bekam das Gefühl, dass er mich dieses Mal anlog. Er hatte gar nicht an sie gedacht.

»Was ist mit deinem Vater geschehen?«, fragte ich leise, als mir das Gespräch zwischen ihm und seiner Mutter einfiel.

Er schaute mich scharf, fast schon misstrauisch an. »Wie kommst du darauf?«

»Nur so.« Ich zuckte mit den Schultern. »Jessie hatte in deiner Akte gesehen, dass er gestorben ist. Und als du jetzt vom Tod sprachst, ist es mir wieder eingefallen. Vergiss es, es tut mir leid«, fügte ich hastig hinzu. Es war taktlos von mir und ich wusste selbst nicht, was mich da geritten hatte.

»Nein, schon gut. Es ist lange her, fast zehn Jahre. Und es war auch nicht besonders spektakulär. Er ist an einem Schlaganfall gestorben. Den einen Tag ging es ihm gut, wir waren im Freibad gewesen, haben herumgealbert und Eis gegessen. Und am nächsten ist er einfach nicht mehr aufgewacht.«

»Oh mein Gott, wie furchtbar. Das tut mir leid.« Fassungslos legte ich ihm meine Hand auf die Schulter und wusste nicht, was ich sagen sollte.

Er lächelte traurig. »Wie gesagt, es ist lange vorbei.«

Ich versuchte, mir vorzustellen, wie es für einen siebenjährigen Jungen sein musste, seinen Vater so schlagartig zu verlieren, und spürte, wie mir Tränen in die Augen schossen.

»Hey«, murmelte er zärtlich und legte seinen Arm um mich. »Du brauchst nicht traurig zu sein, ich bin darüber hinweg. Und so etwas wird sich nicht wiederholen.«

Ich hörte die Entschlossenheit in seiner Stimme und wunderte mich, was er damit meinte. Denn mit Sicherheit lag es nicht in seiner Macht, zu verhindern, dass tagtäglich Menschen völlig überraschend an Schlaganfällen oder Herzinfarkten verstarben.

»Darf ich dich etwas fragen?«, murmelte ich zaghaft.

»Was denn?« Er hatte seine Wange auf meinem Kopf abgelegt und schaute auf den Fluss hinaus. Es war schön, so nah bei ihm zu sein, seine Wärme zu spüren, die Geborgenheit und Zusammengehörigkeit, die diese Geste ausdrückte.

»Du sagtest, dass ich die Erste sei, die gegen deine Stimme immun ist. Aber wie konnte dann deine Mutter deinen Vater heiraten? Ich meine, er konnte doch gar nicht wirklich er selbst sein, wenn er in ihrer Nähe war.«

Christian seufzte. »Du hast eine bemerkenswerte Fähigkeit, den Finger in die Wunde zu legen, Cara.«

Ich wartete gespannt, ob er das noch weiter erklären würde, und schließlich tat er es auch.

»Meine Mutter hat sich in meinen Vater verliebt. Sie hat ihn ausgewählt. Und wie du so treffsicher bemerkt hast, hatte er da kaum eine Wahl. Er war ihr verfallen, wie es jeder Mann wäre, wenn sie es darauf angelegt hätte. Ich kann mir vorstellen, dass es für sie nicht leicht war, sie konnte nicht sicher sein, was er tatsächlich für sie empfand – und ob er nach meiner Geburt noch bei ihr bleiben würde.«

»Du meinst, weil die Fähigkeit auf dich überging?«

»Ich spreche in diesem Zusammenhang lieber vom Fluch«, stellte er bitter klar, »immerhin nimmt er mir die Möglichkeit, ein normales Leben zu führen, aber ja. Im Wesentlichen hast du recht. Als ich geboren wurde, verlor sie ihre Macht über meinen Vater, aber er blieb trotzdem bei ihr. Er hat sie wirklich geliebt. Und in den ersten sieben Jahren meines Lebens waren wir eine ganz gewöhnliche, glückliche Familie. Ich selbst ahnte noch lange nach seinem Tod nichts von meinem Erbe. Denn die Kraft entwickelt sich erst an der Schwelle zum Erwachsenwerden. Den Rest weißt du ja schon.«

Ich schluckte. »Es tut mir wirklich leid.«

»Das braucht es nicht. Denn du bist das größte Geschenk, das ich mir jemals hätte erträumen können.«

»Vermutlich leide ich einfach an irgendeinem Gendefekt, der mich für deine Reize unempfänglich macht.« Ich wollte ihn nicht merken lassen, wie tief mich seine Worte berührten.

»Nicht nur deshalb, Cara«, entgegnete er ernst. »Du wärst in jedem Fall etwas Besonderes für mich gewesen, aber so darf ich deine Nähe suchen, anstatt dich zu meiden, darf hoffen, dass es tatsächlich so etwas wie Glück in dieser Welt für mich geben kann.«

Wow. Seine Worte hallten in meinem Kopf wider, der auf einmal wie leer gefegt war. Noch nie zuvor hatte irgendjemand etwas Derartiges zu mir gesagt. Ein überwältigendes Glücksgefühl breitete sich in mir aus und zugleich spürte ich, wie ich ein wenig kalte Füße bekam. Ich wusste nicht, ob ich schon bereit für *so* etwas war. Mein Herz hämmerte laut in meiner Brust und ich hatte keine Ahnung, was ich darauf erwidern sollte.

Offensichtlich musste ich das aber auch nicht. Denn Christian griff schweigend nach meiner Hand und verflocht seine Finger mit den meinen.

»Übrigens stimmt es gar nicht, dass du ganz unempfänglich für mich bist«, sagte er und ich registrierte erleichtert seinen lockeren Ton. Die Zeit der ernsten Geständnisse war offensichtlich vorbei.

»Ach, meinst du?«

»Oh ja.« Er drehte seinen Kopf und sah mir direkt in die Augen. Die Sonne ließ die seinen strahlen und helle Sprenkel tanzten darin.

Ich befeuchtete nervös meine Lippen. Ganz immun gegen seine Reize war ich mit Sicherheit nicht.

»Vielleicht beweise ich es dir eines Tages und singe für dich«, raunte er verführerisch und allein der Gedanke daran, wie er mit seiner samtigen, vibrierenden Stimme eine romantische Ballade für mich sang, ließ mich dahinschmelzen.

»Das wäre schön«, hauchte ich.

»Oh ja, das wäre es«, bestätigte er und irgendetwas in seinem Ton und seinem Blick ließ mich ahnen, dass es dann nicht beim Singen bleiben würde. Meine Lippen begannen zu kribbeln, so sehr wünschte ich mir, dass er mich endlich küssen würde.

Doch wie immer zog er sich zurück, bevor es dazu kommen konnte. Er ließ mich los, stützte sich mit seinen Armen hinter seinem Rücken ab und streckte sein Gesicht der Sonne entgegen. Verstimmt tat ich es ihm gleich. Was war bloß los mit ihm? Wie konnte er in einem Moment so tun, als wäre ich die Frau seines Lebens, und mir im nächsten das Gefühl vermitteln, ich hätte mir das alles bloß eingebildet und wir wären nichts weiter als Freunde? Was zum Teufel hielt ihn davon ab, mich einfach zu küssen und wissen zu lassen, woran ich war?

»Habt ihr eigentlich schon immer in Köln gewohnt?«, fragte er unvermittelt.

Ich war in Gedanken noch so mit unseren Lippen beschäftigt und den wundervollen Sachen, die sie gemeinsam anstellen konnten, dass ich ein paar Herzschläge brauchte, um in die Realität zurückzufinden. »Also ich schon.«

»Und deine Eltern?«

Was war das schon wieder für eine Frage? »Wieso willst du das wissen?«

»Mich interessiert alles über dich.«

»Etwa auch der Stammbaum von meinem Hund?«, maulte ich. Er lachte. »Wenn du einen hättest, auch der.« Dann wurde er ernst. »Ich habe dir echt viel von mir erzählt, mehr als irgendjemandem sonst in den letzten zwölf Monaten. Jetzt bist du an der Reihe.«

Es war eine ganz linke Nummer, die er hier abzog – an mein Ehrgefühl zu appellieren –, und seinem Gesichtsausdruck zufolge wusste er es auch. Dennoch blieb mir keine andere Wahl. Er hatte recht, er *hatte* sich mir geöffnet. Und so geheim war die Info über meine Eltern schließlich nicht.

»Mein Vater stammt aus Havixbeck, einem kleinen Ort in Westfalen, und meine Mutter aus Koblenz. Sie sind beide zum Studieren hergekommen und anschließend einfach in Köln geblieben.«

Er formte die Ortsnamen stumm mit seinen Lippen nach, als ob er sie sich einprägen wollte. Das ließ mich jetzt doch misstrauisch werden und erinnerte mich daran, dass er schon einmal ein ungewöhnlich starkes Interesse an meiner Familie gezeigt hat. Wie war noch mal der Name, nach dem er gefragt hatte?

»Hat das was mit deiner Suche an dieser Ade... irgendwas zu tun?«

Er biss sich unwillig auf die Unterlippe. »Kann schon sein«, gab er zögernd zu.

»Und was?«

Christian atmete tief durch und wandte sich mir zu. »Also gut«, sagte er schließlich. »Ich war nicht ganz aufrichtig zu dir.«

Ach.

»Es ist keine große Sache«, schränkte er hastig ein, bevor ich mich darüber aufregen konnte. »Du bist nicht die Allererste, die immun gegen meine Art von Kraft ist. Einer Überlieferung zufolge gab es früher eine Familie, die so war. Sie trugen den Namen Adeleidt. Und als ich dich traf, dachte ich, du wärst vielleicht eine Nachfahrin von ihnen. Aber es sieht nicht so aus.« Ich konnte seinen Gesichtsausdruck bei diesen letzten Worten nicht deuten.

»Ist das jetzt gut oder schlecht?«, fragte ich verunsichert.

»Wie man's nimmt.« Er grinste breit. »*Ich* finde es gut.«

Ich lächelte beruhigt. Das war alles, was ich wissen musste.

Es war erstaunlich, wie leicht es mir fiel, alle meine Bedenken, Vorbehalte und Sorgen in Christians Nähe zu vergessen. Doch sobald ich mich von ihm an meiner Haustür verabschiedet hatte, stürmten all die Fragen, die in meinem Unterbewusstsein lauerten, erneut auf mich ein. Gerade die Sache mit der Familie Adeleidt beschäftigte mich. Wenn ich tatsächlich eine Nachfahrin von ihnen war, würde es zumindest einen Teil des Rätsels erklären, das mich umgab. Und vielleicht sogar auch einen Ansatzpunkt für alles andere liefern.

Egal, wie man es drehte oder wendete, es gab nur eine Person, die mir weiterhelfen konnte.

Ich fand meine Mutter im Esszimmer, wo sie gerade ihren grünen Tee trank und in einer Zeitschrift blätterte.

»Hallo Schatz, wie seid ihr vorangekommen?«, fragte sie und streckte ihre Arme aus, um mich zu drücken.

»Ganz gut«, sagte ich schnell. Es war nicht einmal gelogen. Wir *haben* Fortschritte gemacht, nur nicht mit dem Referat. Ich zog mir einen Stuhl zurecht und setzte mich hin.

»Was ist los?«, fragte sie überrascht.

»Hast du ein paar Minuten Zeit?«, setzte ich unsicher an.

»Natürlich, Schatz.« Sie klappte ihre Zeitschrift zu und musterte mich ernst. »Ist etwas vorgefallen?«

»Nein«, beruhigte ich sie. »Alles in Ordnung. Ich habe bloß ein paar Fragen. Streng genommen sogar nur eine.«

»Okay.« Sie sah mich gespannt an.

»Sind wir irgendwie mit einer Familie Adeleidt verwandt?«, fragte ich geradeheraus.

Ihr Gesicht zuckte kaum merklich. »Wie kommst du darauf?« Sie lächelte, doch es erreichte ihre Augen nicht.

»Nur so.« Ich knetete meine Finger. »Ein Junge in der Schule hat mich das gefragt. Er meinte, ich würde ihn an jemanden erinnern.« Ich hasste es, sie anzulügen, aber ich wollte nicht, dass sie Christian mit dieser Anfrage in Verbindung brachte. Sie schien beunruhigt zu sein, auch wenn ich keine Ahnung hatte, weshalb. Und ich wollte nicht, dass sie sich Sorgen machte, wenn ich mit ihm unterwegs war.

»Nein.« Mama schüttelte entschieden den Kopf. »Ich kenne keine Adeleidts und du bist ganz sicher nicht mit denen verwandt.«

»Okay.« Ich zwang mich zu einem Lächeln. Wieso jagte ihr dieser Name nur so ein Unbehagen ein?

»Sag das diesem Jungen, in Ordnung?«

»Ja, sicher«, winkte ich ab. »Es war ja nur eine Frage.«

Sie zögerte. »Falls er dich danach nicht in Ruhe lässt, gib mir bitte Bescheid.«

»Ich komme schon klar, Ma.«

»Das weiß ich doch.« Sie lächelte erneut und zog mich plötzlich in ihre Arme. »Ich habe dich so lieb, Cara. So unglaublich lieb.«

»Ich dich auch«, erwiderte ich verwirrt.

»Und wenn dir … wenn dir plötzlich etwas komisch vorkommt oder etwas Merkwürdiges passiert … wirst du es mir doch sagen, oder Schatz?«

Etwas Merkwürdigeres als das hier? Sprach sie gerade etwa von meiner Fähigkeit? Oder interpretierte ich einfach zu viel in ihre Worte hinein? Immerhin war das meine Mutter. Der bodenständigste Mensch, den ich kannte.

Ich löste mich aus ihrer Umarmung. »Natürlich, Ma. Wenn ich über etwas reden will, komme ich zu dir.«

Sie musterte mich forschend, dann strich sie liebevoll über meine Wange. »Ist gut, Schatz.«

»Ich geh dann mal an die Hausaufgaben«, murmelte ich und verließ fast schon fluchtartig das Zimmer.

Das eben war die abgedrehteste Unterhaltung, die ich je mit meiner Mutter geführt hatte. Nun hatte ich – wenn möglich – noch mehr Fragezeichen in meinem Kopf und dazu noch das ungute Gefühl, dass meine Mutter mehr wusste, als sie mir gegenüber zugab.

Oben in meinem Zimmer fuhr ich meinen Laptop hoch und tippte die Adresse der Suchmaschine ins Browserfenster. Ich hatte mich in letzter Zeit viel zu viel auf meine eigenen Gefühle und Probleme konzentriert. Es war an der Zeit, dieser ganzen Loreley-Fluch-Zauberkräfte-Sache auf den Grund zu gehen.

Ich zuckte erschrocken zusammen, als Zoe einmal gegen die Tür klopfte und gleich darauf ihren Kopf ins Zimmer steckte. Schnell klappte ich den Bildschirm herunter, der die gesammelten Ergebnisse der letzten Stunde enthielt. Viel Brauchbares war leider nicht darunter, doch ich wollte nicht, dass sie Fragen zu stellen begann, wenn sie merkte, womit ich mich beschäftigte.

»Bereit für eine weitere Übungseinheit?« Gut gelaunt warf sie einen Ball in die Höhe.

Ich verzog das Gesicht. Eigentlich wollte ich mich viel lieber meiner Recherche widmen, auch wenn mein anfänglicher Optimismus bereits verflogen war. Falls die gesuchten Informationen sich irgendwo in den Weiten des World Wide Web verbargen, taten sie es ausgesprochen gut.

Zoe trat vollständig ein und zog die Tür hinter sich zu. »Ich habe ein wenig nachgeforscht«, verkündete sie und ich spitzte die Ohren.

»Worüber denn?«

»Über den Ursprung deiner Kräfte.«

»Und?«

Sie ließ sich auf mein Bett fallen und zog die Beine im Schneidersitz unter sich. »Es ist nicht so einfach, zuverlässige Quellen zu finden beziehungsweise ihre Qualität zu beurteilen. Aber wenn man alle herrschenden Meinungen zusammenfasst, musst du wohl so etwas wie eine Hexe sein.« Sie grinste. »Und ich vermutlich auch. Da das meist in der Familie liegt.«

»Die Sache mit der Familie würde wohl eher gegen deine Theorie sprechen.« Ich deutete demonstrativ nach unten, wo Mama in der Küche klapperte.

»So etwas überspringt schon mal eine Generation oder zwei«, wies Zoe meinen Einwand ab.

»Wir sind also Hexen«, wiederholte ich sinnend. Obwohl der Gedanke nun wirklich nicht neu für mich war, fühlte es sich eigenartig an, das laut auszusprechen.

»Oder Zauberinnen beziehungsweise kundige Frauen«, wenn dir das besser gefällt.

Ich schnaufte. »Es kommt mir wirklich nicht auf die Bezeichnung an. Aber müsste ich dann nicht auch andere Sachen können?« So cool meine Kraft auch sein mochte, zu einer Zauberin oder Hexe gehörte in meiner Vorstellung deutlich mehr.

»Keine Ahnung.« Zoe zuckte mit den Schultern. »Die meisten Foren werden schließlich nur von Möchtegerns betrieben. Ich glaube, dass diejenigen, die wirklich etwas zu sagen hätten, eher im Verborgenen bleiben.«

Das konnte ich gut verstehen. Ich wollte es schließlich auch nicht gerade in alle Welt hinausschreien.

»Auf jeden Fall kann es sein, dass sich deine Kräfte noch entwickeln.« Ihre Augen leuchteten begeistert auf. »Wer weiß, was du alles können wirst, wenn wir genügend trainieren.« Sie warf mir ihren Ball zu, den ich geschickt auffing.

»Du solltest ihn doch erstarren lassen«, sagte sie missbilligend.

»Noch nicht.« Mir war nämlich ein Gedanke gekommen. »Ich habe auch recherchiert«, gestand ich. »Und dabei bin ich auf einen Namen gestoßen, eine Familie namens Adeleidt. Es kann sein, dass sie auch gewisse Kräfte hatten, und auch, dass sie mit uns verwandt sind.«

»Wie kommst du denn darauf?« Zoes Augen wurden ganz groß.

»Als ich Mama vorhin gefragt habe, ob ihr der Name etwas sagt, ist sie ganz merkwürdig geworden. Sie hat es zwar abgestritten, aber ich glaube, sie weiß etwas.«

»Cool!« Meine kleine Schwester strahlte mich begeistert an. »Meinst du, ich sollte sie auch noch mal fragen?«

»Bloß nicht!«, entfuhr es mir erschrocken. »Dann wird sie ja merken, dass wir Verdacht geschöpft haben. Aus irgendeinem Grund will sie es uns ja nicht wissen lassen, also müssen wir erst selbst herausfinden, worum es geht. Dann können wir den Rest von ihr erfragen, wenn sie sich nicht mehr herausreden kann.«

»Ist gut.« Zoe nickte. »Ich hänge mich daran.«

»Danke.« Das war genau das, was ich bezweckt hatte. Vier

Augen sahen mehr als zwei. Und Zoe hatte darüber hinaus Zugriff auf ein paar Recherchedatenbanken, weil sie für die Schülerzeitung schrieb.

»Kein Thema. Ich möchte es ja auch wissen. Und jetzt zeig, was du drauf hast.« Sie streckte die Arme nach ihrem Ball aus.

Ich zögerte. »Ich würde gern etwas anderes ausprobieren.« Bisher hatten wir uns darauf beschränkt, mich unvorbereitet zu erwischen, damit ich instinktiv reagierte. Was mit zunehmender Anzahl an Übungseinheiten immer schwieriger wurde. Inzwischen erschrak ich einfach nicht mehr, wenn ein Ball oder ein Kissen auf mich zusauste. Und Zoes Vorschlag, es doch mal mit schärferen oder härteren Gegenständen – wie Scheren, Steinen oder Blumenvasen – zu versuchen, lehnte ich nach wie vor kategorisch ab.

»Darf *ich* endlich?«, fragte sie begierig.

»Nein!« Ich schüttelte entschieden meinen Kopf. »Auf gar keinen Fall!« Bisher hatte ich mich strikt auf unbelebte Gegenstände konzentriert und mich bemüht, nur das Zielobjekt einzufrieren, nicht aber meine Schwester.

»Menno.« Sie zog eine Schnute. »Und wie willst du dann erfahren, ob man sich gegen die Starre irgendwie wehren kann? Ob es noch immer funktioniert, wenn man weiß, was du kannst?«

»Es ist ja nicht gerade so, als hätte ich vor, ständig Leute erstarren zu lassen.«

»Noch nicht. Wer weiß, was noch kommt.«

»Das Risiko gehe ich ein«, kommentierte ich trocken. »Und zwar deutlich lieber als das schwerwiegender Folgeschäden bei meiner Schwester.«

»Mir passiert schon nichts«, sagte Zoe, wirkte aber nicht mehr ganz so überzeugt. »Was hast du denn stattdessen vor?«

»Ich versuche, mir einfach vorzustellen, ich hätte Angst. Wenn ich mich in die richtige Stimmung versetze, schaffe ich es vielleicht auch so.«

»Einen Versuch ist es wert«, entschied Zoe nach kurzem Nachdenken. »Warte, ich habe irgendwo noch ein altes Spielzeugauto. Das können wir einfach im Kreis fahren lassen und du kannst dich nach Herzenslust austoben.« Sie rannte davon, um das Ding zu holen – eins der wenigen Spielsachen, die sie behalten hat, weil es das Letzte war, was unser Großvater ihr geschenkt hatte. Sie war damals vier gewesen, aber sie hielt es noch immer in Ehren.

Wir übten etwa eine halbe Stunde, bis Mama uns zum Abendessen rief. Und danach noch ein bisschen. Voller Stolz stellte ich fest, dass es tatsächlich funktionierte. Allmählich bekam ich das Gefühl, meine Kraft kontrollieren zu können. Es gelang bei Weitem nicht jedes Mal und leicht war es auch nicht, aber ich war auf dem richtigen Weg. Und was mich fast noch mehr freute, war, dass die Nebenwirkungen immer schwächer wurden. Ich hatte mich kein einziges Mal übergeben müssen und verspürte nur ein ganz leichtes Unwohlsein. Entweder wurde ich stärker oder es lag daran, dass ich meine Kraft jetzt gezielt einsetzte.

»Das reicht für heute«, entschied Zoe schließlich gähnend. Sie hatte sich auf meinem Bett breitgemacht und meine Bemühungen träge verfolgt. Da sie nun nichts mehr nach mir werfen musste, hatte sie den eher langweiligeren Part, doch sie hatte es bisher tapfer ausgehalten.

Ich schaute auf die Uhr. Es war kurz vor neun. »Gehst du schon ins Bett?«

»Nein. Aber ich habe noch ein eigenes Leben.« Sie streckte sich und stand auf. »Ich bin mit Tanja zum Skypen verabredet.«

»Habt ihr euch nicht erst heute in der Schule gesehen?«

»Schon. Aber sie hat morgen Nachmittag ihr erstes Date und wollte noch ihre Outfits mit mir durchgehen.«

»Ein Date?«, entfuhr es mir überrascht. Seit wann hatten die Freundinnen meiner kleinen Schwester Dates?

»Ja.« Zoe verdrehte die Augen. »Sie ist ganz verknallt in so einen Typen aus ihrem Selbstverteidigungskurs. Ich versteh's auch nicht. Aber wenn es sie glücklich macht ...« Sie ließ ihren Satz bedeutungsvoll ausklingen.

Ich atmete erleichtert auf. So wie Zoe sich anhörte, brauchte ich mir bei ihr diesbezüglich noch keine Sorgen zu machen. Was wirklich gut war. Denn Jungs machten das Leben manchmal unglaublich kompliziert.

Ich wusste immer noch nicht, was Christian wirklich von mir wollte, denn er wechselte in Sekundenschnelle zwischen verführerisch und unnahbar. Wieso konnte ich nicht Erik wollen? Mit ihm wäre alles so viel einfacher.

»Ähm, Cara?« Spöttisch wedelte Zoe mit ihrer Hand vor meinem Gesicht. »Ja, genau den Gesichtsausdruck hat Tanja auch immer. Ich geh dann mal besser.«

Ich spürte, wie ich errötete, und schaute ihr ertappt hinterher. Wenn schon meine kleine Schwester es bemerkte, konnte ich es wohl wirklich nicht mehr leugnen. Ich war bis über beide Ohren in Christian verliebt.

Kapitel 9

»Das wird so geil!«, jauchzte Jessie begeistert, als sie ihre Notizen auf meinem Bett ausbreitete.

In einer Woche sollte ihre Geburtstagsparty steigen und zum ersten Mal hatte sie das ganze Haus dafür zur Verfügung. Ihre Eltern verkrümelten sich in irgendeine Pension an der Nordsee und ließen Jessie einzig unter der Aufsicht ihres älteren Bruders zurück.

Aus diesem Grund stand dieses Wochenende im Zeichen der Partyplanung.

»Wie viele darfst du einladen?«, fragte ich neugierig und studierte ihre Liste möglicher Mottos.

»Ich habe meine Eltern auf fünfundzwanzig hochgehandelt. Aber wenn jemand ein paar Freunde mitbringt, kann ich ja nichts für.« Sie grinste breit und zuckte betont unschuldig mit den Schultern.

»Du wirst großen Ärger bekommen, wenn das aus dem Ruder läuft«, warnte ich sie.

»Das ist es mir wert. Schließlich werde ich nur einmal siebzehn. Und die Wahrscheinlichkeit, dass ich in den nächsten zwölf Monaten eine weitere Party schmeißen darf, tendiert eh gegen null.«

»So kann man es auch sehen«, schnaufte ich belustigt. »Hast du dich denn schon für ein Motto entschieden?«

»Nicht ganz.« Sie warf einen zweifelnden Blick auf ihre Liste.»Steinzeit finde ich irgendwie cool oder Superhelden oder Himmel und Hölle. Was meinst du?«

»Superhelden sind inzwischen abgenutzt«, entgegnete ich nachdenklich. »Steinzeit könnte ziemlich aufwendig werden. Und außerdem will ich wirklich nicht *jeden* halb nackt erleben.« Ich schüttelte mich gespielt.

»Von denen, die *ich* einlade, schon«, verkündete Jessie mit einem zufriedenen Grinsen. »Aber du hast recht, das Motto könnte schwierig werden, es hat ja nicht jeder einen Lendenschurz im Schrank herumfliegen.«

»Wer soll denn alles kommen?«

»David, Albert, Mirko, Jasper, Marcel ...«, begann sie ihre Aufzählung.

»Sag doch gleich das ganze Fußballteam«, unterbrach ich sie lachend.

»Nicht nur. Aus der Leichtathletik-Brigade sind auch ein paar dabei.«

»Kommen auch Mädchen oder willst du freie Auswahl bei den Jungs haben?«

Sie streckte mir ihre Zunge heraus. »Manche von ihnen bringen natürlich ihre Freundinnen mit. Und ein paar lade ich auch ein – Kathi, Selma, dich.« Sie musterte mich nachdenklich. »Was ist eigentlich mit Christian?«

Allein beim Klang seines Namens fing mein Herz an, schneller zu schlagen. Konnte es sein, dass es noch schlimmer geworden war, seit ich mir eingestanden hatte, was ich für ihn empfand?

Die Vorstellung von seinem nur mit einem Lendenschurz bekleideten Körper trieb mir die Röte ins Gesicht und raubte mir zugleich den Atem. Ich schluckte. Das war ein Anblick, den ich auf keinen Fall mit irgendjemand sonst teilen wollte. Wenn überhaupt, war der allein für mich reserviert. Wie würde es sich anfühlen, mit ihm zu tanzen? Seine Haut an der meinen zu spüren?

»Cara?«, riss Jessies belustigte Stimme mich aus meinen

Tagträumen.»Das werte ich einfach mal als Ja.« Sie nahm einen Stift und setzte einen Haken hinter seinen Namen.

Ich riss mich zusammen. »Ich kann ihn ja mal fragen, ob er kommen mag. Aber dann brauchen wir definitiv ein anderes Motto. Himmel und Hölle wäre gut.« Wenn er von oben bis unten unter einem unförmigen Hemd verborgen war, würde es mir vielleicht etwas leichter fallen, meine unzüchtigen Gedanken im Zaum zu halten. *Falls* er überhaupt kam. Mein Herz sank. Ich wusste, wie gering die Wahrscheinlichkeit dafür war, wie sehr er andere Menschen mied und dass er gute Gründe dafür hatte. Und plötzlich erschien mir die Party, auf die ich mich noch vor wenigen Minuten so sehr gefreut hatte, trostlos und öde, weil er nicht dabei sein würde.

»Brauchst du Hilfe mit den Einladungen?«, murmelte ich bedrückt.

»Was ist denn mit dir los?«

»Nichts.« Ich lächelte fahrig. »Lass uns weitermachen.«

»Okay.«

Ich atmete auf. Normalerweise hätte sie nicht so einfach lockergelassen, doch die Partyplanung nahm sie voll und ganz in Beschlag.

Wir waren gerade bei der Einkaufsliste, als mein Handy vibrierte. Aufgeregt starrte ich auf den Bildschirm und seufzte enttäuscht, als ich den Absender erkannte. Erik. Natürlich, wer sonst? Dennoch hatte ich für einen Sekundenbruchteil gehofft, dass es Christian war.

Schnell überflog ich Eriks Nachricht. Er schrieb, dass es an seinem Ausgrabungsort nicht halb so toll war, wie man es sich vorstellen mochte, und dass er mich vermisste.

Ich tippte ihm eine kurze Antwort, wünschte ihm trotzdem viel Spaß und gutes Gelingen. Jessies Party erwähnte ich nicht. Vielleicht hätte er es als Einladung aufgefasst und wäre überraschend aufgetaucht.

Ich hätte vor seiner Abreise für klare Verhältnisse sorgen sollen. Dann würde ich mir jetzt nicht wie eine Lügnerin vorkommen, obwohl ich ihm im Grunde gar nichts schuldig war.

»Erik?«, fragte Jessie neugierig.

»Ja.«

»Soll er auch zur Party kommen?«

»Bloß nicht!«, entfuhr es mir erschrocken.

Sie kicherte. »Entspann dich, war nur ein Scherz. Aber wäre doch lustig, Christian und ihn im direkten Vergleich zu sehen.«

»Habe ich schon. Und ich habe kein Interesse an einer Wiederholung.«

»So schlimm?« Sie verzog mitfühlend das Gesicht.

»Sagen wir mal, sie waren sich auf Anhieb unsympathisch.«

»So muss das sein. Immerhin stehen sie auf dasselbe Mädchen.«

»Meinst du wirklich?«, packte ich meine Zweifel zum ersten Mal in Worte.

Sie starrte mich an, als hätte ich den Verstand verloren.

»Bei Christian bin ich mir nicht ganz so sicher«, fügte ich leise hinzu. »Klar, er sucht meine Nähe und verbringt gern Zeit mit mir. Ab und zu sagt er auch ganz tolle Sachen. Aber immer wenn ich denke, er würde mich küssen, zieht er sich wieder zurück. Er textet mir nicht einmal.« Frustriert warf ich das Handy auf mein Bett.

»Vielleicht musst du einfach den ersten Schritt tun«, schlug Jessie vor. »Das ist das 21. Jahrhundert, Baby. Da holen sich die Frauen einfach, was sie wollen.«

»Nein.« Ich schüttelte entschieden meinen Kopf. »Ich würde es nicht überstehen, wenn er mich dann doch nicht will. Außerdem würde ich so nie erfahren, ob er einfach mitmacht, weil die Gelegenheit gerade so günstig ist.«

»Hast recht«, murmelte Jessie zustimmend. »Er ist zwar definitiv nicht 0815, aber nach wie vor ein Kerl.« Sie atmete tief durch. »Dann müssen wir eben dafür sorgen, dass du so unwiderstehlich bist, dass ihm keine andere Wahl bleibt, als sich unsterblich in dich zu verlieben, falls er es nicht ohnehin schon ist. Wir fahren Montag nach der Schule in den Kostümverleih und lassen uns ein wenig inspirieren.«

»Danke.« Ich drückte sie fest an mich. Jetzt musste ich nur noch dafür sorgen, dass Christian auch wirklich zu der Party kam.

Ich hatte gerade die Haustür hinter Jessie geschlossen, als Zoe aufgeregt auf mich zusprang. Sie war direkt nach dem Frühstück irgendwohin losgeradelt und erst vor einer halben Stunde heimgekehrt.

»Ich muss dir was zeigen!«, raunte sie. Ich sah ihr an, wie schwer es ihr gefallen sein musste, ihre Neuigkeit während Jessies Anwesenheit für sich zu behalten.

Sie nahm meine Hand und zog mich förmlich die Treppe nach oben in ihr Zimmer.

»Hier!« Triumphierend hielt sie mir eine Fotokopie entgegen.

»Was ist das?« Neugierig schaute ich auf das Blatt. Ein paar Zeilen hatte Zoe mit einem gelben Marker unterstrichen. Der Name *Adeleidt* sprang mir ins Auge und ich sog scharf die Luft ein.

»Eine Seite aus dem Buch *»Die Geschichte der rheinländischen Hexerei«*. Ich durfte es leider nicht ausleihen. Aber soweit ich feststellen konnte, stand da zu diesem Thema ohnehin nicht mehr drin.« Sie wirkte überaus selbstzufrieden.

»Woher hast du das?«, fragte ich fassungslos.

»Aus der Bibliothek.« Sie fuhr sich affektiert durch die Haare. »Es findet halt nicht alles im Internet. Ab und zu muss man auch zu einem richtigen Buch greifen.«

Ich lachte und drückte meine kleine Schwester fest an mich, dann setzte ich mich hin, um ihren Fund zu studieren. Besonders viel stand da leider nicht drin. Nur dass im frühen 17. Jahrhundert eine Frau namens Adeleidt einen der mächtigsten

Hexenzirkel in der Geschichte der Region gegründet haben sollte. Ihr wurden viele – sowohl gute als auch schlechte – Taten nachgesagt. Zu ihr kamen Frauen, wenn sie Rache an Rivalinnen und Ehebrecherinnen nehmen wollten oder Hilfe brauchten, wenn ihr Gatte verstarb.

Diese Machenschaften konnte die Kirche natürlich nicht lange dulden. Mit einem Großaufgebot der Inquisition wurde der Zirkel nur zwei Jahre nach seiner Gründung zerschlagen. Die meisten der Mitglieder fanden auf dem Scheiterhaufen ihren Tod. Nur Adeleidt und ihrer kleinen Tochter gelang im letzten Moment die Flucht. Manche behaupteten, die beiden Hexen hätten sich einfach in Luft aufgelöst, andere, sie wären auf den Schwingen des Teufels davongeflogen. Auf jeden Fall hatte man sie nie wieder gesehen.

Nachdenklich hob ich meine Augen und sah Zoe an.

»Und, was meinst du?«, fragte sie eifrig.

»Das ist echt cool. Wir wissen jetzt, dass es sie wirklich gab. Und dass sie tatsächlich eine mächtige Hexe war. Das Einzige, was wir nicht wissen, ist, ob sie etwas mit uns zu tun hat …«

»Vielleicht doch.« Zoes Augen funkelten geheimnisvoll.

»Häh?« Diesem Gedankengang konnte ich nicht folgen.

»Da steht, sie hätte sich *in Luft aufgelöst*.« Zoe tippte mit dem Finger auf das Blatt.

»Ja, und?«

»Ach ja, du hast es nicht selbst gesehen!« Sie schlug sich mit der flachen Hand auf ihre Stirn.

»Was denn?«

»Weißt du noch, als ich dich das erste Mal deine Kraft gebrauchen sah, damals in der Mensa? Da ist mir genau das durch den Kopf gegangen. Dass du dich einfach in Luft aufgelöst hast.«

»Du meinst …?« Allmählich dämmerte mir, worauf sie hinauswollte.

»Ja. Was ist, wenn sie die Zeit angehalten hat und dann ganz entspannt vom Scheiterhaufen spaziert ist, ohne dass es jemand bemerkte?«

»Hmm.« Ich kaute auf meiner Unterlippe. »Es wäre denkbar.«

Natürlich hatten wir keinerlei Beweise für diese Hypothese. Und selbst, wenn es stimmte, bedeutete es nicht, dass sie unsere Urahnin sein musste, immerhin konnte das auch eine weitverbreitete Fähigkeit bei Hexen sein – was wussten wir schon? Aber es war immerhin ein Anfang.

»Ich bleib dran«, versprach Zoe mir optimistisch. »Hast du jetzt Zeit für eine Runde Training?«

Gerührt sah ich meine kleine Schwester an, die sich so für mich reinkniete. »Danke.«

»Ja, schon gut«, winkte sie ab. »Das ist so viel spannender als mein Bioprojekt.« Sie deutete auf ihre Fensterbank, auf der irgendwelche Körner in einer Glasschale vor sich hin keimten.

»Du sollst aber nicht deine Sachen meinetwegen vernachlässigen.«

»Keine Sorge, mache ich nicht. Morgen ist ja auch noch ein Tag. Und wer weiß schon, wofür es gut ist, eine echte Hexe als Schwester zu haben?« Sie grinste. »Ich hoffe, du erinnerst dich hier dran, wenn ich dich eines Tages bitte, jemanden in eine Kröte für mich zu verwandeln.«

Ich knuffte sie spielerisch in die Seite. »Solange es nichts weiter ist als das.«

Lachend stellte sie ihr Auto auf den Boden. Dann positionierte sie Klopfer, einen alten Plüschhasen, der ständig mit den Beinen trommelte, wenn man ihn einschaltete, etwa zwei Schritte davon entfernt. Anschließend schaute sie sich suchend im Zimmer um, schaltete ihren MP3-Player ein und legte ihn in die hinterste Ecke. »Wenn du den kaputt machst, kaufst du mir einen neuen«, warnte sie mich.

»Was soll das überhaupt werden?«

»Ich möchte deine Zielgenauigkeit trainieren. Schaffst du es zum Beispiel, alle drei Dinge gleichzeitig anzuhalten und auch jedes einzelne nach Wunsch?«

»Das ist jetzt nicht dein Ernst, oder? Ich bin schon froh, dass es mir mit einem Teil gelingt.«

»Nicht rummaulen, machen«, kommandierte sie und ließ sich schwungvoll nach hinten auf ihr Bett fallen.

Ich streckte ihr die Zunge heraus, wandte mich dann aber doch der gestellten Aufgabe zu. Sie hatte recht. Ich musste wissen, wozu ich in der Lage war – und wozu nicht.

Da ich jetzt mehrere Dinge auf einmal aufhalten sollte, stellte ich mich in die Mitte des Raumes, schloss die Augen und stellte mir vor, dass überall um mich herum unbekannte Schrecken lauerten. Dann ließ ich meine Hände mit ausgestreckten Fingern nach vorn schnellen. Stille breitete sich aus.

Zufrieden hob ich meine Lider. Sowohl die Spielsachen als auch der Player waren verstummt. Triumphierend drehte ich mich zu Zoe um, die halbaufgerichtet auf dem Bett hing.

»Verdammt!« Ich hatte sie doch erwischt. Sie wollte sich vermutlich gerade aufsetzen, um besser sehen zu können, als mein Zauber sie ereilte. Sie sah lustig aus, so mitten in der Bewegung erstarrt. Ich wusste, wenn ich jetzt an ihr zerrte, würde ich den Bann lösen. Aber was war, wenn ich nur ein paar Kleinigkeiten änderte? Vorsichtig zog ich ihr das Haargummi heraus und zerzauste ihre strohblonden Haare. Wild fielen die Strähnen ihr ins Gesicht, doch der Rest von ihr blieb festgefroren. Das brachte mich auf eine weitere Idee. Ich konzentrierte mich auf den Wunsch, sie zu befreien, jedoch nicht die Testobjekte, und drückte vorsichtig ihre Schulter.

Zoes Körper schoss nach vorn und beinah wäre sie mit ihrer Stirn gegen meine gekracht.

»Ah!«, schrie sie entgeistert auf und kämmte sich hastig die Haare aus den Augen. »Mensch, Cara! Tu das ja nie wieder. Du hast mich voll erschreckt.«

»Sorry.« Ich grinste. »War aber echt witzig.«

»Für dich vielleicht«, maulte Zoe. Dann setzte sie sich ganz auf und schaute überrascht an mir vorbei. »Hast du die ausgeschaltet?«

»Nein«, verkündete ich stolz. »Die sind noch immer eingefroren. Ich habe nur dich befreit.«

»Ich wusste gar nicht, dass so was geht.«

»Ich auch nicht.«

»Cool! Gleich noch mal. Aber bitte, ohne mich zu erschrecken.«

»Vielleicht sollte ich es sowieso lieber ohne dich tun, was meinst du? Ich will dich ja nicht immer wieder erstarren lassen.«

Sie zog eine Schnute. Dann hellte sich ihr Gesicht plötzlich auf. »Gut, aber dann lasse ich dir meine Kamera da. Ich möchte schließlich nichts verpassen.«

»Ich weiß nicht, ob es so schlau wäre, das aufzuzeichnen. Was, wenn jemand die Aufnahmen zufällig sieht?«

Sie schnaufte. »Dann würde derjenige wohl denken, dass ich mein Schneideprogramm nicht wirklich beherrsche, bei den miserablen Sprüngen im Bild.«

Ich grinste kopfschüttelnd. »Du hast wohl für alles eine Antwort.«

»Klar. Dafür sind kleine Schwestern doch da.«

Auch wenn ich wusste, wie armselig das war, starrte ich den ganzen Sonntag über immer wieder auf mein Handy, in der Hoffnung, dass eine Nachricht von Christian einging. Ich erkannte mich gar nicht wieder. Wann war ich zu so einem schmachtenden Häufchen Elend verkommen?

Zweimal war ich sogar drauf und dran gewesen, ihm selbst eine Nachricht zu schicken. Ihn zu fragen, was er so tat, ihn wissen zu lassen, dass ich an ihn dachte. Nur der kümmerliche Rest meines Selbstwertgefühls hielt mich davon ab, ihn unter einem fadenscheinigen Vorwand um ein Treffen zu bitten.

Dementsprechend mies war auch meine Laune, als ich am Montag in der Schule erschien. Einerseits freute ich mich darauf, ihn endlich wiederzusehen, und war gespannt, was der Tag uns so bringen würde. Gleichzeitig war ich verstimmt, dass er sich nach dem fantastischen Freitagnachmittag nicht mehr bei mir gemeldet hatte.

Ich trödelte extra lange vor den Schließfächern herum, in der Hoffnung, einen Blick auf ihn zu erhaschen, bis Jessie mich schließlich mit sich fortzog.

»Er ist offensichtlich nicht da«, zischte sie mir zu, »Oder bereits in der Klasse. Los jetzt, du kommst zu spät zum Unterricht.« Sie schubste mich in die richtige Richtung, während sie selbst zu ihrem eigenen Kurs davoneilte.

Sie hatte recht. Ich würde ihn noch früh genug treffen.

Und das brachte mich zu der Frage, ob ich ihm verraten sollte, was ich über diese Adeleidt herausgefunden hatte. Und dass ich eventuell, unter Umständen, möglicherweise doch irgendwie mit ihr verwandt war.

Würde es einen Unterschied für ihn machen? Immerhin fand er es gut, dass ich es höchstwahrscheinlich nicht war. Würde ich nur für nichts und wieder nichts einen Keil zwischen uns treiben, wenn ich diese Möglichkeit ansprach?

Nein. Das Risiko war mir zu groß. Außerdem verriet er mir auch nicht alles. Ich würde mich ihm anvertrauen, aber erst, wenn ich die Hintergründe verstand. Und wenn ich wusste, was er für mich empfand.

In der ersten großen Pause hielt ich erneut vergeblich nach ihm Ausschau.

»Im Unterricht war er vorhin noch da«, sagte Jessie mitfühlend.

Ein flaues Gefühl breitete sich in meiner Magengrube aus. Konnte es sein, dass er mir gezielt aus dem Weg ging? Aber wieso?

»Wir sehen uns später«, raunte ich Jessie zu, schnappte meine Tasche und rannte los.

»Wohin willst du?«, rief sie mir verwundert hinterher.

»Ich muss mit ihm reden!«, gab ich über meine Schulter zurück. Wenn ich ihn nicht in seinem Versteck traf, würde ich ihn anrufen und seine Mailbox vollquatschen. Mir war egal, wie anhänglich das wirken würde. Er *hatte* mit mir geflirtet, hatte Andeutungen gemacht. Ich bildete mir ganz gewiss nicht bloß ein, dass da etwas zwischen uns war. Was auch immer dieses Etwas sein sollte.

Atemlos erreichte ich die Hecke und bremste abrupt ab, als ich seine Stimme hörte. War er etwa nicht allein? So leise wie möglich schlich ich näher.

»Ich muss es wissen«, sagte er gepresst. »Es ist mir egal, ob es gegen Ihre Richtlinien verstößt.« Ich hörte die Macht in seiner Stimme. Hier legte er es ganz offensichtlich darauf an, jemandem seinen Willen aufzuzwingen. Was konnte ihm so wichtig sein, dass er dafür seine Prinzipien vergaß? »Ja. Cara Müller«, sagte er und mein Blut gefror. »21. November 2000.« Mein Geburtstag. Wenn ich noch irgendeinen Zweifel gehabt haben sollte, dass er über mich sprach, war der nun restlos verflogen.

Wutentbrannt rauschte ich um die Ecke und funkelte ihn fassungslos an.

»Cara.« Seine Gesichtszüge entgleisten ihm für einen Moment. Hastig steckte er sein Smartphone weg. Er hatte also mit jemandem telefoniert. Über mich!

»Was war das eben?«, fuhr ich ihn anklagend an. »Spionierst du mir etwa nach?«

»Wie kommst du denn darauf?« Er lächelte, doch ich bemerkte die Nervosität in seinem Blick.

»Ich habe meinen Namen gehört und mein Geburtsdatum. Und dass du irgendetwas ganz dringend wissen willst.«

»Hast du mich etwa belauscht?«

»Lenk jetzt ja nicht vom Thema ab!«, brüllte ich ihn an. Ich hatte keine Ahnung, was hier vorging, doch ich fühlte mich hintergangen und verletzt.

»Du … Du verstehst das völlig falsch.« Er klang wieder viel sicherer und beinahe kaufte ich es ihm sogar ab. »Lass es mich dir erklären.« Er setzte sich auf die Bank und klopfte einladend auf den Platz neben sich.

Ich verschränkte meine Arme und blieb demonstrativ stehen.

»Es sollte eine Überraschung werden«, setzte er an. Dann brach er abrupt ab, schüttelte seinen Kopf und fuhr sich mit den Händen über das Gesicht. Als er wieder aufschaute, war sein Blick ruhig und ernst, fast schon feierlich. »Ich habe dir versprochen, dass ich dich nicht anlügen würde«, sagte er fest. »Und daran werde ich mich halten.«

O-kay. Das war schon mal ein guter Anfang. Gespannt wartete ich darauf, was nun folgen würde. Doch er blieb stumm. Ich brauchte ein paar Herzschläge, um zu begreifen, dass er dem tatsächlich nichts mehr hinzufügen wollte.

»Das ist jetzt nicht dein Ernst!«, schrie ich fassungslos. »Du willst mich nicht anlügen und deshalb sprichst du jetzt gar nicht mehr mit mir? Mal wieder!« Meine Stimme wurde dabei immer lauter.

»Nicht gar nicht, nur nicht darüber«, korrigierte er mich sanft.

Ich konnte ihn bloß anstarren. Wenn das ein Scherz sein sollte, entging mir die Pointe vollkommen. Glaubte er ernsthaft, dass ich mich damit abspeisen lassen würde?

»Bitte, Cara«, sagte er flehend. »Du musst mir vertrauen.«

»Vertrauen?«, schnaubte ich. »So wie du mir vertraust?«

Besänftigend streckte er seine Arme nach mir aus, doch ich wich zurück.

Ein gekränkter Ausdruck trat auf sein Gesicht. »Du bist nicht fair. Ich habe dir mehr anvertraut als jemals einem Menschen vor dir. Und gerade jetzt hätte ich dich anlügen können, doch ich habe mich für die Wahrheit entschieden.«

»Schöne Wahrheit«, höhnte ich, die Arme noch immer vor der Brust verschränkt, obwohl seine Worte mich nicht ganz ungerührt ließen.

Ich sah Ärger in seinen wunderschönen Augen blitzen, doch er beherrschte sich. »Ich habe dir alles erzählt, was ich dir im Moment erzählen kann. Und ich schwöre dir, dass dir aus dem Rest kein Schaden entstehen wird.«

»Und warum sagst du mir dann nicht einfach alles?«, fragte ich leise.

Er zögerte. Ich hielt meinen Atem an und sackte enttäuscht zusammen, als er schließlich den Kopf schüttelte. »Nein«, sagte er bedauernd. »Ich kann nicht. Noch nicht. Erst, wenn ich die letzte Antwort kenne.«

Eine Antwort, die irgendetwas mit mir zu tun hatte. Auf die auch ich ein Anrecht hatte, selbst wenn ich die Frage dazu nicht kannte. »Wir können auch gemeinsam nach der Antwort suchen«, machte ich noch einen Versuch.

»Nein«, wiederholte er und biss entschlossen die Kiefer zusammen. Dann atmete er tief durch. »Es ist, wie es ist, Cara. Akzeptiere es oder lass es bleiben«, schnaubte er finster.

»Was soll das heißen?«

»Ich mag dich. Sehr sogar. Aber entweder respektierst du meine Entscheidung, dass ich dir jetzt noch nicht alles sagen kann, oder unsere Wege werden sich leider trennen.«

»Ist das etwa ein Ultimatum?« Versuchte er, mich unter Druck zu setzen? Was glaubte er eigentlich, wer er war?

»Nein. Eine Tatsache.« In seinem Gesicht arbeitete es, während er auf meine Antwort wartete. Ich sah die Hoffnung und die Angst darin, die mich tief im Inneren rührten. Er hatte das nicht leichtfertig gesagt. Und ich wusste nicht, wie ich mich entscheiden sollte.

Sollte ich ihm wirklich den Rücken zukehren, weil er mir nicht alle seine Geheimnisse verriet? Immerhin wusste ich, dass er welche besaß. Und das war mehr, als er von mir behaupten konnte. Durfte ich ihm überhaupt einen Vorwurf machen? Wer im Glashaus saß, sollte bekanntlich nicht mit Steinen werfen, oder?

Ich seufzte. Er verheimlichte mir etwas. Und dennoch vertraute ich ihm – so verrückt sich das auch anhörte. Ich fühlte mich sicher bei ihm. Und die Vorstellung, sich in Zukunft von ihm fernzuhalten, nicht mehr sein Lächeln zu sehen, das mir das Herz erwärmte und meinen Bauch zum Kribbeln brachte, war mehr, als ich ertragen konnte. Außerdem würde ich niemals erfahren, was er vor mir verbarg, falls er tatsächlich den Kontakt zu mir abbrach.

Ich redete mir ein, dass dieses letzte Argument ausschlaggebend für meine Entscheidung war, damit ich in meinen eigenen Augen nicht ganz so erbärmlich wirkte. Aber Tatsache war, dass ich es einfach nicht übers Herz brachte, ihn auf keinen Fall verlieren wollte.

»Cara?«, fragte er nach.

Ich nickte langsam. »Ich werde dich damit in Ruhe lassen, vorerst.«

Er lächelte mich auf diese ganz besondere Weise an. »Danke«, sagte er schlicht und in seiner Stimme klangen all die Empfindungen mit, die er nicht in Worte fassen wollte. Ich spürte, wie viel es ihm bedeutete, dass er mir wichtig genug war, um allen Vorbehalten zum Trotz seine Freundin zu bleiben.

Er räusperte sich und unterbrach unseren Blickkontakt, bevor ich mich gänzlich darin verlieren konnte.

»Was wolltest du eigentlich hier? Hast du mich gesucht?«

»Ähm, ja.« Es fiel mir schwer, mich an den ursprünglichen Grund zu erinnern. »Jessie gibt am Freitag eine Party«, sagte ich schnell, weil ich auf keinen Fall zugeben wollte, dass ich ihn einfach nur vermisst hatte und erfahren wollte, ob es ihm genauso ging.

»Eine Party?«

»Ja. Ich soll dich fragen, ob du auch kommen magst.«

»Möchtest du denn, dass ich komme?«

»Oh ja!«, die Worte kamen aus meinem Mund heraus, bevor ich darüber nachdenken konnte. Das Blut schoss mir ins Gesicht. »Ich meine, es wäre nett«, stotterte ich.

Christian schmunzelte und angelte nach meiner Hand. »Ich komme gern.«

»Wirklich?« Erst jetzt wurde mir bewusst, wie wenig ich damit gerechnet hatte.

Er zögerte verunsichert. »Ich dachte, du würdest das wollen.«

»Schon.« Ich senkte verlegen meinen Blick. »Sehr sogar«, fügte ich in einem Anflug von Übermut hinzu und kam mir vor, als würde ich auf einem Seil über einem Abgrund balancieren. Noch nie hatte ich mit ihm über meine Gefühle gesprochen, auch wenn sie vermutlich nicht zu übersehen waren.

»Aber?«

»Aber ich weiß, wie sehr du Menschenmengen verabscheust …« Ich wollte nicht, dass er sich nur meinetwegen in eine für ihn unangenehme Situation begab.

»Wirst *du* da sein?«, unterbrach er mich sanft.

»Ja.«

»Das ist alles, was ich wissen muss, Cara.« Er nahm erneut meine Hand und streichelte zärtlich mit seinem Daumen darüber.

Ich schmolz dahin. Alles in mir drängte danach, mich an ihn zu schmiegen, seine Arme um meinen Körper zu spüren und seine Lippen auf den meinen.

Ich sah, wie seine Brust sich mit seinem Atem hob und senkte, viel zu schnell, im gleichen erregten Rhythmus wie die meine. Ich schluckte.

Plötzlich stand Christian bei mir, so nah, dass ich die Wärme seines Körpers spüren konnte und sein frischer Duft nach Sonne, Wind und Meer in meine Nase stieg. Wie hypnotisiert hob ich ihm mein Gesicht entgegen, jetzt würde er mich küssen, er musste es einfach tun.

Seine Hand legte sich an meine Wange, sein forschender, fragender Blick suchte den meinen. Mein Herz trommelte mir bis zum Hals, als ich meine Arme zögernd um seine Schultern schlang.

Die Zeit schien stillzustehen, als sich sein Mund ganz langsam dem meinen entgegensenkte. Die Schulglocke bimmelte. Die Pause war zu Ende. Mir war das so was von egal.

Christian sprang so abrupt von mir zurück, als hätte er sich verbrannt.

»Es ... es tut mir leid«, stammelte er erschrocken.

»Was ist los?«, fragte ich verwirrt und versuchte gar nicht erst, meine Enttäuschung zu verbergen.

»Gar nichts.« Er lächelte gekünstelt. »Der Unterricht fängt an, wir sollten reingehen.«

Wie erstarrt blieb ich stehen. Sollte es das jetzt etwa gewesen sein?

Als würde er meine Irritation gar nicht bemerken, wandte er sich abrupt ab und setzte sich in Bewegung.

Schweigend folgte ich ihm zur Schule zurück.

Er wirkte völlig cool, als wäre eben nichts Besonderes zwischen uns vorgefallen. Hatte ich mir den Beinahe-Kuss etwa nur eingebildet? Hatte ich die Situation falsch eingeschätzt?

Nein, ausgeschlossen. Er *hatte* meine Hand gehalten und meine Wange gestreichelt. Und er hätte mich geküsst, wenn ...

Ja, was eigentlich? Wenn die Stunde nicht angefangen hätte? Das konnte ich mir kaum vorstellen. Es musste noch einen anderen Grund geben, weshalb er sich im letzten Moment immer wieder zurückhielt. Weshalb er Abstand zu mir wahrte. Und was auch immer es war, ich würde es herausfinden.

»Kommt Christian zu meiner Party?«, fragte Jessie aufgeregt in der Mittagspause.

»Ich glaube schon«, erwiderte ich unsicher. Er hatte zwar zugesagt, aber das war, bevor er von mir zurückgewichen war, als wäre ich der Teufel höchstpersönlich.

»Was soll das heißen?«

»Frag ihn doch selbst«, schlug ich ausweichend vor, da Christian gerade in die Mensa trat.

Ich nahm an, dass er sich mal wieder die Haare geschnitten hatte, denn ich hatte ihn vorhin flüchtig in Richtung der Jungentoilette verschwinden sehen. Gespannt wartete ich ab, ob er sich mit seinem Essen nun zu uns gesellen würde.

»Was ist eigentlich mit seinem Auge passiert?«, raunte Albert. Er gehörte zum Orga-Team einer anstehenden Benefizveranstaltung und war wegen eines Treffens von Erdkunde entschuldigt worden. Daher hatte er Christian noch gar nicht gesehen.

»Hast du etwa nicht gehört, was Melissa am Freitag angestellt hat?«, gab Jessie zurück.

»Doch, heute Morgen. Aber ich hätte nicht gedacht, dass da etwas dran wäre. Ich meine, wie hoch ist die Wahrscheinlichkeit, dass Marcel Christian und sie bei einer wilden Knutscherei überrascht und sich die Jungs bis aufs Blut um sie prügeln?«

»Null«, bestätigte ich. »Aber die, dass sie sich Christian an den Hals schmeißt, in dem Moment, als Marcel vorbeikommt, und dieser sich daraufhin Fäuste schwingend auf Christian wirft, dafür umso höher.«

»Nicht dein Ernst!« Sensationslust spiegelte sich in Jessies Miene.

»Doch. Genauso ist es passiert.«

»Und das weißt du, weil …?«

»Christian es mir erzählt hat.«

»Er erzählt dir viel.« Sie hob bedeutungsvoll ihre Brauen.

Leider nicht genug. Aber das konnte ich ihr natürlich nicht sagen.

»Psst, er kommt her«, flüsterte Albert und wir verstummten.

Unsicher blickte ich Christian entgegen. Hatte er das, was in der großen Pause geschehen war, einfach abgehakt? Wollte er so tun, als wäre nichts gewesen?

»Darf ich mich zu euch setzen?«, fragte er leise.

»Sicher.« Jessie und Albert rückten sofort ihre Tabletts, um ihm auf dem Tisch Platz zu machen.

Unauffällig schaute ich mich um. Von den Nachbartischen wurden uns hie und da neugierige oder neidische Blicke zugeworfen, doch es schien sich im Rahmen zu halten. Offensichtlich nutzte sich selbst Christians Effekt mit der Zeit ein wenig ab. Auch im Unterricht störte sich keiner mehr daran, dass er seine Antworten schriftlich mitteilte. Meine Augen wanderten weiter, bis ich Melissa entdeckte, die starr auf ihren Teller blickte, scheinbar ohne uns auch nur zu bemerken.

Meine Augen wurden rund. Da hatte er ganz offensichtlich nachgeholfen.

»Ich hatte heute Morgen ein kurzes Gespräch mit ihr«, bestätigte er meinen Verdacht, als wüsste er genau, was in meinem Kopf vorging.

»Aber du wolltest doch nicht! Was ist mit den Folgeschäden?«, entfuhr es mir erschrocken. Es gefiel mir nicht, dass er seine Kraft bewusst gegen sie einsetzte.

»Ich hatte keine andere Wahl«, erwiderte er düster. »Aber ich habe mich bemüht, ihre Gefühle nicht zu verletzen«, fügte er bedeutungsvoll hinzu.

Ich hatte ganz vergessen, dass Jessie und Albert unserer geflüsterten Unterhaltung lauschten und meine Aufregung nicht nachvollziehen konnten. Ich nickte knapp und ließ das Thema auf sich beruhen. In Anwesenheit meiner Freunde hatte ich ohnehin keine andere Wahl.

»Kommst du zu meiner Party?«, fragte Jessie aufgeregt. Melissas merkwürdiges Verhalten schien sie nicht die Bohne zu interessieren.

»Sicher. Hat Cara das nicht gesagt?« Er sprach betont monoton und leise mit ihr und es schien tatsächlich zu funktionieren.

Sie hing zwar förmlich an seinen Lippen, ergab sich aber zumindest nicht vollkommen ihrer Verzückung.

»Sie war sich nicht ganz sicher«, gab Jessie offen zurück und ich trat ihr spürbar vors Schienbein. Obwohl ich es ihr vermutlich nicht verübeln konnte, dass ihm gegenüber ihr Beste-Freundin-Spürsinn versagte.

»Wieso denn das?« Seine Augen richteten sich beunruhigt auf mich. »Ich habe doch gesagt, dass ich kommen würde.«

»Schon. Aber das war, bevor …« Ich verstummte errötend, was Jessies Neugier natürlich umso mehr anstachelte.

»Ich komme gern«, bestätigte er mit Nachdruck. Und ich bekam das Gefühl, dass er noch mehr gesagt hätte, wenn wir unter uns gewesen wären. Andererseits hatte er diese Chance vorhin gehabt, ohne dass er den Mund aufgemacht hätte.

»Sehr schön!« Jessie strahlte ihn an und übernahm dankenswerterweise die Gesprächsführung. »Das Motto lautet Himmel und Hölle. Verkleidung ist Pflicht.«

»Oh. Und als was gehst du, Cara?«

»Ich weiß noch nicht.« Ich war viel zu verwirrt, um einen klaren Gedanken zu fassen. Christians Nähe brachte mich wie immer völlig aus dem Konzept. Wobei ich mich ihm diesmal sowohl an den Hals werfen als auch ihn so lange schütteln wollte, bis er mir alles erklärte.

Was er mir verheimlichte.

Was genau er zu Melissa gesagt hat. Ob er so etwas öfter tat, als ich bisher angenommen hatte.

Und, last but not least, wieso in Dreiteufelsnamen er mich vorhin nicht einfach geküsst hatte.

»Wir ziehen nachher los, um unsere Kostüme auszusuchen«, erzählte Jessie gut gelaunt.

»Oh, dann darf man also gespannt sein.«

»Und wie!«, trällerte sie.

Ich hörte kaum noch zu, sondern stocherte lustlos in meinem Salat.

»Was ist los, Cara?« Ich zuckte zusammen, als Christian seine Hand auf die meine legte. Eigentlich sollte ich mich inzwischen daran gewöhnt haben, so von ihm berührt zu werden, aber ich war es nicht. Es fühlte sich immer wieder aufs Neue wunderschön und einzigartig an. Doch dieses Mal würde ich mich davon nicht beeinflussen lassen.

»Nichts.« Ich entzog ihm meine Finger.

»Cara?« Nun klang er ernsthaft verunsichert. »Habe ich dir etwas getan?«

Leider nicht. Im Gegenteil. Es ging darum, was er *nicht* getan hatte. »Nein, alles okay.« Ich lächelte schwach und wusste, dass es nicht besonders überzeugend wirken konnte.

Er runzelte die Stirn. »Können wir uns nach der Schule treffen?«

»Nein.« Es bereitete mir plötzlich eine kindische Freude, ihn ein wenig zappeln zu lassen. »Du hast doch gehört, dass ich mit Jessie verabredet bin.«

»Gut, dann eben jetzt.« Entschlossen packte er meine Hand und zog mich mit sich hoch.

»He!«, protestierte ich, zwischen Empörung und Freude hin- und hergerissen. Meine kleine Verstimmung schien ihn stärker mitzunehmen, als ich zu hoffen gewagt hätte.

»Bitte, Cara«, beschwor er mich. Wir zogen schon wieder zu viel Aufmerksamkeit auf uns. »Wir müssen reden.« Ohne meine Antwort abzuwarten – oder meinen Arm loszulassen –, setzte er sich in Bewegung.

»Aua!«, beschwerte ich mich, mehr aus Trotz denn vor Schmerz. Sofort blieb er stehen und lockerte seinen Griff.

Christian atmete tief durch und ich bekam das Gefühl, dass die Situation für ihn auch nicht gerade einfach war. Womöglich sogar schwieriger als für mich.

»Cara?«, fragte Jessie hinter mir besorgt. Ich drehte mich um und lächelte ihr aufmunternd zu. Ich wollte nicht, dass sie glaubte, er würde mich zu irgendetwas zwingen.

Alle anderen, die uns neugierig beobachteten, brachte Christian mit einem grimmigen Blick dazu, sich wieder ihren eigenen Dingen zuzuwenden. Wenn ich es nicht besser wüsste, hätte ich meinen können, selbst seine Augen besäßen Zauberkraft. Vielleicht lag es aber auch nur an seiner Gesamterscheinung. Ungeduldig wartete er meine Entscheidung ab.

»Ach, was soll's.« Ich nahm seine Hand. »Lass uns gehen.«

Noch nie zuvor war ich mir der Blicke meiner Mitschüler so bewusst wie in diesem Moment, als wir Hand in Hand die Mensa verließen. Fast die halbe Schule war hier versammelt. Da würde kein Abstreiten mehr helfen.

So cool ich mich nach außen gab, so zittrig waren meine Knie, während Christian mich aus dem Raum heraus und in die Jungentoilette lotste.

»Echt jetzt?«, prustete ich, als er die Tür hinter mir verriegelte.

»Nachdem du mich hier überrascht hast, habe ich mir beim Hausmeister den Schlüssel besorgt.«

Ich fragte nicht nach, wie genau er das angestellt hatte, konnte es mir aber ziemlich gut vorstellen. »Machst du das eigentlich oft?«

»Mädchen auf die Toilette mitnehmen?« Er hob belustigt eine Augenbraue.

Ich wusste, wie zweideutig das klang, doch ich ließ mich nicht davon irritieren. »Nein. Deine Stimme zu deinem Vorteil missbrauchen.«

Er senkte betreten den Blick. »Hin und wieder«, gab er widerstrebend zu. »Aber nur bei Kleinigkeiten.«

»So fängt es immer an. Und wo willst du irgendwann die Grenze ziehen?«

»Du verstehst das nicht!«, entfuhr es ihm aufgebracht. »Diese *Gabe* macht mein Leben zur Hölle. Wieso sollte sie mir nicht im Ausgleich ein paar Vorteile bescheren?«

»Weil es falsch ist«, erklärte ich fest. »Außerdem scheint mir dein Leben nicht *so* furchtbar zu sein.«

»Weil du keine Ahnung hast.«

Als ob das meine Schuld wäre. »Und was genau weiß ich bitte schön nicht?«

»Wie gern ich dich küssen würde, zum Beispiel.«

»Was?« Vor Überraschung blieb mir der Mund offen stehen. *Damit* hatte ich jetzt wirklich nicht gerechnet.

»Du hast mich schon verstanden«, raunte er. Seine Atmung beschleunigte sich. Genauso wie mein Herzschlag. Von einer Sekunde auf die nächste schlug die Stimmung zwischen uns vollständig um.

»Und warum tust du es nicht?«, wisperte ich und trat unwillkürlich einen Schritt näher.

»Weil es unklug wäre.« Er legte seine Hand auf meine Wange und lehnte seine Stirn gegen die meine, bis sich unsere Nasenspitzen berührten.

Ich schluckte. Sein heißer Atem strich über meine Lippen und das Herz drohte in meiner Brust vor Sehnsucht, Aufregung und der bitteren Gewissheit zu zerspringen, dass es zu diesem Kuss – aus welchen Gründen auch immer – niemals kommen würde.

Ich schlang meine Arme um seine Mitte und gab mich ganz diesem schmerzhaft intensiven Moment hin, der nichts und gleichzeitig alles zwischen uns veränderte.

Schließlich löste sich Christian widerstrebend von mir und genauso unwillig senkte ich meine Arme. Ich öffnete meine Augen und begegnete seinem ernsten Blick.

»Nur weil ich dich nicht küsse, bedeutet es nicht, dass ich es nicht verdammt gern tun würde«, raunte er gequält, bevor er bedauernd mehr Abstand zwischen uns brachte.

Verwirrt schaute ich ihn an, während sich mein Herzschlag allmählich beruhigte. »Wie meinst du das?«

Er seufzte. »Ich verspreche, ich werde es dir erklären, Cara. Aber erst muss ich sicher sein, dass ich richtig liege.«

Mit diesen geheimnisvollen Worten öffnete er die Tür und ließ mich völlig aufgelöst und durcheinander zurück.

»Seid ihr jetzt zusammen?« Natürlich nutzte Jessie die erste Gelegenheit, die sich ihr bot, um alle Details von mir zu erfragen. Sie hatte nach meiner letzten Stunde schon vor dem Klassenraum auf mich gewartet, um mich unverzüglich zu bestürmen.

»Frag mich was Leichteres«, brummte ich und drängte mich durch die Menge der anderen Schüler zum Ausgang.

»Wie meinst du das? Habt ihr jetzt oder habt ihr nicht?«

»Was denn?«, fragte ich, obwohl ich genau wusste, was sie meinte.

»Na, rumgeknutscht.«

»Nein«, seufzte ich und überlegte, was ich ihr erzählen könnte, um ihre Neugier zu befriedigen. Immerhin erwartete mich zu Hause noch einmal das gleiche Verhör – ich hatte Zoe vorhin ebenfalls in der Mensa gesehen. Und die Wahrscheinlichkeit, dass ihr mein Auftritt mit Christian entgangen war, lag bei null. Ich konnte also meine Geschichte schon mal getrost an Jessie üben. »Wir haben geredet.«

»Geredet?«, wiederholte sie skeptisch. »Schon wieder. Stimmt etwas nicht mit ihm?«

Wie sooft hatte sie den Nagel direkt auf den Kopf getroffen. »Wie man's nimmt«, erwiderte ich ausweichend. »Er hat gesagt, dass er mich mag und dass er mich gern küssen würde.« Selbst in meinen eigenen Ohren klang das ziemlich lahm.

»Und?«

Ich seufzte. »Aber er hat es nicht getan, weil es *unklug* wäre.«

»Was soll das denn bedeuten?«

»Keine Ahnung.«

»Vielleicht hat er irgendeine Krankheit und will dich nicht anstecken«, spekulierte sie.

»Ich glaube nicht, dass es das ist. Auf mich wirkt er ziemlich gesund.« Von seinem ominösen Fluch mal abgesehen. »Vielleicht will er es bloß nicht überstürzen.«

Jessie schenkte mir einen vielsagenden Blick, kommentierte es aber nicht weiter. »Hauptsache, du bist glücklich«, erwiderte sie diplomatisch.

»Haha.« Wenn es nach mir gegangen wäre, wären wir über das Händchenhalten längst hinaus. Andererseits *hatte* Christian mir gesagt, dass er mich sehr gerne mochte, und sogar angedeutet, dass er mir alles irgendwann einmal erklären würde. Es gab also noch Hoffnung.

»Was hältst du von diesem hier?« Jessie hielt ein äußerst knappes Teufelchenkostüm in die Höhe.

»Hmm, ich weiß nicht.« Ich kräuselte meine Nase.

»Da würden Christian ganz bestimmt die Augen herausfallen.«

»Nicht nur die«, brummte ich und deutete auf den überaus großzügigen Ausschnitt.

Jessie kicherte. »Los, probier das mal an.« Sie hatte sich fest vorgenommen, dass ich Christian auf ihrer Party restlos erobern sollte.

Lachend verzog ich mich in die Umkleide. Als ich das sexy Outfit überstreifte, konnte ich nicht leugnen, dass es mir ausgesprochen gut stand.

»Cool!«, bestätigte Jessie meinen Eindruck. »Dreh dich mal um.«

Ich tat es und betrachtete mich staunend von allen Seiten, dann wandte ich mich wieder der Kabine zu.

»Was hast du vor?«

»Es sieht toll aus, aber das bin nicht ich.« Ich verschränkte die Hände vor meiner fast vollständig entblößten Brust. »Ich glaube, zu dir würde es viel besser passen.«

»Wir könnten auch als teuflische Zwillinge gehen.« Sie zwinkerte mir gut gelaunt zu.

»Sei mir nicht böse, aber das ist wirklich nichts für mich«, winkte ich ab und schlüpfte rasch in meine eigenen Sachen, während Jessie weiter durch die Reihen stöberte.

»Oh mein Gott, das ist es!«, rief sie plötzlich aus einem anderen Gang mir zu.

Neugierig lief ich zu ihr und erstarrte. Sie stand direkt vor einem silbergrauen Traum aus Tüll und Chiffon. Eine enge Korsage mündete in einem Rock, dessen dreieckige Lagen spitz nach unten zuliefen und so angeordnet waren, dass sie an Federn erinnerten. Vorne endete der Rock etwa zwei Handbreit über dem Knie, hinten lief er bis zu den Waden aus.

»Das ist wunderschön«, entfuhr es mir hingerissen. Es war außergewöhnlich – elegant und sexy zugleich.

»Dunkler Engel«, las Jessie die Beschreibung auf dem Etikett vor. »Und hier sind die Flügel dazu.«

Sie waren auf die gleiche Art gefertigt wie der Rock – dünne, schillernde Stoffstreifen, die auf einem leichten Gestell befestigt waren.

»Und sogar ein Unheiligenschein.« Jessie grinste und hielt mir den Haarreif mit dem dunklen, funkelnden Kranz entgegen.

»Was kostet das?«, fragte ich und wusste zugleich, dass der Preis keine Rolle spielte.

»Fünfzig Euro Leihgebühr.«

»Ich nehme es!«, sagte ich, ohne noch einmal darüber nachzudenken, und schnappte mir das Kostüm.

Eine Weile stöberten wir noch herum, bis Jessie sich für ein hautenges, feuerrotes Minikleid und dazu passenden kleinen Hörnern entschied.

»Du siehst toll aus!«, versicherte ich ihr.

»Trotzdem wirst du allen die Show stehlen«, seufzte sie zwischen Bewunderung und Neid hin- und hergerissen.

Kurz regte sich mein schlechtes Gewissen. Immerhin war es ihr Geburtstag und ihre Party. »Ich kann auch etwas anderes nehmen …«, sagte ich und hoffte inbrünstig, dass sie das nicht von mir verlangte.

»Nichts da!«, winkte sie fröhlich ab. »Immerhin haben wir

eine Mission. Und wenn Christian dir am Ende des Abends ergeben zu Füßen liegt, wird dein Triumph auch der meine sein.«

»Danke!« Stürmisch fiel ich ihr um den Hals und drückte sie fest an mich. »Du bist die allerbeste Freundin, die man haben kann.«

»Ich weiß.« Sie grinste. »Außerdem weiß ich zufällig, dass Leon nicht so auf Engel steht«, fügte sie süffisant hinzu.

»Leon also?« Ich musterte sie verwundert. War ich wirklich so mit meinen eigenen Problemen beschäftigt, dass ich nicht mitbekommen hatte, dass sie ein Auge auf ihn geworfen hatte?

Jessie zuckte betont lässig mit den Schultern. »Sagen wir mal, er ist mir positiv aufgefallen. Mal sehen, wie er sich auf meiner Party anstellt.«

Ich kicherte. Und konnte den Freitag auf einmal gar nicht erwarten.

Kapitel 10

Frustriert hämmerte er seine Faust auf den Tisch. Er hasste diese Untätigkeit, diese Warterei, während die Zeit gegen ihn spielte. Er fragte sich, was Cara gerade trieb. Dachte sie an ihn? Vermisste sie ihn gar?

Wie viel lieber wäre er jetzt bei ihr, um endlich den nächsten Schritt in seinem Plan auszuführen, anstatt sich noch immer von ihr fernzuhalten.

Er hatte es so satt zu warten. Nacht für Nacht lag er wach und träumte davon, wie es sein würde, wenn ihre Macht endlich ihm gehörte, wenn er endlich den Bann loswurde und den Platz einnahm, der ihm von Geburt wegen zustand. Vielleicht sollte er es einfach tun, alle Vorsicht über Bord werfen, dem folgen, wonach es ihn so sehr verlangte.

Aber wenn er seiner Ungeduld jetzt nachgab, konnte es unerfreuliche Folgen für ihn haben. Und so kurz vor dem Ziel wäre ein Scheitern besonders bitter.

Er zwang sich zur Ruhe, lehnte sich in seinem Stuhl zurück und schloss die Augen. So lange hatte er nach ihr gesucht, da kam es nicht mehr auf ein paar Tage an. Und mit etwas Glück würde ihm sein Informant bis dahin auch die Auskunft besorgen, die er so dringend benötigte.

***

»Hach.« Jessie seufzte zufrieden und trat einen Schritt zurück, um ihr Werk zu begutachten. Sie hatte darauf bestanden, mich für die Party zu schminken. Sie selbst war natürlich schon längst fertig, ihre Lippen glänzten blutrot und ihre großen Augen hatte sie gekonnt mit züngelnden Flammen betont. Heute würde sie definitiv mehr als einen Kerl für sich brennen lassen.

Sie drehte den Bürostuhl, auf dem ich saß, zu ihrem Spiegel und hielt gespannt den Atem an, während ich mich staunend betrachtete. Diese Erscheinung mit den Smokey-Eyes, den hohen Wangenknochen und den in einem dunklen Lilaton schimmernden Lippen konnte unmöglich ich sein, und doch war ich es.

Mein Kleid raschelte, als ich mich überwältigt erhob, um mich ganz im Spiegel zu sehen.

»Warte noch, deine Flügel«, hielt Jessie mich zurück und half mir, sie an meinem Rücken zu befestigen.

Unten klingelte es an der Tür. Eine eigenartige Nervosität ergriff von mir Besitz, obwohl es gar nicht meine Party war.

Wie würde Christian reagieren, wenn er mich so sah? Würde es ihm gefallen?

So oder so spürte ich, dass wir an einem Wendepunkt in unserer Beziehung – falls man es so überhaupt nennen konnte – angekommen waren. Die ganze Schule glaubte ohnehin bereits, dass wir zusammen wären. Und von außen sah es in der Tat so aus. Christian verbrachte alle Pausen mit mir und nach der Schule hatte er es sich in den letzten Tagen angewöhnt, mich nach Hause zu begleiten. Er ließ mich immer wieder spüren, wie wichtig ich ihm war. Dennoch machte er niemals den letzten, entscheidenden Schritt.

Und ich musste zugeben, dass ich ihn langsam leid war, diesen ständigen Wechsel zwischen Nähe und Distanz. Wenn er wirklich etwas für mich empfand, hatte er heute die Chance, es mir zu sagen. Und sollte er erneut einen Rückzieher machen, nicht den Mut aufbringen – oder das, was auch immer ihn sonst davon abhielt, mit mir zusammen zu sein, überwinden –, dann würde ich einen Schlussstrich ziehen. Mit jedem Tag, den ich in seiner Nähe verbrachte, verlor ich mein Herz immer mehr an ihn – ungeachtet der Geheimnisse, die ihn umgaben, und des Grolls, den ich für sein Verhalten gegen ihn hegte. Und wenn er nicht dasselbe, wenn er nicht genügend für mich empfand, musste ich aus purem Selbstschutz versuchen, ihn mir aus dem Kopf zu schlagen, bevor es gänzlich zu spät dafür war.

Es klingelte erneut.

»Mach doch die Tür auf!«, rief Jessie nach unten ihrem Bruder zu, der, dem Klirren nach zu urteilen, gerade die Getränkekisten in der Küche aufbaute.

»Gleich!«, schrie er zurück.

Jessie warf noch einen letzten prüfenden Blick in den Spiegel und kämmte sich mit den Fingern durch ihre wallende, dunkle Mähne. »It's Showtime.«

Ich ließ ihr den Vortritt auf dem Weg nach unten, hörte, wie sie die ersten Gäste begrüßte, und ertappte mich dabei, wie ich nach Christians samtiger Stimme lauschte. Was natürlich völlig unsinnig war. Selbst wenn er schon gekommen sein sollte, würde er nicht in voller Lautstärke sprechen. Er tat das so gut wie nie, zumindest wenn meine Freunde in unserer Nähe waren. Ich glaube, deshalb genoss er es auch so, mich nach Hause zu begleiten, denn dabei konnte er endlich er selbst sein, ohne sich verstellen zu müssen.

Ich atmete tief durch und schritt langsam nach unten, sorgsam darauf bedacht, in den ungewohnt hohen Schuhen nicht auf der Treppe zu stürzen.

Das halbe Fußballteam war zusammen gekommen. Jessie lachte und scherzte, während sie Komplimente und das ein oder andere Geschenk entgegennahm. Ich lächelte grüßend in die Runde und registrierte erfreut, dass mancher von ihnen zweimal hinsah, um mich in der aufregenden Erscheinung zu erkennen.

»Kann ich dir helfen?«, wandte ich mich an Jessie, die mir sogleich zwei eingewickelte Päckchen reichte. Christian war wie erwartet noch nicht da und ich verspürte keinerlei Lust, mich ohne ihn unter die Gäste zu mischen.

»Kannst du das ins Esszimmer bringen?«, fragte Jessie und ich nickte.

»Du siehst großartig aus«, sagte David im Vorbeigehen zu mir.

»Danke.« Ich rauschte weiter, spürte, wie mein Flügel ihn streifte, und bemerkte auch den bewundernden Blick, den er mir hinterherwarf. Früher hätte mir das weiche Knie beschert. David war einer der bestaussehenden Jungs der Stufe. Doch meine Gedanken kreisten nur um Christian.

Jessie drehte die Musikanlage auf und sofort dröhnten Bässe durch das ganze Haus. Immer mehr Gäste kamen dazu. Jessie würde gehörig Ärger bekommen, denn es waren jetzt schon mehr als zwanzig Leute im Haus. Nur er kam immer noch nicht.

Nervös tastete ich nach meinem Handy, bis mir auffiel, dass es oben in Jessies Zimmer lag, denn mein Kostüm hatte natürlich keine Taschen. Ich hastete nach oben und hoffte inständig, dass Christian mich nicht versetzte. Abgesehen davon, dass ich die ganze Woche diesem Abend entgegengefiebert hatte, hatten wir – ganz wie ein Pärchen – zusammengelegt, um Jessie die schicke Tasche zu besorgen, um die sie schon seit Wochen herumschlich. Und die wollte ich ihr natürlich in seinem Beisein übergeben, obwohl Jessie mich schon den ganzen Tag bedrängte, ihr endlich zu verraten, was sich in dem großen Paket befand.

Ich hatte gerade mein Handy gecheckt – keine Nachricht von Christian –, als unten erneut die Türglocke ging.

Mein Herz schlug automatisch schneller, wie jedes Mal in den letzten dreißig Minuten, wenn neue Partygäste ankamen.

»Hallo Jessie«, hörte ich eine leise, vertraute Stimme, die mir durch Mark und Bein ging. Ich hätte sie bei der herrschenden Geräuschkulisse gar nicht hören dürfen, doch ich schien mittlerweile darauf geeicht. Ich linste aus der Zimmertür, gerade rechtzeitig, um zu sehen, wie Christian Jessie freundschaftlich in den Arm nahm.

Wilde Eifersucht explodierte in meinem Herzen. Er sollte mich umarmen, mich, nicht sie. Und sie schien es auch noch zu genießen. Leichte Röte überzog ihre Wangen, ihre Augen glänzten.

Abrupt wandte ich mich ab, bevor ich mich noch zum Affen machte. Es war lediglich eine Umarmung, Herrgott noch mal!

Ich nahm Jessies Geschenk aus der Tüte und ging entschlossen zur Tür. Glücklicherweise hatte Christian sie inzwischen losgelassen und schaute sich suchend um. Er sah anders aus. Unglaublich gut, aber anders, fremd. Ich brauchte einen Wimpernschlag, um zu begreifen, was mich an seiner Erscheinung so störte. Er hatte seine Haare geschnitten und sie sich dunkelbraun gefärbt, sodass sie zu dem schwarzen Anzug und dunklen Hemd passten, die er trug. Ansonsten hatte er sich gar nicht die Mühe einer Verkleidung gemacht, doch das war auch nicht nötig. Er sah finster aus, gefährlich und unglaublich sexy. Sein Anblick raubte mir wahrhaft den Atem.

»Hallo«, krächzte ich von der oberen Treppenstufe herunter und sofort wandten sich ihre Köpfe mir zu. Christians Gesichtszüge drohten ihm für einen Moment zu entgleisen und es verschaffte mir ein Gefühl der Genugtuung, dass er mich nun ebenso fassungslos und überwältigt anstarrte wie ich eben ihn.

»Cara?«, raunte er.

Ich lächelte und begann mit dem Abstieg. Christian blieb am Fuße der Treppe stehen und streckte mir seine Hand entgegen. Mit jedem Zentimeter meiner Haut spürte ich seinen bewundernden Blick.

»Ich … ähm … Ich lasse euch dann mal allein«, flötete Jessie und wirkte äußerst zufrieden mit sich selbst.

»Warte.« Ich ergriff Christians Finger und musste mich zwingen, meine Augen von ihm abzuwenden. »Dein Geschenk.«
»Endlich!« Sie erstrahlte und schnappte es sich aus meiner Hand. Neugierig riss sie das bunte Papier auseinander. »Wahnsinn! Ihr seid verrückt!« Sie fiel mir jubelnd um den Hals. »Die Tasche hat doch ein Vermögen gekostet!«
»Ganz so viel war es nicht«, berichtigte ich sie schmunzelnd. »Außerdem wird die beste Freundin nur einmal siebzehn.« Ich drückte sie so fest an mich, wie es mit unseren Kostümen nur ging.
»Aber jetzt muss ich wirklich zu meiner Party«, sagte sie. »Wenn ihr wollt, könnt ihr euch nach oben zurückziehen«, fügte sie zu mir gewandt leise hinzu.
»Das ist nicht nötig, aber danke«, raunte ich zurück.
»Wie du willst. Bis später.« Sie warf Christian eine verspielte Kusshand zu und eilte ins Wohnzimmer.
»Hallo«, sagte er rau und zog mich näher an sich heran. Seine Stimme klang belegt und seine Augen suchten die meinen.
Mir wurde heiß und kalt zugleich. Pure Leidenschaft sprach aus seinem Blick, so unverhohlen, wie ich sie noch nie gesehen hatte. »Du siehst einfach unglaublich aus«, flüsterte er und wanderte mit seiner Hand meinen Oberarm hinauf.
Ich schauderte.
»So verführerisch und unschuldig zugleich. Ein gefallener Engel.« Er schüttelte halb fassungslos, halb belustigt seinen Kopf. »Ich würde sagen, wir passen heute wunderbar zusammen. Gestatten, Luzifer.« Er verbeugte sich leicht.
»Die dunklen Haare stehen dir gut«, bemerkte ich. »Aber hast du keine Angst, dass du auffliegst, wenn sie nachzuwachsen beginnen?«
»Danke.«
»Wofür?«
»Dass du dir Gedanken um mich machst.«
Wenn er nur wüsste, wie viele.

»Aber ich schätze, dass die Gefahr heute nicht besonders groß ist«, fuhr er fort. »In spätestens einer halben Stunde werden die meisten ohnehin zu betrunken sein, um irgendetwas zu bemerken. Und übers Wochenende wachsen die Haare wieder nach.« Er fuhr sich durch seinen kurzen Schopf und ich widerstand nur mühsam dem Impuls, es ihm gleichzutun.

Noch immer stand er viel näher bei mir, als für meinen Seelenfrieden gut war. Ich konnte seine Wärme spüren und roch seinen inzwischen vertrauten Duft. Irgendwo hinter ihm war die Party in vollem Gange, doch für mich gab es in diesem Moment nur ihn und mich. Ich neigte mich ihm entgegen und hob mein Gesicht. Ich wollte ihn so sehr küssen, dass meine Lippen brannten.

»Ist dir nicht kalt?«, fragte Christian plötzlich und deutete auf meine entblößten Schultern und mein Dekolleté.

Wenn er mir einen Eimer Wasser über den Kopf gekippt hätte, hätte der Effekt kaum ernüchternder sein können.

»Nein«, entgegnete ich eingeschnappt. Sorge um meine Gesundheit war definitiv nicht die Reaktion gewesen, die ich bei ihm mit meinem Outfit auslösen wollte.

»Schade.«

»Und wieso?«

»Dann könnte ich dir mein Jackett anbieten, bevor wir zu den anderen reingehen.« Er biss sich auf die Unterlippe. »Ich glaube nicht, dass ich es überstehen werde, dich den ganzen Abend so zu sehen«, murmelte er leise. »Erst recht nicht, wenn ich irgendeinen Typen dabei erwische, wie er dich anglotzt.«

Ich lächelte besänftigt. »Dann schlage ich vor, du schaust mir in die Augen und weichst mir nicht von der Seite.«

»Das hört sich nach einem fantastischen Plan an«, erwiderte er und legte seinen Arm besitzergreifend um meine Taille.

Ich hatte das Gefühl, auf Wolken zu schweben, als ich mit ihm den Partyraum betrat. Die Blicke aller Anwesenden folgten uns, doch ich kümmerte mich nicht darum. Mir war alles egal, bis auf den Jungen an meiner Seite.

Jessie drängte sich mit einer leeren Flasche an uns vorbei und zwinkerte mir gut gelaunt zu. Auf einen Wink von ihr hin drehte jemand die Musik leiser.

»Flaschendrehen!«, verkündete sie strahlend und wedelte mit ihrer Hand.

»Das ist doch lahm«, wandte irgendein Typ von hinten ein.

»Nicht nach meinen Regeln!«, widersprach sie verheißungsvoll. Sie wartete, bis sich die meisten der Anwesenden um sie versammelt hatten. »Das Spiel ist ganz einfach«, erklärte sie. »Wir drehen der Reihe nach. Und auf wen die Flasche zeigt, den muss man dann küssen – ob man will oder nicht.« Kichern und Gejohle folgten ihrer Ansage. »Und wer sich weigern sollte«, Jessie hob mahnend ihre Hand, »muss am Montag in der Schule einen von diesen Buttons sichtbar an seiner Kleidung tragen.« Sie zeigte einen großen, neonpinken Anstecker mit der Aufschrift *Knutschmuffel* in die Runde.

Alle lachten.

»Also los!« Jessie legte die Flasche auf den Boden und zog an meiner Hand. »Kommt mit, ihr beiden.«

Irgendwie hatte ich das Gefühl, dass sie sich dieses Spiel zumindest zur Hälfte nur meinetwegen ausgedacht hatte. Immerhin hatte sie mir nichts davon erzählt. Vielleicht hoffte sie, dass meine Flasche auf Christian zeigte. Oder dass ihn der Anblick, wie ich einen anderen küsste, endlich aus der Reserve lockte.

Fragend schaute ich zu Christian hoch. Ersteres würde natürlich nur funktionieren, wenn er mitmachte. Und dafür, dass die Flasche auf ihn zeigte, würde ich schon sorgen.

Er lockerte seinen Griff um meine Taille. »Geh nur, wenn du möchtest«, sagte er wenig begeistert.

»Machst du nicht mit?«

»Nein. Ich entscheide gerne selber, wen ich küsse«, raunte er.

Ein Schauer rieselte meinen Rücken hinab und ich nickte.

»Ich auch.«

»Cara?«, rief mich Jessie noch einmal.

»Sorry, ich passe«, winkte ich ab. Kurz befürchtete ich, dass sie darauf bestehen würde, doch sie grinste bloß, als sie bemerkte, wie vertraulich Christian und ich gerade nebeneinanderstanden.

Inzwischen hatten sich alle, die mitspielen wollten, in einem großen Kreis auf den Boden gesetzt.

Jessie griff als Erste nach der Flasche. Sie gab ihr einen ordentlichen Dreh und alle warteten darauf, auf wen die Flasche zeigen würde. Ich sah, wie Leon gespannt seine Fäuste ballte und enttäuscht zusammensackte, als der Flaschenhals an ihm vorbeiglitt und sich stattdessen auf Marcel richtete.

Jessie gab sich keine Blöße, stand auf und gab Marcel einen festen Schmatz auf die Lippen. Alle außer Leon klatschten. Doch so, wie ich Jessie kannte, war ich mir sicher, dass er heute auch noch auf seine Kosten kommen würde. Nach ihr war Selma an der Reihe, die mit ihrem Freund gekommen war. Er hatte sich extra ihr gegenüber gesetzt, als ob das seine Chancen erhöhen würde. Sie gab der Flasche einen leichten Schubs, ganz offensichtlich darauf bedacht, dass sie sich nur bis zu ihm drehte. Es klappte nicht ganz. David wollte schon grinsend aufspringen, als Selmas Freund seelenruhig nach der Flasche griff und sie entschlossen in seine Richtung drehte. Lautes Gejohle folgte auf seine Aktion, doch keiner protestierte, als er Selma in seine Arme zog und sie ausgiebig abknutschte.

Unwillkürlich wünschte ich mir, Christian und ich wären an ihrer Stelle. Dass er die Spielregeln gebeugt hätte, nur um mich küssen zu können.

»Was ist?«, fragte er sanft, als hätte er meine Sehnsucht gespürt.

»Nichts«, winkte ich ab.

Seine Finger streichelten sanft meine Hüfte.

Es fühlte sich wunderschön an, ihm so nahe zu sein. Und ich beschloss, es einfach zu genießen, anstatt mir zu viele Gedanken darüber zu machen, was – oder wann – zwischen uns noch geschehen würde.

Offensichtlich hatte Selma nun das Interesse am Spiel verloren und verzog sich mit ihrem Freund in eine Ecke. Jessie stupste Albert auffordernd an. Er schien nicht besonders glücklich darüber zu sein. Überhaupt wirkte er, als wäre er nicht ganz freiwillig hier. Vermutlich hatte Jessie ihn in diese Runde geschleppt.

Halbherzig drehte er an der Flasche.

Einen Moment lang herrschte Stille, dann brachen alle in Gelächter aus. Der Flaschenhals zeigte auf Jasper.

Albert erbleichte und schüttelte erschrocken seinen Kopf. Ich konnte es ihm nicht verübeln, als er nach einem der Buttons griff, die neben der Flasche lagen.

Jasper jedoch stand seelenruhig auf. Albert erstarrte, als dieser auf ihn zutrat und ihm seine Hand entgegenstreckte. Deutlich sah ich, wie Alberts Adamsapfel auf und ab hüpfte, während er schluckte.

Die Stimmung schlug um, alle Anwesenden verstummten.

Wie gebannt richteten sich alle Augen auf die beiden Jungs.

Befolgte Jasper nur die Regeln oder ging es hierbei um mehr?

Zögernd stand Albert auf. Seine Augen huschten nervös umher und hefteten sich schließlich auf Jaspers Gesicht.

Ich spürte, wie Christian neben mir die Luft anhielt, als würde er aufrichtig mitfiebern.

Langsam neigte Jasper sich vor und streifte Alberts Lippen mit den seinen, behutsam, fragend und alles andere als keusch.

Albert zuckte bei der Berührung leicht zurück, doch er wirkte nicht so, als wäre es ihm unangenehm. Ganz im Gegenteil, seine Augen glänzten. Jasper lächelte und ging wieder an seinen Platz zurück.

Ungläubiges Getuschel folgte auf diese Aktion. Hastig gab Jessie dem Nächsten das Zeichen zum Drehen, um die Aufmerksamkeit von Albert abzulenken, der sich mit knallrotem Kopf auf den Boden fallen ließ.

Ich spürte Christians Lächeln an meiner Wange.

»Du hattest recht gehabt«, murmelte ich ungläubig. »Hast du das mit Jasper etwa auch gewusst?«

»Die Reaktion auf meine Stimme ist ein ziemlich sicherer Indikator für sexuelle Neigungen«, erklärte er leise. »Nur ein Fall verstößt vollkommen gegen diese Regel. Zumindest hoffe ich, dass er das tut«, wisperte er.

Damit konnte er nur mich meinen. Meine Knie wurden weich, ich drehte mich zu ihm, um ihn besser ansehen zu können. Sein Blick war dunkel, es war schwer zu sagen, was ihm gerade durch den Kopf ging. Aber es schien, als würde die ganze Knutscherei um uns herum auch ihn nicht ungerührt lassen.

»Möchtest du tanzen?«, fragte er, bevor ich noch etwas sagen konnte.

Ich nickte.

Er zog mich noch enger an sich heran und begann, sich mit mir im Takt der Musik zu wiegen. Schüchtern legte ich meine Arme um seinen Hals und er lächelte.

Mein ganzer Körper vibrierte vor Aufregung und Glück. Es schien die selbstverständlichste Sache der Welt zu sein, hier eng umschlungen mit ihm zu tanzen, und gerade deshalb war es so überwältigend schön. Als wären wir zwei ganz normale, verliebte Teenager, die ihren Abend genossen, als gäbe es keine Flüche, Zauberkräfte oder Geheimnisse, die zwischen uns standen.

Ich legte meinen Kopf auf seine Schulter und gab mich ganz dem Moment hin. Was auch immer folgen würde, hier und jetzt war ich glücklich, denn ich spürte, dass er mich genauso liebte wie ich ihn.

Als hätte er meine Gedanken gelesen, drückte Christian seine

Lippen auf meine Haare, der Heiligenschein auf meinem Kopf wackelte.

»Hast du was dagegen?« Vorsichtig griff er nach dem Haarreif und als ich nickte, zog er ihn mir behutsam vom Kopf. »Dein Kostüm ist wirklich schön, aber leider ausgesprochen unpraktisch.« Er legte meinen Kopfschmuck auf ein Regal. Seine andere Hand wanderte ein wenig meinen Rücken hinauf, bis sie gegen meine Flügel stieß. »Oder ist es Absicht, um mich auf Abstand zu halten?«, fügte er leise hinzu.

»Ich hatte bisher nicht den Eindruck, dass du Abstandhalter brauchst. Das hast du ganz wunderbar selbst gemacht.«

Ein betroffener Ausdruck huschte über sein Gesicht. »Heute stellst du meine Selbstbeherrschung jedoch auf eine extrem harte Probe«, raunte er. Und als hätte er erst jetzt bemerkt, wie nah er mir eigentlich war, trat er schnell einen halben Schritt zurück.

Ich folgte ihm, ließ nicht zu, dass er wieder Distanz zwischen uns brachte. »Heute bin ich ja auch nicht Cara und du nicht Christian. Du bist Luzifer und ich ein gefallener Engel.« Von meinem eigenen Mut berauscht, legte ich ihm erneut meine Arme um den Hals.

Er atmete zitternd aus und presste mich fest an sich. Ich fühlte die Härte seiner Brust, seinen ganzen durchtrainierten Körper, roch den berauschenden Duft nach Sonne und Meer, hörte, wie wild sein Herz trommelte – genauso schnell wie das meine.

Er atmete tief durch. Ganz plötzlich wich die Spannung aus ihm, als wäre irgendein innerer Kampf endlich entschieden. Behutsam drückte er mit einer Hand mein Kinn in die Höhe, während er mich mit dem anderen Arm noch immer fest umschlungen hielt.

Ich hob den Kopf. Seine Augen waren dunkel, ein Widerstreit der Gefühle tanzte darin. »Oh, Cara«, wisperte er mit einer Mischung aus Sehnsucht, Resignation und Entschlossenheit. Sein Blick verhakte sich mit dem meinen und ich wusste, es würde endlich geschehen. Er neigte seine Lippen zu den meinen und ich zog ihn mit den Armen näher zu mir heran, damit bei ihm auch ja kein Zweifel daran aufkommen konnte, dass ich diesen Kuss genauso sehr wollte wie er.

Als nur noch wenige Millimeter uns trennten, zögerte er erneut. Was war denn mit ihm los? Oder mit mir? Es war doch bloß ein Kuss.

Ich seufzte.

»Findest du immer noch, dass es *unklug* wäre?«, fragte ich frustriert, hielt ihn aber weiterhin eisern fest. So leicht wollte ich nicht aufgeben, denn wenn ich ihn jetzt gehen ließ, würde ich ihn nicht mehr so nah an mich heranlassen.

Zärtlich streichelte er meine Wange. Vielleicht hatte er meinen Entschluss in meinem Gesicht gelesen, vielleicht hatte er auch seinen eigenen gefällt.

»Es *ist* unklug«, murmelte er und lächelte traurig. »Aber ich fürchte, es spielt ohnehin keine Rolle mehr.«

Noch bevor ich fragen konnte, was diese Worte bedeuten mochten, zog er mich stürmisch an sich und legte seine Lippen auf die meinen. Er küsste mich mit einer fast verzweifelten Leidenschaft, die meinen Kopf leer fegte und mir den Boden unter den Füßen wegzog. Pures Glück rauschte durch meine Adern, meine Arme und Beine fühlten sich seltsam kraftlos an und ich wusste nicht, ob ich stehen geblieben wäre, hätte Christian mich nicht festgehalten. Doch er tat es, als hätte er nicht vor, mich jemals wieder loszulassen.

Am Rande nahm ich das belustigte Johlen der Umstehenden wahr, aber es interessierte mich nicht. Christian küsste mich und das war alles, was zählte. Es gab nur ihn und mich, seine Lippen auf den meinen und das Gefühl, dass wir für immer und ewig zusammengehörten.

Das Gejohle wurde lauter, nun wurde sogar schon geklatscht und widerstrebend lösten wir uns von einander.

»Hm.« Christian räusperte sich und schaute lächelnd auf

mich herab. »Wir sollten vielleicht die Tanzfläche räumen, was meinst du?«

Das hörte sich nach einem ausgesprochen vernünftigen Vorschlag an. Ich suchte die Menge nach Jessie ab und entdeckte sie neben der improvisierten Bar, wo sie mir strahlend beide Daumen nach oben streckte. Ich nahm Christians Hand und zog ihn mit mir fort. Das Sofa und die beiden Sessel waren bereits mit knutschenden Pärchen belegt, aber Jessie hatte mir vorhin ja erlaubt, ihr Zimmer zu nutzen.

Ganz kurz bekam ich weiche Knie bei dem Gedanken daran, dass Christian die Situation womöglich missverstehen könnte, wenn ich ihn jetzt mit nach oben nahm. Doch ich verdrängte entschieden diese Sorge. Immerhin ging es hier um *Christian*. Mr. Zurückhaltung höchstpersönlich, der mehrere Wochen gebraucht hatte, um mich auch nur zu küssen. Da würde er wohl kaum gleich danach über mich herfallen.

Sobald ich die Tür hinter uns geschlossen hatte, zog er mich erneut in seine Arme. Dieses Mal legte er seine Lippen ganz zärtlich und sanft auf die meinen, nahm sich Zeit, meinen Mund in aller Ruhe zu erkunden.

Flüssiges Feuer schien sich in meinem Körper auszubreiten. *So* war ich noch nie geküsst worden.

Das Handy in seiner Hosentasche vibrierte. Er ignorierte es. Wir teilten uns einen Atem und versanken in unserem Kuss.

Leider besaß der Anrufer keinerlei Feingefühl, denn er gab einfach nicht auf. Jedes Mal, wenn das Handy verstummte, vibrierte es nur wenige Sekunden später erneut.

»Entschuldige mich.« Christian löste sich unwillig von mir und griff genervt in seine Hosentasche. Atemlos und mit wackeligen Beinen setzte ich mich auf das Bett und schaute ihm ungeduldig zu.

Er hatte den Finger bereits auf dem Ausknopf, um das nervige Ding abzuschalten, als er plötzlich die Stirn runzelte. Offensichtlich hatte er den Anrufer erkannt.

»Ja?«, ging er unverzüglich ran.

Ich konnte nicht verstehen, was die Person am anderen Ende der Leitung von ihm wollte, das Blut rauschte noch immer auf eine überaus angenehme Weise in meinen Ohren und ich sehnte mich danach, endlich wieder in Christians Arme zu sinken.

Seine Miene veränderte sich. Fassungslosigkeit, Angst, Schmerz, Wut huschten in schneller Folge darüber, während er zuhörte.

»Danke«, murmelte er tonlos. Als er sich mir zuwandte, war sein Gesicht totenbleich.

»Was ist los?« Erschrocken sprang ich auf. Es musste etwas Schlimmes passiert sein. Vielleicht mit seiner Mutter … oder Lena.

»Wieso hast du es mir nicht gesagt?«, raunte er ungläubig, vorwurfsvoll und taumelte von mir zurück. »Wieso, Cara?!« Ohne meine Antwort abzuwarten, drehte er sich um und verschwand durch die Tür.

»Christian!«, rief ich ihm verwirrt hinterher und eilte ihm nach. Doch er blieb nicht stehen. Ich war noch nicht ganz unten, als ich die Eingangstür zuschlagen hörte.

Er war tatsächlich fort. Gegangen. Einfach so.

Kraftlos ließ ich mich auf die Treppe sinken und schlang meine Arme um meine zitternden Schultern. Mir war plötzlich so kalt. Ich fühlte mich seltsam leer. Und hatte keine Ahnung, was gerade schiefgegangen war.

Irgendwann fand Jessie mich, noch immer wie betäubt auf der Treppe sitzen.

»Cara?«, rief sie besorgt mit der leeren Chipsschale in der Hand. »Was ist passiert? Wo ist Christian?«

»Fort«, murmelte ich tonlos. Ich konnte es noch immer nicht fassen. Wie konnte er ohne ein Wort der Erklärung verschwinden, nach dem, was wir eben miteinander geteilt hatten?

Tränen stiegen mir in die Augen und perlten herab.

»Oh mein Gott, Süße.« Jessie setzte sich neben mich und legte mir einen Arm um die bebenden Schultern. »Habt ihr euch gestritten?«, fragte sie teilnahmsvoll.

»Nein.« Schniefend wischte ich mir über die Wangen. Nicht, dass es etwas genützt hätte, denn die Tränen flossen nun in einem stetigen Strom. Wenn ich nur verstehen könnte, was passiert war.

»Magst du es mir erzählen?«, fragte sie sanft.

Ich zuckte mit den Schultern. »Da war nichts. Wir haben uns nur geküsst.« Ich schluchzte, denn die Erinnerung daran zog mir das Herz zusammen. »Sein Handy hat geklingelt. Erst wollte er nicht, aber dann ist er doch rangegangen. Und danach ging er einfach weg.« Verzweifelt vergrub ich mein Gesicht in den Händen.

»Vielleicht war es ja ein Notfall«, versuchte sie, mich zu trösten. »Er musste einfach schnell hin.«

»Nein«, widersprach ich entschieden. »Du hast seinen Blick nicht gesehen. Er hat mich angeschaut, als hätte ich ihn betrogen, als hätte ich etwas wirklich Schlimmes gemacht. Aber das habe ich nicht. Ich schwöre.« Erneut wurde ich von einem Weinkrampf geschüttelt.

»Das weiß ich, Süße.« Jessie streichelte beruhigend meinen Rücken. »Es wird sich bestimmt noch alles klären, du wirst schon sehen. Morgen kommt er ganz sicher angekrochen und entschuldigt sich. Glaub mir, ich habe gesehen, wie er dich geküsst hat. Er muss einen guten Grund dafür haben, wenn er sich danach so aufführt.«

Ihre Worte schenkten mir ein wenig Hoffnung. Verzweifelt versuchte ich, mich daran zu klammern, auch wenn mir seine letzten Worte noch immer in den Ohren klangen. *Wieso, Cara?!*

Ich wusste es nicht, wusste ja nicht einmal, was er mir vorwarf. Und was so schlimm daran war.

»Möchtest du jetzt wieder mit hineinkommen?« Jessie nickte

in Richtung des Wohnzimmers. »Das wird dich bestimmt auf andere Gedanken bringen.«

»Nein.« Mir war jetzt absolut nicht nach Party. Ich schaute auf meine Uhr. Es war erst kurz vor zehn. Noch vor zwei Stunden hatte ich der Begegnung mit Christian entgegengefiebert und mich dann in der Bewunderung in seinen Augen gesonnt.

So schnell konnten Träume enden.

»Ich rufe meinen Vater an, damit er mich abholt.«

»Bist du sicher?«

»Ja.«

»Gut, dann …« Sie verstummte zögernd.

»Los, geh schon zu deiner Party.« Mir war nicht nach Lächeln zumute, doch für sie tat ich es trotzdem.

»Wenn du meinst …« Sie wirkte nicht ganz überzeugt.

»Ich zieh mich schon mal um, während ich auf Papa warte.«

»Okay.« Sie drückte mich noch einmal, dann nahm sie die leere Schale zur Hand, um sie in der Küche wieder aufzufüllen.

Kraftlos schleppte ich mich nach oben.

Selbstverständlich wollten meine Eltern sofort wissen, was vorgefallen war, als ich mich so überraschend bei ihnen meldete.

»Gar nichts. Mir geht es bloß nicht so gut«, murmelte ich und hoffte, dass mir das weitere Fragen ersparte.

»Ich bin in zehn Minuten da«, versprach mein Vater.

Ich legte auf und schlüpfte langsam aus meinem Kleid, legte es ordentlich zusammen und strich wehmütig über den wunderschönen, schillernden Stoff. Wie anders war dieser Abend verlaufen, als das, was ich mir ausgemalt hatte.

Ich spürte, wie mich die Tränen schon wieder zu übermannen drohten, und kämpfte sie entschieden zurück. Schnell zog ich mir mein Shirt und meine Jeans über und eilte ins Bad, um die verschmierten Überreste des Make-ups von meinem Gesicht zu entfernen. Stumpf und schwarz umrandet starrten mir meine Augen aus dem Spiegel entgegen. Ich sah aus wie ein Zombie und genauso fühlte ich mich auch.

Ich tränkte ein Wattepad mit Make-up-Entferner und begann mechanisch damit, die sichtbaren Spuren meiner Verzweiflung zu beseitigen. Wenn es doch mit dem Schmerz in meinem Inneren auch so einfach ginge.

Ich war gerade fertig geworden, als es an der Haustür klingelte. Ich schnappte mir meine Tasche aus Jessies Zimmer und eilte nach unten. Jessie ließ meinen Vater rein und beide musterten mich besorgt.

»Ich ruf dich morgen an«, versprach sie mir und drückte mich fest an sich.

Ich nickte. »Viel Spaß noch mit deiner Party.«

Mein Vater legte den Arm um meine Schultern. »Du siehst wirklich nicht besonders gut aus, Kleines.«

»Danke, Pa.« Es sollte sarkastisch klingen, doch ich hatte einfach nicht die Kraft dazu.

»Ist dir übel? Schaffst du es bis nach Hause?«

»Keine Angst, ich werde mich nicht in dein Auto übergeben«, murmelte ich.

»Lass uns gehen.« Den Arm stützend um meine Körpermitte gelegt, führte er mich zum Wagen.

Zum Glück bewahrte mich der Verdacht eines Infekts vor weiteren Fragen. Nachdem Mama sich davon überzeugt hatte, dass ich kein Fieber hatte, erkundigte sie sich nur kurz, wie die Party gewesen war.

»Gut«, gab ich einsilbig zurück und sie war rücksichtsvoll genug, es dabei bewenden zu lassen.

»Möchtest du was trinken? Einen Tee?«

»Nein.« Alles, was ich wollte, war, mich in mein Bett zu verkriechen. Sie musste mir diesen Wunsch an der Nasenspitze abgelesen haben, denn nachdem ich pflichtschuldig ein paar Globuli zur Abwehrstärkung genommen hatte, durfte ich endlich verschwinden.

Mein Bett lag noch genauso da, wie ich es verlassen hatte.

Alles um mich herum war unverändert, nur ich nicht. Wie anders war das erwartungsvolle, fröhliche Mädchen gewesen, das heute Morgen in diesem Zimmer aufgewacht war. Wie weit weg das alles jetzt schien. Ich fühlte mich leer, zerbrochen, verletzt.

Wieso tat Christian mir das bloß an? Wie konnte er sich ausgerechnet in dem Moment von mir abwenden, als ich mich ihm so nah gefühlt hatte? Ich hatte ihm vertraut. Trotz all seiner Geheimnisse hatte ich geglaubt, dass mein Herz, dass ich selbst bei ihm sicher war. Und er hat dieses Vertrauen enttäuscht. Hatte mich von sich gestoßen, als ich es am wenigsten erwartet hatte.

Ich krümmte mich auf meinem Bett zusammen, als der Schmerz in meinem Inneren so übermächtig wurde, dass es mich beinahe zerriss.

Das also war Liebeskummer. Das also war ein gebrochenes Herz.

Ich rappelte mich mühsam auf und suchte mir meinen kuscheligsten Schlafanzug heraus. Meine Hand verharrte auf dem Handy, als ich es aus der Jeanstasche zog. Ich wusste, es war keine Nachricht von Christian eingegangen, und dennoch schaute ich noch einmal drauf, um ganz sicher zu sein, bevor ich es eingeschaltet neben mein Kissen legte. Mir war es egal, wie armselig, wie schwach diese Geste wirkte – falls er sich doch noch bei mir meldete, wollte ich es auf keinen Fall verpassen.

Ich zog mich um, kroch unter die Decke und rollte mich zu einer kleinen Kugel zusammen. Zitternd atmete ich durch und schloss die Augen. Sofort sah ich ihn wieder vor mir, sah die Liebe, die ich in seinem Blick entdeckt zu haben glaubte, spürte die Zärtlichkeit seiner Küsse.

Meine Tränen begannen erneut zu fließen. Ich drückte mein Gesicht in das Kissen und ließ ihnen freien Lauf.

Kapitel 11

Das Klingeln des Handys riss mich aus meinem Dämmerzustand. Christian! Augenblicklich war ich hellwach und griff mit hämmerndem Herzen nach dem Smartphone, nur um mich im nächsten Moment enttäuscht wieder auf das Kissen fallen zu lassen. Jessie.

Ich schloss die Augen. Ich wollte nicht rangehen, doch sie ließ mir keine Ruhe. Seufzend griff ich nach dem kleinen Ding und hielt es mir ans Ohr. »Ja?«, krächzte ich.

»Cara? Hast du etwa geschlafen?«

»Nein«, murmelte ich und legte mir den Unterarm über das Gesicht, um das viel zu helle Tageslicht auszuschließen.

»Es ist schon nach elf«, fuhr Jessie fort, als hätte sie gespürt, dass ich sie anschwindelte.

Ich hatte nicht gewusst, dass es so spät war. Meine Mutter hatte irgendwann vor Stunden mal bei mir reingeschaut, aber ich hatte einfach keinen Grund gesehen, aus dem Bett zu kommen.

»Wie geht es dir?«, fragte Jessie besorgt.

»Bescheiden.« Und das war die Untertreibung des Jahrhunderts. Ich fühlte mich, als hätte mein Leben plötzlich jeglichen Sinn verloren, als wäre es nur noch trostlos und trist. Ich hatte nie gedacht, dass ich zu den Mädchen gehörte, die sich eines Kerls wegen dermaßen grämten, hatte geglaubt, dass ihre Verzweiflung meist nur Show war. Aber jetzt wusste ich es besser.

»Hat er sich nicht bei dir gemeldet?«

»Nein.«

»Wirst du es tun?«

Ich hatte diese Möglichkeit in den letzten Stunden unzählige Male durchgespielt und verworfen, hatte Angst, dass ich mich noch verletzlicher machen würde, wenn ich ihn um eine Erklärung bat. Gleichzeitig fand ich, dass er mir eine schuldete. Und wenn er sie mir nicht freiwillig gab, würde ich sie mir einfordern.

»Ja«, sagte ich daher.

»Das ist gut! Lass dich nicht unterkriegen, Süße. Und wenn du Verstärkung brauchst, gib ruhig Bescheid.«

»Danke.« Ich lächelte leicht. Ich konnte es mir bildhaft vorstellen, wie Jessie, die Christian kaum bis zur Schulter reichte, ihm ordentlich den Marsch blies. »Aber du hast nach der Party bestimmt selbst genügend zu tun. Wie war es denn?«

»Ganz okay«, erwiderte sie gedehnt.

Ich lachte. »Du kannst ruhig sagen, dass es der absolute Hammer war.«

»War es«, gab sie zu. »Nur schade, dass du so früh gegangen bist. Das mit Albert und Jasper hast du aber noch mitbekommen, oder?«

»Ja.« Ich bemühte mich, das notwendige Interesse aufzubringen, auch wenn mir im Grunde alles egal war.

»Ich kann nicht fassen, dass er es so lange vor uns geheim gehalten hat.«

»Ich auch nicht. Ich dachte immer, er wäre in dich verknallt.«

»Er sagt, er war sich lange Zeit selbst nicht ganz sicher gewesen. Wusste nur, dass ihn Mädchen nicht wirklich interessierten. Und bevor er komisch angeguckt wurde, hatte er beschlossen, es so aussehen zu lassen, als wäre er hoffnungslos in eine verknallt, die unerreichbar für ihn schien. Außerdem wollte er nicht, dass seine Eltern etwas mitkriegen. Du weißt, wie konservativ sie sind.«

»Sie werden es überleben, sie sind eigentlich recht in Ordnung. Ich finde es toll, dass er endlich zu seinen Gefühlen steht.« So hatte die Party zumindest für einen von uns etwas Gutes.

»Er hat gestern noch ewig mit Jasper gequatscht. Und nächste Woche haben sie ein Date!« Ihr war ihre Begeisterung deutlich anzuhören. »Das ist so was von krass. Gleich zwei Coming-outs auf *meiner* Party!« Sie kicherte und wurde dann leiser, als ob sie das Telefon auf Abstand hielt. »Ich komme gleich!«, rief sie, offensichtlich zu jemand anderem. »Tut mir leid, Süße, ich muss los. Mark versucht gerade, einen Flecken aus dem Teppich zu kriegen.«

»Viel Erfolg.«

»Danke. Ich rufe dich nachher wieder an.« Sie legte auf.

Bevor mich der Mut verließ, wählte ich Christians Nummer. Meine Hände zitterten vor Aufregung, der Atem verfing sich in meiner Brust, während ich stumm die Freizeichen mitzählte. Er ging nicht ran. Und auch seine Mailbox war abgeschaltet. Ich legte auf und probierte es gleich erneut.

Fünf Versuche später musste ich einsehen, dass Christian entweder nicht mit mir sprechen wollte oder aus irgendeinem Grund nicht dazu in der Lage war. Sofort schlich sich die Sorge um ihn in mein Herz, doch ich kämpfte sie entschieden nieder. Ich hatte keinen Anlass zu denken, dass ihm was zugestoßen war, aber jeden, ihn für ein blödes Arschloch zu halten. Die Wut, die in mir aufwallte, half mir, den Schmerz zu ertragen. Schnell tippte ich ihm eine SMS, in der ich eine Antwort verlangte. Es lag nichts Flehendes oder Verständnisvolles mehr in meinen Worten. Dann stand ich entschieden auf und ging ins Bad.

Den Rest des Samstags verbrachte ich damit, mir zahllose YouTube-Videos reinzuziehen und haufenweise Eis zu futtern. Zoe, die einmal zu mir reinschaute, scheuchte ich mit einem grimmigen »Jetzt nicht« wieder raus. Dass dieses Verhalten irgendwann meine Mutter auf den Plan rufen würde, war eigentlich ziemlich klar.

»Was ist los, Kleines?«, fragte sie und setzte sich zu mir auf das Bett.

»Nichts.« Ich zuckte hilflos mit den Schultern und klappte meinen Laptop zu. Unter ihrem liebevoll besorgten Blick schossen mir erneut die Tränen in die Augen.

»Was ist gestern vorgefallen?«, fragte sie sanft.

Ich schniefte. »Christian und ich haben uns geküsst.«

»Und dann?« Eigenartigerweise wirkte sie erleichtert, als hätte sie etwas ganz anderes befürchtet.

»Dann hat er mich doof angeschnauzt und ist weggerannt.« Es auszusprechen, tat immer noch weh.

»Hast du eine Ahnung, wieso?« Sie zog mich tröstend in ihren Arm.

»Nein.«

»Ist dir … Ist dir schon mal etwas Merkwürdiges an ihm aufgefallen?«

»Wie meinst du das?« Ich würde ihr ganz sicher nicht erzählen, dass er eine magische Stimme besaß und ich ihn für einen Nachkommen der Loreley hielt. Dann würde ich mich schneller bei einem wohlmeinenden Psychiater wiederfinden, als ich bis drei zählen konnte.

»Nur so.« Mama zuckte betont lässig mit den Schultern. Ahnte sie etwas? »Vielleicht hättest du dann eine Erklärung für sein Verhalten«, schloss sie und ich entspannte mich wieder.

»Nein. Ich habe keine Ahnung, was er hat.«

Sie tätschelte meine Schulter. »Es nimmt dich ganz schön mit. Ich kann mich nicht erinnern, dass du wegen eines Jungen schon einmal so aus dem Häuschen warst.«

»Ja.« Ich kämmte mir eine Strähne aus der Stirn und schnaufte bitter. »Ich mag … ich *mochte* ihn wirklich sehr.«

»Das kann ich verstehen. Und auch wenn du es jetzt nicht hören willst, verspreche ich dir, dass es besser werden wird.«

»Wann?«, fragte ich kläglich.

Sie drückte ihre Lippen auf meinen Scheitel. »Das kann ich nicht sagen. Vielleicht morgen, vielleicht nächste Woche oder erst in einem Monat. Aber ich verspreche dir, dass es geschehen wird.«

»Und was mache ich bis dahin?«

»Fürs Erste kann ich dir noch mehr Eiscreme bringen. Und danach stehst du auf und richtest deine Krone. Kein Junge auf dieser Welt ist es wert, dass du dich seinetwegen so sehr quälst.«

Sie hatte gut reden. Das Fatale war, dass ich selbst Jessie genau diese Worte schon mehr als einmal gesagt hatte, und erst jetzt verstand, wie hohl und bedeutungslos sie waren.

Ich wollte überhaupt nicht über Christian hinwegkommen. Ich wollte, dass er zu mir zurückkam, sich entschuldigte und mir seine ewige Liebe schwor.

Ich merkte, dass ich schon wieder auf das Display meines Handys starrte, und ließ mich nach hinten auf mein Bett fallen. Warum antwortete er mir nicht?

Der Sonntag zog sich ebenso eintönig, trist und langweilig dahin wie der Samstag. Jessie hatte mir angeboten, vorbeizukommen, doch mir war nicht nach Gesellschaft zumute. Viel lieber verkroch ich mich in meinem Bett oder vertrieb mir die Zeit damit, die Fliege, die sich in mein Zimmer verirrt hatte, immer wieder erstarren zu lassen. Ich war inzwischen richtig gut darin geworden. Und soweit ich feststellen konnte, trug mein Versuchsobjekt auch keinen dauerhaften Schaden davon. Sobald ich die Zimmertür öffnete, um auf die Toilette zu gehen, sauste das kleine Insekt hastig in die Freiheit.

Als die Sonne unterging, stellte ich erstaunt fest, dass ich bereits zwei ganze Tage nach Christians Verschwinden überstanden hatte. Noch immer war mein Innerstes leer und gleichzeitig von tiefem Schmerz erfüllt, doch die Welt drehte sich weiter.

Und solange ich nicht zu sehr an meinen Empfindungen rührte, konnte ich es halbwegs ertragen. Solange ich in der Geborgenheit meines Zimmers blieb. Solange ich meinen Tränen freien Lauf lassen konnte, wann immer mir danach war, oder mir die Decke über den Kopf ziehen, wenn mich die Traurigkeit übermannte. Doch morgen würde meine Gnadenfrist enden.

Dann würde ich mich wieder der Welt stellen, wieder Christian begegnen müssen. Und davor graute es mir zutiefst.

Ich glaubte nicht mehr daran, dass er sich bei mir entschuldigen, es mir erklären würde. Dazu hatte er in den vergangenen zwei Tagen genügend Zeit gehabt. Doch er hatte keine einzige meiner Nachrichten beantwortet. Ich wusste nicht, wie ich es überstehen sollte, wenn er mich von Angesicht zu Angesicht ebenso ignorierte.

Entsprechend schwer fiel es mir am Montagmorgen, aus dem Bett zu kommen. Vielleicht sollte ich mich einfach krankmelden, auch wenn ich das Unvermeidliche damit nur etwas länger hinauszögern würde.

Ich trödelte so lange, dass meine Mutter schließlich ihren Kopf in mein Zimmer steckte. »Du musst los, Schätzchen«, sagte sie mitfühlend. »Es hilft alles nichts.«

»Kann ich heute nicht zu Hause bleiben? Nur einen Tag?«

Sie trat ein und setzte sich auf mein Bett. »Nein«, erwiderte sie bedauernd. »Weil es dir nicht helfen wird. Glaub mir, je länger du dich verkriechst, desto schwieriger wird es werden.« Sie reichte mir eine Tüte. »Ich habe dir dein Frühstück schon eingepackt. Und ein wenig Nervennahrung«, fügte sie augenzwinkernd hinzu. »Und jetzt los, zeig diesem Kerl, aus welchem Holz du geschnitzt bist.«

Sie hatte recht. »Danke, Ma.«

»Immer wieder gern, mein Schatz.« Sie drückte mich fest an sich, dann ging sie hinaus. Sie war selbst schon spät dran.

Ich nahm meine Tasche und holte mein Fahrrad aus der Garage. Dann radelte ich los.

Vielleicht würde es ja nicht so schlimm werden. Vielleicht würde er gar nicht da sein. Oder das alles entpuppte sich nur als ein riesiges Missverständnis.

Ich erreichte die Schule gerade, als die Glocke zur ersten Stunde läutete. Ich stellte das Fahrrad ab und hastete zum Unterricht. Unwillkürlich suchten meine Augen die sich hastig leerenden Flure nach ihm ab, auch wenn es mir vor einer Begegnung mit ihm graute.

Meine Chancen, dass sich alles noch in Wohlgefallen auflösen würde, schwanden zusehends. Er hatte nicht vor der Schule auf mich gewartet. Und das hätte er sicherlich gemacht, wenn er mit mir hätte sprechen wollen.

Irgendwie schaffte ich es, die ersten beiden Stunden durchzustehen. Ganz mechanisch machte ich mir Notizen, wenn der Lehrer etwas an die Tafel schrieb, meine Gedanken waren jedoch woanders.

Als die Glocke zur ersten großen Pause klingelte, sprangen alle um mich herum erleichtert auf.

»Geh nur«, sagte ich zu Albert, der wartend neben mir verharrte. Ich selbst blieb sitzen, traute mich auf einmal nicht, die schützenden Mauern des Klassenraums zu verlassen.

»Cara? Ist alles in Ordnung?« Der Lehrer schaute mich besorgt an und ich nickte hastig. »Ich muss abschließen«, sagte er.

Ich nickte erneut und nahm meine Tasche. Langsam schlenderte ich den Flur zur Haupthalle entlang, als ich in der Menge der Schüler Christians hochgewachsene Gestalt bemerkte. Ich sah nur seinen Hinterkopf, die sorgfältig nach hinten zusammengebundenen, goldblonden Haare, die tatsächlich bereits nachgewachsen waren und keine Spur der dunklen Haartönung mehr trugen. Mein Herz zog sich schmerzhaft zusammen bei seinem Anblick und der Erinnerung daran, wie er sich nur für mich in Schale geworfen und seine Haare geschnitten hatte. An all seine Blicke, Worte und Taten, die mich am Freitag für kurze Zeit in den siebten Himmel gehoben hatten.

Das konnte er nicht einfach fortschmeißen, so tun, als wäre das niemals geschehen.

Noch bevor ich wusste, was ich tat, begann ich, mir durch die Menge einen Weg zu ihm zu bahnen. Sein Name lag mir bereits auf den Lippen, als mir plötzlich das Blut in den Adern gefror.

Er wandte seinen Kopf zur Seite, ließ mich sein perfektes, wunderschönes Profil erkennen, das sich nun vertraulich zu Melissa neigte, die direkt neben ihm ging. Seine Lippen streiften ihre Schläfe. Sie kicherte kehlig, als er sie ungestüm an sich zog.

Um mich herum begann, sich alles zu drehen. Das konnte nicht wahr sein. Das durfte es einfach nicht.

Wie erstarrt blieb ich stehen, spürte kaum die Schüler, die mich anrempelten, um sich an mir vorbeizudrängeln. Ich nahm nichts anderes wahr als ihn und Melissa, die eng umschlungen hinter der nächsten Ecke verschwanden.

Ich weiß nicht, wie lange ich dagestanden hatte, zu betäubt, zu verwirrt, um mich auch nur zu rühren.

Ich hatte befürchtet, dass er mir die kalte Schulter zeigen, dass er mich ignorieren oder vielleicht auch mit Vorwürfen überhäufen würde für ein Vergehen, von dem ich nicht mal etwas ahnte. Aber niemals hätte ich damit gerechnet, dass er mich so schnell ersetzte. Und dann auch noch mit Melissa. MELISSA! Die er angeblich nicht einmal leiden konnte.

Hatte er nur mit mir gespielt? Wollte er bloß sehen, ob er mich auch rumkriegen konnte, obwohl ich mich ihm nicht gleich an den Hals geworfen hatte?

Meine Kehle schnürte sich zu, meine Augen brannten, doch es kamen keine Tränen. Vielleicht hatte sich ihr Vorrat bereits in mein Kopfkissen erschöpft, vielleicht ging mein Schmerz, mein Schock weit über irgendwelche Tränen hinaus. Ich wusste nur, dass ich da stand und ihm zitternd hinterherstarrte, obwohl er längst nicht mehr zu sehen war.

Ein leises Summen drang an mein Ohr. Irritiert sah ich mich um, bis ich begriff, dass es mein Handy sein musste, das ich nicht ausgeschaltet hatte und das nun in der Schultasche vibrierte. Ich kämpfte verzweifelt die Hoffnung nieder, dass es Christian sein konnte. Es hatte nicht so gewirkt, als ob er auch nur einen Gedanken an mich verschwendete.

Ich hatte recht. *Wo steckst du?*, lautete Jessies Nachricht.

Ich bin auf dem Weg, tippte ich schnell und riss mich zusammen. Mitten im Schulflur zur Salzsäule zu erstarren, würde mir auch nicht helfen.

Besorgt schaute Jessie mir entgegen, als ich an unserem üblichen Platz bei den Schließfächern ankam. An ihrem Gesicht konnte ich ablesen, dass sie es auch schon gehört hatte. Und damit zerplatzte meine letzte Seifenblase, dass ich mich geirrt haben könnte.

»Weißt du schon das Neuste?«, fragte sie vorsichtig.

»Du meinst, dass Christian mit Melissa zusammen ist?«, fragte ich bitter. »Jap. Ich habe sie höchstpersönlich gesehen.«

»So ein Arsch!«, entrüstete sich Jessie. »Wie kann er nur? Das ergibt doch überhaupt keinen Sinn.«

Ich zuckte mit den Schultern. Ich verstand es ja auch nicht. Aber an dem Fakt gab es nichts zu deuten.

»Und was machst du jetzt?«

»Nichts.« Ich schloss die Augen und atmete tief durch, um nicht hier und jetzt vor versammelter Mannschaft schreiend zusammenzubrechen. Der Kloß in meinem Hals blieb, aber zumindest wurde der Schmerz, der durch Jessies Worte aufgeflammt war, wieder erträglich.

»Du wirst nicht um ihn kämpfen?«

Ich schnaufte freudlos. »Um einen Kerl, der mich mir nichts, dir nichts wie eine heiße Kartoffel fallen lässt und dann durch *sie* ersetzt?« Ich brachte es nicht über mich, ihren Namen laut auszusprechen. »Niemals.« In dem Moment, in dem ich es sagte, spürte ich die Wahrheit dieses Wortes. Mit ihm war ich fertig. Er hatte mich zu tief und zu grundlos verletzt, als dass ich ihm das jemals verzeihen könnte. *Falls* er überhaupt Wert auf meine Vergebung legen sollte.

»Er ist ein Arsch«, wiederholte Jessie im Brustton der Überzeugung. »Und ein Idiot, weil er nicht weiß, was ihm gerade entgeht.«

»Danke.« Es tat gut, eine Freundin zu haben, die Christian allein aus Solidarität mit mir hasste.

»Wenn du reden willst …«

Ich schüttelte meinen Kopf, noch bevor sie ihren Satz zu Ende bringen konnte. »Ich möchte nicht darüber sprechen, es tut zu weh, verstehst du? Ich brauche Zeit, um über ihn hinwegzukommen. Und bis dahin möchte ich einfach so tun, als würde er überhaupt nicht existieren.« Was natürlich ein Ding der Unmöglichkeit war, weil er just in diesem Moment an mir vorbeistolzierte auf seinem Weg zum Unterricht, ohne mich auch nur eines Blickes zu würdigen. Wir hatten zusammen Deutsch und dann auch noch Erdkunde.

So ein Mist! Erdkunde. Das Referat. Um nichts in der Welt würde ich das jetzt noch mit ihm halten. Sollte er es doch allein machen. Selbst wenn ich eine Sechs dafür kassieren sollte, wäre mir das immer noch tausendmal lieber, als mich auch nur einen Augenblick lang seiner Gesellschaft auszuliefern.

Allein schon der Gedanke an ihn reichte aus, um mir glühende Stiche durchs Herz zu jagen.

»Ich muss dann«, sagte Jessie entschuldigend. Die Pause war zu Ende.

»Ja, ich auch.«

Ich zögerte noch ein wenig, ließ Christian so viel Vorsprung wie möglich, bevor ich mich ebenfalls zum Klassenzimmer begab.

Er war bereits auf seinem Platz, als ich in den Raum trat. Und obwohl ich es nicht wollte, hefteten sich meine Augen wie von selbst auf seine Gestalt.

Er saß nach hinten gelehnt, das Gesicht grimmig, den Blick starr geradeaus gerichtet, die Hände auf der Tischplatte zu Fäusten geballt. Seine Brust hob und senkte sich mit seinem schnellen Atem. Er wirkte nicht glücklich und beinah regte sich etwas wie Hoffnung, wie Mitgefühl in mir. Etwas quälte ihn fast ebenso stark wie mich.

Doch dann wandte er seinen Kopf und sein Blick glitt gleichgültig über mich hinweg, als wäre ich nichts weiter als ein Bild an einer Wand, als wäre ich seiner Aufmerksamkeit nicht würdig.

Ich hatte schon einmal diesen Ausdruck in seinem Gesicht gesehen, ganz am Anfang, als ich ihm noch nicht aufgefallen war, bevor ich durch einen dummen Zufall sein Interesse geweckt hatte.

Mehr war ich also wirklich nicht für ihn. Eine vorübergehende Zerstreuung, für die er sich etwas mehr ins Zeug hatte legen müssen.

Ich riss meine Aufmerksamkeit gewaltsam von ihm los und sah aus dem Augenwinkel, wie sich sein Kiefer verspannte. Ohne ihn weiter zu beachten, ließ ich mich auf meinen Platz fallen und war unsagbar froh, dass er hinter mir saß. Es fiel mir so viel leichter, mir selbst vorzumachen, dass er mich nicht mehr interessierte, wenn ich ihn nicht die ganze Zeit über ansehen musste.

Nach der Stunde rauschte ich als Erste aus der Klasse und rannte zum Erdkundeunterricht. Ich spürte es genau, als er ebenfalls den Raum betrat, doch ich blickte nicht auf, tat, als hätte ich ihn gar nicht bemerkt.

Danach schaffte ich es irgendwie, den restlichen Vormittag zu überstehen, ohne Christian noch einmal über den Weg zu laufen. Was natürlich nicht bedeutete, dass ich insgesamt verschont blieb. Die Nachricht, dass er – nach unserer heißen Knutscherei am Freitag – nicht länger mit mir, sondern mit Melissa zusammen war, hatte sich wie ein Lauffeuer verbreitet.

Wohin auch immer ich ging, begegnete ich – je nach persönlicher Veranlagung – mitfühlenden oder sensationslüsternen Gesichtern und fühlte mich wie bei einem Spießrutenlauf.

»Ich hole mir nur kurz etwas zu essen und dann suchen wir uns ein ruhiges Plätzchen«, schlug Jessie mir in der Mittagspause vor. »Wenn du willst, kannst du hier auf mich warten.«

»Danke.« Ich nickte erleichtert, doch genau in diesem Moment sah ich Melissa und Christian eng umschlungen in Richtung der Mensa gehen. Sie drehte ihren Kopf und schaute mich so triumphierend, so hämisch und überlegen an, dass in mir eine Sicherung durchknallte.

Das hier war *meine* Schule. Er ging erst seit wenigen Wochen hierhin. Ich würde mich von ihm nicht vertreiben lassen, würde mich nicht verstecken und verkriechen, bloß weil er ein riesengroßes Arschloch war.

Entschlossen packte ich Jessie an der Hand und zog sie hinter den beiden her.

»Was soll das?«, schrie sie überrascht auf, protestierte dann aber nicht mehr. Mein wütendes Schnauben war ihr offensichtlich Antwort genug.

Wir reihten uns genau hinter dem neuen Traumpärchen in die Schlange an der Ausgabetheke ein. Mir kam es vor, als wären Christians Schultern ungewohnt angespannt, doch ich konnte nicht sicher sein, weil er mit keinem Muskel zu erkennen gab, ob er mich überhaupt bemerkt hatte. Melissa hingegen hatte offensichtlich beschlossen, ihren Moment vollständig auszukosten.

Sie drehte sich in Christians Arm zu mir um und lächelte zuckersüß. »Cara. Ist es so schlimm? Sehnst du dich so nach seiner Nähe, dass du uns überallhin folgst?«

Dieses Biest! Wie konnte sie nur so gehässig sein? Immerhin hatte ich ihr gar nichts getan. In mir begann es zu brodeln, noch mehr als vorhin.

»Nein, ich habe bloß Hunger. Und hier gibt es nun mal das

Essen«, presste ich zwischen meinen Zähnen hervor. Christians Schultern zuckten. Amüsierte er sich etwa über meine Antwort? »Ich kann mir vorstellen, wie schwer das jetzt für dich sein muss«, säuselte sie unbeeindruckt.

Bevor ich etwas darauf erwidern konnte, schob Christian sie plötzlich vor sich und schlang von hinten beide Arme um sie, schmiegte seine Wange an die ihre.

Ich krallte mich in Jessies Hand, die ich noch immer umschlungen hielt, während eine neue Welle der Agonie über mich hinwegfegte. Warum tat er mir das an? Ich hatte ihn nie für grausam oder rücksichtslos gehalten. Doch genau das war er in diesem Moment und ich wüsste zu gern, womit ich das verdient hatte.

»Cara, sollen wir gehen?«, wisperte Jessie mir alarmiert zu.

»Nein«, gab ich ebenso leise zurück. Ich hatte schließlich auch meinen Stolz.

Endlich waren Melissa und er an der Reihe und nahmen ihr Essen entgegen. Mit dem Tablett in den Händen drehte Christian sich suchend um, seine Augen trafen die meinen. Nun konnte er nicht länger so tun, als würde ich nicht existieren.

»Cara«, sagte er beherrscht. Sein Blick verweilte forschend auf meinem Gesicht. Etwas flackerte darin. Sorge? Schuld? Groll? »Wie …« Er räusperte sich. »Wie geht es dir?«

Entgeistert starrte ich ihn an. Das fragte er mich jetzt nicht ernsthaft? Wie sollte es mir schon gehen, nachdem er mir das Herz aus der Brust gerissen, es angespuckt und zertrampelt hatte?

»Bestens«, gab ich zitternd zurück. »Ich würde nur gern verstehen, wieso du mir die ganze Zeit vorgespielt hast, mein Freund zu sein. Was hast du davon gehabt? Irgendeinen perversen Kick?« Meine Stimme wurde immer lauter, doch das kümmerte mich nicht. Ich wollte ihn treffen, ihn genauso verletzen, wie er mich verletzt hatte, auch wenn mir klar war, dass es mir nicht gelingen würde.

Sein Gesicht verhärtete sich. »Du hast es erfasst«, sagte er tonlos. »Es war bloß ein Spiel.«

»Ahhhh!« Ich kreischte auf in hilfloser Wut und spürte, wie mir nun doch die Tränen in die Augen schossen. Doch dieses Mal nicht vor Schmerz. Es war blanker Hass, der mich gerade erfüllte. Ich tobte und schrie, brüllte alles, was sich in den letzten zwei Tagen in mir angestaut hatte, aus mir heraus.

Und als ich keine Kraft mehr dazu hatte, hob ich zitternd und beschämt meinen Kopf. Der Schandfleck für diesen Ausraster würde für immer an mir kleben bleiben. Ich hatte gerade selbst mein soziales Todesurteil unterzeichnet und konnte nur hoffen, dass mich niemand mit seinem Handy dabei gefilmt hatte.

Ängstlich schaute ich mich um. Doch um mich herum war alles still, viel zu still. Niemand regte sich, niemand sagte ein Wort. Selbst vor den Fenstern der Mensa war alles erstarrt. Nirgends hörte ich auch nur einen Laut.

Keuchend atmete ich aus. Offensichtlich triggerte nicht nur die Angst meine Fähigkeit, sondern auch die Wut. Noch nie war es mir gelungen, ein so großes Areal einzufrieren, aber ich war auch noch nie dermaßen außer mir gewesen.

Ich betrachtete Christian, der genau vor mir stand, das Tablett in beiden Händen, und suchte nach Antworten in seinem wie gemeißelt wirkenden, wunderschönen Gesicht, das er schon wieder Melissa zuwandte. Was mochte in ihm vorgehen? Hatte er wirklich nur mit mir gespielt? Wenn ja, schien ihm das Ergebnis nicht besonders viel Spaß zu bereiten, denn er wirkte alles andere als erfreut. Ich suchte nach Anzeichen für Wärme und Zuneigung in dem Blick, mit dem er Melissa bedachte, fand jedoch nichts als Entschlossenheit darin. Andererseits, was wusste ich schon? Wie gut konnte ich wirklich in ihm lesen, wenn ich ihm all das, was zwischen uns geschehen war, tatsächlich abgekauft hatte?

Ich hätte auf mein erstes Bauchgefühl hören und mich von ihm fernhalten sollen.

Ich spürte, wie die Zeit sich meinem Griff zu entwinden begann, nicht mehr lange und mein Bann würde fallen. Einem plötzlichen Impuls folgend, packte ich Christians Tablett und verschob es in seinen Händen, sodass es unweigerlich herunterfallen würde, genau auf Melissas helles Kleid.

Es war kindisch, es war unfair, aber sie hatten es verdient. Alle beide.

Schnell huschte ich wieder an meinen Platz zurück und versuchte, mich genauso hinzustellen, wie ich vorhin gestanden hatte. Leider wusste ich nicht, wann genau ich die Anwesenden eingefroren hatte. Hatten sie noch meinen Schrei gehört? Meinen Nervenzusammenbruch mitbekommen? Doch mir blieb keine Zeit mehr, mir darüber Gedanken zu machen, denn im nächsten Moment erfüllte das Gemurmel unzähliger Schüler und das Klappern von Tellern und Besteck meine Ohren.

»Scheiße!«, brüllte Melissa erschrocken, als sich Christians Orangensaft auf sie ergoss und sein Teller gegen ihren Bauch rutschte. »Ah!« Krachend fiel nun auch ihr eigenes Tablett auf den Boden. Völlig aufgelöst versuchte sie, mit einem Stapel Servietten den riesigen Fleck auf ihrem Kleid abzutupfen.

»Iihh«, machte Jessie und zog mich ein Stückchen zur Seite.

Mein Blick huschte zu Christian, der noch immer wie festgefroren neben ihr stand, ohne auch nur den Versuch zu unternehmen, ihr zu Hilfe zu eilen. Er sah wütend aus, ungläubig, erschrocken, als wüsste er genau, dass ich dafür verantwortlich war. Dann wandte er sich brüsk ab und kniete sich hin, um das Chaos aus Essensresten und Geschirr zu seinen Füßen zu beseitigen.

»Manche Sünden bestraft der liebe Gott sofort«, kicherte Jessie und drehte sich ungerührt zu der Mensaangestellten, um ihr eigenes Essen in Empfang zu nehmen.

»Hast du eigentlich gesehen, wie es passiert ist?«, fragte ich besorgt, nachdem wir uns einen freien Tisch gesucht hatten.

»Nicht wirklich. Sein Tablett rutschte einfach herunter.« Sie grinste. »Vielleicht lässt ihn dein Anblick doch nicht so kalt, wie er uns glauben lassen möchte.«

Ich wünschte, es wäre so.

Albert gesellte sich gut gelaunt zu uns. Seine Wangen waren leicht gerötet. Er winkte Jasper zu, der zu einem anderen Tisch herüberging. »Was war denn da los?«

»Christian hat sein Tablett fallen lassen. Genau auf Melissa«, erklärte ich mit einem Anflug von Schadenfreude. Doch meine Erheiterung währte nicht lange. Über die Köpfe aller Anwesenden hinweg traf mich Christians eisiger Blick. Die Wut darin verschlug mir den Atem. Was hatte ich ihm nur getan, dass er mich auf einmal so sehr hasste?

Lustlos stocherte ich in meinem Essen herum und wusste, ich würde keinen Bissen runterkriegen.

Von da an wurde alles nur noch schlimmer. Melissa schien an Christian zu kleben wie eine Klette. Und jedes Mal, wenn ich sie sah, legte sie es darauf an, ihm ihre Zunge in den Hals zu stecken. Am Anfang hatte es mich noch verletzt, beim dritten Mal fand ich es nur noch abstoßend. Allmählich bekam ich das Gefühl, dass sie meinen Stundenplan studiert hatte und immer ausgerechnet dort mit ihm auftauchte, wo auch ich entlangmusste.

Noch nie war ich so froh wie jetzt, als dieser furchtbare Schultag schließlich endete. Ich hastete aus dem Raum und rannte geradezu in Melissa und Christian, die sich überaus leidenschaftlich verabschiedeten.

»Kommst du noch mit zu mir?«, gurrte sie atemlos, den Lippenstift von den vielen Küssen ganz verschmiert. Es konnte kein Zweifel daran bestehen, was genau sie ihm damit anbot.

Ich schnappte schockiert nach Luft, doch sie schienen mich nicht einmal zu bemerken. Sein Arm war um ihre Taille geschlungen, ihre Unterkörper eng aneinandergepresst.

Bitte sag Nein. Bitte geh nicht mit ihr mit, hämmerte es in meinem Kopf. Zitternd schlich ich mich an ihnen vorbei, wollte die Antwort nicht hören und brachte es dennoch nicht über mich, schnell zu verschwinden. Konnte es sein, dass sie mich wirklich nicht sahen? Oder bereitete es ihnen eine sadistische Freude, mich so leiden zu lassen?

»Oder lieber zu mir?«, wisperte Christian rau und vergrub sein Gesicht an ihrem Hals.

Mein Herz zersplitterte. Ich hatte nicht geglaubt, dass es noch schlimmer wehtun konnte, als es ohnehin bereits tat. Blind vor Tränen rannte ich aus der Schule hinaus.

Kapitel 12

Ich achtete kaum auf den Weg, während ich nach Hause radelte. In meinem Kopf drehte sich alles, meine Brust war ein einziges gähnendes Loch. Wenn ich es wenigstens verstehen würde, könnte ich es akzeptieren, irgendwie. Aber das tat ich nicht.

Wie konnte er am Freitag so liebevoll und zärtlich zu mir sein und heute diese Show direkt vor meinen Augen abziehen, die einzig dazu dienen sollte, mich zu verletzen?

Oder nahm ich mich selbst zu wichtig? War ich ihm letztendlich völlig egal? Hatte er sich einfach der erstbesten Nächsten zugewandt, da er nun sicher war, dass er mich hätte haben können? War ich für ihn nichts weiter als ein Strich auf irgendeiner Trophäentafel?

Allein der Gedanke daran schnürte mir die Kehle zu, während immer mehr Tränen aus meinen Augen quollen. Zugleich spürte ich eine alles verzehrende Wut in mir aufsteigen. Meine Hände prickelten, mein Kopf dröhnte. Haarscharf flitzte ich an einem Auto vorbei, ohne auch nur innezuhalten. Es war mir egal.

Endlich kam unsere Einfahrt in Sicht. Erleichterung machte sich in mir breit. Eine völlig absurde Regung, als würde sich irgendetwas ändern, bloß weil sich die Haustür hinter mir schloss.

Ich beschrieb einen schwungvollen Bogen, sauste an der Hecke unserer Nachbarin vorbei auf die Garage zu. Und fuhr beinahe in Erik hinein. Der hatte mir gerade noch gefehlt.

»Aus dem Weg!«, schnauzte ich ihn an, doch er rührte sich nicht. Regungslos schaute er mir entgegen, schien mich nicht einmal zu erkennen. Ich wich aus und bremste scharf ab. Noch immer krümmte er keinen Finger. Und allmählich dämmerte es mir, dass er erstarrt war. In meiner Wut und meinem Schmerz musste ich die Welt um mich herum eingefroren haben. Vielleicht war es ein Schutzmechanismus meines Unterbewusstseins – das magische Äquivalent des Sich-die-Decke-über-den-Kopf-Ziehens. Ich atmete tief durch und zwang mich zur Ruhe. Sobald sich mein Herzschlag etwas normalisiert hatte, spürte ich die Kontrolle über meine Kraft zurückkehren. Mit einem Ruck meiner Hand löste ich meinen Bann.

»Wow, Cara!« Erschrocken sprang Erik einen Schritt zurück. »Wo kommst du denn so plötzlich her?«

Mist, daran hatte ich ja gar nicht gedacht.

»Ich … ähm … bin gerade mit dem Fahrrad angekommen. Vermutlich warst du kurz abgelenkt.« Ich kreuzte meine Finger hinter dem Rücken und betete inständig, dass er nicht weiter nachfragte.

»Ach so.« Er musterte mich aufmerksam. Seine Augen weiteten sich. »Du hast dich verändert«, sagte er mit einem kleinen Lächeln. Dann schien ihm mein desolater Zustand aufzufallen. »Ist alles in Ordnung?«, fügte er besorgt hinzu.

Hastig wischte ich mir die Tränen von den Wangen. Die verheulten Augen konnte ich jedoch nicht so leicht beseitigen. »Ja … Nein. Ich will nicht darüber reden«, murmelte ich lahm.

Er legte seinen Arm um mich und zog mich an seine Brust. »Ist schon in Ordnung, das musst du nicht«, raunte er. »Ich bin trotzdem für dich da.«

Ich lehnte mich an ihn und genoss die Geborgenheit seiner Umarmung. Es fühlte sich gut an – tröstend, fürsorglich, beschützend. »Danke«, sagte ich schließlich und löste mich schniefend von ihm.

»Jederzeit«, erwiderte er ernst.

Ich lächelte leicht und endlich nahm mein Verstand seine Tätigkeit zumindest halbwegs wieder auf. »Ich wusste gar nicht, dass dein Praktikum schon zu Ende ist.«

Er grinste schief. »Ich habe mich extra beeilt. Ich habe dich vermisst.«

»Oh.« Was Besseres fiel mir nicht ein. Da ich selbst gerade am eigenen Leib erfahren hatte, wie sehr eine unerwiderte Liebe schmerzte, konnte ich ihm das einfach nicht antun. Gleichzeitig war es nicht fair, ihn noch länger mit einer vagen Hoffnung hinzuhalten.

»Schon gut.« Er schnaufte resigniert und senkte seinen Kopf. »Ich hab schon kapiert, dass du nicht ganz das Gleiche für mich fühlst.«

»Wirklich?« Erleichtert sah ich ihn an.

»Du kannst mich natürlich gern korrigieren, falls ich mich irre.« Er machte eine kurze Pause, als hoffte er, dass ich die Gelegenheit ergreifen würde, doch ich schwieg. Er seufzte. »Ich hab also recht.«

»Tut mir leid«, murmelte ich.

»Ist nicht deine Schuld.« Er zuckte mit den Schultern. »Und das ist auch nicht der einzige Grund für mein Erscheinen.« Er stockte und schaute mich ernst an. »Ich muss mit dir reden, Cara.«

»Okay.« Ich verschränkte abwartend die Arme vor der Brust. Sein düsterer Ton verhieß nichts Gutes.

»Nicht hier.« Er blickte sich hastig um, als befürchtete er, dass uns jemand belauschen könnte. »Am besten, du kommst mit zu mir. Es gibt etwas, was ich dir zeigen muss.«

»Worum geht es?«, fragte ich vorsichtig. Er machte mich neugierig, aber ich hielt es für keine besonders gute Idee, mit ihm in seine Wohnung zu fahren. Er schien die Sache zwischen uns zwar recht gut aufzunehmen, doch nach Christians beklopptem Verhalten traute ich dem männlichen Geschlecht jede Gemeinheit zu.

Er kaute nachdenklich auf seiner Unterlippe und schien mit sich selbst zu ringen. »Erinnerst du dich noch an diesen Typen«, sagte er schließlich langsam, »als wir uns das letzte Mal gesehen haben, warst du bei ihm und ich habe dich abgeholt.«

»Christian?«, fragte ich atemlos. Mein ganzer Körper begann, vor Aufregung zu zittern. Wusste Erik etwas über ihn? Immerhin hatte er mich gewarnt.

»Du erinnerst dich also«, stellte er das Offensichtliche fest. Mein innerer Aufruhr konnte ihm unmöglich entgangen sein, denn er verengte seine Augen. »Ist er etwa der Grund für deine Tränen?«, fragte er unerwartet sanft.

Ich hörte den beunruhigten Unterton in seiner Stimme und nickte zögernd.

Er atmete laut aus und ballte seine Fäuste. Sein Kiefer mahlte und seine Augen bekamen einen ungewohnt finsteren Ausdruck. Er machte mir Angst.

»Hör zu, Cara«, sagte er mühsam beherrscht. »Ich kann mir vorstellen, dass das alles sehr schwer und auch verwirrend für dich ist. Aber es ist wirklich wichtig, dass du mit mir kommst. Dein Leben könnte davon abhängen.«

»Mein Leben?«, wiederholte ich skeptisch, spürte aber instinktiv die Wahrheit hinter seinen Worten.

»Bitte, lass mich dir alles erklären. Ich habe einiges über ihn herausgefunden.« Er nahm meine Hand und zog mich mit sich fort. Überrascht erkannte ich sein Auto wenige Meter von unserer Einfahrt entfernt.

»Was hast du vor?«

»Das erkläre ich dir, wenn wir da sind. Ich fürchte, du musst es mit eigenen Augen sehen, damit du mir glaubst.«

»Du verrätst mir, was mit Christian los ist?«, vergewisserte ich mich.

»Ja. Alles, was ich in Erfahrung gebracht habe. Ich hab die Unterlagen zu Hause liegen.«

Ich nickte und lief ihm hinterher.

Was sagte es eigentlich über meinen Geisteszustand aus, dass mich die Andeutung einer mir drohenden Gefahr so viel weniger interessierte als die Möglichkeit, endlich hinter Christians Geheimnis zu kommen? Damit hätte Erik mich zu fast allem gekriegt.

Ich schickte Zoe schnell eine Nachricht, dass ich noch unterwegs war und später nach Hause kommen würde. Wenn es zu spät wurde, würde ich mir zwar Mamas Vortrag über die überall lauernden Gefahren anhören müssen, aber das war es mir wert. Immerhin wusste ich, dass ihre Sorgen völlig unbegründet waren. Seit ich meine Umgebung nach Belieben einfrieren konnte, konnte mir nichts mehr zustoßen.

»Also, was willst du mir sagen?«, fragte ich, sobald wir losgefahren waren.

»Können wir warten, bis wir bei mir sind?«

»Wieso?«

»Wie ich sagte, du wirst mir ohne Beweise kaum glauben.«

»Versuch's doch einfach.« Ich konnte mir nicht vorstellen, dass es noch irgendetwas gab, das mich wirklich in Staunen versetzen konnte.

»Also gut. Aber versprich mir, nicht auszurasten. Und falls du mir nicht glauben solltest, lass mir die Chance, die Wahrheit meiner Worte zu Hause zu beweisen, okay?«

Durch diese Vorrede nun mehr als neugierig stimmte ich ihm ungeduldig zu.

»Als ich diesen Christian das erste Mal sah, hatte ich direkt ein ungutes Gefühl bei ihm. Ich konnte es aber nicht wirklich fassen. Da war etwas an ihm, das mich beunruhigte. Deshalb habe ich dich gebeten, dich von ihm fernzuhalten.« Er presste seine Lippen kurz aufeinander. »Wie ich sehe, hast du meinen Rat nicht befolgt.« Ich hörte den Vorwurf in seiner Stimme und wünschte, ich hätte es getan. Wie viel besser würde es mir jetzt gehen, wenn ich sofort auf Eriks Warnung gehört hätte.

Wobei – vermutlich war es für mich schon damals zu spät gewesen.

»Auf jeden Fall ließ dieser Typ mir keine Ruhe«, fuhr Erik fort. »Immer wieder geisterte sein Gesicht vor mir herum, bis ich erkannte, woran es mich erinnerte. Ich habe in einem sehr alten Buch mal eine Abbildung gesehen – das Bild einer Frau – und Christian ist ihr wie aus dem Gesicht geschnitten.«

»Was für eine Frau?«

»Ihr Name war … Loreley.« Er hielt gespannt die Luft an und musterte mich vorsichtig. »*Die* Loreley, verstehst du?«, setzte er nach, als eine entsprechende Reaktion meinerseits ausblieb.

»Das weiß ich«, sagte ich schlicht.

»Du weißt es?« Ungläubig starrte er mich an. »Und hast dich dennoch mit ihm abgegeben? Weißt du nicht, wie gefährlich er ist?«

Nein, wusste ich nicht. Bisher hatte er keinen solchen Eindruck auf mich gemacht. Außerdem … »Seine Stimme wirkt bei mir nicht.«

»Was?« Erik verschluckte sich fast.

»Sein Zauber – oder was auch immer das ist – hat auf mich keine Wirkung. Ich bin immun.«

»Tatsächlich?« Er starrte mich entgeistert an. »Dann bist du in noch größerer Gefahr, als ich dachte«, fügte er hinzu und gab mächtig Gas.

»Erik? Was ist los?« Seine Angst übertrug sich auch auf mich. Offensichtlich wusste er irgendetwas, das mir bisher entgangen war. »Erik?«, wiederholte ich fordernd, als er weiterhin hartnäckig schwieg.

»Wir sind bald da«, lautete seine einzige Antwort. Er jagte den Wagen um eine Kurve.

»Sag es mir!« Ich brüllte fast, doch er ignorierte mich und konzentrierte sich auf den Verkehr.

Meine Hände begannen, wieder zu prickeln, und ich riss

mich zusammen. Ihn hier und jetzt einzufrieren, würde mir überhaupt nichts bringen. Dann würde ich nur noch länger auf meine Antwort warten müssen.

Frustriert wandte ich mich von ihm ab und schaute aus dem Fenster. Geduld war noch nie meine Stärke gewesen, erst recht nicht, nachdem er so eine Andeutung hatte fallen lassen, die mein Kopfkino auf Hochtouren ankurbelte.

Was war so schlimm daran, dass Christians Stimme mich nicht verzauberte, mir nicht meinen Willen rauben konnte? Sollte Erik sich nicht darüber freuen, erleichtert sein, dass ich immer ich selbst blieb? Christian tat es jedenfalls. Oder gab es noch einen anderen Grund?

Argh! Meine Gedanken drehten sich im Kreis. Und die Person, die mir die Antworten geben konnte, saß stur und schweigend neben mir.

Endlich lenkte er den Wagen in die Einfahrt einer Tiefgarage, die zu einem beeindruckenden Wohnkomplex gehörte. Hier wohnte er? Das Haus wirkte eindeutig nicht wie ein Studentenwohnheim.

Er parkte das Auto und führte mich zu einem Fahrstuhl, der uns sanft und geräuschlos nach oben beförderte. Die Kabine wirkte mit ihrer Mischung aus Spiegeln und Edelstahl sehr schick und ziemlich einschüchternd. Seine Eltern mussten ja richtig Kohle haben, von BAföG konnte man sich so eine Wohnung mit Sicherheit nicht leisten.

Die Fahrstuhltüren glitten leise auseinander, wir betraten einen mit glänzenden, hellen Fliesen ausgelegten Flur, von dem vier Türen abgingen. Vor einer davon blieb Erik stehen. Halb rechnete ich damit, dass er seine Hand – oder gar sein Auge – scannen lassen würde, doch er zückte lediglich eine Chipkarte, wie man sie in den Hotels benutzte, und führte sie durch den dafür vorgesehenen Schlitz.

Es klickte und die Tür schwang wie von Zauberhand auf.

Neugierig folgte ich ihm in die Wohnung. Zischend fiel die

Tür hinter mir zu. Erschrocken zuckte ich zusammen und fuhr herum.

»Keine Angst, die Tür ist sensorgesteuert«, sagte Erik grinsend. Es schien ihm Spaß zu machen, dass ich mich wie ein albernes Landei mit großen Augen in seinem Appartement umsah. Es war fast genauso groß wie unser Erdgeschoss, bestand aber weitgehend nur aus einem Raum, der mit schicken Designermöbeln in verschiedene Nutzungsbereiche unterteilt war.

»Wow!«, entfuhr es mir beeindruckt. Die Einrichtung entsprach nicht ganz meinem Geschmack, aber sie war stilvoll und vermutlich sehr teuer. »Deine Eltern müssen echt spendabel sein.«

Ein Schatten huschte über sein Gesicht. »Sagen wir mal, in meiner *Familie*«, er legte eine eigenartige Betonung auf das Wort, »muss man sich um Geld keine Sorgen machen. Aber deswegen sind wir nicht hier.«

Richtig. Meine Nervosität, von der mich der Prunk um mich herum kurzzeitig abgelenkt hatte, kehrte schlagartig zurück.

»Möchtest du was trinken?«, fragte Erik.

»Nein.« Ich war viel zu aufgewühlt, um irgendetwas herunterzubekommen.

Er runzelte missbilligend die Stirn, beließ es aber dabei und deutete einladend auf seine lederbezogene Couch.

Ich setzte mich und sah ihn erwartungsvoll an. »Also, was wolltest du mir sagen?«

Erik holte sich selbst ein Glas Wasser und setzte sich neben mich. »Bist du sicher, dass du nichts möchtest?«

»Ja!«, entfuhr es mir ungeduldig. Ich wollte endlich ein paar Antworten.

»Also gut.« Er verschränkte nachdenklich seine Hände. »Du sagst, du wüsstest, dass Christian der Erbe der Loreley ist, aber weißt du auch von seinem Fluch?«

»Er hat seine Stimme als Fluch bezeichnet«, entgegnete ich unsicher.

Erik schnaubte. »Sie verleiht ihm ungeheure Macht, er ist ein Heuchler, wenn er sie verteufelt. Nein, es liegt noch ein ganz anderer, ein echter Fluch auf ihm.«

»Welcher?«, hauchte ich. Mein Herz pochte mir bis zum Hals. Würde ich jetzt endlich erfahren, was er mir all die Zeit verheimlichte?

»Seine Kraft hat einen Preis. Eines Tages wird er mit seinem Leben dafür bezahlen.«

»Wie meinst du das?«, entfuhr es mir alarmiert.

»Er ist zu einem frühen Tode verdammt. Wie alle Nachkommen der Loreley.«

Ich schnappte nach Luft. Das konnte nicht sein. Ich sah sein Gesicht vor mir – so schön, so von Leben erfüllt. »Wie früh?«, keuchte ich. »Und wieso lebt dann noch seine Mutter?«

Erik räusperte sich. War da Verunsicherung in seinen Zügen? So schnell, wie sie gekommen war, verschwand diese kurze Regung auch wieder. »Ist sein Vater denn auch noch am Leben?«

»Nein«, erwiderte ich langsam. Mir wurde plötzlich eiskalt. Christian hatte seiner Mutter vorgeworfen, dass sie etwas mit dem Tod seines Vaters zu tun hatte.

»Dann hat sie ihn an ihrer statt geopfert«, stellte Erik grimmig fest.

»Was?!« Erschrocken schlug ich mir die Hand vor den Mund.

»Es gibt kein Entkommen«, sagte er düster. »Die Magie fordert immer ihren Tribut.«

»Das heißt, Christian muss bald sterben?«

»Es sei denn, er opfert jemand anderen. Ein Mädchen zum Beispiel, das ihm verfallen ist.«

Melissas Bild erschien vor meinen Augen und ich stöhnte gequält. Ging es ihm nur darum? Wollte er sie töten, um selbst weiterleben zu können?

Um mich herum begann, sich alles zu drehen, in meinem Kopf rauschte es. »Und was hat das jetzt mit mir zu tun?«

»Du, Cara, bist der Schlüssel.«

Ich verstand kein Wort. Und auf einmal wollte ich auch nichts mehr hören. Ich wollte mich bloß verkriechen, ganz weit weg und so tun, als würde mich das hier überhaupt nichts angehen.

Aber es gab kein Entrinnen vor dem Grauen, das mich erfasste. Es würde nicht verschwinden, bloß weil ich den Kopf in den Sand steckte, es würde nicht aufhören.

»Loreley zog einst den Fluch auf sich, weil sie einen Mann zu viel in den Tod lockte, den Gemahl einer mächtigen Hexe.«

»Adeleidt«, flüsterte ich kraftlos, als endlich ein Puzzlestück an den richtigen Platz rückte.

»Du weißt davon?« Erik musterte mich aufmerksam.

»Ein wenig. Ich weiß, dass sie eine Hexe war und dass Christian nach ihren Nachkommen sucht … oder auch nicht.« Immerhin wollte er nicht, dass ich von ihr abstammte.

»Oh ja, er sucht sie. Und das aus gutem Grund. Als Rache für den Tod ihres Mannes legte Adeleidt einen Fluch über Loreleys ganzes Geschlecht. Es gibt nur einen Weg, diesen Fluch zu brechen – er muss Adeleidts Macht vom Angesicht der Erde tilgen.«

»Wie?«, hauchte ich.

»Indem er den letzten Spross ihrer Linie beseitigt.«

»Woher weißt du das?«, fragte ich in einem letzten aufbegehrenden Versuch, das alles von mir zu weisen. Das war doch absurd! Ich würde mich nicht mit dieser Geschichte auseinandersetzen, würde nicht darüber nachdenken, wie das alles mit mir zusammenhing – mit mir zusammenhängen *musste* –, bevor ich ganz sicher war, dass er mir die Wahrheit sagte.

Erik nickte und erhob sich langsam. Er schien zu spüren, was in mir vorging. Er ging zu einem Regal hinüber und zog ein abgegriffenes, dunkles Buch heraus.

»Ich bin irgendwann bei der Recherche für eine Hausarbeit ganz zufällig hierauf gestoßen.« Er schlug das Buch auf und reichte es mir.

Ich erkannte das Bild einer Frau. Die Unterschrift lautete: *Kohlezeichnung um 1620. Loreley.*

Fassungslos ließ ich das Buch auf meine Knie sinken. Christians Augen strahlten mir aus dem Bild entgegen, sein Mund lächelte mich an. Natürlich gab es Unterschiede. Seine Brauen waren viel dichter und breiter, seine Lippen ein wenig voller, die Wangenknochen männlich markant anstatt feminin gerundet. Doch die Ähnlichkeit war nicht zu übersehen. Gleichzeitig bewies das Bild jedoch nichts, was Christian nicht selbst bereits zugegeben hätte.

»Deswegen kam er mir so bekannt vor«, erklärte Erik. »Sein Gesicht ließ mir einfach keine Ruhe und irgendwann erinnerte ich mich an diese Zeichnung. Mir wurde klar, dass er ein Nachkomme der Loreley sein musste. Ich gebe zu, dass mich die Legenden, die sich um sie und ihre überaus mächtige Stimme rankten, ziemlich beunruhigten. Ich machte mir Sorgen um dich und begann, weiter zu forschen. Dabei kam das hier ans Licht.« Er nahm das Buch aus meinem Schoß, klappte die letzte Seite um und nahm ein zusammengefaltetes Blatt Papier heraus.

»Was ist das?« Zitternd streckte ich meine Hand danach aus.

Konzentriert strich er mit seinen Fingern darüber, als wäre er plötzlich nicht sicher, ob er es mir wirklich geben sollte. Doch für derartige Bedenken war es nun zu spät. Ungeduldig riss ich ihm das Blatt aus den Händen.

Es erwies sich als die Fotokopie eines Schriftstückes. Die Buchstaben waren blass und so verschnörkelt, dass ich sie kaum entziffern konnte.

»Soll ich?« Behutsam nahm Erik den Zettel wieder an sich und begann stockend zu lesen.

»War es ein Dämon oder ein Engel, der mich vorhin heimsuchte? Noch nie zuvor habe ich eine lieblichere Stimme vernommen, noch nie zuvor ein schöneres Antlitz erblickt. Doch die Macht, die dieses Wesen über mich hatte, war furchteinflößend, ebenso wie die Ungeheuerlichkeiten, die sie mir anvertraute. Sie verbot mir, darüber zu sprechen. Und selbst jetzt, da sie fort ist, reichen meine Kräfte nicht, um mich ihrem Willen zu widersetzen. Also werde ich aufschreiben, was sie mir in der heiligen Beichte anvertraute, damit ihre Sünde nicht meine Seele beschwere.

Vielleicht war sie doch ein Engel. Wieso sonst sollte sie die Vergebung des Herrn ersuchen? Oder ist es gar eine himmlische Prüfung? Ich weiß es nicht. Ich werde es aufschreiben und das Pergament verwahren, damit es niemals in fremde Hände fällt. Doch schreiben muss ich es, damit es nicht meine Seele zerfrisst.

Sie sagte, sie wäre unverderbt und schuldig zugleich. Ein Mann war durch ihr Zutun gestorben, ein Mann, dessen Tod sie nicht wollte, von dem sie nicht einmal wusste, bis es zu spät war, bis er vollends dem Bann ihrer Stimme verfiel und sich nicht mehr aus den Stromschnellen zu retten vermochte.

Dafür traf sie ein furchtbarer, todbringender Fluch. Sie beichtete mir, erhoffte Vergebung und flehte mich an, durch Gottes Gnade den Fluch von ihr und den ihren zu nehmen.

Doch der Herr mengt nicht mit dem Teufel, beschmutzt nicht seine Hände am Werke der Satansbrut. Nur das reinigende Feuer könnte den Hexenfluch brechen und ihr die Erlösung bringen, die sie ersucht. Aber sie weigerte sich, mir das Versteck von Adeleidt, der Hexe, die sie verflucht hatte, zu verraten.

Im Schatten der Nacht war sie gekommen und im Schatten der Nacht ließ sie mein Kloster hinter sich. Ohne mir auch nur ihren Namen zu nennen. Später hörte ich ihn. Er lautet Loreley.«

Erik legte das Blatt zur Seite, sagte jedoch nichts. Und ich war froh, dass er mir die Zeit ließ, das Gehörte zu verarbeiten.

»Woher hast du das?«, fragte ich, obwohl es nicht wirklich eine Rolle spielte.

»Das sind die Aufzeichnungen eines Mönches. Sie wurden in

einem alten Kloster am Ufer des Rheins gefunden. Sobald mir klar war, wer Christian ist, habe ich ein paar Erkundigungen eingezogen.«

»Und das klappte so schnell?« Immerhin war er auch mit seinem Praktikum beschäftigt gewesen.

Er zuckte mit den Schultern. »Im Laufe der Jahre habe ich ein paar sehr nützliche Kontakte geknüpft. Und einer davon hatte das Glück, auf dieses Schriftstück zu stoßen.«

Das ergab Sinn. Immerhin studierte er Archäologie. »Kann ich das mal haben?« Obwohl ich die Schrift nicht gut lesen konnte, half die Aufzeichnung mir, meine Gedanken zu sortieren. Ich strich das Blatt auf meinen Knien glatt und ging im Geiste alle Fakten durch, die mir bisher vorlagen.

Christian hatte Loreleys Kraft und ihren Fluch geerbt. Der Fluch lag jedoch nicht – wie er mir hatte weismachen wollen – in der Stimme an sich, sondern darin, dass er ein Menschenleben opfern musste, um selbst am Leben zu bleiben. Alles in mir weigerte sich, daran zu glauben, dass Christian so skrupellos, so hartherzig sein konnte. Gleichzeitig hatte ich keine Ahnung, wozu er fähig war, wenn es ums Überleben ging. Und dass er rücksichtslos und grausam sein konnte, hatte ich erst heute am eigenen Leib gespürt. Außerdem hatte der Mönch in seinen Aufzeichnungen darüber geschrieben. *Ein furchtbarer, tödlicher Fluch,* der auf Loreley und den ihren lag. Daran gab es nicht viel zu deuten.

Es blieben also zwei offene Fragen. »Wieso bin ich immun gegen seine Kraft? Und was ist so schlimm daran?«

»Es gibt nur eine Erklärung, wieso seine Stimme keine Macht über dich hat – du musst Adeleidts Nachfahrin sein, zumindest einen Teil ihrer Kraft in dir tragen.«

»Wie kommst du darauf?«

Er zögerte. »Weil ich auch eine Fähigkeit habe«, sagte er schließlich leise. Er seufzte und wirkte mit einem Mal überaus nervös, als er seine Hand ausstreckte. Wie durch einen Windhauch segelte das Blatt von meinem Schoß und landete genau auf seiner Handfläche.

»Was war das?« Vermutlich sollte ich erschrecken, doch ich war über derartige Regungen längst hinaus. Wenn ich die Zeit anhalten und Christian mit seiner Stimme anderen Menschen befehlen konnte, wieso sollte Erik nicht so etwas tun können? Vielleicht hatte ja jeder eine geheime Macht und hatte bloß Angst, anderen davon zu erzählen.

»Ich kann Dinge mit meinen Gedanken bewegen«, bestätigte er und sah mich so gespannt und zugleich zerknirscht an, als fürchtete er, dass ich jeden Moment schreiend davonlaufen könnte.

Doch das hatte ich ganz bestimmt nicht vor. Hier warteten Antworten auf mich. Und ich wollte jede einzelne davon haben.

»Bist du ein Hexer?«

Er schmunzelte, seine Schultern entspannten sich. »Ich bevorzuge die Bezeichnung Magier. Hexer ist so negativ belegt.«

»Und was kannst du sonst noch?« Wenn er außer der Telekinese weitere Tricks auf Lager hatte, konnte ich sie vielleicht auch irgendwann lernen.

»Nicht viel, leider.« Er runzelte bedauernd seine Stirn. »Ich bin nicht besonders stark. Aber es reicht, um zu spüren, dass du Magie in dir trägst.«

»Du hast es also die ganze Zeit gewusst?«, entfuhr es mir schockiert. »Und du hast nie auch nur ein Wort gesagt?«

»Wie hättest du denn reagiert, wenn ich es getan hätte?«, fragte er sanft. »Ich hatte das Gefühl, dass du noch nicht bereit dazu warst, andere Magier zu treffen. Du brauchtest Zeit, um die Kraft, die in dir erwacht ist, in aller Ruhe selbst zu begreifen.«

»Es war also nur zu meinem Besten?«, schnaubte ich.

»Nicht nur«, gab er offen zu. »Auch mir fällt es nicht leicht, mich anderen zu offenbaren. Glaube mir, ich habe schon so manche bittere Enttäuschung erlebt.«

Das konnte ich sogar irgendwie verstehen. Ich hatte es schließlich auch niemanden erzählt.

»Du hättest es mir sagen sollen«, beharrte ich dennoch.

»Du hast recht und es tut mir leid. Ich habe wirklich nur alles richtig machen wollen.«

Er wirkte aufrichtig zerknirscht. Und an der Vergangenheit ließ sich ohnehin nichts mehr ändern.

»Also gut.« Ich strich mir über die Stirn und versuchte, meine Gedanken zu ordnen. »Du wolltest mir etwas über diese Adeleidt erzählen.«

»Eigentlich nur, dass du von ihr abstammen musst.«

»Das habe ich auch vermutet, aber dem ist nicht so«, entgegnete ich sicherer, als ich es in Wahrheit war.

»Weshalb denkst du das?«

»Ich habe meine Mutter gefragt.«

»Und das war's?«, entfuhr es ihm ungläubig. »Deine Mutter sagt Nein und du glaubst ihr einfach so?«

»Wieso sollte sie mich anlügen?«, schnappte ich. Seine Worte trafen einen sehr empfindsamen Nerv. Ich *hatte* gespürt, dass sie etwas vor mir verbarg.

»Vielleicht, weil sie nicht deine Mutter ist?«

Erik sagte das ganz ruhig und sachlich, doch mir war, als hätte mich eine Abrissbirne getroffen. Meine Welt zerfiel zu Staub um mich herum.

»Wie kommst du darauf?«, raunte ich und spürte ein hysterisches Lachen in mir aufsteigen. Das war einfach zu viel.

»Du weißt es nicht?«

»Nein.« Ich schüttelte wild meinen Kopf. »Und du kannst es auch nicht wissen.«

»Doch. Ich habe es gespürt, Cara«, erklärte er vorsichtig.

»Wie kann man so etwas denn spüren?« Meine Skepsis linderte ein wenig den Schock.

Er atmete tief durch.

Ich sah ihn an und wusste nicht, ob ich noch die Kraft für

eine weitere Offenbarung hatte. Alles, woran ich glaubte, was mir unverrückbar in meinem Leben erschien, geriet immer mehr aus den Fugen.

»So wie ich deine Kraft gespürt habe, wusste ich auch – in dem Moment, als ich sie sah –, dass deine Eltern nicht den Hauch eines magischen Potenzials in sich tragen.«

Ich atmete tief durch. Es klang alles so nachvollziehbar und logisch. Aber ich *wollte* ihm einfach nicht glauben. Immerhin sprach er von meinen Eltern, die ich mein Leben lang kannte.

»Das Fehlen der Kräfte beweist gar nichts«, beharrte ich störrisch. »Vielleicht wurde bloß eine Generation übersprungen. Rezessive Gene und so.« Ich klammerte mich an diese Erklärung, auch als Erik entschieden den Kopf schüttelte.

»Es tut mir leid, Cara. Doch so funktioniert die Sache mit der Magie nicht. Du trägst sie in dir. Und die Leute, die dich aufgezogen haben, nicht.«

Ich starrte ihn mit großen Augen an. »Du hast es schon damals gewusst und hast mir kein Wort gesagt?« Meine Stimme wurde immer schriller. Ich fühlte mich hintergangen und verletzt.

»Glaube mir, ich wollte dir niemals wehtun, Cara.« Er sah mich beschwörend an. »Ich konnte nicht ahnen, dass du es nicht weißt. Und selbst wenn, es steht mir nicht zu, mich in eure Familie einzumischen. Es ist schließlich nicht mein Geheimnis. Auch jetzt hätte ich die Sache mit deinen Eltern niemals erwähnt, wenn es nicht so wichtig wäre.«

Ich musterte ihn grimmig, während mein Herz die Wahrheit zu leugnen versuchte, die mein Verstand bereits erkannt hatte. Es passte alles zusammen. Mamas merkwürdiges Verhalten, die Tatsache, dass ich als Einzige in der Familie irgendwelche Anzeichen einer übersinnlichen Kraft zeigte. Es gab bei uns ja nicht einmal Geschichten über eine verschrobene Großtante.

Erschüttert presste ich mir die Hände vors Gesicht. Jeder Herzschlag, jeder Atemzug tat nur noch weh.

Meine Eltern waren nicht meine Eltern, Zoe nicht meine Schwester.

Alle Menschen, die ich liebte, denen ich vertraut hatte, sollten mich bloß belogen haben?!

»Es tut mir leid, Cara«, sagte Erik behutsam und legte mir tröstend seinen Arm um die Schultern.

Bockig streifte ich ihn ab. Nein! Ich würde ihm nicht glauben, nicht bevor meine Mutter es mir bestätigte.

Entschlossen sprang ich auf.

»Was hast du vor?« Er sah mich irritiert an.

»Mit meiner Mutter reden.«

Er schnaufte. »Das hast du schon einmal getan.«

»Dann mache ich es eben noch mal!« Ich würde sie mit dem konfrontieren, was Erik mir gesagt hatte, und nicht lockerlassen, bis sie mir die ganze Wahrheit erzählte.

Schwankend machte ich mich auf den Weg zur Tür. Ich fühlte mich wie erschlagen. Kaum zu glauben, dass noch vor einer Stunde mein Liebeskummer mein größtes Problem gewesen war. Jetzt stand meine ganze Welt auf dem Kopf.

»Cara«, hielt Erik mich zurück. »Egal, was du tust, halte dich unter allen Umständen von Christian fern.«

»Keine Sorge«, brummte ich. Abgesehen davon, dass er im Moment der Letzte war, den ich zu sehen wünschte, vögelte er sich gerade vermutlich mit Melissa die Seele aus dem Leib.

Melissa!, fiel es mir siedend heiß ein. Erschrocken packte ich Erik am Arm. »Christian ist gerade mit einem Mädchen zusammen. Wir müssen sie warnen! Sie hat keine Ahnung, wie gefährlich er ist.«

»Ihr droht keine Gefahr«, widersprach Erik mir düster.

»Hä?!« Entgeistert starrte ich ihn an. »Hast du nicht selbst gesagt, dass er jemanden opfern muss?«

»Nicht mehr.«

»Und wieso nicht?«

»Hast du es immer noch nicht begriffen? *Du* bist Adeleidts

262

Erbin – wenn er *dich* tötet, wird er sich und seine Nachkommen für immer von dem Fluch befreien. Es gibt für ihn also keinen Grund, ein anderes Menschenleben zu opfern, sofern er nicht Gefallen daran hat.«

Ich blieb wie festgefroren stehen. Immer wenn ich dachte, es könnte nicht mehr schlimmer kommen, setzte das Schicksal noch einen drauf. Endlich waren alle Verknüpfungen da.

»Christian will meinen Tod?«, raunte ich tonlos.

Das war absurd. Und auch Eriks Nicken änderte nichts daran, dass ich das nicht glauben konnte.

»Das kann nicht sein.« Ich presste mir die Hand vor die Stirn in dem Versuch, meine Gedanken zu ordnen.

»Er hat meine Nähe gesucht, nachdem er gemerkt hatte, dass ich nicht seiner Stimme gehorchte.«

»Er muss in dem Moment erkannt haben, wer du wirklich bist.«

»Zumindest hat er es vermutet. Aber er wollte es nicht wahrhaben.«

Tröstend streichelte Erik über meinen Rücken. »Ich schätze, das spricht für ihn. Und zeigt, dass er dich wirklich mochte.«

»Aber nicht genug«, flüsterte ich verzweifelt.

Das musste der geheimnisvolle Anrufer ihm mitgeteilt haben, deshalb hatte er mich nach unserem Kuss verlassen. Aber wieso hatte er mich nicht einfach erledigt? Ich wäre mit Sicherheit leichte Beute für ihn gewesen, so liebestrunken und vertrauensvoll, wie ich war. Wieso hatte er sich stattdessen Melissa zugewandt? Vielleicht hatte Erik ja doch unrecht.

»Er hätte mich bereits töten können«, sagte ich stockend. So etwas auch nur auszusprechen, war verrückt. »Aber er hat es nicht getan.«

»Ich weiß nicht, was in seinem Kopf vorgeht.« Erik legte seine beiden Arme auf meine Schultern und stellte sich so, dass er mir ins Gesicht sehen konnte. »Vielleicht wartet er auf eine günstigere Gelegenheit. Vielleicht muss er alles auch nur ganz genau planen. Immerhin wird Mord heutzutage streng bestraft.« Er schaute mich beschwörend an. »Ich weiß nur, dass du in großer Gefahr schwebst und dass du ihm nicht vertrauen darfst.«

Das hatte ich auch schon begriffen.

»Versprichst du mir, dass du dich von ihm fernhalten wirst?« Ich nickte und er drückte mich erleichtert an sich. »Uns wird schon etwas einfallen, Cara. Ich lasse nicht zu, dass dir oder irgendeinem anderen Mädchen etwas geschieht. Das verspreche ich dir.«

»Danke«, flüsterte ich und schmiegte meine Wange an seine Brust, spürte, wie er seine Arme beschützend um mich schlang, und schloss für einen Moment meine Augen.

Mein ganzes Leben lag in Trümmern, doch er war noch immer bei mir. Ich krallte meine Hände in sein Hemd und drückte mich noch fester an ihn. Ich war so froh, dass ich dem, was noch kommen würde, nicht ganz allein gegenüberstand.

Es dauerte eine Weile, bis ich die Kraft fand, mich von ihm zu lösen.

»Du willst wirklich gehen?«

»Ich muss.«

»Dann lass mich dich wenigstens fahren.«

»Nein.« Ich brauchte ganz dringend Zeit für mich.

»Sei nicht albern, mit dem Wagen geht es viel schneller.« Er legte seine Hand auf meinen Oberarm, als wollte er mich festhalten.

»Nein.« Ich schüttelte meinen Kopf. »Ich muss das allein tun, verstehst du?«

Er wirkte noch immer nicht überzeugt.

Ich spürte meine Selbstbeherrschung schwinden, meine Nerven waren bis zum Zerreißen gespannt und auf meinem Herzen lastete mehr, als ich gerade verkraften konnte. Ich wollte mich nicht auch noch mit Erik streiten. Entschieden riss ich meinen Arm von ihm los. Und als er den Mund aufmachte, um noch einmal auf mich einzureden, ließ ich ihn einfach erstarren, bevor ich tränenblind aus seiner Wohnung stolperte.

Kapitel 13

Ich brauchte mit der U-Bahn fast eine Dreiviertelstunde bis nach Hause. Doch die von mir erhoffte, klärende Wirkung auf mein Gemüt blieb aus. Tränen strömten unablässig über mein Gesicht, sobald ich nur an Christians Verrat oder den meiner Eltern dachte.

Wie konnten sie mir das bloß antun? Wieso haben sie mich mein ganzes Leben lang belogen? Gab es überhaupt noch etwas, was ich glauben durfte, war irgendetwas in meinem Leben echt?

Verzweifelt klammerte ich mich an die Hoffnung, dass meine Mutter alle Zweifel wegwischen, mir versichern würde, dass ich natürlich ihre Tochter, ihr Fleisch und Blut war. Doch wenn ich ehrlich war, rechnete ich nicht mehr damit.

Ich war so wütend, so verletzt, so verwirrt, dass ich stark an mich halten musste, um die Kraft zu bändigen, die in meinem Inneren tobte. Doch was nützte es mir, die Zeit anzuhalten? Viel lieber würde ich sie beschleunigen können oder zurückdrehen.

»Cara?«, schallte mir Mamas besorgte Stimme entgegen, sobald ich die Haustür öffnete. »Wo bist du gewesen?« Sie eilte in den Flur und blieb erschrocken stehen, als sie mein verquollenes Gesicht bemerkte. »Was ist passiert?«

»Können wir reden?«, fragte ich tonlos statt einer Antwort.

»Geht es dir gut?« Sie strich über meinen Kopf, betastete

meine Arme, als würde sie nach einer Verletzung suchen. In ihren Augen sah ich die schlimmsten Befürchtungen flackern.

»Ich bin unversehrt«, winkte ich müde ab, bevor sie noch die Polizei alarmierte, und löste mich aus ihrem Griff. »Wir müssen reden.«

»Natürlich, Schatz.« Sie wich nicht von der Stelle, also drängte ich mich an ihr vorbei ins Esszimmer und ließ mich schwer auf einen Stuhl sinken.

Hier, jetzt, mit ihr zu Hause zu sein, war mehr, als ich ertragen konnte, und ich spürte, wie mich erneut die Tränen zu würgen begannen. Alles in diesem Raum erinnerte mich an unbeschwerte Momente voll Liebe und Glück. Doch es war nicht mein Zuhause. Ich gehörte nicht hierher. Es war alles bloß eine Lüge.

»Wer sind meine Eltern?«, fragte ich düster und sah, wie ihre Gesichtszüge entgleisten. Ihre Haut wurde aschfahl. Falls ich noch irgendeinen Zweifel gehabt haben sollte, hätte sie ihn hiermit ausgeräumt.

Sie schluckte und räusperte sich. »Wir … wir sind deine Eltern«, sagte sie entschlossen.

»Nein.« Ich schüttelte langsam meinen Kopf. »Meine *richtigen* Eltern.«

Schmerz und Trauer zeichneten sich auf ihrem Gesicht. Sie seufzte und nickte langsam. »Also gut. Ich weiß nicht, wie du es herausgefunden hast – und ich werde vorerst auch nicht fragen«, fügte sie schnell hinzu, bevor ich aufbrausen konnte. »Du hast ein Recht auf eine Antwort. Dein Vater und ich, wir wussten, dass dieser Tag einmal kommen würde.« Sie lächelte traurig. »Aber ich habe gehofft, noch etwas mehr Zeit zu haben.«

Sie atmete tief durch und sah mich ernst an. »Deine Mutter war meine beste Freundin, ich habe sie wie eine Schwester geliebt. Deine Eltern waren sehr glücklich, als du geboren wurdest, wir alle waren es.« Wie gebannt hörte ich ihr zu. »Doch dann, du warst etwa vier Wochen alt, starben sie bei einem schrecklichen Unfall. Du warst mit ihnen im Auto und hast als Einzige wie durch ein Wunder überlebt.« Sie holte zitternd Luft und wischte sich über die Wangen, die plötzlich feucht von Tränen waren. »Natürlich haben wir dich zu uns genommen.« Sie streckte ihre Hand nach der meinen aus, doch ich zog sie instinktiv zurück. Gekränkt schaute meine … die Frau, die mich aufgezogen hatte, mich an.

»Und hatten meine Eltern vielleicht irgendwelche besonderen Fähigkeiten?«, fragte ich nüchtern. Ich musste mich auf die Dinge konzentrieren, die sie mir verheimlicht hatte, damit mich nicht Trauer über den Verlust der Eltern, die ich niemals gekannt hatte, überwältigte.

Sie fragte nicht nach, was ich damit meinte, sondern nickte bloß. »Sophie, deine Mutter, konnte bestimmte Dinge. Bis auf eine winzige Kostprobe, um mich zu überzeugen, hat sie mir nie verraten, was genau es war. Sie meinte, es wäre sicherer für mich, je weniger ich darüber wüsste.«

»Und wieso hat sie sich und ihren Mann nicht gerettet?« Wieso mussten sie beide sterben, wenn sie doch eine Hexe war?

»Ich weiß es nicht. Vielleicht ging alles einfach zu schnell. Es grenzte schon an ein Wunder, dass du am Leben geblieben bist. Das Auto war völlig zerquetscht. Die Rettungskräfte mussten deine Babyschale aus dem Wagen schneiden, doch du hattest keinen einzigen Kratzer.«

Gegen meinen Willen perlten Tränen über meine Wangen und ich wischte sie trotzig fort. Ich wollte nicht traurig sein, sondern wütend. Die Wut schützte mich davor, weiter verletzt zu werden.

»Wieso hast du mir das nie erzählt?«

»Ich weiß nicht«, sagte sie unglücklich. »Erst wollte ich dich nur beschützen. Und dann war irgendwie nie der richtige Zeitpunkt.«

»Blödsinn«, entgegnete ich hart und sah Missbilligung über

meinen groben Ton in ihren Augen blitzen. Aber sie sagte nichts, vermutlich wollte sie mich nicht noch mehr gegen sich aufbringen. »Spätestens als ich dich nach Adeleidt fragte, hättest du es mir sagen können!«

»Du hast recht. Es tut mir leid.« Sie senkte ihre Augen.

»Ich *bin* mit ihr verwandt, oder?«

»Deine Großmutter mütterlicherseits trug diesen Mädchennamen.«

Ich ließ mich in meinem Stuhl nach hinten sinken. Alles, was Erik mir gesagt hatte, stimmte also.

Ich war Adeleidts Erbin.

Christian wollte mich töten.

Meine Eltern hatten mich mein ganzes Leben lang belogen.

»Cara?«, fragte meine *Zieh*mutter zögernd und streckte erneut ihre Hand nach der meinen aus. »Ist jetzt alles in Ordnung, Schatz?«

Ich riss empört die Augen auf. »In Ordnung?«, brüllte ich sie an. »Was soll denn bitte schön in Ordnung sein?« Noch nie hatte ich mich so elend gefühlt wie jetzt und sie glaubte ernsthaft, wir könnten wieder zur Tagesordnung übergehen? So tun, als wären wir eine glückliche, kleine Familie?

»Ich verstehe, wenn du noch Fragen hast«, setzte sie an, doch ich hörte nicht länger zu.

Ich sprang auf und rauschte an ihr vorbei in den Flur. Das strahlende Familienporträt, das wir letztes Jahr im Urlaub aufgenommen hatten, lachte mir höhnisch entgegen und am liebsten hätte ich es von der Wand gefegt.

Ich musste hier raus. Das Haus steckte voller Erinnerungen, die mir eine heile Welt vorgaukelten, die es nicht gab, die es niemals gegeben hatte.

»Cara!« Zum ersten Mal, seit ich nach Hause gekommen war, lag Strenge in der Stimme meiner Mutter. »Wo gehst du hin?«, fügte sie mit einem Anflug von Panik hinzu, als ich schwungvoll die Tür öffnete.

»Zu Jessie«, bellte ich ihr über die Schulter zu. »Hier halte ich es keine Sekunde mehr aus!«

Ich lief auf die Einfahrt und hörte, wie die Tür krachend hinter mir ins Schloss fiel. Sie folgte mir nicht. Und ich war nicht sicher, ob ich darüber erleichtert oder enttäuscht war. Wäre sie Zoe hinterhergerannt? Hätte sie ihre leibliche Tochter genauso kommentarlos gehen lassen? Immerhin war es draußen bereits dunkel.

Schniefend rannte ich los. Erst als ich unser Viertel hinter mir gelassen hatte, fiel mir ein, dass ich Jessie anrufen sollte, damit sie mein unverhoffter Besuch nicht ganz so sehr überraschte. Ich fingerte mein Handy aus der Hosentasche und wählte ihre Nummer.

Es dauerte ungewöhnlich lange, bis sie ranging. Hinter ihr hörte ich lautes Kinderlachen.

»Jessie?«

»Cara, bist du das?« Sie kicherte. »Lass das, Adi.«

Shit! So wie sich das anhörte, war sie gar nicht zu Hause, sondern bei ihrer Tante, wo sie auf ihre kleinen Cousins aufpasste.

»Warte mal!«, rief sie in den Hörer. Es raschelte, dann knallte eine Tür und sofort wurde das Geschrei im Hintergrund leiser. »Puh!«, seufzte sie. »Diese Rabauken werden immer wilder. Was gibt's?«

»Nichts«, log ich lahm. Ich hatte so dringend mit ihr reden, mich in Ruhe bei ihr ausheulen wollen, aber nicht so. Nicht am Telefon, während ihr Cousin lautstark gegen die Tür trommelte und nach ihr rief.

Ein Krankenwagen mit eingeschalteter Sirene rauschte an mir vorbei.

»Ist das bei euch?«, fragte Jessie alarmiert, sobald sie wieder halbwegs zu verstehen war.

»Nein. Auf der Straße.«

»So laut? Wo bist du?«, fügte sie irritiert hinzu.

»Draußen«, antwortete ich vage. »Eigentlich wollte ich zu dir.«

»Um diese Uhrzeit? Was ist los, Cara? Nicht jetzt, Adi! Warte kurz.«

Während ich ziellos die Straßen entlangrannte, hörte ich, wie sie leise auf ihren Cousin einredete.

»'Tschuldige, da bin ich wieder.«

»Kein Problem.« Ich hatte sowieso keinen Schimmer, was ich nun mit mir anfangen sollte.

»Ist etwas passiert? Geht es dir gut?«

»Ich bin adoptiert«, platzte es aus mir heraus.

»Ach du Scheiße! Ich meine …« Sie stockte. »Das ist doch nicht schlimm, oder?«

»Keine Ahnung.« Ich schluchzte. »Ich weiß überhaupt nichts mehr. Mein ganzes Leben ist nur noch ein einziges Durcheinander.«

»Das tut mir so leid, Süße«, murmelte sie hilflos. »Möchtest du zu uns kommen?«

»Nein.« Ich atmete tief durch. »Du hast mit Adi und Timo genug zu tun.« Außerdem war mir nicht nach der Gesellschaft zweier lärmender Kleinkinder zumute.

»Und was hast du dann vor? Gehst du wieder nach Hause?« Ich hörte ihr an, dass sie das für das Beste hielt, aber ich war einfach noch nicht so weit.

»Ich fahre zu Erik.« Die Idee war mir ganz spontan gekommen und ich fragte mich, wieso ich nicht sofort daran gedacht hatte. Er wusste genau, was ich gerade durchmachte, er verstand mich, wie kein anderer es jemals könnte. Er war wie ich und er hatte versprochen, mich zu beschützen.

»Erik? Ich dachte, der ist auf irgendeinem Praktikum.«

»Er ist wieder zurück. Ich habe ihn heute gesehen.«

»Und hast du es ihm gesagt?«

»Was denn?«

»Na, dass du nichts für ihn empfindest.«

»Er hatte es schon selbst geschnallt. Und er ist wirklich cool damit umgegangen.«

»Und wieso willst du da jetzt hin?«

»Weil er ein echt guter Freund ist. Ich fühle mich wohl bei ihm.« So wohl wie seit drei Tagen nicht mehr.

»Okay, aber mach keinen Blödsinn.«

»Ich doch nicht.«

»Dann bis morgen?«

»Ja, mach's gut.« Ich legte auf und schaute mich nach einer U-Bahn-Station um.

Viel zu spät, als ich den Zug an meiner Zielhaltestelle verließ, fiel mir ein, dass ich überhaupt nichts bei mir hatte, weder Deo noch Zahnbürste oder Unterwäsche – von den Schulsachen für morgen ganz zu schweigen. Doch es war mir egal. Irgendwie würde ich den morgigen Tag schon überstehen.

Je näher ich Eriks Wohngebäude kam, desto unsicherer wurde ich plötzlich. Hätte ich vorher anrufen sollen? Wie würde er darauf reagieren, wenn ich auf einmal vor seiner Tür stand, nachdem ich mir nichts, dir nichts einfach verschwunden war? Vielleicht war er auch gar nicht zu Hause.

Ich fröstelte und holte erneut mein Handy hervor. Wenn er mich abwies, würde mir nichts anderes übrig bleiben, als mich mit eingezogenem Schwanz nach Hause zu verkriechen. Ich würde meinen Vater anrufen müssen, damit er mich abholte. Nein, nicht meinen Vater, korrigierte ich mich sofort. Sondern den Mann, der die ganze Zeit so getan hatte, als ob er es wäre.

Und der auch jetzt garantiert, ohne zu zögern, ins Auto steigen würde, um mich sicher nach Hause zu bringen.

Vielleicht hatte ich ihnen ja doch unrecht getan. Sie waren immer gut zu mir gewesen, liebevoll. Hatten mich nie spüren lassen, dass ich gar nicht ihre Tochter war.

Entschieden schob ich mein schlechtes Gewissen beiseite. Sie mochten es gut gemeint haben, aber sie hatten mich dennoch belogen. Und mich damit in diese Situation gebracht. Hätte ich meine Familiengeschichte gekannt, hätte ich gleich gewusst, wie gefährlich Christian war, hätte nicht mein Herz an ihn verloren, nur damit er es kaltblütig zertrampelte.

Ich wählte Eriks Nummer.

»Cara!« Er hob sofort ab, als hätte er nur darauf gewartet. »Wie geht es dir?«

»Ging schon mal besser«, erwiderte ich wahrheitsgemäß.

»Möchtest du darüber reden?«

»Ja. Wenn du mich reinlässt.«

»Was soll das hei... Bist du etwa hier?«

»Direkt vor deiner Tür.«

»Rühr dich nicht von der Stelle, ich bin sofort da!« Er klang erleichtert und aufgeregt zugleich. Keine fünf Minuten später riss er die Eingangstür vor mir auf. »Hey«, sagte er sanft und schaute mir prüfend ins Gesicht. »Du siehst traurig aus und müde.«

»Es war ein echt beschissener, langer Tag.«

»Komm erst mal rein.« Er legte seinen Arm um meine Schultern und führte mich an dem Nachtportier vorbei zu dem wartenden Fahrstuhl. Es tat gut, mich in seine Obhut zu begeben, für ein paar Minuten nichts fühlen oder denken zu müssen, sondern einfach darauf zu warten, was als Nächstes geschah. Erik wirkte so souverän, so unerschütterlich, als wüsste er tatsächlich, was zu tun war.

»Hast du mit deinen Eltern gesprochen?«, fragte er, nachdem wir auf seiner Couch Platz genommen hatten. Sein Arm ruhte unablässig auf mir, als hätte er Angst, dass ich zusammenbrechen würde, sobald er mich losließ.

Normalerweise war ich nicht so sehr auf Körperkontakt aus, erst recht nicht mit Jungs, mit denen ich nicht zusammen war, doch dieses Mal fühlte es sich richtig an, tröstend, und ich wehrte mich nicht. Vielleicht war seine Berührung wirklich alles, was mich noch aufrecht hielt.

»Mit meiner Mutter«, erwiderte ich leise. Meine Stimme klang krächzend und von dem vielen Weinen verschnupft.

»Und?«

»Sie hat deine Geschichte bestätigt. Alles, was du gesagt hast, ist wahr.« Während ich die Worte aussprach, wurde mir klar, dass Erik – obwohl ich ihn am wenigsten kannte – mich nicht belogen hatte. Im Gegensatz zu Christian und meinen Eltern. Was sagte das eigentlich über mich und mein Leben aus?

»Das tut mir leid.« Seine Finger drückten meine Schulter.

»Schon gut.« Ich seufzte. »Meine Familiengeschichte kann warten. Erst müssen wir uns überlegen, was wir wegen Christian unternehmen.« Es tat weh, ihn mir als meinen Feind vorzustellen, doch ich war nicht so naiv, meine Augen vor der Wahrheit zu verschließen, weil sie zu schmerzhaft war. Außerdem würde ich mir nie verzeihen, wenn Christian Melissa etwas antat, obwohl ich es hätte verhindern können. Ich mochte sie zwar überhaupt nicht leiden, aber den Tod wünschte ich ihr deshalb noch lange nicht.

»Das machen wir auch«, versprach Erik fest. »Aber nicht heute. Du siehst ziemlich fertig aus, du brauchst dringend ein paar Stunden Schlaf.«

Er hatte recht. Und doch. »Ich kann nicht tatenlos hier rumsitzen, während er ...«

»Schht«, unterbrach Erik mich sanft. »Mach dir nicht so viele Sorgen. Ich glaube nicht, dass es auf einen Tag ankommt. Christian hat dich gefunden, er kennt dich und deine Freunde, er weiß, wo du lebst, und er ahnt nicht, dass du Bescheid über ihn weißt. Er hat keinen Grund zur Eile, kann sein Vorhaben ganz in Ruhe planen. Und er wird bestimmt alles tun, um keine unnötige Aufmerksamkeit zu erregen, was zwangsläufig geschehen würde, falls er diesem Mädchen, mit dem er unterwegs ist, etwas antut. Du kannst heute Abend also ruhig mal an dich denken, Cara.«

Ich nickte und schaute auf meine ineinander verschränkten

Hände hinab. Meine Augen brannten von den vielen Tränen, mein Kopf pochte dumpf und mein Herz fühlte sich wie ausgebrannt.

Tröstend zog Erik mich an sich, so leicht, dass ich mich dem problemlos hätte widersetzen können.

Ich tat es nicht. Ich schmiegte mich an ihn, legte meine Wange auf seine Brust und schloss die Lider. Während ich seinem Herzschlag lauschte, glitt ich allmählich in den Schlaf hinüber.

***

Langsam verlagerte er sein Gewicht und stieg vorsichtig aus dem Bett, um das schlafende Mädchen neben sich nicht zu stören. Das fahle Mondlicht fiel auf ihr Gesicht. Sie war so hübsch, so vertrauensselig, so völlig ahnungslos, welches Schicksal sie erwartete.

Auf Zehenspitzen schlich er sich leise zur Tür. Sie durfte nicht zu früh erwachen, seinen Plan nicht vorzeitig durchschauen.

Sie regte sich, murmelte etwas in ihrem unruhigen Schlaf und er erstarrte. Voller Ungeduld wartete er darauf, dass ihre Atemzüge sich wieder vertieften, dann setzte er seinen Weg fort.

Erst als sich die Tür mit einem leisen Klicken hinter ihm schloss, wagte er es, aufzuatmen, und hastete in den Keller hinunter.

Eine kleine Lampe erleuchtete nur notdürftig den fensterlosen, schwarz gestrichenen Raum. Doch ihr Licht reichte ihm, um die dicken, hohen Kerzen zu entzünden, die in den vier Ecken der Kammer standen. Er ging zu einem schmalen Regal hinüber – dem einzigen Möbelstück, das sich hier befand – und wischte den Staub von einem dunklen Kästchen. Es war lange niemand mehr hier gewesen. Er öffnete die Schatulle und nahm ein Stück Kreide heraus. Es wirkte wie ganz gewöhnliche weiße Straßenmalkreide, mit der die Kinder draußen so gerne spielten, doch es war viel mehr als das. Seine Finger prickelten bei der Berührung mit der darin enthaltenen Magie.

Dann stellte er sich in die Mitte des Raums und zog einen großen, perfekten Kreis auf den schwarzen Boden. Die Linie glühte flüchtig auf, als er sie schloss. Er lächelte grimmig und kniete sich hin, um weitere Striche und Symbole zu zeichnen.

Schließlich richtete er sich auf und betrachtete zufrieden das Pentagramm und die Runen, die sich strahlend hell von dem schwarzen Untergrund abhoben. Es war alles bereit. Schon bald würde das Blut des Mädchens die weißen Linien rot färben.

Sein ganzer Körper vibrierte vor Aufregung. Die Freiheit, die er sich so sehr ersehnte, war endlich zum Greifen nah. Jetzt musste er sie nur noch hier runterbringen, ohne dass sie Verdacht schöpfte.

Und sobald sie den magischen Kreis betrat, wäre sie sein.

***

Ich schlug die Augen auf und brauchte einen Moment, um mich zu orientieren. Ich lag in einem Bett, helles Tageslicht fiel in ein Zimmer, das nicht das meine war.

Erik!, fiel es mir schlagartig ein. Ich war bei Erik.

Ich war auf der Couch eingeschlafen und er musste mich irgendwann ins Bett herübergetragen haben. Hastig ging mein Blick zu der freien Liegefläche neben mir. Das Kissen war eingedrückt. Hatte er etwa neben mir geschlafen? Besorgt hob ich die Decke an und atmete erleichtert auf, als ich mich vollständig angezogen sah.

Ich lächelte. Es passte zu Erik, dass er die Situation nicht mal ein klein wenig ausgenutzt hatte. Er war ein Gentleman durch und durch.

Apropos, wo steckte er überhaupt? Ich richtete mich auf und schaute mich suchend um.

»Erik?«, rief ich leise, doch niemand antwortete mir. Vielleicht war er im Bad? Ich stand auf und tappte zu der einzigen Tür in seinem Appartement, aber das Badezimmer war leer. Ein Blick in den Spiegel zeigte mir ein noch immer viel zu blasses Gesicht, ungekämmte Haare und Reste von Mascara unter den Augen. Vermutlich sollte ich froh sein, dass Erik mich noch nicht gesehen hatte. Hastig brachte ich mich – so gut es ohne meine Kosmetiktasche ging – notdürftig in Ordnung, spülte meinen Mund aus und putzte mir mit einem Finger die Zähne. Allmählich nahm auch mein Gehirn seine volle Tätigkeit wieder auf. Wie spät war es eigentlich? Ich musste zur Schule! Und mich vergewissern, dass es Melissa wirklich noch gut ging.

Automatisch tastete ich nach meinem Handy, doch meine Gesäßtasche war leer. Vermutlich war es mir auf dem Sofa herausgerutscht und Erik hatte es weggelegt, damit ich es im Schlaf nicht zerquetschte.

Tatsächlich. Es lag auf dem niedrigen Couchtisch. Ich griff danach und drückte auf den Einschaltknopf. Nichts passierte. Ich drückte erneut – tot. Eigenartig. Ich hätte schwören können, dass gestern noch genug Saft drauf gewesen war. Aber vielleicht irrte ich mich auch. Ich war gestern wirklich nicht auf der Höhe gewesen.

Ich schaute aus dem Fenster. Ich hatte keine Ahnung, wie spät es war, aber die Schule hatte bestimmt schon angefangen. Ich musste los. Wo zum Teufel steckte Erik? Ich hastete zu seinem Schreibtisch. Vielleicht war er zur Uni gefahren und hatte mir eine Nachricht hinterlassen, weil er mich nicht wecken wollte. Nein. Zumindest auf den ersten Blick sah ich nichts. Der Schreibtisch war halbwegs aufgeräumt, wenn er mir etwas hätte mitteilen wollen, hätte er es sicher mitten auf die Tischplatte gelegt.

Nun gut, dann würde ich ihm eben einen Zettel schreiben und dann verschwinden. Ich kritzelte ihm schnell ein paar Sätze zur Erklärung und ging zur Tür.

Sie öffnete sich nicht.

Ich zog erneut an der Klinke, die sich keinen Deut bewegte. Irritiert starrte ich sie an. Was sollte der Scheiß? Ich hockte mich hin und suchte nach einem Riegel, einem Schlüsselloch oder irgendetwas, womit sich diese verdammte Tür öffnen ließ. Fehlanzeige.

Frustriert rüttelte ich am Griff und klopfte sogar ein paarmal mit meiner Faust gegen das dicke Holz. Hatte Erik mich etwa eingesperrt? Wieso sollte er?

Aufmerksam schaute ich mich um. Gab es hier irgendwo zumindest ein Telefon, damit ich Jessie oder meine Eltern anrufen konnte? Mit zunehmender Panik begann ich damit, Eriks Wohnung zu durchsuchen, zumindest die offenen Regale. Mein Anstand hielt mich davor zurück, seine Schubladen und Schränke zu durchwühlen. Außerdem würde er wohl kaum ein Telefon im Schrank verstecken.

In der hintersten Ecke entdeckte ich seinen Router, aber kein Festnetzgerät.

Langsam ließ ich mich zu Boden sinken. Ich war gefangen. Warum auch immer. Kraftlos vergrub ich meinen Kopf in den Händen. Ich wollte nicht glauben, dass Erik mich ebenfalls hintergangen haben sollte. Ich ertrug diesen Gedanken einfach nicht.

Das Klicken der Tür ließ mich aufschrecken. Erik trat gut gelaunt herein. In der einen Hand trug er eine Brötchentüte, in der anderen einen Karton mit zwei Kaffeebechern. Ich schluchzte auf vor Erleichterung.

»Hey, was ist los?« Er stellte seine Mitbringsel ab und eilte zu mir.

Ich wischte mir über die Wangen, die schon wieder verräterisch feucht waren. Wieso war ich in letzter Zeit nur so eine Heulsuse?

»Du hast mich eingesperrt!«, fuhr ich ihn an, doch ich war viel zu froh, dass er nichts gegen mich im Schilde führte, um ernsthaft böse zu sein.

»Wirklich? Das habe ich gar nicht gemerkt. Tut mir leid, muss wohl ein Reflex gewesen sein. Ich habe nicht oft Besuch.« Er streckte die Hand aus, um mir beim Aufstehen zu helfen. »Dafür habe ich Kaffee mitgebracht.«

Ich lächelte leicht. »Es sei dir verziehen. Ich muss meinen Kaffee aber leider unterwegs trinken.«

»Wieso denn das?«

»Na, weil ich zur Schule muss«, erklärte ich das Offensichtliche.

»Da habe ich wohl Glück, dass die Tür abgeschlossen war«, brummte er. »Sonst hättest du dich womöglich klammheimlich auf den Weg gemacht.«

»Nein. Ich habe dir eine Nachricht geschrieben.« Ich deutete auf seinen Schreibtisch.

Er schüttelte ungläubig seinen Kopf. »Das ist jetzt nicht dein Ernst. Sag mir nicht, dass du ohne einen Plan und ohne jegliche Schutzvorkehrungen Christian gegenübertreten wolltest.«

»Aber … Du hast doch selbst gesagt, dass er mir noch nichts antun würde.«

»Ich sagte, er würde seiner *Freundin* nichts tun.«

Trotz allem, was ich in den letzten Tagen erlebt hatte, schnitt dieses Wort mir schmerzhaft ins Herz. Wann würde ich denn endlich begreifen, dass Christian mit mir lediglich gespielt hatte? Dass er gemein war und gefährlich.

»Das bedeutet nicht, dass er *dich* nicht liebend gern in seine Finger kriegen würde«, fuhr Erik ungerührt fort. »Wir wissen nicht, wann er zuschlagen wird, und ich möchte lieber kein Risiko eingehen.«

»Oh, okay.« Seine Rede führte mir vor Augen, wie unvorbereitet und naiv ich, wie fremd mir diese Denkweise über tödliche Flüche und finstere Pläne doch war. Ich wollte mit dem Ganzen nichts zu tun haben, aber mich hatte ja niemand gefragt.

»Lass uns erst mal in Ruhe frühstücken, dann sehen wir wei-

279

ter«, schlug Erik vor und schob mir einen der beiden Kaffeebecher hin.

Ich legte den Deckel zur Seite und nippte an der dicken Schaumkrone, bevor ich einen tieferen Schluck nahm. Ein ungewöhnlich süßer Geschmack traf meine Zunge. »Was ist das? Sirup?«

»Karamell. Magst du es?«, fragte Erik eifrig.

»Ja, danke«, log ich hastig. Eigentlich stand ich nicht so auf süßes Zeug in meinem Kaffee, aber er hatte es bestimmt gut gemeint. »Und was ist jetzt der Plan?« Ich nahm einen weiteren Schluck. So übel schmeckte das gar nicht.

»Am liebsten würde ich dich irgendwo in Sicherheit bringen und Christian erstmal beobachten.«

»Das wird wohl kaum gehen. Ich kann nicht tagelang die Schule schwänzen. Und meine Eltern werden mit Sicherheit die Polizei alarmieren, wenn ich nicht bald nach Hause komme.«

»Das wollen wir natürlich auf keinen Fall«, murmelte er. Nachdenklich trommelte er mit seinen Fingerspitzen gegen den Tisch. »Okay. Ich fahre dich gleich nach Hause, du wirst dich ohnehin umziehen wollen. Ich selbst schaue in der Zeit in der Schule nach dem Rechten. Vielleicht kann ich Christian auch allein erwischen und ihm klarmachen, dass er aufgeflogen ist.«

»Meinst du, dass ihn das aufhalten wird?«, fragte ich und hoffte so sehr, dass er Ja sagte.

»Ich weiß es nicht. Aber einen Versuch ist es wert. Es sei denn …« Er schaute mich abschätzend an. »Es sei denn, du wünschst eine endgültige Lösung.«

Es dauerte eine Weile, bis ich verstand, was er damit meinte. »Du meinst … Du willst ihn … töten?«, stotterte ich geschockt.

»Immerhin hat er auch das Gleiche mit dir vor.«

»Was? Nein! Auf gar keinen Fall!« Ich konnte doch keinen Mord begehen!

Sein Blick wurde kühl, fast schon hart. »In der magischen

Gesellschaft gelten andere Regeln als in der der Menschen, Cara.«

»Was?« Ich starrte ihn erschrocken an. »Wenn das so ist, dann möchte ich kein Teil dieser Welt sein.«

»Gut zu wissen.« Er lächelte leicht. »Wir sollten jetzt los.« Er leerte schwungvoll seinen Becher und ich tat es ihm gleich. Unten schmeckte der Sirup besonders stark, doch ich schluckte ihn tapfer herunter und drückte mich von meinem Stuhl hoch.

Schwarze Punkte begannen, vor meinen Augen zu tanzen, und ich hielt mich instinktiv an der Tischplatte fest, um nicht das Gleichgewicht zu verlieren.

»Ist alles in Ordnung?«, fragte Erik besorgt.

»Ja«, murmelte ich. Vermutlich war ich zu abrupt aufgestanden und mein Kreislauf war nicht ganz mitgekommen. Ich wartete, bis sich meine Sicht wieder klärte, und nickte Erik bestätigend zu. Ich machte einen vorsichtigen Schritt und spürte, wie meine Beine zitterten. Hilfsbereit legte er mir einen Arm um die Hüfte, um mich zu stützen.

Langsam verließen wir sein Appartement.

Mein Kopf fühlte sich an, als wäre er in Watte gepackt, mein Sichtfeld war tunnelartig verengt und meine Kopfhaut prickelte unangenehm, als wäre ich einer Ohnmacht nahe.

»Du hast zu lange nichts mehr gegessen«, drang Eriks Stimme an mein Ohr. »Warte, ich hole dir dein Brötchen.«

»Nein«, wehrte ich schwach ab, obwohl er vermutlich recht hatte. Ich hatte seit gestern nichts mehr im Bauch gehabt. Doch mir war nicht nach Essen. Außerdem befürchtete ich, dass ich umkippen würde, falls er mich losließ. Und der Weg zurück zur Wohnung schien nun genauso weit wie der zum Aufzug zu sein.

Sobald ich zu Hause war, würde es mir bestimmt besser gehen.

Im Fahrstuhl schloss ich erleichtert meine Augen und lehnte mich gegen die Wand. Das half ein wenig, ebenso wie mein

Bemühen, mich auf meinen Atem zu konzentrieren. Ein und aus. Ein und aus. Meine Hände fühlten sich eiskalt an, meine Stirn klamm, als ich sie mit meinen Fingern berührte.

Noch nie hatte ich einen so schlimmen Kreislaufanfall gehabt.

Kein Wunder, ich hatte auch noch nie so furchtbare Dinge zu verarbeiten wie in den letzten paar Tagen.

Die Fahrstuhltüren öffneten sich mit einem leisen Zischen. Mühsam schlug ich meine Lider auf und schaute in die Lobby hinaus. »Wieso fahren wir nicht ganz runter?« Der Aufzug fuhr doch bis zur Tiefgarage.

»Keine Sorge«, beruhigte Erik mich. »Wir nehmen einen etwas anderen Weg.«

Willenlos ließ ich mich von ihm fortführen. Ohne seinen stützenden Arm wäre ich ohnehin verloren. Der Portier eilte uns hilfsbereit entgegen, doch Erik schickte ihn mit einer knappen Bemerkung fort. Dann bogen wir um eine verdeckte Ecke und landeten vor einem weiteren Fahrstuhl.

Vielleicht befand sich dieser Schacht ja näher an seinem Wagen.

Die Türen der Kabine glitten auf. Wir traten ein und fuhren hinab.

Kapitel 14

»Das ist nicht die Tiefgarage«, murmelte ich verwirrt. Vor uns lag ein schmaler Korridor.

»Das ist eine Abkürzung«, erklärte Erik besänftigend. »Keine Sorge, gleich sind wir da. Schaffst du es noch?«

Ich nickte tapfer und biss die Zähne zusammen. Inzwischen musste er mich beinah tragen. Ich hatte genug damit zu kämpfen, bei Bewusstsein zu bleiben. Was zur Hölle war nur los mit mir? Das konnte nicht bloß an Kreislauf und Unterzuckerung liegen. Vorhin war doch noch alles in Ordnung gewesen.

»Ich glaube, ich muss zum Arzt«, keuchte ich.

»Alles, was du willst.« Der Druck seiner Hand auf meiner Hüfte gab mir Sicherheit. Ich war nicht allein. Er würde mich nicht im Stich lassen.

Er öffnete eine Tür, dahinter lag vollkommene Dunkelheit.

»Wo sind wir?« Hier stimmte doch etwas nicht. Ich versuchte, meine Beine in den Boden zu stemmen, als er mich in den Raum hineinschleppte, doch er merkte es vermutlich nicht einmal.

»Erik!«, rief ich mit dem Rest meiner Kraft.

»Schht, alles gut, Cara«, raunte er mir leise ins Ohr. »Gleich wirst du alles verstehen.« Sein Ton war so fürsorglich und warm wie immer, doch seine Worte jagten mir einen Schauer über den Rücken.

»Was hast du vor?« Schrill hallte meine zitternde Stimme durch die Dunkelheit.

»Ich muss dich kurz loslassen, um das Licht einzuschalten. Kannst du stehen?«

Noch bevor ich antworten konnte, ließ er mich los. Ich hörte seine federnden Schritte und ein leises Streichen, als er mit der Hand nach dem Lichtschalter tastete. In meinem Kopf drehte sich ohnehin bereits alles und die mich umgebende Schwärze verstärkte noch dieses Gefühl. Mir war, als würde ich jeden Augenblick in einen gähnenden Abgrund fallen, der mich von allen Seiten umgab.

Meine Knie knickten ein. Mir ging es wirklich nicht gut. »Ich brauche einen Arzt«, wiederholte ich matt, bevor ich zu Boden stürzte.

Das Licht ging an. Dennoch konnte ich nicht viel mehr von meiner Umgebung erkennen als zuvor – schwarze Wände, schwarzer Boden. Und Erik, der seelenruhig irgendwelche Kerzen entzündete.

Fassungslos starrte ich ihn an. Ich musste ins Krankenhaus, doch er kümmerte sich überhaupt nicht um mich. Ärger und Angst vermischten sich in meiner Brust und gaben mir die Kraft, zumindest meinen Oberkörper wieder aufzurichten. Adrenalin rauschte durch meine Adern.

»Bring mich hier raus!«, verlangte ich und mühte mich ab, auf die Beine zu kommen.

Langsam drehte Erik sich zu mir um. Das glimmende Streichholz, mit dem er die letzte Kerze entzündet hatte, noch in den Händen.

»Ich fürchte, das wird nicht möglich sein«, sagte er bedauernd, doch in seinem Gesicht lag eine Kälte, die ich zuvor nie gesehen hatte.

»Was geht hier vor?!« Endlich schaffte ich es auf die Füße. Ich schwankte, das Denken fiel mir schwer. Aber eins wusste ich auf einmal ganz genau. Erik war nicht so nett, wie er vorgab zu sein. Er würde mir nicht helfen. Ich musste es selbst tun.

Ich streckte meine Hände aus, konzentrierte mich und ließ ihn erstarren. Die Luft um mich flirrte auf, wie sie es noch nie getan hatte, wenn ich meine Fähigkeit einsetzte. Leuchtenden Streben gleich schossen dünne Energielinien um mich herum aus dem Boden und trafen sich genau über meinem Kopf. Ein breites Grinsen erschien auf Eriks Gesicht. Er war nicht erstarrt! Wieso war er nicht erstarrt?!

Den eiskalten Klumpen in meinem Bauch ignorierend, rief ich erneut nach meiner Kraft.

Nichts geschah. Erschüttert starrte ich auf meine Hände. Was ging hier vor? Wieso klappte das nicht?

Erik begann, langsam zu klatschen. Wie ein Donnerschlag hallte jeder Aufprall seiner Handflächen in meinen Ohren. »Sehr gut, Cara«, lobte er mich und trat langsam näher. »Besser hätte ich es mir nicht wünschen können.«

Ängstlich wich ich vor ihm zurück. Nichts an ihm erinnerte mehr an den freundlichen, rücksichtsvollen Mann, den ich in den letzten Wochen kennengelernt hatte. Er wirkte regelrecht ... böse. Seine Augen funkelten und mir war, als würde ich ein Feuer in ihnen lodern sehen.

Mein Rücken prallte gegen eine der Streben und im selben Moment wurde ich schmerzhaft nach vorne geschleudert, als hätte mir etwas einen gewaltigen Stromschlag verpasst. Ich schaffte es gerade noch, meine Hände vor mir auszustrecken, um nicht mit der Stirn voran auf dem Boden aufzuschlagen.

Der Aufprall jagte mir die Luft aus der Lunge, meine Knie und Hände brannten. Gegen meinen Willen entwich ein jämmerliches Schluchzen meiner Kehle. Mit dem Gesicht so knapp über dem Boden fielen mir die weißen Linien und Symbole auf, die irgendjemand mit Kreide darauf gemalt hatte.

»Was ist das?«

»Das, meine liebe Cara, ist ein magischer Käfig. Genau das Richtige für eine kleine Hexe wie dich.«

Ich schaute hoch und sah, wie Erik sich an meinem Leid ergötzte, wie sehr er diese Situation genoss.

Wer tat so etwas? Und vor allem – warum?

»Wieso machst du das?«, stammelte ich. »Ich habe dir nichts getan.«

»Oh, darum geht es gar nicht«, erklärte er, als würde er mit einem Kleinkind sprechen. »Ich habe dir bereits gesagt, dass in der magischen Welt andere Gesetze gelten. Falls es dich tröstet, es ist nicht persönlich. Ich mag dich sogar, irgendwie.«

»Nicht persönlich«, wiederholte ich stumpf. »Wie kann das hier NICHT PERSÖNLICH sein?!«, explodierte ich plötzlich. Meine Wut und Verzweiflung verliehen mir Kampfgeist, wenn auch nur kurz.

Fast bedauernd sah er mich an. »Es hätte jede andere Hexe sein können, solange sie nur stark genug ist.« Er zuckte mit den Schultern. »Ich würde sagen, du warst einfach zur falschen Zeit am falschen Ort, liebste Cara. Als du deine Kraft gegen diesen Junkie im Park eingesetzt hast, habe ich dich gespürt. Ich war ganz zufällig in der Nähe. Schon interessant, wie das Leben manchmal spielt.«

»Was … willst du … von mir?« Mein ganzer Körper zitterte inzwischen vor Schwäche, aber ich durfte nicht aufgeben.

»Deine Kraft. Und damit leider auch dein Leben.«

»Warum?«

»Um meine volle Macht wiederzuerlangen, um den Platz einzunehmen, der mir von Geburt zusteht.«

»Welchen Platz?« Wovon sprach er überhaupt? Nicht, dass es eine Rolle für mich spielte, aber solange er mit mir sprach, würde er das – was auch immer er vorhatte – nicht in die Tat umsetzen. Und seit sich die bittere Gewissheit in mir breitgemacht hatte, dass ich diesen Ort vermutlich nicht lebend verlassen würde – zumindest wenn es nach Erik ging –, kam mir jede einzelne Sekunde, so schmerzhaft und unangenehm sie auch war, auf einmal unglaublich wertvoll vor.

Er seufzte.»Ich vergesse immer, wie unwissend du doch bist. Ein Wunder, dass ihr Hexen überhaupt lange genug am Leben bleibt, um euch fortzupflanzen, so ahnungslos, wie ihr meistens seid.«

»*Wir* Hexen? Du hast gesagt, du wärst auch einer davon.«

»Ups.« Er grinste schadenfroh.»Da habe ich wohl gelogen. Böser Dämon.«

»Ein Dämon?«, entfuhr es mir geschockt. Instinktiv wich ich erneut zurück und erinnerte mich gerade rechtzeitig an meinen Käfig, um keinen weiteren Stromschlag zu bekommen.

»Ja. Ein ziemlich mächtiger sogar, zumindest *ursprünglich*.« Zorn verdunkelte sein Gesicht.»Solange, wie ich alle Aufgaben zufriedenstellend erledigte. Aber eines Tages kam mir eine nervige, kleine Hexe in die Quere und ich vermasselte meinen Auftrag. Leider war die Obrigkeit von meinem Versagen nicht so angetan. Zur Strafe nahmen sie mir meine Fähigkeiten, ließen mir gerade genügend Macht, um niedere Dienste ausführen zu können. Unzählige Jahre lang!«, brüllte er, als wäre das irgendwie meine Schuld. Dann lächelte er diabolisch und ein eiskalter Angstschauer rieselte mir den Rücken hinunter.»Aber gleich wird sich das Blatt wieder wenden und ich werde meine frühere Stärke zurückerlangen!«

Mit Grauen sah ich zu, wie er einen langen Dolch hervorholte. Er würde doch nicht etwa ernsthaft …?

»Aber was ist mit dem Studium oder der Wohnung?«, rief ich hastig.

»Alles Tarnung, Baby.« Er ging entschlossen auf mich zu.»Auch ein Dämon muss schließlich irgendwie leben. Und wer auffliegt, wird mit dem Tod bestraft.« Er hob den Dolch. Wie hypnotisiert starrte ich auf die glänzende Klinge und konnte mir nicht vorstellen, dass sie tatsächlich für mich bestimmt war.

Die Entschlossenheit in seinen Zügen ließ jedoch keinen Zweifel daran aufkommen, dass er es vollkommen ernst meinte.

»Wieso hast du mich nicht sofort getötet?«, flüsterte ich gebrochen. »Wieso hast du mir vorgemacht, mein Freund zu sein, mich zu mögen. Wozu das Ganze?«

Tot war tot, das war mir klar. Dennoch kam es mir irgendwie schlimmer vor, von der Hand eines Freundes zu sterben, eines Menschen, dem man vertraut, bei dem man sich sicher gefühlt hatte, als durch einen völlig Fremden.

»Als wir uns kennenlernten, hättest du mir nur wenig genützt. Dein Potenzial war zwar groß, aber deine Magie noch kümmerlich schwach. Wie alles im Leben musste sie wachsen. Ich habe mein Möglichstes getan, um dich zu ihrem Einsatz zu bewegen. Es war so rührend, als du mich vor diesem Auto gerettet hast.«

Dieser Mistkerl! Das war also auch nur ein Trick gewesen?

»Aber das war nicht genug«, fuhr er ungerührt fort. »Bei euch Hexen sind die Fähigkeiten an Körper und Geist gebunden.« Er zuckte mit den Schultern. »Eigentlich hatte ich vorgehabt, dir zur *körperlichen* Reife zu verhelfen. Ich hätte dich zu den Gipfeln der Lust und deiner Magie geführt. Doch spröde Jungfrau, die du nun mal bist, hast du mich abgewiesen. Dann musste ich fort, wurde zu einem dringenden Auftrag gerufen, bevor ich dich dazu bringen konnte, dich mir hinzugeben. Das war überaus ärgerlich. Aber du kannst dir nicht ansatzweise vorstellen, wie froh ich war, als ich zurückkam und feststellte, dass der liebe Christian in meiner Abwesenheit das Problem für mich gelöst hat.«

»Wir haben nicht …«, rief ich hastig. Wenn er erfuhr, dass ich nach wie vor Jungfrau war, dass meine Macht sich noch nicht voll entfaltet hatte, würde er mich vielleicht verschonen.

»Oh, das weiß ich doch!«, unterbrach er mich grob. »Aber das spielt jetzt keine Rolle mehr. Er hat dir dein süßes kleines Herz gebrochen, und das ist mindestens genauso effektiv, wenn auch nicht ganz so spaßig. Der Schmerz hat dich reifen lassen, die Wut deine Kräfte entfacht. Du hast es bestimmt selbst gemerkt, oder? Wie schwer es dir auf einmal fiel, deine Fähigkeit zu kontrollieren, wie stark sie plötzlich geworden war.« Er atmete entschlossen durch. »So, jetzt haben wir wirklich genug geredet.« Er sah mich abschätzend an. »Wenn du willst, kannst du deine Augen schließen, es geht schnell vorbei.«

»Warte!« Ein Gedanke ließ mir keine Ruhe. Ich musste es einfach wissen. »Was denn?« Er klang gereizt.

»Hast du mich auch wegen Christian angelogen?« Im Angesicht meines drohenden Todes sollte das eigentlich keine Rolle für mich spielen. Aber das tat es.

»Nein.«

Dieses eine Wort zerschmetterte mich mehr als alles, was er mir zuvor erzählt hatte.

Kraftlos ließ ich mich zu Boden sinken.

»Es ist wirklich erstaunlich, welch schlechtes Händchen du bei der Wahl deiner Freunde hast«, sagte er mitleidig. »Von allen, die dir zur Auswahl standen, hast du dir die beiden mit Abstand gefährlichsten ausgesucht. Welch köstliche Ironie.«

Ich starrte zu ihm hinauf und wusste, dass es vorbei war. Ich hatte keine Kraft mehr zu kämpfen. Das Gift, das er mir verabreicht haben musste, lähmte mich, nun da ich ihm nichts mehr entgegenzusetzen hatte – keine Wut, nicht einmal Angst. Gleichgültigkeit legte sich über mich wie ein schwerer, warmer Mantel.

Krachend flog die Tür auf.

Der Knall rüttelte mich auf, ich zuckte zusammen und wandte den Kopf.

Christian stand an der Schwelle. Sein Blick zuckte zu mir und für den Bruchteil einer Sekunde sah ich Panik darin schimmern. Dann legte sich wieder die undurchdringliche, starre Maske, die er so gern zur Schau trug, über sein Gesicht.

»Du hättest die Tür abschließen sollen«, kommentierte er trocken.

»Bisher hat es noch keiner gewagt, mich hier zu stören. Und jetzt verschwinde, bevor ich dir Beine mache!«, zischte Erik.

»Ich habe zu tun!«

»Das sehe ich.« Christian trat langsam näher und ein hoffnungsvoller Funke regte sich in meinem Inneren.

Er war hier. Er hatte mich gefunden. Und allein sein Anblick reichte aus, um all die Gefühle, die ich für ihn hegte, wieder an die Oberfläche zu holen. Seine Anwesenheit gab mir den Lebenswillen zurück und vertrieb einen Teil meiner Benommenheit.

»Ich kann das allerdings nicht zulassen«, fuhr Christian lässig fort.

»Du solltest mir dankbar sein, dass ich die Drecksarbeit für dich erledige«, brummte Erik. »Immerhin tue ich dir einen Riesengefallen, wenn ich die kleine Hexe beseitige.«

»Nur leider nützt es mir nichts, wenn du sie tötest. Ich muss es schon selbst tun. *Gib mir den Dolch*!«

Der Befehl hallte kraftvoll durch den kleinen Raum, während ich das Gehörte voller Grauen zu verstehen versuchte. Er war nicht gekommen, um mich zu retten. Er wollte mich töten.

Eriks Hand mit der Waffe zuckte, doch er hielt sie eisern fest.

»Hau ab!« Wut verzerrte sein Gesicht.

»GIB MIR DEN DOLCH!« Die Macht in Christians Stimme war so gewaltig, dass sie mir in den Ohren schmerzte. Er stürmte auf Erik zu, der ihm die Waffe willenlos entgegenstreckte, und riss die Klinge aus seiner Hand.

Das löste den Bann. Schreiend stürzte Erik sich auf ihn.

Ich sah ihnen zu, wie sie darum rangen, wer von ihnen mich umbringen durfte, und spürte ein hysterisches Schluchzen in mir aufsteigen. Das konnte nicht wahr sein. Das war viel zu grotesk. Nur ein verrückter, furchtbarer Albtraum, aus dem ich ganz dringend aufwachen musste. Solche Dinge geschahen nicht in der realen Welt.

Ich ließ mich teilnahmslos auf den Hintern sinken und zog

meine Knie an. Ich war verloren, es gab keinen Ausweg. Es spielte nicht einmal mehr eine Rolle, wer von den beiden gewann.

Dennoch konnte ich meine Augen nicht von ihnen nehmen.

Immer wieder versuchten sie, durch ihre Kräfte einen unfairen Vorteil über den Gegner zu erringen.

Von wegen, Christians Stimme hätte über andere Männer keine Macht. Auch in dieser Hinsicht hatte er mich wohl belogen, obwohl ich zugeben musste, dass seine Wirkung auf Erik sich in Grenzen hielt.

Sie waren einander ebenbürtig und beide wild entschlossen, sich keine Blöße zu geben.

Gerade hatten sie sich auf dem Boden ineinander verkeilt, Christian oben, Erik unter ihm. Christians Arme zitterten, so sehr bemühte er sich, den Dolch auf Eriks Kehle zu drücken, während dieser sich dagegenstemmte. Die Finger ganz fest um den Griff der Waffe gekrallt, damit Erik sie ihm mit seiner Telekinese nicht entreißen konnte, brüllte Christian ihm immer wieder Befehle ins Ohr. »Lass los! LASS LOS!«

Erik lockerte für einen Moment seinen Halt an Christians Unterarmen, doch bevor dieser die Situation ausnutzen konnte, zog Erik seine Knie an und trat Christian von sich fort. Hastig rappelten sich beide auf und fixierten sich hasserfüllt aus blutunterlaufenen Augen.

Einen Moment lang herrschte Ruhe, beide schienen darüber nachzudenken, was der bestmögliche nächste Zug war. Eriks Finger zuckten, nur ganz leicht, aber damit traf er Christian wohl unvorbereitet, denn der Dolch entwand sich dessen Griff und beschrieb einen Bogen, zielte auf seine Brust. Christian versuchte, ihn noch aufzuhalten, seine Bahn abzulenken, dennoch bohrte sich die Waffe bis zum Heft in seine Seite. Schmerzerfüllt keuchte er auf. Blut perlte aus der Wunde hervor. Christian schwankte.

Ich schrie panisch auf, stürmte nach vorn und wurde von dem

Kraftfeld unbarmherzig nach hinten geworfen. Tränen schossen mir vor Schmerz ins Gesicht, trotzdem konnte ich meinen Blick nicht von ihm abwenden.

»Nein!«, schluchzte ich – obwohl auch er mich tot sehen wollte – im selben Moment, wie Christian »HALT!« brüllte.

Erik, der dabei war, sich auf ihn zu stürzen, zögerte unter der Macht seiner Stimme. Christian riss die Klinge aus seiner Wunde genau in der Sekunde, als Erik den Bann überwand und sich auf ihn warf. Sie krachten beide zu Boden, Christian unter Erik begraben und der Dolch irgendwo zwischen ihnen.

Jemand schrie und dann explodierte die Welt in einem lauten feuerroten Knall.

Ich hustete und würgte. Woher kam auf einmal dieser Rauch? Einen Arm schützend vor den Mund gepresst, kauerte ich mich an den Rand meiner Zelle und versuchte, irgendwas zu erkennen.

Die Schwaden verzogen sich langsam.

Eine Gestalt lag am Boden, ächzend stemmte sie sich hoch.

Ich hielt meinen Atem an. Wer hatte den Kampf gewonnen? Wer würde mir nun den Todesstoß geben?

Mühsam kroch Christian auf mich zu.

Ich atmete zitternd aus und ließ mich nach hinten auf meinen Po fallen. Natürlich, wie konnte es anders sein?

Bitterkeit stieg in mir hoch und unglaubliche Wut auf mein Schicksal. Was hatte ich bloß verbrochen, dass es mich so sehr bestrafte? Dass ich ausgerechnet durch die Hand des Jungen sterben musste, dem ich mein Herz geschenkt hatte?

Tränen strömten über meine Wangen, während ich hilflos dabei zusah, wie er immer näher an mich heranrobbte. Pure Entschlossenheit zeichnete sein Gesicht. Er kümmerte sich nicht einmal um die blutige Spur, die er hinter sich herzog, so sehr war er von dem Wunsch erfüllt, mich endlich sterben zu sehen.

Würde auch er mir sagen, dass es nichts Persönliches war, falls ich ihn fragen sollte? Dass mein Leben – oder mein Tod –

ihm nichts bedeuteten, außer der Freiheit, die er damit erlangen würde?

Er hatte mich schon fast erreicht. Versuchsweise streckte ich meine Hand nach dem Kraftfeld aus. Nun, da Erik fort war, würde es vielleicht auch verschwinden.

Ein schmerzhafter Stromschlag schoss meinen Arm hinauf. Hastig zog ich meine Hand zurück. Es gab kein Entkommen.

Noch ein letztes Mal schaute ich in Christians wunderschöne Augen. »Tu es nicht«, flehte ich.

»Es tut mir leid«, raunte er mühsam. Auch er schien am Ende seiner Kräfte zu sein.

Erst jetzt bemerkte ich, dass er den Dolch nicht mehr bei sich hatte. Er atmete tief durch und legte seine Stirn kurz auf seinem Unterarm ab, bevor er eine Hand vorschob und an dem Kreidekreis zu reiben begann, der mich gefangen hielt.

Natürlich, ihm konnte mein Käfig nichts anhaben. Nicht einmal ein Knistern verriet, dass er ihn überhaupt berührte. Ich handelte instinktiv und griff nach seiner Hand. Vielleicht konnte er mich aus der Falle herausziehen. Er war nicht besonders gut zu Fuß. So wackelig ich selbst auch sein mochte, ihm schien es schlechter zu gehen. Vielleicht schaffte ich es irgendwie, ihm zu entwischen.

Heißer Schmerz explodierte in meiner Hand, Funken sprühten. Die Barriere war noch immer intakt.

»Halt still!«, zischte Christian.

»Wieso? Tut das Licht etwa deinen Augen weh?«, höhnte ich. Ich würde hier sowieso sterben, aber vorher würde ich ihm so viele Unannehmlichkeiten wie nur möglich bescheren. Er sollte nicht glauben, dass ich kampflos aufgab.

Ich zog meine Beine nach vorn und rammte die Fußsohlen gegen den magischen Käfig. Blitze schossen gleißend darüber und tauchten das Kellergewölbe in ihr blendend helles Licht. Ich zählte bis zehn, um die Agonie, die jede Entladung in mir verursachte, auszuhalten, dann zog ich die Beine keuchend zurück. Jeder Muskel tat mir weh, doch zumindest klärte der Schmerz meinen Kopf, half mir, konzentriert zu bleiben.

Christian rieb und wischte von meiner Aktion völlig unbeeindruckt und mit aller Kraft auf dem Boden herum. Was zur Hölle trieb er da eigentlich?

Das Energiefeld flackerte auf und erlosch. Erschöpft ließ Christian sich flach auf den Boden sinken. So schnell ich konnte, krabbelte ich von ihm weg. Jetzt war nichts mehr zwischen uns. Nichts konnte ihn davon abhalten, die Sache zu Ende zu bringen. Doch auch meiner Flucht stand nun nichts mehr im Wege.

Schwankend stemmte ich mich hoch und schleppte mich zur Tür.

»Cara«, stöhnte Christian schwach.

Ich erstarrte und drehte mich ganz langsam zu ihm um. Die Blutlache unter seinem Körper wurde immer größer, seine Augen waren geschlossen und soweit ich es bei den herrschenden Lichtverhältnissen beurteilen konnte, war er ziemlich blass.

Ich wusste, dass es das Klügste wäre, ihn einfach liegen zu lassen, mich selbst in Sicherheit zu bringen. Aber ebenso wusste ich, dass er sterben würde, wenn ich ihn hier zurückließ.

Na und?, raunte eine wütende, kleine Stimme in meinem Kopf. Er hatte es nicht anders verdient, er war böse, hatte mich belogen, betrogen und benutzt. Und an meiner Stelle hätte er mit keiner Wimper gezuckt, bevor er mich auslöschte.

Aber ich war nicht er. Ich war nicht böse. Und ich konnte ihn nicht einfach sterben lassen.

Außerdem hatte er den Dolch in der Ecke gelassen. Ob es mit Absicht oder aus Versehen geschehen war, konnte ich nicht sagen, doch solange es nur den Hauch einer Chance gab, wollte ich kein Risiko eingehen.

»Christian?«, rief ich ihn leise. Er rührte sich nicht. Ich zögerte. Das konnte auch ein Trick von ihm sein.

Vorsichtig streckte ich meine Hände aus und vergewisserte

mich, dass ich ganz aus dem Kreis heraus war. Dann tastete ich nach meiner Fähigkeit und ließ ihn erstarren. Nichts veränderte sich. Wie denn auch? Es hatte sich ja vorher schon nichts bewegt. Ich spürte Übelkeit in mir aufsteigen. Offensichtlich war ich so geschwächt, dass ich wie am Anfang die Nebenwirkungen meiner Kraft spürte. Mein Magen verkrampfte sich, bittere Galle stieg in mir auf. Keuchend fiel ich auf die Knie und erbrach mich mitten auf den Boden. Dann richtete ich mich schwankend auf und wartete darauf, dass die schwarzen Punkte vor meinen Augen wieder verschwanden.

Ich hatte keine Zeit zu verlieren, wenn ich nicht neben Christian zusammenbrechen wollte, musste ich dringend Hilfe für uns finden. Ich schleppte mich zu ihm, er wirkte tatsächlich erstarrt. Was den netten Nebeneffekt hatte, dass seine Wunde nicht länger blutete. Vielleicht konnte ich ihn in der Starre halten, bis der Notarzt eintraf. Falls es mir gelang, einen zu rufen.

Hastig tastete ich Christian nach seinem Handy ab und schickte tausend Dankgebete in den Himmel, als ich es tatsächlich entdeckte. Hastig setzte ich meinen Notruf ab. Dann machte ich mich daran, Christian aus dem Raum zu schleifen.

Wir würden auch so eine Menge Fragen beantworten müssen. Da wäre es wenig hilfreich, wenn die Rettungskräfte uns in diesem gruseligen Raum mit einem Pentagramm sowie den Blut- und Feuerspuren auf dem Boden entdeckten.

Ich konnte nicht genau sagen, woher ich die Kraft nahm, ihn in den Fahrstuhl zu zerren. Vielleicht war es die Erkenntnis, dass mir keine andere Wahl blieb. Zweimal musste ich seine Starre erneuern, zweimal die Krämpfe ertragen, die jedes Mal heftiger wurden, beim letzten Mal schmeckte ich sogar Blut auf meiner Zunge.

Ich schaffte es gerade noch, mich ein letztes Mal aufzurichten, um den Knopf für das Erdgeschoss zu drücken. Dann gaben meine Beine endgültig unter mir nach und ich brach auf Christians reglosem Körper zusammen.

Dumpf hörte ich noch das Heulen der Sirenen, dann wurde es dunkel um mich herum.

***

Ich wachte auf, weil etwas sich schmerzhaft in meinen Handrücken bohrte. Unwillig öffnete ich die Augen und wartete, bis meine Sicht wieder klar war. Ich fühlte mich seltsam träge und schwerelos, um mich herum war alles weiß.

Irritiert erkannte ich, dass eine Kanüle in meiner Hand steckte. Das war das Ding, das mich geweckt hatte.

»Cara?« Meine Mutter drückte erleichtert meine Hand. »Wie geht es dir, Liebling?«

»Gut«, wollte ich sagen, doch ich brachte nur ein Krächzen zustande. Trotz der Infusion, die in mich hineinlief, fühlte ich mich wie ausgetrocknet.

»Was ist geschehen?«, flüsterte ich. Nur langsam kehrte meine Erinnerung zurück.

»Ich … ich bin nicht sicher«, sagte Mama stockend. »Ich wurde angerufen, dass du im Krankenhaus bist, nachdem ich dich die ganze Nacht nicht erreichen konnte.« Ihre Stimme überschlug sich und ich merkte, dass sie nicht zum ersten Mal weinte. Zärtlich wischte sie mir über die Stirn. »Stundenlang habe ich an deinem Bett gesessen und darauf gewartet, dass du endlich aufwachst.«

»Es tut mir leid«, wisperte ich. Und meinte damit sowohl die Ängste, die sie ausgestanden, als auch die Sachen, die ich ihr an den Kopf geworfen hatte, bevor ich das Haus verließ.

»Schon gut, mein Liebling. Hauptsache, du wirst wieder gesund. Dann …« Sie atmete tief durch und kämpfte um ihre Fassung. »Dann können wir über alles reden.«

Ich nickte und schloss meine Augen. Ich war so unsagbar müde.

»Ich möchte nur, dass du eins weißt«, raunte Mama. »Wir

könnten dich nicht mehr lieben, selbst wenn du unser leibliches Kind wärst.« Ihre Lippen streiften zärtlich meine Stirn.»Und jetzt ruhe dich aus, Kleines. Ich bleibe bei dir, bis du aufwachst.«

***

Als ich das nächste Mal meine Augen öffnete, fühlte ich mich schon deutlich wacher. Ich richtete mich vorsichtig auf meinem Ellbogen auf und schaute mich um. Ich lag noch immer in einem Krankenhauszimmer – erstaunlicherweise alleine – und auch meine Mutter war nicht da. Während ich noch darüber nachdachte, ob ich es riskieren konnte, aufzustehen und ins Bad zu huschen, ging die Tür auf und Mama trat mit einem dampfenden Becher herein.

Sie lächelte, als sie mich sah.»Wie geht es dir, Liebling?«

»Ganz gut, denke ich.« Das Schwindelgefühl war fast vollständig abgeklungen und ich hatte mächtigen Hunger.

»Magst du mir jetzt vielleicht verraten, was geschehen ist?«, fragte sie behutsam.

»Ich bin nicht sicher«, murmelte ich, während mein Verstand fieberhaft raste.

»Hat das etwas mit deinen … Fähigkeiten zu tun?«, fragte sie zögernd. Ich sah ihr an, wie schwer es ihr fiel, darüber zu sprechen, wie unwohl sie sich dabei fühlte. Doch sie schien fest entschlossen, für mich da zu sein – und zwar in allem, was mich beschäftigte.

»Ja.« Ich nickte langsam. Da sie ohnehin Bescheid wusste, konnte ich es ihr vielleicht tatsächlich erzählen, einen Teil zumindest.»Erik war anscheinend nicht ganz so nett, wie wir geglaubt hatten. Er hat mich in eine Falle gelockt. Er war ein …«, ich senkte die Stimme zu einem kaum vernehmlichen Flüstern, »Dämon.« Gespannt wartete ich auf Mamas Reaktion. Würde sie ausrasten? Würde sie mich für verrückt erklären?

Sie erbleichte und presste ihre Lippen zusammen. »Er *war*?«, fragte sie schließlich zitternd. »Heißt das, er ist fort? Er kann dir nichts mehr tun?«

»Ja.« Zumindest glaubte ich, dass es so war. Ich konnte mir nicht vorstellen, dass er seine Verwandlung in einen riesigen Feuerball unbeschadet überstanden hatte.

»Gott sei Dank!« Sie riss mich in ihre Arme und presste mich fest an sich. »Du musst aufpassen, Cara. Jetzt mehr denn je«, beschwor sie mich flüsternd.

Ich nickte. Das hatte ich auch schon begriffen.

»Und was hat Christian mit dieser ganzen Sache zu tun?«, fragte sie dann.

Die Erwähnung seines Namens führte mir sofort sein bleiches, regloses Gesicht und seinen blutüberströmten Körper vor Augen. Ich verkrampfte mich.

»Wie geht es ihm? Ist er auch hier?« Was, wenn er es nicht geschafft hatte?

»Er ist mit dir zusammen eingeliefert worden, mehr weiß ich aber auch nicht.«

Panik machte sich in mir breit. Seine Wunde war wirklich schlimm gewesen. »Kannst du bitte nachfragen?« Ich wusste nicht, wie ich zu ihm stand – oder er zu mir –, doch der Gedanke, dass er einfach fort sein könnte, zerriss mir das Herz. Auch wenn das vielleicht besser für mich wäre, sicherer.

Es klopfte an der Tür und gleich darauf schwang sie auf.

Christian stand auf der Schwelle. Sein Blick heftete sich auf mich und mir war, als würde die Sonne plötzlich aufgehen. Er sah furchtbar aus, aber er lebte und er hatte mich gesucht.

Er machte einen zögernden Schritt nach vorn und zuckte schmerzerfüllt zusammen. Erst jetzt bemerkte ich, dass er einen rollenden Tropfhalter mit sich führte, den er wie einen Gehstock benutzte. Sein Gesicht war zerschrammt und voller Blutergüsse, seine Knöchel, die sich um die metallische Stange spannten, waren verkrustet und seine Wunde bereitete ihm bei jedem Schritt sichtbare Schmerzen, doch seine Augen strahlten wie eh und je und ein leichtes Lächeln lag auf seinen Lippen.

Mein Herz flog ihm förmlich aus meiner Brust entgegen und ich verschränkte die Arme, um meine überschäumenden Gefühle in den Griff zu bekommen. Ich hatte in den letzten Tagen meine Lektion gelernt. Ich hatte sowohl ihm als auch Erik vertraut, hatte mich bei ihnen beiden sicher gefühlt, und beide hatten sie mich verraten.

Eriks Worte klangen in meinen Ohren. Von all den Menschen, die mich umgaben, hatte ich mir ausgerechnet die zwei gefährlichsten ausgesucht. Ganz egal, wie laut mein Herz bei Christians Anblick singen mochte, ich würde das nicht vergessen.

Christian machte einen weiteren Schritt. Plötzlich tauchte eine aufgebrachte Krankenschwester hinter ihm auf. »Habe ich Ihnen nicht verboten, aufzustehen, junger Mann?«, fuhr sie ihn an. »Sie sind noch viel zu schwach, um hier rumzulaufen!«

Christian stöhnte leise, als er sein Gewicht verlagerte.

»Genau das meine ich!« Sie stemmte ihre Hände in die Hüften und sah ihn missbilligend an.

»Es ist aber wirklich wichtig«, erwiderte er gepresst. »Ich verspreche auch, dass ich mich gleich hinsetzen werde.« In der Tat wirkte er, als könnte er jeden Augenblick umfallen.

Mama musste zur gleichen Einschätzung gekommen sein, denn sie sprang hastig von ihrem Stuhl auf und schob ihn Christian hin.

»Danke.« Erleichtert ließ er sich darauf sinken.

»Ich hole einen Rollstuhl und dann geht es gleich wieder zurück«, bestimmte die Schwester.

»Bitte«, wiederholte Christian. »Es dauert nicht lange. Ich muss dringend mit Cara sprechen, unter vier Augen«, fügte er zu meiner Mama gewandt hinzu.

Verwundert verfolgte ich das Geschehen. Anscheinend war mein Kopf noch immer nicht auf der Höhe, denn ich brauchte tatsächlich eine Weile, um zu begreifen, was mich hieran störte. Die Frau zeigte sich von seiner Bitte völlig unbeeindruckt. Und auch meine Mutter musterte ihn mit einer Mischung aus Sorge und Skepsis, anstatt wie von der Tarantel gestochen aus dem Zimmer zu stürmen, um seinem Wunsch zu entsprechen.

»Ihr braucht beide Ruhe«, beharrte die Schwester.

»Dann müssen Sie mich schon ans Bett fesseln. Denn sobald ich alleine bin, mache ich mich wieder auf den Weg hierher. Sooft das eben nötig ist. Ob das meiner Heilung so zuträglich wäre, müssen Sie schon selbst entscheiden.«

Die Frau rollte mit den Augen, murmelte etwas wie »Jung müsste man sein« und fixierte Christian mit einem strengen Blick. »Ihr habt zehn Minuten. Dann bin ich mit dem Rollstuhl hier und will keine Widerworte mehr hören.«

»Danke.« Christian lächelte sie strahlend an, was der hageren Frau eine verlegene Röte ins Gesicht zauberte. Seine Stimme mochte derzeit – warum auch immer – außer Kraft sein, doch sein Charme verfehlte nicht seine Wirkung.

Die Krankenschwester rauschte davon, doch Mama blieb weiterhin unschlüssig stehen.

»Darf ich alleine mit Cara reden, Frau Müller?«, fragte Christian höflich.

»Schatz?«, fragend wandte Mama sich an mich.

Ich zögerte und musterte ihn prüfend. Seine Schwäche schien echt zu sein. Könnte er mir trotzdem gefährlich werden?

Ein verletzter Ausdruck trat auf sein Gesicht, er musste meine Vorbehalte bemerkt haben. Davon ließ ich mich in meinen Abwägungen jedoch nicht beeinflussen.

Ich hatte seine Wunde mit eigenen Augen gesehen, er war gesundheitlich alles andere als auf der Höhe. Und zur Not könnte ich ihn noch immer erstarren lassen. Zumindest glaubte ich, dass ich das konnte. Unauffällig streckte ich meine Finger aus und fror die kleine Fliege ein, die geschäftig über meine Decke krabbelte. Ich hatte meine Kräfte – im Gegensatz zu ihm – also noch immer voll im Griff.

»Ist schon okay, Ma«, sagte ich schließlich.

»Ich bin direkt vor der Tür, wenn du mich brauchst, Schatz.«

»Danke, Mama.« Ich legte in dieses Wort all die Liebe und Dankbarkeit, die ich für sie empfand. Sie hatte recht. Blut war nicht ausschlaggebend, es zählten die Gefühle, die uns verbanden.

Sie lächelte gerührt und ich sah Tränen in ihren Augen schimmern. Sie wandte sich zur Tür.

»Könnten Sie mir vielleicht noch ganz kurz helfen?« Christian mühte sich auf seine Beine. »Können Sie mir den Stuhl bitte näher ranschieben?«

»Natürlich.« Mama stellte den Stuhl an mein Bett und ich legte meine Hände auf die Decke, sodass kein Hindernis zwischen meinen Fingern und Christian lag. Falls ich schnell reagieren musste, würde ich bereit sein.

»Du vertraust mir nicht«, sagte er bitter, sobald Mama die Tür hinter sich geschlossen hatte.

»Und ich habe jeden Grund dazu.«

»Ich habe dir das Leben gerettet!«, widersprach er fassungslos. »Und bin selbst fast dabei draufgegangen.«

Das stimmte natürlich. Allerdings war ich mir nicht ganz so sicher, dass die Rettung Absicht und nicht zufälliger Nebeneffekt war. »Es tut mir leid, dass du dich verletzt hast.«

»Ist das alles?« Er schnaufte.

»Was willst du von mir, Christian?« Auch ich wurde langsam ärgerlich. »Du hast mich belogen, du hast mit mir gespielt und hast dann auch noch versucht, mich zu töten!«

»Wer sagt das?« Seine Augen blitzten wütend.

»Erik. Er hat mir alles erzählt.«

»Ach ja? Und was genau ist dieses *alles*?« Er klang mühsam beherrscht.

»Ich weiß von eurem Fluch, dass du sterben wirst, falls du nicht einen anderen Menschen für dich opferst. Und auch, dass du mich töten musst, um diesen Fluch zu brechen.«

»Ach, so ist das? Und du denkst, ein dahergelaufener Dämon, der dich umbringen will, ist glaubwürdiger als ich?«

»Nein.« Ich schüttelte traurig meinen Kopf. »Aber du hast mir die Geschichte selbst bestätigt.«

»Wann denn?« Er verschränkte die Arme vor seiner Brust und sah mich fast schon feindselig an.

»Du hast mir von deinem Vater erzählt. Und ich habe selbst gehört, wie du deiner Mutter die Schuld an seinem Tod gegeben hast. Sie hat ihn geopfert, so wie du Melissa oder mich opfern wolltest. Das Einzige, was ich nicht verstehe, ist, wieso du nicht gleich bei mir geblieben bist. Wieso du dich ihr zugewandt hast. Dachtest du, sie gibt ein leichteres Opfer ab als ich? Und von der Last deines drohenden Todes befreit, könntest du dann in Ruhe mein Ableben planen?«

Seine Miene wurde eisig, seine Nasenflügel blähten sich mit seinen erregten Atemzügen. Noch nie hatte ich ihn so wütend erlebt und unwillkürlich sammelte ich meine Kraft, um bereit zu sein, sollte er sich auf mich stürzen.

»Du hast ja eine feine Meinung von mir!«, spuckte er aus. »Gut, dass wir darüber geredet haben. Dann bleibt mir hier ja nichts mehr zu tun.«

»Was soll ich denn sonst denken? *Leider nützt es mir nichts, wenn du sie tötest. Ich muss es schon selbst tun!*«, äffte ich seine Stimme nach, als ich ihm die Worte um die Ohren schleuderte, die er zu Erik gesagt hatte. »Und dann habt ihr darum gekämpft, wer mich umbringen durfte.« Allein bei der Erinnerung daran traten mir die Tränen in die Augen. »Ich musste euch tatenlos zusehen und mir eingestehen, dass es für mich keinen Unterschied machen würde, wer von euch beiden gewann. Ich habe euch beiden vertraut! Kannst du dir vorstellen, wie das für mich war?!«

Er atmete hörbar aus und ein Teil der Anspannung wich aus seinem Körper. »Es tut mir leid«, flüsterte er. »Aber ich habe dir nichts getan, im Gegenteil, ich habe dich *gerettet.*«

»Vielleicht ja nur, weil du zu mehr nicht in der Lage warst.«
Verzweifelt sah ich ihn an. Ich wollte ihm so gerne glauben,
doch das konnte ich einfach nicht.

»Habe ich für die Rettung nicht wenigstens etwas gut bei
dir?«, fragte er leise.

»Was willst du?«

»Dass du mir unvoreingenommen zuhörst. Erik hat dir nicht
nur die Wahrheit erzählt und ganz sicher nicht alles.«

»Wie meinst du das?« Sollte es noch mehr Lügen, noch mehr
Geheimnisse geben?

»Er hatte recht, auf uns liegt ein Fluch. Aber er beendet nicht
unser Leben, sondern das derjenigen, die wir lieben«, begann
Christian, stockend zu erzählen, ohne den Blick von seinen
Händen zu nehmen, die in seinem Schoß ruhten. »Adeleidt –
die Hexe, die Loreley damals verfluchte – wollte sie den gleichen Schmerz spüren lassen, den sie selbst durchlebt hat. Soweit ich weiß, hatte Loreley den Tod dieses Mannes damals
wirklich nicht gewollt. Sie war einfach nur eine wunderschöne
Frau mit einer außergewöhnlichen Stimme gewesen. Die Männer sollen ihr reihenweise zu Füßen gelegen haben, doch sie interessierte keiner davon. Um ihre Ruhe zu haben, zog sie sich
hin und wieder auf diesen vermaledeiten Felsen zurück. Ich
wünschte, sie hätte dabei den Mund gehalten, aber sie hatte
wohl die Akustik der Klippen und des Wassers unterschätzt.
Ich habe keine Ahnung, ob Adeleidts Mann sich damals ebenfalls in sie verliebt und dann versucht hatte, sich ihr auf dem
Fluss zu nähern, oder ob er nur zufällig vorbeikam und ihren
Gesang hörte, der ihn unaufmerksam werden ließ. Auf jeden
Fall kenterte sein Boot und er starb in den Stromschnellen.
Adeleidt hatte also ihren Geliebten verloren. Sie gab Loreley
die Schuld daran und hat deshalb das gleiche grausame Schicksal ihr und ihren Nachkommen auferlegt. Das Dumme ist, dass
sie dabei irgendwie einen Teil ihrer Magie auf Loreley übertra-
gen hat. Ihr Fluch hat all das verstärkt, was Loreley in ihren

Augen ausmachte – die langen Haare, die Schönheit, die Stimme. Ich weiß nicht, ob das mit Absicht geschah, aber sie selbst war es, die uns für alle Ewigkeit mit diesen unwiderstehlichen Eigenschaften *gesegnet* hat.« Er betonte voller Bitterkeit dieses Wort. »Zugleich hat sie uns die Chance genommen, jemals glücklich zu sein. Ja, mein Vater musste sterben und meine Mutter ist schuld daran. Nicht, weil sie ihn geopfert hätte, sondern weil sie die Gefühle für ihn in ihrem Herzen zuließ, weil sie ihn nicht verlassen hatte, bevor es zu spät für sie beide war.«

»Aber ich habe es mit eigenen Augen gesehen«, wandte ich ein. Ich wollte mich von seinem tragischen Bericht nicht einwickeln lassen. »Loreley selbst hat einem Mönch von ihrem tödlichen Fluch erzählt.«

»Und wieweit widerspricht das meiner Geschichte?«

»Ähm. Erik sagte …« Ich brach ab, als mir klar wurde, dass er mir nur eine ihm passende Interpretation der Worte geliefert hatte. Vielleicht hatte er es selbst nicht besser gewusst, vielleicht mich mit Absicht belogen.

»Dir ist schon klar, dass Dämonen nicht gerade für ihre Wahrheitsliebe bekannt sind, oder?«, setzte Christian nach.

»Schon gut«, brummte ich. Man konnte die Aufzeichnung so oder so auslegen. Und im Prinzip stand hier Christians Wort gegen Eriks. Und der hatte sich ganz eindeutig disqualifiziert.

»Ich habe keine Ahnung, was oder wieso er dir erzählt hat. Aber ich kenne den Fluch, der auf mir lastet«, sagte Christian finster. »Nicht wir selbst sind gefährlich, nur unsere Liebe ist es.« Ich hörte den Schmerz in seiner Stimme.

»Deine Mutter sagte, sie hätte nicht gewusst, dass Lena dir so viel bedeutete«, raunte ich, als ich es endlich verstand.

»Wie oft hast du uns eigentlich belauscht?«, fragte er missbilligend, doch seine Mundwinkel kräuselten sich leicht.

»Nur einmal«, rechtfertigte ich mich.

»Wie auch immer. Ich weiß nicht, ob tatsächlich der Fluch bei Lenas Unfall eine Rolle gespielt hat oder ob es ganz allein meine Schuld war. Und ich werde es wohl auch nie erfahren. Falls es der Fluch war, hatte sie Glück, dass ich sie nicht geliebt habe – nicht in dem allumfassenden Sinn dieses Wortes –, sonst wäre sie kaum am Leben geblieben.«

»Oh mein Gott.« Ich schlug mir entsetzt die Hand vor den Mund. Nur allmählich dämmerten mir all die Konsequenzen dieses Fluchs. Wie furchtbar musste es sein, zu wissen, dass man die Menschen, die man liebte, genau damit zum Tode verurteilte?

»Du darfst dich niemals verlieben?« So viel zu meiner Hoffnung, ich könnte ihm irgendetwas bedeuten. Wie Lena konnte ich wohl froh sein, dass dem nicht so war. Doch diese Erkenntnis hielt keinen Trost für mich parat.

»Das war zumindest mein Plan«, sagte er grimmig. »Als es mit Lena und mir ernster wurde, hat meine Mutter mir die ganze Wahrheit erzählt. Deshalb hatte ich mit ihr Schluss machen wollen.« Er seufzte tief. »Wie das endete, weißt du ja schon selbst. Danach hatte ich beschlossen, mich niemals wieder mit einem Mädchen einzulassen. Und erst recht wollte ich keine Familie gründen. Dieser Fluch sollte mit mir enden.«

»Und was sollte dann die Sache mit mir?« War ich nur ein netter Zeitvertreib oder hatte er gehofft, sein Fluch würde mich für ihn erledigen? Aber dafür müsste er mich ja doch lieben … Argh! Das war alles viel zu verwirrend.

Christian lächelte mich voller Wärme an. »Mit dir, das war etwas ganz anderes.«

Aha? Interessiert horchte ich auf.

»Wie gesagt, ich war fest entschlossen, kein Mädchen mehr näher kennenzulernen, um nicht das Risiko einzugehen, mich in eins davon zu verlieben.«

»Und ich habe dich für arrogant gehalten«, entfuhr es mir peinlich berührt.

Er schmunzelte. »Ich bin froh, deinen Irrtum korrigiert zu haben. In Wirklichkeit bin ich nämlich total nett.«

Ich verzog keine Miene. »Das bleibt abzuwarten.« Daran, wie er sich in den letzten Tagen verhalten hatte, war überhaupt nichts nett.

Er nickte betroffen. »Es tut mir leid, Cara. Wie oft soll ich das noch sagen?«

»Gar nicht. Fahr einfach mit deiner Geschichte fort.« Am Ende würde ich selbst entscheiden.

»Als ich gemerkt habe, dass meine Stimme keinen Einfluss auf dich hat, wollte ich natürlich alles über dich erfahren.« Er unterbrach sich, als die Tür energisch aufgestoßen wurde und die Krankenschwester mit dem Rollstuhl hereinkam.

»So, da wären wir!«, verkündete sie jovial.

Die Tür prallte gegen die Wand und fiel klackend wieder ins Schloss.

Ohne darüber nachzudenken, ließ ich die Frau erstarren. Ich war nicht bereit, mir diese Möglichkeit, den Rest der Erklärung aus Christians Mund zu hören, entgehen zu lassen.

»Das ist also deine Kraft«, murmelte er staunend. Zu spät fiel mir ein, dass er noch gar nicht eingeweiht gewesen war. Ich hörte sowohl Ehrfurcht als auch Sorge in seiner Stimme. »Ich habe mich schon gefragt, wie genau sie sich äußert.«

»Ähm, ja.« Ich zuckte hilflos mit den Schultern.

»Wieso hast du mir das nicht gesagt?« Er sah mich enttäuscht an. »Als ich dir von meiner Herkunft und auch von Adeleidt erzählt habe, wieso hast du geschwiegen?«

Ich knetete unsicher meine Hände. Ich wollte, dass er weitersprach, wollte endlich erfahren, wie er zu mir stand, und nicht meinerseits seine Fragen beantworten.

»Das mit Adeleidt habe ich selbst nicht gewusst. Und auch sonst hatte ich keine Ahnung, was mit mir los war. Außerdem schienst du nicht gerade gut auf Hexen zu sprechen zu sein. Also habe ich abgewartet.«

»Du hast mir nicht vertraut«, stellte er fest.

»Du mir auch nicht.«

Er öffnete den Mund, um mir zu widersprechen, besann sich jedoch anders. »Ich will mich nicht mit dir streiten, Cara. Wir sind schließlich nicht im Kindergarten.«

»Einverstanden.« Es ging hier nicht darum, wer angefangen hatte, sondern darum, wie das alles endete. »Hast du von Anfang an gewusst, dass mein Leben deinen Fluch beenden kann?«

Nun war es an ihm, den Blick zu senken. »Das war die naheliegendste Erklärung, wieso du unempfänglich für meine Stimme bist. Also suchte ich deine Nähe, um möglichst viel über dich herauszufinden, und fürchtete zugleich die Antwort, die mich erwartete.«

»Wieso?«

»Entgegen deiner offensichtlichen Meinung über mich bin ich kein Mörder, Cara. Ich glaube nicht, dass ich es fertiggebracht hätte, irgendjemanden für meine Freiheit zu opfern. Geschweige denn dich.«

Mein dummes Herz begann, aufgeregt in meiner Brust zu trommeln, obwohl mir klar war, dass es keine Zukunft für uns geben konnte. Wenn überhaupt, stellten seine Gefühle eine tödliche Bedrohung für mich dar. Trotzdem schwelgte ich in seinen Worten.

»Je besser ich dich kennenlernte, desto mehr verliebte ich mich in dich«, fuhr er fort, völlig unbeeindruckt von dem Aufruhr in meinem Inneren.

Ich schnappte lautstark nach Luft.

»Ich weiß, es war fahrlässig und egoistisch«, sagte er schnell. »Doch ich habe in deinem Stammbaum keinen Hinweis auf Adeleidt oder irgendwelche andere Hexen entdeckt, also glaubte ich, du wärst einfach anders. Meine Chance auf das Glück. Wenn meine Stimme keine Wirkung auf dich hatte, hoffte ich, dass der Fluch dich auch verschonen würde.«

Staunend hörte ich ihm zu und wagte kaum zu glauben, was er da sagte. »Hast du mich deshalb geküsst?«

Ein zerknirschtes, schiefes Lächeln umspielte seine Lippen. »Das war einer der Gründe«, gab er zu und angelte nach meiner Hand.

Ein unbändiges Glücksgefühl breitete sich in mir aus, als sich unsere Fingerspitzen berührten. Beharrlich ignorierte ich die leise Stimme in meinem Hinterkopf, die mir einflüsterte, dass seine Liebe mir nichts Gutes verhieß.

»Und was waren die anderen?«

Sein Daumen streichelte meinen Handrücken. »Der zweite Grund war, dass ich einfach nicht länger widerstehen konnte.«

»Und der dritte?«

»Dass es ohnehin keine Rolle mehr spielte. Meine Gefühle steuern den Fluch, nicht meine Taten. Ob ich dich küsste oder nicht, ob wir ein Paar wären oder bloß Freunde, machte keinen Unterschied …« Er atmete tief durch und hob seinen Blick. »Ich liebe dich, Cara.«

Ich schluchzte auf. Lachend und weinend zugleich, legte ich ihm zaghaft meine Hand an die Wange, versank in seinen wunderschönen, strahlenden Augen.

Ich wollte ihn so gern küssen, ihm versichern, dass auch ich ihn liebte, doch es war noch immer zu viel unausgesprochen zwischen uns. »Und wieso hast du dich dann von mir abgewandt? Kannst du dir vorstellen, wie furchtbar weh mir das tat? Was es mit mir gemacht hat, dich in der Schule mit Melissa zu sehen?«

»Bist du deshalb zu *ihm* gerannt?«

»Er hat mir als Einziger Antworten angeboten, in einer Situation, die absolut keinen Sinn mehr für mich ergab.« Ich senkte meine Hand. »Und ich habe wenigstens nicht mit ihm geschlafen«, fügte ich anklagend hinzu.

»Ich auch nicht. Also nicht mit Melissa, meine ich.«

»Wirklich? Ich habe doch selbst gesehen, wie ihr übereinander hergefallen seid.«

»Das war alles nur Show.«

»Um mir noch mehr wehzutun? Dachtest du, das auf Jessies Party hätte nicht gereicht?«

»Ich war wütend und enttäuscht. Ich glaubte, du hättest mich absichtlich hinters Licht geführt, dass du über deine Herkunft Bescheid gewusst und es mir verheimlicht hättest – aus welchen Gründen auch immer. Du musst bedenken, dass wir von deiner Familie nicht wirklich viel Gutes erfahren haben. Und trotzdem wollte ich dich beschützen.«

»Mich beschützen? Wovor denn?«

»Vor dem Fluch. Verstehst du denn nicht, du warst nicht, wie ich gehofft hatte, auf wundersame, unerklärliche Weise immun. Es gab keinen Grund anzunehmen, dass der Fluch dich nicht treffen würde. Also wollte ich, dass du mich hasst, hoffte, dass es mir dann auch leichter fallen würde, mich von dir fernzuhalten, meine Gefühle irgendwie in den Griff zu bekommen.« Er verstummte und sah mich unsicher an. »Ergibt das irgendeinen Sinn für dich?«

»Du wolltest mich also nicht töten?«

»Niemals. Ich war bereit, von hier wegzugehen und zu hoffen, dass der Fluch dich verschonte.«

»Puh.« Ich atmete tief durch. Es tat gut, endlich eine Erklärung zu hören, den Sinn in seinem rätselhaften Verhalten zu erkennen. Gleichzeitig legte sich die Verzweiflung wie eine bleierne Wolke über mich. Wir mochten uns ausgesprochen haben, doch unser Problem bestand nach wie vor. Ich schwebte in Lebensgefahr, solange er mich liebte. Und solange ich lebte, blieb er verflucht. Müde schloss ich meine Augen. Es gab keinen Ausweg.

»Als du am Dienstag nicht in die Schule kamst«, setzte Christian seinen Bericht fort, »da habe ich mir Sorgen um dich gemacht. Ich konnte einfach nicht dein Gesicht vergessen, als du mich mit Melissa gesehen hast. Du hast so verletzt, so verzweifelt ausgesehen. Du glaubst nicht, wie schwer es mir gefallen war, dir nicht sofort hinterherzurennen. Meine Gedanken kreisten nur um dich. Zusätzlich stellte mich Jessie noch vor der Schule zur Rede. Sie war außer sich vor Wut. Sie war diejenige, die mir eröffnete, dass du das mit deinen Eltern selbst gerade erst erfahren hast, und ich erkannte, wie unrecht ich dir getan habe. Sie sagte mir, dass du vollkommen fertig warst, und auch, dass du die Nacht bei Erik verbracht hast.«

»Hast du gewusst, dass er ein Dämon war?«, fragte ich tonlos.

»Nein.« Er schüttelte heftig seinen Kopf. »Nicht, bevor ich euch in diesem Keller gesehen habe.«

»Aber du hast mich damals vor ihm gewarnt.« Auch wenn ich nicht auf ihn gehört hatte.

»Ich hatte einfach ein ungutes Gefühl bei dem Kerl, doch ich schob diese Reaktion auf meine Zuneigung zu dir. Mir gefiel nicht die Art, wie er dich ansah – so besitzergreifend, so gierig. Denkst du, ich hätte dich mit ihm weggehen lassen, wenn ich es auch nur geahnt hätte? Und als ich hörte, dass du bei ihm warst, da wurde ich fast rasend vor Eifersucht und Sorge. Ich wollte sicherstellen, dass es dir gut ging, dass er deinen labilen Zustand nicht ausnutzte. Du hattest auch so schon genug zu verkraften und ich war nicht ganz unschuldig daran.« Er atmete tief durch. Allein die Erinnerung an die überstandene Angst schien ihn ziemlich aufzuwühlen. »Es dauerte eine Weile, bis ich deinen Vater dazu überreden konnte, mir Eriks Adresse zu geben. Doch mein Wunsch, dich zu finden, verstärkte meine Macht. Nie zuvor habe ich einem erwachsenen, willensstarken Mann meinen Willen über das Telefon aufzwingen können. Ich schaffte es, auch den Portier zu überzeugen, mich in das Wohngebäude zu lassen und mir zu verraten, wo Erik sich mit dir aufhielt. Du kannst dir nicht vorstellen, was in mir vorging, als ich dich in dem magischen Käfig gesehen habe und ihn mit dem Dolch über dir. Zudem schien er über mich bestens Bescheid zu wissen. Also tat ich, als hätte ich das gleiche Ziel wie er, damit er mir die Waffe überließ.« Er schnaufte und schüttelte fassungslos den Kopf. »Nie hätte ich gedacht, dass du mir das tatsächlich abkaufen, dass du glauben würdest, ich wollte deinen Tod. Ich habe alles gegeben, um dich zu retten, Cara.«

»So wie ich dich«, murmelte ich. »Ich habe dich auch gerettet, da unten im Keller. Ich habe deine Blutung gestoppt, bis die Rettungskräfte eintrafen, und ich habe dich mit letzter Kraft in den Fahrstuhl gezerrt.«

Er lächelte leicht. »Obwohl du dachtest, dass ich dein Feind bin.«

»So sieht es wohl aus.« Ich schaute ihn unsicher an. »Armselig, ich weiß.«

Plötzlich beugte er sich vor und drückte seine Lippen auf die meinen. Überrascht versteifte ich mich für einen Moment, dann breitete sich ein bittersüßes Glücksgefühl in mir aus und ich schmiegte mich an ihn.

Seine Lippen lagen voll, warm und weich auf den meinen, doch mir war das nicht genug. Wenn es schon unser letzter Kuss sein sollte, wollte ich ihn für immer in Erinnerung behalten. Ich zog Christian an mich, vergrub meine Hände in seinen Haaren und ließ meine Lippen wild über seinen Mund gleiten, meine Zunge mit der seinen tanzen.

»Wow!«, keuchte er atemlos und versuchte, sich ein wenig von mir zu lösen, aber ich ließ das nicht zu, wollte nicht, dass dieser Kuss jetzt schon endete. Erst als er schmerzerfüllt die Luft einsog, gab ich ihn wieder frei. Ich hatte seine Wunde ja völlig vergessen.

»Tut mir leid«, nuschelte ich verlegen und wischte mir über die Lippen.

»Jederzeit«, raunte er und küsste mich erneut.

»Hm-hm«, erklang hinter uns ein strenges Räuspern. Anscheinend war die Krankenschwester wieder aufgewacht.

Ich linste hastig an Christian vorbei und ließ sie erneut erstarren. »Was denn?«, fragte ich unschuldig, als ich seinen mahnenden Blick bemerkte. »Ich will mich wenigstens noch in Ruhe von dir verabschieden.«

»Wieso verabschieden?« Er wirkte verunsichert. »Ich dachte, zwischen uns wäre jetzt alles geklärt?«

»Deshalb ja.« Die Situation war klar, aber leider unverändert. Sein Fluch stand noch immer zwischen uns.

Christian löste sich von mir und wich widerstrebend zurück. »Du liebst mich nicht?«

»Doch«, widersprach ich ihm verzweifelt. Und wie. »Aber das ist diesmal leider nicht genug.«

Verständnis erhellte sein Gesicht und er nahm meine Hand. »Meine Stimme ist fort«, sagte er und hauchte mir kleine, zärtliche Küsse auf die Fingerknöchel.

Also hatte ich mich nicht getäuscht. Hoffnung flammte in mir auf, doch ich hatte Angst, ihr nachzugeben. »Vielleicht hast du dich nur verausgabt.«

Seine Miene verdüsterte sich für einen Moment. »Mist, daran habe ich gar nicht gedacht.« Er schüttelte den Kopf. »Aber das glaube ich nicht. Meine Mutter und ich haben eine andere Theorie.«

»Und die wäre?«

»Ich habe dein Leben gerettet, wurde verletzt und habe damit das Unrecht gesühnt, das mein Geschlecht dem deinen angetan hatte. Die Schuld ist beglichen.«

»Du hast den Fluch gebrochen?« Ich bemühte mich, meine Erwartungen nicht zu hoch fliegen zu lassen, was mir jedoch kläglich misslang.

Er grinste schief. »Sieht ganz so aus. Wozu ein kleiner Dolchkampf doch gut sein kann.«

»Darüber macht man keine Witze!« Ich boxte ihm spielerisch in den Arm. »Du hättest draufgehen können.«

»Und ich war vollkommen bereit dazu«, erwiderte er ernst.

»Und tut es dir leid?«

»Was? Dass ich es überlebt habe?«

»Nein.« Ich schüttelte meinen Kopf. »Dass deine Kraft fort ist.«

»Nicht im Geringsten. Nicht, wenn ich *dich* dafür haben darf.« Er zog mich an sich.

»Heißt das …« Ich schnappte überwältigt nach Luft und traute mich endlich, die Worte auszusprechen, die mir auf der Seele brannten. »Heißt das, wir können wirklich zusammen sein?«

»Meine Mutter will mich morgen einem Heiler zeigen. Er wird uns sagen, ob es tatsächlich vorbei ist. Und wenn du mich dann noch willst …« Er ließ seinen Satz in der Luft hängen, schien aber keinerlei Zweifel an meiner Antwort zu haben.

»Unter einer Bedingung.«

Er hob fragend seine Augenbrauen. »Und die wäre?«

»Du musst die Sache mit Melissa klären.«

»Das wird kaum noch nötig sein.«

»Und wieso?«

»Nachdem ich mich gestern geweigert habe, mit ihr ins Bett zu steigen, ist sie beleidigt und wutentbrannt abgerauscht. Ich glaube nicht, dass sie noch ein Wort mit mir wechselt, bis auf wüste Beschimpfungen, vielleicht.«

»Du hast nicht mit ihr geschlafen«, murmelte ich ungläubig und erleichtert zugleich.

Sein Daumen streichelte über mein Kinn. »Das habe ich doch vorhin schon gesagt.«

»Wieso musste es überhaupt ausgerechnet sie sein?«

Er senkte beschämt seinen Blick. »Weil für mich keine Gefahr bestand, mich in sie zu verlieben.«

»Und was ist mit ihr? Hast du daran gedacht?«

»Ich habe selten ein Mädchen getroffen, das so oberflächlich ist wie sie. Sie wollte mich bloß haben, weil ich *angesagt* war. Spätestens jetzt hätte sie jedes Interesse an mir verloren. Du darfst nicht vergessen, dass ich von nun an ein ganz gewöhnlicher Junge bin, der keine übernatürliche Ausstrahlung mehr besitzt.«

Ich lachte erleichtert auf. »Dann kannst du von Glück reden, dass ich von Anfang an immun dagegen war.«

»Da hast du allerdings recht.« Er neigte sich mir entgegen und verschloss meine Lippen zärtlich mit den seinen.

Epilog

»Cara, du solltest wirklich etwas essen.« Mama deutete missbilligend auf den Frühstücksteller, den ich unbenutzt zur Seite geschoben hatte.

»Ich habe keinen Hunger.« Ich war viel zu aufgeregt. Gleich würde Christian kommen, um mich abzuholen und mit mir gemeinsam zur Schule zu gehen. Wie ein richtiges Paar. Allein bei dem Gedanken daran begann mein Bauch so wild zu kribbeln, dass ich sogar den Kaffee wegstellte. Heute würde ich einfach nichts runterbekommen.

Ich war schon vor ein paar Tagen aus dem Krankenhaus entlassen worden, nachdem mich die Ärzte wegen meines *unerklärlichen Schwächeanfalls* von Kopf bis Fuß durchgecheckt hatten. Ich hatte nichts dagegen gehabt, konnte ich so schließlich sicher sein, dass das, was auch immer Erik mir eingeflößt haben mochte, keinen bleibenden Schaden hinterließ. Anschließend hatte Mama darauf bestanden, dass ich mich zu Hause noch ein wenig erholte.

Erstaunlicherweise hatten wir keine Fragen beantworten müssen, weder zu Christians Wunde noch zu unserer Anwesenheit in Eriks Wohnkomplex oder dessen Verbleib. Christian meinte, dass sich Eriks *Leute* darum gekümmert haben mussten.

Ich fand den Gedanken zutiefst verstörend. Es passte einfach nicht in mein Weltbild, dass es tatsächlich Dämonen gab – ganze Hierarchien davon – die unerkannt in unserer Welt umherliefen, Menschen manipulierten und wo nötig auch Spuren beseitigten, damit nichts in ihre Richtung wies.

Christian schien ihre Einmischung, zumindest dieses Mal, nichts auszumachen. Immerhin profitierten wir beide auch davon. Und ich fragte mich, ob ich mich ebenfalls irgendwann daran gewöhnen würde, dass es in dieser Welt so viel mehr gab, als ich geahnt hatte. Ob ich das überhaupt wollte.

»Wann soll er kommen?«, fragte Mama.

Ich sah auf die Uhr. Nachdem er mich tagelang erst nur im Krankenhaus und dann so gut wie gar nicht gesehen hatte, hatte ich heute kein Risiko eingehen wollen und war extra früh aufgestanden, um mich gebührend fertig zu machen. Und das führte nun dazu, dass ich hibbelnd am Tisch saß und die Minuten bis zu seinem Erscheinen zählte. »In einer Viertelstunde«, stöhnte ich.

Mama lächelte. »Ich verstehe gar nicht, warum du so nervös bist. Ihr seid doch schon seit einer Woche zusammen.«

Das stimmte natürlich. Gleich nachdem der Heiler Christian bestätigt hatte, dass sowohl seine magische Stimme verschwunden als auch der Fluch gebrochen war, hatte Schwester Alex – so hieß diese rabiate Person – ihn fast schon mit Gewalt von mir fortzerren müssen.

Aber in der geschützten Umgebung des Krankenhauses war das irgendwie etwas anderes gewesen. Heute würden wir uns zum ersten Mal der Öffentlichkeit stellen, all den gehässigen Kommentaren von Melissa und ihren Freundinnen ausgeliefert sein. Und ich würde sehen, wie viel der ihm entgegengebrachten Bewunderung tatsächlich ihm, Christian, und nicht dem Erbe der Loreley galt. Ich war sicher, die Mädchen würden ihm auch weiterhin scharenweise zu Füßen liegen, und das trug nicht gerade dazu bei, meine Nervosität zu schmälern.

»Vielleicht habe ich etwas, das dich ein wenig ablenken könnte«, sagte Mama. Sie verschwand kurz aus dem Esszimmer und kam bald darauf mit einem großen Pappkarton zurück.

»Was ist das?« Neugierig reckte ich meinen Hals, doch die Kiste war verschlossen.

»Ich habe das über sechzehn Jahre lang aufbewahrt. Ich dachte mir, dass du es eines Tages vielleicht haben möchtest.«

»Was ist das?«, wiederholte ich, obwohl ich es bereits ahnte.

»Fotoalben, Bücher und ein paar persönliche Gegenstände. Sie gehörten alle deinen Eltern.« Sie schaute mich unsicher an. Behutsam, fast schon ehrfürchtig strich ich über den Deckel der Kiste. Das war alles, was von meinen Eltern übrig geblieben war. Das – und ich.

Ich schluckte und zog meine Hand zurück. Dann schaute ich meiner Mutter, denn das war sie, in die tränenfeuchten Augen.

»Danke, Mama«, sagte ich und umarmte sie fest.

Es fühlte sich eigenartig an, noch eine andere Mutter, einen anderen Vater zu haben, außer denen, die mich mein ganzes Leben lang geliebt und umsorgt hatten. »Danke«, wiederholte ich und legte meine Hand entschlossen auf den Deckel.

Ich würde mir das ansehen, aber nicht jetzt. Ich fühlte mich noch nicht bereit, mich meiner Vergangenheit zu stellen. Erst wollte ich die Gegenwart meistern.

Es klingelte an der Tür.

»Ich gehe schon!«, rief Zoe von oben und hastete die Treppe hinunter. Gerade, als ich ebenfalls in den Flur trat, riss sie atemlos die Tür auf und strahlte Christian begeistert an.

Ich verdrehte grinsend die Augen. Zoe hatte so lange herumgenervt, bis ich ihr erlaubt hatte, mit Christian und mir zur Schule zu gehen. Sie war nämlich der felsenfesten Überzeugung, dass er – auch ohne seine magische Stimme – noch immer total *cool* war und dass es ihren sozialen Status ganz nach oben katapultieren würde, wenn man sie mit uns sah. Da sie in dieser Woche mit der Erkenntnis, dass sie selbst nie besondere Kräfte entwickeln würde, bereits eine herbe Enttäuschung erlitten hatte, konnte ich ihr diesen Wunsch nicht abschlagen.

»Hi Zoe. Hallo Cara.« Christian lächelte mich an und alles

andere verlor an Bedeutung. Ich schlang meine Arme um seinen Hals und versank in seinen warmen blauen Augen.

Er neigte sein Gesicht und küsste mich und mir war, als würde nichts mehr um uns herum existieren. Pures Glück strömte durch meine Adern, eine Freude und Geborgenheit, wie ich sie bei niemandem sonst jemals verspürt habe.

»Also, wenn ihr so weitermacht, gehe ich doch lieber alleine«, maulte Zoe und ich löste mich widerstrebend von ihm.

»Du Quälgeist«, seufzte ich.

»Wenn wir zu spät kommen, wird mich keiner mit euch zusammen sehen!«

Christian lachte. »Das können wir natürlich auf keinen Fall zulassen.«

»Finde ich auch.« Gut gelaunt hakte Zoe sich bei ihm unter.

Christian sah mich liebevoll an, dann streckte er mir seine Hand entgegen. »Lass uns gehen«, sagte er.

Ich nickte und verflocht meine Finger mit den seinen, fühlte ihre beruhigende Wärme und ihre Kraft.

»Lass uns gehen«, wiederholte ich glücklich seine Worte und spürte, dass ich bei ihm sicher war, ganz egal, was geschehen mochte. Für immer.

ENDE

Liebe Leser,

wenn Ihnen das Buch gefallen hat, würde ich mich über eine kurze Leserbewertung auf einer Buchplattform Ihrer Wahl sehr freuen, denn dadurch steigt die Chance, dass auch andere Leser auf dieses Buch aufmerksam werden können.

Gern können Sie auch persönlich Kontakt zu mir aufnehmen und mir Ihr Feedback – ob Lob, Kritik, Fragen oder Anregungen – direkt mitteilen. Entweder per eMail an elvira.zeissler@gmx.de oder über das Kontaktformular meiner Homepage: www.elvirazeissler.de/kontakt

Wenn Sie außerdem keine Neuerscheinung verpassen, an exklusiven Gewinnspielen teilnehmen und Vorabeinblicke in neue Werke erhalten möchten, freue ich mich sehr, wenn Sie meinen Newsletter abonnieren. Dieser erscheint unregelmäßig etwa 6 bis 8 Mal pro Jahr.

Ich freue mich darauf, von Ihnen zu hören!
Ihre Elvira Zeißler

Buchempfehlung

»Edingaard – Der Pfad der Träume«

Eine junge Frau. Eine fremde Welt. Eine große Liebe.

Seit ihrer frühesten Kindheit erscheint Julien in Cassandras Träumen. Er ist ihr Vertrauter, ihr Seelengefährte – auch wenn sie nicht einmal weiß, ob er tatsächlich existiert.

Als sie von einem düsteren Mann verfolgt wird, offenbart ihr Julien schließlich, dass er viel mehr als eine bloße Traumgestalt ist und dass sie beide in großer Gefahr schweben. Daher begibt sich Cassy auf eine gefährliche Reise in eine fremde, magische Welt, in der erbarmungslose Feinde und grausame Kreaturen schon auf sie lauern.

Gejagt, bedroht und verraten kämpft sie verzweifelt um ihr Leben und um das des Mannes, den sie liebt.

Leserstimmen:
»Einfach genial, magisch, unberechenbar!«

»Von der ersten Seite gefesselt in Cassys spannendem und magischem Abenteuer, vergisst man beim Pfad der Träume fast das Atmen und erwacht erst auf der letzten Seite aus einem magischen Bann.«

Über Elvira Zeißler

Elvira Zeißler (Jahrgang 1980) hat nach dem Abitur BWL an der Westfälischen Wilhelms-Universität Münster und der Copenhagen Business School studiert. Derzeit wohnt sie mit ihrer Familie im malerischen Bergischen Land und schreibt vor allem Fantasy und Mystery Romance-Bücher, die Jugendliche und Erwachsene gleichermaßen begeistern. Lassen Sie sich verzaubern von fantastischen Geschichten voll Abenteuer, Spannung, Gefühl und Magie.

Bücher von Elvira Zeißler:

Jugend Fantasy Romance:
»Gemstone Caverns 1: Das Flüstern der Steine«
»Gemstone Caverns 2: Das Herz des Berges«
»Zauberklang – Magie zwischen den Worten«
»Stern der Macht 1: Herzensglut«
»Stern der Macht 2: Salomons Fluch«
»Stern der Macht 3: Erwachen«

Fantasy:
»Eine Krone aus Stroh und Gold 1: Verraten«
»Eine Krone aus Stroh und Gold 2: Entfesselt«
»Edingaard 1 – Der Pfad der Träume«
»Edingaard 2 – Der Klang der Magie«
»Edingaard 3 – Das Vermächtnis der Priesterin«
»Feenkind«
»Die Saga der Drachenrüstung«

Romantic Fantasy:
»Ein Cupido zum Verlieben«
»Echte Männer küssen besser«
»Seelenband«
»Dunkles Feuer«

Humorvolle Liebesromane:
»Unsäglich verliebt – Alaska wieder Willen«
»Verliebt und zugeschneit – Alaska wieder Willen«
»Hin und weg verliebt – Alaska wieder Willen«
»SchneeSturmKüsse – Verliebt in Silver Creek«
»BuchTraumKüsse - Verliebt in Silver Creek«
»Das Glück hat viele Seiten«

Preisgekrönte Familiensaga als Ella Zeiss
»Tage des Sturms: Wie Gräser im Wind«
»Tage des Sturms: Von Hoffnung getragen«

Elvira Zeißler im Internet:

www.elvirazeissler.de
instagram.com/elvirazeissler
facebook.com/elvira.zeissler.autorin
youtube.com/user/ElviraZeissler